深渊游戏 ·III· 轮回镇

The Abyss Game

水千丞
Shuiqiancheng's work
作品

深渊游戏

欢迎惊雷战队进入

S级狩猎副本——轮回镇

任务要求:逃出轮回镇,不得杀死平民,十分钟后,玩家平台将关闭,直至任务结束……

H
UN-T
-ING

PAT
-TERN

在狩猎模式下，玩家之间的PK将不受等级规则的限制：

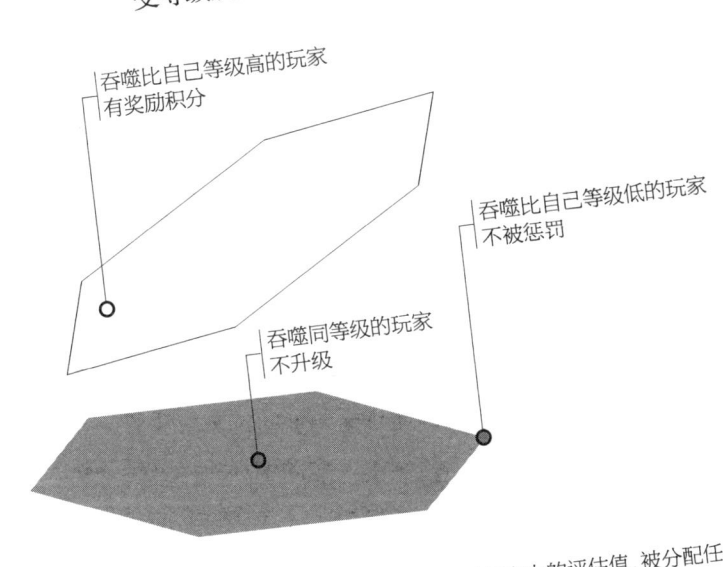

吞噬比自己等级高的玩家 有奖励积分

吞噬比自己等级低的玩家 不被惩罚

吞噬同等级的玩家 不升级

狩猎模式下，玩家将根据系统对其实力的评估值，被分配任务，估值越低，任务会越简单，反之亦然。

玩家与玩家之间不知道对方的任务，只有完成任务的玩家，才能得到奖励。这奖励不仅仅是积分，还有很多难得的装备、武器、符石等。更为重要的是，每个地图里都有独属物品，是在其他任何地方都拿不到的。

玩家只有在完成任务之后才能离开地图。

【确认积分缴纳】

300

进入团体模式

―― 即将解锁 ――

S级狩猎模式

轮回镇

The Abyss G Content

深渊游戏

目录

Part 1：轮回镇 -11
Part 2：完美通关 -71
Part 3：变　局 -155
Part 4：情　报 -185
Part 5．临渊之国 -279
Part 6．决　斗 -351

The Abyss Part One

Game

Part 1: 轮回镇

邹一刀大骂一声,开始通过沟通网大叫道:"尸变了!太阳一下山,这里的人都变成腐尸了!"

深渊游戏Ⅲ·轮回镇

六人稀里糊涂地就出现在了一间暖色调的温馨小客厅里，这里看上去就是寻常百姓家，处处充满了生活的气息。

几人环顾四周，神经都紧绷着，他们在等系统提示。

很快地，每个人眼前都出现了那行熟悉的红色粗体字：欢迎惊雷战队进入S级狩猎副本——轮回镇，任务要求为逃出轮回镇，不得杀死平民，十分钟后，玩家平台将关闭，直至任务结束。

"轮……轮回镇？！"

沈悟非快速说道："轮回镇是一个美丽安宁的小镇，人口只有六千多，它每天都在重复着同一天发生的事，且白天和夜晚截然不同，只有找到正确的方向，才能离开这里。"

"这是……"

"轮回镇的副本简介，我把所有副本的简介都背下来了。"沈悟非道，"还有十分钟让我们买东西，不错了。"

"要买点什么？"

"必需品我们基本都已经买了，我来买我觉得用得着的东西，你们趁这个时间，赶紧把积分都用掉。"

乔惊霆立刻进入了平台。自擂台战结束后的半个多月里，他本就有杀死厉决的积分打底，再加上积极刷怪、倒卖井木犴虚拟系统里的东西，以及三笔入城费，即便给沈悟非和舒艾贡献了3000积分，他也还是攒了近10000的积分。他本想看看积分到达五位数时候的盛况再强化，可惜昨天就在沈悟非的要求下，买了一堆东西，现在还剩下6226积分。

他先把操控和蓄存这两项神执技能从25点加到了30点，25点之后，每一点的积分变成了300，而强化技能里，超过55点之后，每加一点是1000，简直是吸血鬼。

他又加了1点体能、2点速度，瞬间就只剩下226的积分了。

这十分钟时间里，没有人说话，甚至没有人大声呼吸，他们争分夺秒地抢在平台关闭之前，购买所需物品，以及把积分全部强化掉。

平台关闭了，所有人都被弹了出来。

沈悟非叹了口气："任务开始了。"

舒艾道："余海带了六个人，比我们还多一个。"

"他们的任务难度，肯定比我们大很多，不仅等级比我们高，人数还比我们多。"沈悟非思索道，"我们的任务听上去难度不算特别大。"

"这种话还是别说太早。"乔瑞都冷哼一声，"余海现在也在观察他的对手们，他肯定想把我们全杀光。"

沈悟非抖了抖肩膀："他带的人，你都认识吗？"

"嗯，全部都是禅者之心亲余海一派的，他们的能力我基本都知道。"乔瑞都道，"除了余海外，这个叫韦杰夫的蛊师养了上百条毒蛇，是禅者之心数得上名号的人物。还有这个叫陈慕的神执，能力是控温，是余海现在主要在养的新人，也挺厉害，其他几个不足为惧。"

"最难办的，还是余海本人。"乔惊霆皱起眉，"按照刀哥的说法，他早就已经吃了'巨人之怒'符石了，但是在列席者之战的擂台上，他根本就没有巨大化，这说明我们当时看到的，不是他的全部实力。"

"当然，连我们也没见过余海的真正实力，只有郑一隆那种莽夫才敢随便应战。"乔瑞都道，"现在的余海，比当时还要厉害得多，追随者也越来越多。"

"好了，我们先分配一下杨右使和蔓夫人给我们准备的东西吧。"沈悟非冲邹一刀道，"刀哥，你可以把符石吃了。"

邹一刀将那块椭圆形的石头放在掌心，上面印刻着肌肉虬结的巨人图像，他深吸一口气，将符石"吃"了下去。

符石融入他的身体，发出了淡淡的光芒，邹一刀握紧了拳头，眸中闪耀着亢奋的光芒。

"感觉怎么样？"

邹一刀咧嘴笑道："感觉被注入了一股很强大的力量，真想马上就试试。"

"别，房子可能禁不住。"

乔惊霆拍了拍邹一刀的肩膀："等碰到余海的时候，有的是机会让你试。"

"当然。"邹一刀的目光变得阴毒万分，"我一定要亲手杀了他。"

"我们还有什么东西？都拿出来分配一下。"

杨泰林和蔓夫人果然财大气粗，光是 S 级"能量防护罩"就给他们准备了 10 个，"治愈卷轴"更是多不胜数，各种类型的手雷、闪光弹、烟幕弹、黏性炸弹、爆裂弹等也准备了不少，枪械子弹和火箭筒的炮弹更是成箱成箱地给。

除了这些常备的武器外，还有给他们每个人的装备。

"'树灵之思'戒指，是增加精神力的。"乔瑞都扔给了沈悟非。

"'长寿泉'项链，增强治愈能力的。"

舒艾接过项链，喜道："好漂亮啊！"那项链的吊坠是一个透明的水滴形水晶容器，里面盛着淡蓝色的泉水，纯净剔透。

"这儿有个防具，谁戴？"乔瑞都环视几人，最后目光落在了沈悟非身上。

沈悟非不太乐意地说："看我干什么，给舒艾吧。"

"我一个国仕，最强的就是防御。"舒艾笑道，"你就乖乖戴上吧。"

邹一刀也调侃他道："对呀，赶紧戴上吧，就你最需要。"

沈悟非不情不愿地接了过来。

乔惊霆皱眉道："没了？"

乔瑞都冷笑一声："没有你的，裸奔吧。"

乔惊霆不屑地哧了一声："谁稀罕。"

白迩从乔瑞都出现的那一刻起就一言不发，一直阴沉地玩儿着自己的匕首,也不知道在想什么,但所有人都看得出,他非常讨厌乔瑞都。

他们把所有物品都均分了一下,每个人都是满满一仓库的东西,仿佛充满了安全感。

"我们出去看看?"乔惊霆道。

"不急,现在是白天,白迩本来就不怎么能出去,我最想知道,轮回镇简介里的那句'白天和夜晚截然不同'是什么意思。"

"不能晒太阳。"乔瑞都嘲讽地"呵呵"了两声。

白迩看着乔瑞都,目露寒芒:"因为我在夜里杀人。"

"哎,外面有人哎。"舒艾走到窗边,惊讶地看着外面。

外面就是一条马路,偶有行人和车辆走过,这个小镇看上去并无异样,就像无数个平凡的小镇一样,只是更富饶一些,放眼望去,镇子里没有超过四层的房屋,每栋房屋都有着浓郁的田园格调,构成了一幅祥和宁静的画面。

"当然有人了,六千多人口呢。"

"系统提示我们不能杀死平民对吧?"邹一刀不解道,"这条不是很多余?如果平民就是平民,我们杀来干什么?如果平民每个人都开着高达,我们不杀不是等死?"

"是的,这个提示很奇怪,特意强调不要杀死平民……"

沈悟非也走到了窗边,沉思片刻:"这样,刀哥和惊霆出去看看,我们在这里等着,如果碰到危险,就马上通知我们,不管怎么样,不要恋战。"

"知道了。"

两人出了门,阳光照射在身上的时候,他们有种异样的不真实感,因为那阳光实在太真了。

过去刷过的两个副本,都是在非现实世界里,能让他们非常清晰地认识到这只是一个任务,可是现在这个副本不一样,它的场景太生活化了,跟现实世界几乎无异,这反而更加让人忧虑,因为他们很可能要眼睁睁看着现实世界被邪恶力量吞噬的画面。

两个踩着滑板的小男孩儿从前面嬉闹着滑了过来，经过他们身边的时候，还看了他们一眼，眼神是善意的好奇。

再往前走，有骑着自行车的阿姨，车筐里全是新鲜的蔬菜，有一次遛三只狗的老大爷，有手牵着手甜蜜说笑的小情侣，有热情吆喝着的商铺小贩……

这一切的一切，都太真实了，两人越走，心情就越沉重。

"你说……这不会都是真的吧？"邹一刀犹犹豫豫地开口。

"不知道啊，怎么会进入这种副本，就好像……就好像我们回到了现实世界一样。我一点都不想进这种副本。"乔惊霆感觉心脏堵得慌，明知道他们还在游戏中，可因为如此真实的场景，让他们倍加怀念现实世界，由此产生的巨大的心理落差，叫人真的很难受。

邹一刀叹了口气："要我选，我也绝对不选这种生活化的副本。"

"我觉得一般人都会规避这种副本，余海选这里，会不会是他以前来过，或者至少听说别人来过？"

"有可能，这个副本不是让人找到正确的方向吗？说不定余海在进来之前就知道正确的方向了。"

"我倒觉得系统不会出现这种疏漏，如果完成任务的人可以给后进来的人剧透，那这个副本不是没有意义了？事情应该没那么简单。"

"嗯，也是，不管怎么样……"

"年轻人。"一个苍老的声音在背后响起。

两人吓了一跳，转过头去，就看到一个矮小的、驼背的老太太，正拄着拐看着他们，松垮垮的眼皮几乎将她的眼睛全部盖住了，那细微的一条眼缝，让这个老人家显得有几分阴森。

乔惊霆道："您有什么事吗？"他明知道眼前这个人仅是个NPC，可由于场景过于真实，还是忍不住用了敬语。

"太阳快落山了,你们怎么还不回家呀?"那声音尽管苍老,但却并不含糊。

"为什么太阳落山了要回家?"邹一刀追问道。

白天和夜晚,究竟有什么区别?

"太阳下山要回家,回家才是好孩子。"老太太发出低低的笑声,笑了几下又开始咳嗽,阴沉沉的,让人心里非常不舒服。

"能不能说清楚一些?我们为什么要回家?"

老太太一边摇头,一边转身往回走,只留下一句话:"太阳下山不回家,就找不到路了。"

"哎……"

两人面面相觑,邹一刀看了看天色:"太阳要下山了,我们要……回个什么家?那个房子是我们家吗?!"

"不知道,但这个NPC说的话太诡异了,太阳下山之后肯定会发生些什么。"

邹一刀双手抱胸:"那我们就等到太阳下山,看看到底有什么妖魔鬼怪。"

乔惊霆看着这平凡温馨的场景,心里却升起了不好的预感。

此时正值黄昏,太阳西落,距离完全消失,估计用不了二十分钟。

两人就在小镇里随处闲逛,一直没发现什么异样之处。沈悟非一直通过沟通网询问他们进展,两人也如实汇报,沈悟非要求他们开始往回走,在太阳落山的时候,务必走到距离他们的房子比较近的地方,于是两人开始折返。

在路过一家花店的时候,一个女店员正在弯腰整理鲜花。她身材窈窕,俯身的动作凸显了长腿翘臀,两人全都偏头看着。

邹一刀"啧啧"两声:"我们买点儿花回去吧,舒艾喜欢花。"

乔惊霆白了他一眼:"你想去看美女就直说,找什么借口。"

"我就是想看看，这姑娘身材这么好，脸长得好不好看，我跟你说，有时候身材和脸真的正好相反呢。"

"那打赌啊，我赌好看。"乔惊霆贼笑道，"赌一个治愈卷轴。"

"我也觉得好看呢……算了，那我赌一般吧。"

女店员已经站起身，抱着几束花进屋了。

两人跟了进去，此时，夕阳已经落下了地平线。

邹一刀道："美女，有什么花适合送给女孩子啊？"

店员转过了脸来，她明眸皓齿，巧笑嫣嫣，明媚又漂亮。

乔惊霆哈哈笑道："输了吧？"

邹一刀翻了个白眼儿，掏出一个治愈卷轴扔给了乔惊霆。

那店员还在笑，越笑越灿烂，她那嫣红的唇，也越笑越大。

两人脸色变了……

就像延时摄影摄制的食物腐烂过程一般，两人眼睁睁地看着那妙龄少女细腻的皮肤快速地老化、下垂，愈演愈烈，全身的皮肤都开始往下垂，最后腐烂、变形，脓血流下之后，皮下白骨依稀可见，短短十几秒的时间里，一个活生生的人就变成了一具形容恐怖的腐尸！

四周所有的鲜花也跟着枯萎，干枯的花枝、花瓣掉了一地，那些原木色的漂亮画架瞬间被虫子腐蚀得坑坑洞洞，地板上积了一层厚厚的灰，空气中散发着腐臭沉闷的味道。

邹一刀大骂一声，开始通过沟通网大叫道："尸变了！太阳一下山，这里的人都变成腐尸了！"

那腐尸歪曲着肢体，朝他们扑了过来，速度虽然不算快，但也绝不算慢。

乔惊霆还没从震惊中回过神来，一见那怪物来了，抽出铜就要打。

邹一刀一把抓住他："不能杀平民！"

"这是平民吗？！"说是这么说，乔惊霆还是收回了铜，跟邹一刀一起跑出了花店。

邹一刀在心里大吼:"悟非!悟非!你们小心点,悟非?"

乔惊霆心头升起不好的预感:"悟非?舒艾?白迩?!"

原本应该紧紧联络的沟通网,似乎……断了。

邹一刀咒骂一声:"你们快回答,别吓唬我们!"

乔惊霆把所有人都呼唤了一圈,毫无反应,最后都绝望了,大吼道:"乔瑞都!"

花店外已然变了一个世界。

太阳落山了,这个温馨漂亮的小镇,变成了一座俨然废弃了很久的鬼城,到处都是爬满植物的、破败的房屋,斑驳的街道,随处可见的尸体,还有那些摇摇晃晃朝着他们围过来的恶心的腐尸。

那个花店就跟一个异次元通道一样,一进一出,整个世界都变样了。

"我们的房子!"邹一刀指着一百多米开外的地方,"那是我们的房子吧?"

小镇变成这副鬼样子,乔惊霆真的不敢确认,他勉强觉得那个房子有些眼熟,而且按照路程来说,他们确实是快回到初始的房子了:"不管了,过去看看!"

一大拨腐尸从四面八方围了过来,从那些好像要融化的皮肤和破旧的衣服,勉强能分辨出男女老少,确实就是小镇里那些寻常的居民。

两人没办法,只好拔足狂奔。

几只腐尸冲了过来,邹一刀飞起一脚将他们扫开,乔惊霆抽出了"惊红铜",不敢打头,只能扫腿,真是憋屈极了。

"杀了他们会怎么样啊?"乔惊霆叫道。

"我怎么知道,要不你试试?"围上来的腐尸越来越多,邹一刀被逼急了,也祭出了"袖剑"。他的袖剑已经全换成了 Lix05 合金,威力大增,可他也不敢动那些腐尸的要害,只能尽量开路。

"我才不试,万一……谁知道会怎么样。"

腐尸争相涌来,数量越来越多,这个小镇好歹有六千多人,六千多人听上去好像没多少,要是全铺开来,就是人山人海,若是一个都不能杀,他们早晚被耗死。

乔惊霆感觉背上被抓了两下,幸而有能量防护罩挡着,那些腐尸的攻击力只能算普通,但胜在源源不绝、不知疲倦,很快地,两人就被围困住了。

乔惊霆没办法,只好控制着力度,释放出一阵电流,他显然对电流的微操已经比较熟练,可以做到有针对性地电击而不伤害身边的人,不过为了保险起见,一打起来,他的同伴们都会换上橡胶底的鞋和衣服。

大片腐尸被电得骨头架子乱颤,邹一刀趁机用龟壳撞出一条路来,乔惊霆紧随其后,终于冲出包围,朝他们的房子奔去。

他们的房子也跟镇上其他的建筑一样,爬满了植物,里面漆黑一片,庭院野草丛生,就像一栋鬼屋,里面根本不像是会有人。

两人的心直往下沉,就算沟通网中断了,如果他们人在里面好歹也会点支蜡烛吧?

邹一刀一脚踹开了房门,冲进去大吼:"舒艾!悟非!白迩——"

乔惊霆正要进去,脚踝就被什么东西钩住了。他低头一看,一个腐尸抱住了他的脚,正把他往后拖,身后,还有一堆腐尸在朝他奔涌。

邹一刀还在大吼大叫,声音已经是有点失控了,乔惊霆也意识到情况严重,心急如焚,再加上那腐尸形容可怖,他一怒之下,一脚踢在了那腐尸的脑袋上。

这一脚用了十成十的力量,虽然他的能力不是力量型的,但他本身却以近战为主,这一脚有万钧之力,竟然一下子就把那腐尸的脖子踢断了。

乔惊霆心里一惊,也来不及多想,踢开那腐尸,退入屋内,果断关上了门,并拉过柜子挡住了门。

突然，眼前出现一排系统提示字：杀死平民一名，扣除 100 点积分。

乔惊霆气得大吼一声。

邹一刀从楼上跳了下来，脸色苍白，低声道："他们不在。"

乔惊霆看着这个破败的、满是灰尘的房间，完全能看出他们离开时的样子，这正是他们初始的房子，但是，人不在。

四个大活人呢？！

乔惊霆握紧了拳头，额上青筋暴突，他一时不知道该怎么办。

到底出什么问题了？日落之后，一切都变了，温馨小镇变成了鬼城，平民变成了丧尸。这都没关系，他们都有心理准备，反正没有一个狩猎副本是善茬儿。可是……可是跟同伴分离却是他们完全始料未及的，这让他们一下子就慌了。

房子外的腐尸层层叠叠，窗户上贴满了一张张腐烂的脸，即便是经历过那么多恐怖的人，也不敢直视，奇怪的是，他们只是贴在窗户上、门上、墙上，但却没有试图挤进来。

邹一刀深吸一口气："这些玩意儿是不是不会进屋？"

"不知道。"乔惊霆焦虑地在客厅里踱步，"对了，我知道杀死他们会怎么样了。"

"怎么样？"

"杀一个扣 100 积分。"乔惊霆咬牙道，"我刚才就被扣了。"

邹一刀咒骂一声，低下了头去，这个遇事向来沉着冷静的男人，此时也有些慌乱，毕竟跟同伴分离，还在这种诡异的情况下，实在糟糕透顶。

他们不是担心自己的安危，而是担心其他人的。那四个人里，沈悟非和舒艾的战斗力放在大战里根本无法自保；白迩是刺客型的，擅长暗杀，不适合群战；乔瑞都的能力尚不可知，而且，还不是他们的人，危险关头会不会尽心尽力保护他们？

这一连串的问题让两人焦头烂额。

"怎么会这样？"乔惊霆想破了脑袋，也不知道现在该怎么办。

邹一刀道："我们回忆一下，有没有什么疏漏的。"

两人从进入副本开始回忆，包括副本简介、任务规定等，想了一圈，似乎都没什么特别的，但又好像处处蕴藏危机。

"等等。"乔惊霆突然想到了什么，"副本简介说，这个小镇每天都会重复发生同一天的事，那意思是不是说，等太阳升起的时候，一切又会回到昨天？"

"对呀……如果每天都在发生一样的事，那么明天下午，我们应该出现在这个房子里。"

"但是我们无法确定，这个小镇的轮回包不包括我们，毕竟我们是外来的。"

邹一刀眉头紧锁："不管怎么样，我们不能在这里坐一晚上等明天看结果，也许他们现在就在危险之中。"

"那我们现在……"

"出去看看。"

另一边——

"太阳马上就要下山了，刀哥他们马上就能回来，我们先待在房子里，看看外面什么情况再决定。"沈悟非站在乔瑞都和白迩中间，试图用自己的身体挡住白迩的视线，同时没话找话说。

自乔惊霆走后，两人之间的气氛仿佛随时会厮杀起来。

白迩一言不发地把玩着"袖珍匕首"，乔瑞都跷着二郎腿坐在沙发上，瞥了白迩一眼，把目光落到了舒艾身上，他笑着伸出手："姐姐你好，见了这么多次面，都没机会跟你说说话。"

舒艾没料到乔瑞都会对自己如此和颜悦色，那优雅的气度、从容的姿态，再加上极其考究的衣着，俨然是个富有修养的俊美贵公子，哪有半点儿平时对待乔惊霆时刻薄恶毒的样子，她怔了一怔，伸出手和乔瑞都握了握："呃……你好。"

乔瑞都朝着舒艾眨了眨眼睛："不用紧张，我对女孩子是很温柔的，尤其是像姐姐这么漂亮的女孩子。"

舒艾淡淡一笑："谢谢。"

乔瑞都的下巴朝白迩抬了抬："那小子是怎么回事儿？乔惊霆从哪儿捡回来的？"

舒艾尴尬道："我们是一起从新手村里出来的。"

"哦。"乔瑞都又道，"我当时看到……他的等级一夜之间从2级升到6级，那一晚发生什么事了？"

"我们联手杀了心月狐的老大。"

乔瑞都嗤笑一声："果然如此，像他那种头脑简单的莽夫干得出来的事儿。"

舒艾微微蹙眉："你呢？你又是怎么离开新手村，加入禅者之心的？"

"很简单啊，只要杀人就能升级，2、3、4级也不过就是比普通人强一点，没什么大不了的，当我成为5级之后，就没人敢轻易动我了，然后，拉拢自己的人。"乔瑞都笑得云淡风轻，"再把他们送去厮杀，我找到机会杀死一个5级的就行了，那个新手村啊，被我搅得一团乱。"

沈悟非咽了咽口水，悄悄握紧了拳头。像乔瑞都这般漠视人命的人，其实游戏中很多，而且他们身边就有一个——白迩，但白迩的冷漠是由他的出生环境决定的。乔瑞都却不一样，按照乔惊霆的说法，这小子从小养尊处优，恐怕什么风雨都没经历过，却竟然能如此自得地讲述自己是如何杀戮、利用、挑拨玩家的，用那种仿佛在描述一场球赛的语气，对于一个年仅20岁的大男孩儿来说，听着确实让人有些心寒。

舒艾显然也不太舒服，但同样是杀人，他们没有什么立场评判别人。

"我在降魔榜上看到韩老的名字时，就怀疑那是我认识的人，年龄相符，在现实中失踪这一条也相符。"乔瑞都耸耸肩，"于是离开新手村我就去找他了。"

"你确实命好。"沈悟非道。

乔瑞都眯着眼睛，露出一个讥讽的笑容："随便你们怎么想，我根本不在乎，反正最后活下来的人，一定是我。"

白迩扭过头，冷冷说道："每个人在死之前都以为自己会活下来。"

乔瑞都挑衅道："人命有贵贱，我就是贵的那个，老天爷都站在我这边。"

"你信天信命，我只信自己。"白迩的异瞳中满是血腥与杀意，"因为我能决定别人的生死。"

乔瑞都寒声道："你只能决定自己的，不，你连你自己的都决定不了，劝你少招惹我，我……"

"太阳落山了。"沈悟非打断他们道。

"他们怎么还没回来？"舒艾在心中说道，"你们到哪儿了？太阳落山了，赶紧回来。"

并无回应。

"怎么回事儿？！"乔瑞都从他坐的沙发上跳了起来。

几人循声看去，那沙发竟然在塌陷、腐烂、皮质绽裂，不仅仅是沙发，周围所有的东西都开始以肉眼可见的速度衰败。斑驳的墙面、断裂的地板、锈迹斑斑的家具，还有空气中散发着的沉闷到让人难以呼吸的味道，短短十几秒中，这个清新田园风的小房子，就变成了一个久无人居的废屋！

四人都呆住了。

白迩最先反应过来，幽灵一般飘到了窗边，看向窗外。果然，小镇的景象全变了，变成了一座破败的、阴森的鬼城。

舒艾在心里叫了半天，都没有得到乔惊霆和邹一刀的回应，她也急了，她凑到窗边向外张望："那两个人不回话，怎么办？你看到他们了吗？"

突然，一张腐烂流脓的人脸从窗户下探了出来……

"啊——"舒艾尖叫一声，跟跄着向后仰去，她脸上的血色瞬间褪得干干净净。

乔瑞都从背后扶住了她的腰，柔声道："姐姐别怕。"

沈悟非也跟着叫了一声，立刻蹲身抱头，瑟瑟发抖。

白迩皱起眉，也跟着后退了一步。

慢慢地，一张张腐烂的脸探到了窗户上，隔着玻璃直勾勾地看着他们，用那深可见骨的烂糟糟的手，在窗户上来回抚动。

白迩见这些东西并没打算进来，便拉上了窗帘，把沈悟非从地上拽了起来，不悦道："你有点出息行不行。"

沈悟非颤声道："腐腐腐腐尸啊，腐尸啊……"

舒艾在乔瑞都怀里抖了半天，才觉不妥，退开了一步，人也冷静了下来，但依旧脸色煞白，鼓起勇气朝着窗户看了一眼，在看到窗帘后，才重重松了口气。

白迩在心里叫道："刀哥、霆哥，你们在哪里？听到快回话，你们在哪里？！"

沈悟非的声音都带了哭腔："我们……我们是不是……跟他们失联了？"

舒艾咬着嘴唇："沟通网没有问题，你们都听得到，但是，唯独联系不上他们。"

乔瑞都凝重道："麻烦，他们肯定遭遇了跟我们一样的事，有可能被困在了外面。"

"我去找他们。"白迩说着就要出去。

"你疯了吗？"沈悟非一把拉住他，"外面可能全是那些东西，这就是轮回镇白天和夜晚的不同，镇上六千多居民，可能都变成腐尸了，目前看来这个房子暂时是安全的。或者剧情设置如此，可能系统根据我们的等级照顾我们，不管怎么样，我们现在战斗力不足，不能离开这里，必须等他们回来。"

舒艾冷静下来，点头道："悟非说得对，如果你走了，我们会很危险。"她看了乔瑞都一眼，在场的人都清清楚楚，不管乔瑞都有多大的能耐，毕竟只有一个人。最关键的是，这个人，到了真正危急关头，是绝对、绝对不会管他们的。

乔瑞都当然懂那眼神的意思，他倒也不反驳，只是懒懒说道："这时候必须等他们回来，不管他们能不能回来，我们要是出去了，有可能全军覆没。"

白迩咬了咬牙，转过了身。

沈悟非松了口气："让我想想，让我理一理。该死的，刚才吓死我了，脑子都乱了。"

几人没说话，但都自觉地远离了窗户，静静等着沈悟非思考，在任何时候，沈悟非的作用都最不容忽视。

"轮回镇，白天和夜晚截然不同，每天都在重复同一天发生的事……"沈悟非喃喃自语，"如果每天都在重复同一天发生的事，那么等到明天下午，我们是不是会集体出现在这个房子里？"

邹一刀和乔惊霆商量过后，决定尝试离开小镇。这个小镇面积不大，一条贯通南北的主路横穿小镇，按理说，往任何一个方向走，都可以离开这里。他们想证实两件事：第一，这样能不能离开小镇；第二，天亮之后，他们会不会回到刚出现在这里的那一刻。

"记住，不要杀平民。"乔惊霆再次提醒邹一刀，想着他被扣掉的那100积分，真是令人恼火。

"知道了，但是难以避免。"邹一刀看着窗外密密麻麻的腐尸，厌恶地皱起眉头，"我们冲出包围后，就顺着主路往南跑，你还记得白天我们见过的立牌吗，那个轮回镇地图的立牌？"

"记得，这镇子挺小的。"

"对，几公里外就都是农田了，所以轮回镇的南北两头没有多远，以我们的速度，跑上十几分钟就能离开这里。"

"试试吧。"乔惊霆活动了一下筋骨，想着他要在尽量不杀死这堆玩意儿的情况下冲出包围，简直困难重重。他突然怀念起海妖王号的虫子了，没有见识过这个场景，哪儿有资格说海妖幼虫恶心。

"哎，你说……"邹一刀突然想到了什么，"如果积分扣没了会怎么样？"

乔惊霆也被问住了："不知道啊，我反正只剩下100多积分了。"

"我也差不多。"邹一刀甩了甩脑袋，"想这个没用，走。记住，全力奔跑，他们追不上我们。"

"好！"

两人大喝一声，几步冲了上去，齐齐朝着贴满腐尸的大扇窗户撞去。

玻璃窗应声碎裂，腐尸群被两人冲得东倒西歪，躺下一片，乔惊霆踩着一颗脑袋就跳了出去，挥铜抽向迎面而来的腐尸。

两人背靠着背，横冲直撞地往主路上挪动。

这可能是他们打得最憋屈的一战，他们不敢攻击要害，不敢用力过猛，生怕弄死任何一只，而那些腐尸却用他们的指甲、拳脚和牙齿拼命地往两人身上招呼。

就像当初被海妖幼虫爬满全身一样，此时他们的能量防护罩也在一路掉寿命。

两人越打火气越大，腐尸成群地涌来，杀且未必杀不完，何况还不能杀？

邹一刀大骂一声："这么下去不是办法，我要试试符石能力了，你抓紧我。"

"啊？"乔惊霆被这局面气得心头火气，一时还没反应过来。

邹一刀也不废话，低吼一声，身体突然原地膨胀起来，乔惊霆一跃跳到了邹一刀的背上，一只手紧紧抓住了他龟壳的边缘。

邹一刀的膨胀却没有停止，身体越来越高、越来越大，最后，居然变成了一个足有一栋别墅大小的龟形巨人！

乔惊霆惊叹道："牛啊！"

邹一刀也有些不敢置信地看了看自己的身体，然后仰天大笑："没想到可以变这么大，哈哈哈哈哈。"

"别'哈哈哈'了，赶紧走！"那些腐尸竟然在顺着邹一刀的腿往上爬！

邹一刀一脚甩飞了那些腐尸，迈开步子，用脚踢出了一条路。

乔惊霆在半空中看着下面密密麻麻的稀烂的尸体，一点都没有暂时脱离危险的庆幸，反而更加头皮发麻，太多了，不能杀，他们要怎么对付？

邹一刀惊呼了一声："不小心踩死一只。"

"你注意脚下！"

邹一刀更加小心，走得自然也就慢了下来，很快又被腐尸围了上来，拖拽着他的腿，让他寸步难行。

乔惊霆急叫道："别停下啊，后面更多。"

"老子也不想停啊。"邹一刀用脚踢、用手捞，焦头烂额地清理着周围的腐尸，虽然比正常比例的时候速度快一些，但依然难以突围，脚下的腐尸一片连着一片，根本就没有落脚之处。

"应该弄个可以飞的符石。"乔惊霆抹了一把脸，自顾自地说道。

"没用，系统会根据你的能力调节难度和模式，如果你会飞，这些玩意儿也会飞。"邹一刀气急败坏地一脚摔飞了好几只腐尸。

一只腐尸撞在了庭院里的除草机上，瞬间脖子就断了。

两人看得分明，脸色一变，邹一刀甚至顿了一下。

"刀哥……"

"狗X的……"邹一刀大吼一声，突然撒开双腿，踩着腐尸群往外冲，也不管有没有时不时踩死几只。

"刀哥你疯了吗？！"乔惊霆看着那一路倒下的腐尸，有的缺胳膊少腿，有的直接就被踩扁了。

冲出包围后，邹一刀顺着主路狂奔，他张开嘴，先灌了一口呼啸的冷风，而后大声说道："你猜猜积分扣没了之后是怎么样的？"

那顺风而来的声音钻进耳朵里，震得乔惊霆鼓膜直颤，他急道："我怎么知道，到底怎么样？"

"我收到系统提示，说如果我能完成任务，所有负积分就会变成正积分。"

乔惊霆呆住了。

"我现在的积分是负600多，如果我能完成任务，就会变成正600多，懂了吗？"

"那……如果输了呢？"

"输了，要么死，要么带着负积分回去。"邹一刀咬牙道，"见鬼了，这个副本里的所有东西，都见鬼了！"

乔惊霆不知道如何形容此时这种想抓着个什么东西乱砸一通的愤怒。

这不能杀死平民的规则，显然就是一个阴险的陷阱，平民是可以杀死的，想杀多少杀多少，而且只要完成了任务，所有被扣除的负积分会瞬间变成正的，杀得越多，积分越多。可是，谁敢放开胆子随便杀？谁敢保证自己能够完成任务？不知道死在这里和带着几千负积分回到游戏里，究竟哪一个更惨。

邹一刀很快就把腐尸群远远地甩在了后面，顺着马路奔跑，没过多久，就看到了"欢迎来到轮回镇"的牌子，两人心中一喜，马上就要离开这里了。

邹一刀冲出了轮回镇，发现前面是一片漆黑的农田，道路顺着黑暗笔直地延伸，直到消失在黑暗的尽头。

"我们去哪儿?"

"不知道,往前走走看吧,如果前面什么都没有,我们还得回来。"

两人直觉不会这么简单地离开。

邹一刀继续往前跑,以他现在的体形,速度也就比汽车慢一些了,没过多久,前方依稀出现了一些房屋的影子,在黑暗之中充满了神秘的张力。

邹一刀走近了,又看到了那块熟悉的"欢迎来到轮回镇"的铁牌。

乔惊霆沉默片刻:"我们又回来了?"

"这是镇尾。"邹一刀一手把固定在水泥墩里的铁牌掉了个方向,那一面写着"轮回镇欢迎您再来"。

"我们刚才离开的是镇头。"乔惊霆神色凝重,"绕了一圈,我们又回来了,果然没这么容易能离开。"

两人对这个结果并不意外,毕竟他们的任务目标就是逃出这里,如果这样就能逃出去才有鬼了,而且就算能,他们也得乖乖回来,毕竟还有同伴在这里。

邹一刀把身体恢复了原样,一边穿衣服一边说:"还好有备几件衣服,不然直接裸奔了。"

乔惊霆"嘘"了一声:"小声点,我们这回悄悄潜进去,最好别被腐尸发现。"

"然后呢?"

"要么再做一次实验,我们分头往南北两边跑,看是不是都会回到这里;要么就回我们的房子,再想办法。"

邹一刀想了想:"我们两个不要分开了,万一也走散了就麻烦了。"

乔惊霆点点头:"有道理,那我们就潜回去。"

两人悄悄地隐没在黑暗中,借着房屋的掩护,往小镇深处走。

一路上有一些零散的腐尸,都被他们避过去了,这些东西似乎并不敏锐,最大的杀伤力是不知疲倦和多。

很快地,他们就看到了一个熟悉的地方——花店。

两人都有些懊悔,要不是脑子抽筋跑进花店嘚瑟,也许节省下来的那一分半钟,可以让他们回到同伴身边,所以对这个花店,他们是不可能忘的。

这里腐尸变得多了起来,两人躲在一个充满霉味儿的破墙根下,不敢出声,想着怎么才能穿过腐尸群,回到他们的房子里。

邹一刀观察了一会儿,突然掏出了夜视仪,戴上继续看。

乔惊霆却觉得没啥必要,今晚的夜光足够他们看清那些张牙舞爪的尸体了。

"有点不对。"邹一刀摘下夜视仪,递给乔惊霆,"你看看那个花店。"

乔惊霆也戴上夜视仪,仔细看着花店。有了夜视仪,确实能看清楚很多细节,他看着看着,就皱起了眉头。

"发现了吗?"

"嗯,这个花店跟我们上一次离开时不一样,我们当时冲出来的时候,好像砸坏了木架,木架倒在门边,还有门框,我记得我当时用铜带了一下,那木头都快腐烂了,不可能不留下痕迹。"

"对,很多细节都跟我们记忆中不一样,难道系统更新了?就像我们在怪点一样,系统每个小时更新一次怪?"

乔惊霆摇摇头:"不可能,这是一个完整的副本,如果狩猎副本里的怪也每个小时更新,那我们每个小时都要面对新一批的怪,早死了几百回了。"

"那就只剩下一个解释了。"邹一刀面色凝重,"这个花店,不是我们进去过的那一个,甚至这个小镇,可能也不是我们起初来的那一个……"

乔惊霆感觉冷汗都下来了:"我们,要不要去确认一下?"

"走。"邹一刀率先冲出了阴影,朝着花店跑去。

这一段路遮掩较少而腐尸较多，两人很快就被发现了，那些东西成群结队地朝他们聚拢而来。

邹一刀的机械臂挥了出去，一下子扫倒了堵在门口的腐尸，冲进了花店，花店里的陈设跟他们记忆中差不多，除了没有人为破坏的花架和崭新擦痕的门框，这个花店看上去是从它废弃的那天起就再没有被光顾过，地上厚厚的积灰，连一个脚印都没有，绝对不是他们曾经进来的那一个。

两人对视一眼，邹一刀一拳将那破烂的实木大门打穿了一个窟窿，又把摇摇欲坠的窗户框踹飞了。

乔惊霆已经退了出去，用锏开路，同时叫道："我们退出小镇？"

"对，重新进来一次，看看是不是还是这个花店！"

两人各杀了几只腐尸，才冲出包围，顺着主路拔足狂奔，把腐尸群远远甩在了后面，再一次离开了轮回镇。

跑了良久，远处房屋阴影依稀可见，他们从镇尾逃出去的，这次出现在了镇头。

乔惊霆喘了口气："如果这次又变了呢？"

"那我们就必须找到我们初来的那个时空，否则我们永远也找不到他们。"

"走，进去看看。"为了躲避大拨的腐尸，这回他们从房顶上走，只是大部分的房子，房间距都有些宽，他们还是不免要落到地上。幸而镇子不大，几经波折，他们又来到了花店附近，远远就见那花店的窗户框完好地安在墙上。

两人同时叹了一口气，累得躺倒在房顶上。

"这到底什么情况？"

邹一刀脸色极其难看："不知道，大概是什么平行空间之类的吧，也许我们从花店走出来的那一刻起，轮回镇就已经不是我们初来的轮回镇了，这样就能解释为什么我们找不到他们了。我们每次离开轮回镇，都是真的离开了,但也没有离开,我们离开的,是前一个轮回镇,但是又会回到一模一样的另外一个轮回镇。"

"真可恶……"乔惊霆咬牙道,"我们要怎么才能回到有他们在的那个轮回镇?要是沈悟非在就好了,凭我们的脑袋,什么时候能想清楚这个问题?"

"只能靠自己了。"邹一刀咒骂了一句,"现在只剩下一个笨方法了,就是不停地离开,进入下一个轮回镇,也许运气好,就刚好能回去,我们不知道这里一共有多少个平行空间,但总有一定的概率吧。"

"那也不用去花店确认了。"乔惊霆在心里叫道,"悟非,你能听到吗,悟非?"

果然没有回音。

"不是这个。"乔惊霆坐了起来,神情沮丧。自进入深渊游戏以来,他从来没体会过这样的恐慌,不是来自外界的强大势力,而是发自内心的、从灵魂深处迸发出来的恐慌,不管他们面对多么厉害的怪物、人,总是有形有质,可以拼死一搏的,可眼下经历的诡异状况,可能是他们费尽力气都破解不了的,这种无力感能一点一点击溃人的心理防线。

"轮回镇原来是双重意思。"邹一刀点上一根烟,含在唇边,"白天与夜晚的轮回,平行空间的轮回,余海这个畜生,为什么要选这种鬼地方?"

乔惊霆站了起来,借着暗淡的月光,俯瞰着这个阴森的鬼镇,目光冰冷而坚毅:"走吧,今晚闲不住了。"

时间静静地流逝,等待一个不知何时会来,或会不会来的未知,那滋味儿简直分分秒秒都是煎熬。

舒艾叹了口气,紧紧抱住了肩膀,沉声道:"我们真的就这么等下去吗?万一他们碰到危险了呢?"

沈悟非紧蹙着眉，心里满是纠结。一方面，他们处于一个暂时安全的地带，当两个主战人员都不在的情况下，主动打破这种安全是非常不明智的选择；另一方面，他们的同伴可能正在外面遭遇危险，等着他们去救……

白迩低声道："我不会在这里等一晚上的，这个屋子既然是安全的，你们就留在这里，我自己去找，如果有情况就叫我，我一定会回来。"

乔瑞都满不在乎道："着什么急，他们又没死。"

虽然沟通网联络不到，但是降魔榜上还是看得清清楚楚，只要名字没在降魔榜上消失，人就肯定没死。

"但他们肯定很危险，不然不会这么久都不回来。"舒艾咬牙道，"白迩，我跟你一起去吧。"

"要出去就一起出去。"沈悟非叹了口气，"这个房子不知道能安全到几时，大家最好一起行动。"

乔瑞都耸了耸肩，不置可否。

"我先派我的蛊在镇子里巡视一圈。"沈悟非咽了口口水，盯着客厅的窗户，窗帘虽然合得严严实实，但是窗外攒动的影子依旧很恐怖。如果要把翼龙放出去，就势必打开窗户或者门，那些腐尸就……他想了想，"不行，还是得出去放，这个房子很可能是给低等级的玩家保护，就像新手村的房子那样，如果房子被破坏了，我们就没有一个可以回来的安全地带了。"

"那就走吧。"乔瑞都站起身，舒展了一下肩膀。

白迩看着他，眼睛在黯淡的光线下显得超乎寻常的明亮："我不管你是什么能力，保护好他们两个。"

"废话，难道保护你吗？"

沈悟非指指窗户，鼓起勇气说："白迩，你把那个窗帘拉开，让我适应适应。"

白迩一把拉开了窗帘，由于力气太大，直接把窗帘给扯掉了。

沈悟非嗷叫了一声，一副心脏病要发作的样子，扭过了脸去。

舒艾也满脸的恐惧，简直不敢直视那趴满了腐烂的脸的窗户。

以往经历的恶心之最，也不过就是海妖幼虫了，可那毕竟是虫子，跟他们不是一个物种，那种冲击力跟眼前这些东西无法相比，光是这样隔着窗户看着，已经让人恐惧至极，何况要走到他们中间去。

乔瑞都虽是一脸厌恶，但并不害怕，白迩则更是淡定自若，扭头看着沈悟非和舒艾："你们真的要出去吗？"

舒艾点点头，颤声道："走。"

白迩直接就打开了门。

"啊——你急什么！"沈悟非尖叫一声，直接躲在了沙发下面。

乔瑞都一把将他拎了起来，迈开长腿往门口跑："把你的蛊放出来。"

"等等，我……等等，等等啊——"沈悟非大叫着被推进了腐尸堆里，瞬间召唤出了十多只"机械蜘蛛"，将腐尸群冲散，同时将他们围在中间，他又放出了两只翼龙，嘶叫着上了天，往南北两头飞去。

白迩早已经忘了不能杀平民的规则，毕竟眼前这些东西，让人无法跟"平民"两个字联系到一起。

当他的伞刺穿了一个"平民"的颅骨、沈悟非的机械蜘蛛将一个"平民"撕碎的时候，他们同时收到了系统提示。

沈悟非脸色微变："这些腐尸不能杀，会扣积分！"

乔瑞都诧异道："什么？"

舒艾却更加惊诧地看着乔瑞都。

乔瑞都的双手，不知何时变成了两把象牙白色的长刀，那长刀还升腾着薄薄的白烟，此时，一把长刀正将一个腐尸的脖子刺了个对穿。他皱起眉，显然也看到了系统提示："居然扣分？"

"你……你是什么能力？"舒艾不解地问道。

乔瑞都微微一笑:"舒艾姐姐叫我名字的话,我就告诉你。"

白迩一把撞开他:"别挡道!"他旋身而起,踩着一个腐尸的脑袋跃上了半空,同时撑开了那把黑伞,居高临下地压了下去。

腐尸被压倒了一片,白迩跳起身:"快走!"

沈悟非不得已,只能操控着机械蜘蛛去踢那些腐尸,但机械蜘蛛的八只腿都是金属刀腿,从来奔着杀人见血的,并不适合干这种清道夫的活儿,不小心就又插死了几个。

沈悟非"啊啊"叫了几声。

"你小心点啊,不是扣分吗!"舒艾再次扩大能量防护罩的范围,因为白迩离他们越来越远了,"白迩,不要跑太远!"

"这个副本简直变态。"沈悟非快速解释道,"我的积分被扣成负的了,只要我完成任务,负多少就会变成正多少,如果完不成就……"

"果然变态。"乔瑞都露出嗜血的笑容,"那只要完成任务不就好了吗?"

舒艾劝阻道:"不要冲动,尽量不要杀掉他们。"

乔瑞都嘴上虽是那么说,自然也不敢大开杀戒,谁能保证自己一定能完成任务?万一失败,要么死,要么带着大量负积分回去,也挺惨的。

天边嘶叫着飞来两只舒展着巨大羽翼、拖着长长尾巴的翼龙,在他们头顶来回盘旋。

沈悟非急道:"我的翼龙没发现他们。"

"整个镇子都找过了吗?"白迩喊道。

"都找过了,反正外面是没有,室内无法搜索,我故意让它们发出叫声,他们应该认得翼龙的叫声,可是并没有出来。"

"那就让它们飞得再远一点。"乔瑞都说着,右手的长刀突然像蜡一样融化了,那坚硬的长刀变成了淅淅沥沥黏稠的浓浆,上面还冒起一个个的小气泡,同时散发出阵阵热气和白烟,他挥手一甩,浓浆洒了出去,扫中了一片的腐尸。那些浓浆一沾到腐尸,就发出啪滋的声响,瞬间在他们身上腐蚀出一个个洞。

是酸?!

沈悟非不解道:"为什么你可以把手变成……"

"小心。"舒艾一把按下他的脑袋,一刀砍掉了一只跳过来的腐尸的脑袋。

砍完之后,舒艾又恶心又懊悔,可是危急关头,是真的控制不住。

"别废话,赶紧派你的蛊去找他们。"

白迩身轻如燕,又速度极快,在其他人还被围困的时候,他已经轻巧地冲出了腐尸群。

"白迩——"舒艾在他背后叫道。

"我把村子转一遍,很快回来!"白迩扔下一句话,眨眼间人就消失在了黑夜中。以他的速度、夜视能力,加上"变色龙"符石,在村子里转一圈也花不了太长时间,而且腐尸还堵不住他。

沈悟非没办法,只好再次放出翼龙,这一次,他会让它们低空飞行,看得更仔细一些,同时到村子外面看看。

乔瑞都和舒艾也不再试图突围,他们全力保护好沈悟非,让他跟着白迩一起进行地毯式搜索。

白迩如幽冥一般飞速穿梭在小镇的各个角落,在急速奔跑之下,他的速度已经快到肉眼难辨,黑夜的轮回镇,到处回荡着他的叫喊声:"霆哥!刀哥!"

一间一间房子搜索,他越是找,心就越往下沉。这么大的阵仗,又是翼龙在天上飞,又是他在地面寻,但凡那两人还有意识,就不可能听不到,人到底去哪儿了?!

白迩开始着重留心打斗痕迹,如果他们真的出了事,至少该有打斗痕迹吧,不可能悄无声息地就消失了。可令他失望的是,整个小镇,竟然都没有找到什么明显的打斗痕迹——任凭他夜视力再好,也发现不了可能根本不存在的东西。

突然,沟通网里传来了沈悟非紧张的声音:"白迩,你看到我的翼龙了吗?"

白迩一下子没反应过来:"什么?"

"我的翼龙,你看到它们了吗?"

白迩仰起头,他刚才确实还听见翼龙在叫,现在已经不知道它们去哪儿了,他回道:"没有,我这边也没发现它们的踪迹。"

沈悟非焦头烂额,因为他碰到了从未碰到过的事情——他的两只翼龙突然脱离了他的控制,莫名其妙在他的精神网里消失了。

白迩不死心,继续在镇子里狂奔,在这样的急速奔跑下,他已经相当疲倦,但是不找到人,他根本不想停下来。

霆哥,你到底去哪儿了?!

"不见了?"舒艾颤声道,"怎么会?是不是飞太远了?"

沈悟非脸上的表情相当复杂,有恐慌、有惊诧、有疑惑,他咬了咬牙,断然道:"我们先回房子里。"他同时在心里呼唤白迩:"白迩,回来,马上回房子里,别找了。"

"我再找找。"

"别找了,你在这里找不到他们,快回来。"沈悟非的语气难得严肃了起来。

白迩沉默了一下,"嗯"了一声。

几人费尽九牛二虎之力,打到积分全都变成了负值,才狼狈地躲回了屋子里。

白迩瘫坐在门边,大口喘着气,他已经好久没这么累过,在镇子里来回狂奔了三圈,这样的体力消耗对于他这样强调敏捷的战士来说是个不小的挑战。

沈悟非一言不发，面色凝重地坐在沙发上，就连窗户上那些狰狞的脸他都看习惯了。

乔瑞都一身脏污，先去洗了个澡，换了身衣服，回来发现三个人还在那儿沉默地坐着，不耐烦道："还在这儿干坐着？有屁快放，到底怎么回事？！"

舒艾和白迩也都默默地看着沈悟非。

"我们真的碰到大麻烦了。"沈悟非叹了口气，"我的翼龙不见了。"

舒艾高声道："更大的麻烦是两个大活人不见了吧？"

经历了刚才一役，几人从视觉到身体到心理，都受到了极大的打击，不仅白白出去在恶心的腐尸堆里转了一圈，还每个人扣掉了大几百的积分，甚至人没找到，还把蛊给丢了，每个人的情绪都糟糕到了极点。

沈悟非抱住了脑袋："蛊是一种完全按照我的意识行动的活死物，除非有外力阻止，不然就一定会回到我身边，可是它们现在却不见了。"

"那么什么情况下，它们会突然不见？"乔瑞都正色道。

"三种情况。第一，它们死了，但是在我们的精神力失联的时候，它们还活得好好的，没有遭到任何攻击，所以它们不是因为遭到攻击而失联的，可以排除这个可能；第二，有更高级的蛊师夺取了我的蛊，但是拥有这种级别精神力的，至少也该是列席者。余海不是蛊师，最关键的是，夺蛊没有那么简单，我一定会察觉到，所以也可以排除这个可能。"沈悟非沉声道，"那么就只剩下第三种可能了。"

"说。"白迩紧紧握住了拳头。

"我的蛊进入了跟我们不同的时空，完全隔绝了我们之间的精神力联络。"沈悟非抬起头，眼神充满了不安，"就像刀哥和惊霆一样，在沟通网里，也在这个镇子里，完全消失，不留一丝痕迹。"

花了大半个晚上的时间，邹一刀和乔惊霆离开进来小镇不下二十次，但没有一次联系上其他人。

到最后，他们累得上气不接下气，必须靠治愈卷轴维持体力。

突然，一声奇怪的嘶叫让两人同时竖起了耳朵，并且全身鸡皮都炸了起来。

两人同时抬头看去，乔惊霆瞪大眼睛："那是……那是悟非的翼龙！"

沈悟非的翼龙正在小镇上方不停地盘旋，但速度明显不似平时那般迅猛，反而有些蔫蔫儿的。

"真的是！"邹一刀叫道，"喂，你下来……哦，它不听我们的。"

"翼龙在这里，他们肯定在这个镇上！"乔惊霆赶紧在心里叫道，"悟非，你听到了吗？白迩、舒艾！你们听到了吗？"

邹一刀还在看那只翼龙："它是不是在找我们？"他用力挥舞手臂，"喂，这里啊，你瞎啊！"

那翼龙依旧在天上来回盘旋，根本没有往地上看，任凭邹一刀蹦跶也不回应，他们的声音反而引起了腐尸群的注意，纷纷聚拢过来。

乔惊霆皱眉道："怎么没回应？我们直接去房子那儿看看吧，也许是因为分开太久，沟通网断了？"

"我俩还一直连着网，跟他们的网怎么会断？"邹一刀道，"不过肯定要去看看，都看到翼龙了，他们肯定在这里。"

乔惊霆深吸一口气："要重新闯一次腐尸堆了。"

"腐尸过来了，走，找个地方藏一会儿，歇一歇，以现在的体力，怕是要'扑街'。"

邹一刀找了个隐秘的角落坐下了，点上根烟，慢腾腾地抽着。

乔惊霆靠墙坐着，拿出一个汉堡大口啃了起来，他时不时抬头看那翼龙，奇道："它就这么找能找到什么？我们叫唤它也不下来，真的是来找我们的？"

"鬼知道，它身上长的也不是白迩的眼睛，可能真的只适合打架，不适合侦察吧。"

两人休息了大约二十分钟，感觉体力恢复一些了，才深吸一口气，走出了阴影。

乔惊霆一只手高举起惊红铜，然后缓缓下降，最后平举，直指前方的腐尸群，大喝道："千米赛跑开始啦，看谁先到，我数一、二……"话音未落，他拔腿就跑。

"臭不要脸！"邹一刀笑骂一声，也追了出去。

两人如疾风一般冲向前方，无畏地冲入了壁垒一般层层叠叠的腐尸群，乔惊霆一跃而起，长腿踹翻了一排腐尸，又一铜将七八只腐尸同时抽上了天。邹一刀的身体在半空中缩入龟壳，龟壳开始高速旋转，一举将腐尸群撞出了一个大坑。

他们对杀死"平民"这件事的处理态度是：尽量不杀，万不得已，该杀就杀。

一路披荆斩棘，他们好不容易摸到了那栋房子，里面一片漆黑，不像是有人的样子，他们当然不会就这么死心，踩着腐尸堆挪到了门边，一脚踹开了门。

"谁？"里面传来惊恐的声音。

乔惊霆一听这声音，简直高兴得要跳起来："悟非，是我们！我们终于找回来了！"

"你们可算回来了！快关上门！"黑暗中传来了舒艾的声音。

邹一刀费力地挤进了门，把几只腐尸踹了出去，然后两人用力推上了门。

门一关上，外面的腐尸都安静了下来，两人脱力地坐倒在门边，紧绷的神经彻底松懈了下来。

"你们到底去哪儿了？"沈悟非急道，"我们快急死了，联系不上，也找不到你们。"

"一言难尽啊。"乔惊霆抹了把脸,"怎么不开灯?"

白迤清冷的声音响起:"怕腐尸进来。"

"没事,他们不会进房子里来。"邹一刀看着黑暗中的几个熟悉的影子,叹道,"这一晚上折腾死老子。"

"还是……别开灯了吧。"沈悟非颤巍巍地说,"我一点都不想看清他们的样子。"

乔瑞都嘲讽道:"你是不是男人,胆子这么小。"

沈悟非没理他,追问道:"你们到底去哪儿了?不是让你们在太阳落山之前回来吗?"

邹一刀沉声道:"我们可能进入平行空间了。"

"平行空间?!"

两人断断续续地把自日落后到现在这七八个小时发生的事详述了一遍,尽管听上去很平淡,但是几次深陷腐尸堆,来来回回进出小镇,一次次经历失望,如果他们再不找到人,怕是要绝望了。

沈悟非沉吟片刻:"这个副本居然这么复杂,我得好好想想,你们先去休息吧。"

"好,我顺便进虚拟系统看看。"乔惊霆打了个哈欠。

"虚拟系统?"

乔惊霆微怔:"怎么了?"

"没什么,你去吧。"

邹一刀站起身,伸了个懒腰:"那我可要睡觉了,我就没这么疯跑过,腿都要断了。"他走向舒艾:"舒艾,你看能不能帮我治愈一下,我们跑了好几个小时。"

"好,但治愈疲倦效果不会很好。"

"没事儿,缓解一下就行。"邹一刀走到了舒艾身边,眸中精光一现,突然极其粗暴地揪住了舒艾的头发,将她整个人从沙发里提了起来。

借着窗外漏进来的极淡的月光，邹一刀看到了一张高度腐烂的脸，正对着他露出阴森的笑容，那惨不忍睹的面容上，竟然还能依稀辨认出舒艾的五官……

足足花了一分钟，几人才消化完沈悟非的这段关于分割时空的分析，屋内死一般沉默。

乔瑞都摇了摇头："那个蠢货，绝对回不来。"

白迩尽管不爽，却也没法反驳，他也觉得乔惊霆和邹一刀回不来，甚至他们能不能像沈悟非这样快速地发现这一点都不好说。

"他们回不来，我们就得去找他们。"舒艾面色凝重道，"不然我们任何一方碰到余海，都会输。"

沈悟非点点头："这是我最担心的，但是有两点我敢肯定：第一，余海跟我们不在一个时空；第二，余海的人一定也被拆散了，他们的难度一定比我们高很多。所以现在首要的任务，不是逃出轮回镇，不是余海，而是把刀哥和惊霆找回来。"

"怎么找？"

"现在有两个思路：第一，明天太阳升起后，轮回镇会重复今天发生的事。如果，我抱一点侥幸心理猜测的话，也许我们全部人会重新回到这个屋子里，但是这个概率很小；第二，他们跟我们分割时空，一定是因为经历了什么，如果能把他们失踪前所在的地方、发生的事、接触的人找到，就有可能找到他们，至少找到他们去另一个时空的方式。"

"我也觉得他们自动回来的可能性很小。"白迩沉声道，"应该想办法找到他们失踪前的痕迹。"

"我们最后一次对话，刀哥说他们很快就回来了。"沈悟非回忆了起来，"如果说很快，那么应该是在步行时间五分钟以内的距离，成年男子正常情况下的脚程是一分钟一百米左右，当时太阳快下山我在催他们，他们会走得更快，暂定一百五十米每分钟，那么就是半径七百五十米以内的范围。这个屋子偏南，他们去的方向往北，可以排除南面的半圆。小镇只有一条主路，如果是为了考察、参观，一般不会深入岔路，所以他们一直走主路的概率在八成以上。"

白迩道："顺着主路往南，查看约四百米的距离。"

"嗯。"沈悟非道，"白迩，你速度最快，还有夜视能力，这个任务只能你来做。"

"当然。"白迩站了起来，抬头看了一眼头顶，"我走上面吧。"

"小心点，如果碰到危险就说，我们会过去支援你。"

"嗯。"

"等等。"沈悟非抱住了脑袋，"如果你也进入了另一个时空该怎么办？"

白迩愣了愣，确实有这个可能。他以前从不害怕单独行动，每一个白幽冥，都要学会和孤独与黑暗为邻，但现在他却不愿意一个人。

舒艾也担忧道："是啊，如果你也碰到了跟他们一样的事，跟我们分割了时空，那我们就拆成三组了。"

乔瑞都冷哼一声，显然并不在乎白迩去哪儿。

"理论上，平行空间都是彼此相互有联系但同时又独立存在的，如果你能从这个空间到达另一个空间，那么你也可以从那个空间回到这个空间，只要你掌握了正确的旅行方式。"沈悟非像是下定了决心一般，"我们约定，一定有一个人一直留在这个时空的这间屋子里，作为我们的原始据点。同时，我们需要一个暗号。"

"暗号？为什么？"

沈悟非轻轻咬着唇："理论上，你在其他平行空间，也可能碰到我们。"

几人一惊。

"我不知道这个副本会不会加入这样的设置，轮回镇的轮回，究竟带不带上我们这些外来人，为了以防万一，我们一定要确认彼此见到的，是正确的人。"

舒艾细弯的眉毛已经快要拧成一团了："那么即便刀哥和惊霆回来，也有可能不是真正的？"

"无法确定，这个副本的细节太不明朗了。"

白迩冷冷地说："想个暗号吧。"

沈悟非摇摇头："不用特别想什么暗号，只要彼此见面的时候，能够在沟通网里说话就行了，显然沟通网是不能跨时空的。"

"好。"

"还有……"沈悟非无比认真地说，"最最重要的一点，不管你发现什么，第一时间汇报，而不是擅作主张，更不要随便有下一步动作。"

"知道了。"

白迩已经迫不及待想再出去看看，看看他是否遗漏了什么线索。他快速上了楼，从天窗爬了出去，身体开始融入周围的景色。

这段时间赚的积分，他几乎全都加在了变色龙符石的技能上，只求更快地隐没身体，目前他完全变色的速度，已经从最开始的三点几秒，缩短到了两秒，正常人只能看到一点点残影了。

他从八米高的小洋房顶跳了下去，轻巧地落地，很快消失在了夜色中。

白迩顺着主路一路搜寻，跟之前的粗略搜索不同，这次他把主路两侧所有的花园、房子、设施、地面，都仔细检查了一遍。

他从小被训练为刺客，追踪、刑侦都是必备技能，有别于邹一刀当特种兵时受到的现代化训练，他的追踪技能是祖辈代代积累下来的经验和学问，也许没有仪器那么精准，但是可以不依靠工具。如果那两人真的是在这个范围内因为发生了什么事而消失的话，他理应找到一些痕迹。怕就怕因为昼夜交替，温馨小镇一夜之间变成了鬼城，痕迹都跟着这种瞬间的时间变迁而湮没了。

终于，他在一家花店门口发现了蛛丝马迹。他马上对沈悟非说："我发现一个花店有点异样。"

"仔细描述一下。"

"第一，这个花店附近没有腐尸，腐尸分布得非常广泛，哪里都有，唯独花店这一块非常干净。"

"嗯，还有呢？"

白迩蹲在了花店的门边："这个小镇里所有的东西都一夜之间变旧了，这个门槛上的泥印却是新的。"

"新的？什么样的？"

"有点黑的土，像是沟壑很深的那种鞋底踩过带上去的，没有完全干，还有一点点湿度，而且上面没有灰尘。"

"带回来给我看看。"沈悟非又道，"花店内有脚印吗？"

白迩看了一眼，里面是厚厚的积灰："没有。"

"还有什么发现？"

白迩绕着门边转了转："门外好像没有了，我进花店看看。"

"好。"

白迩刮下门槛上的泥印，用袋子装了起来，然后走进了花店。他在花店里转了一圈，也没发现什么特别的，便道："花店里也没什么了，我现在回去吧。"

等了一会儿，没有人回应。

"我现在回去？"白迩又重复了一遍。

依旧没有任何回应。

白迩心里一紧："沈悟非，回话。"他等了片刻，加重语气叫道，"沈悟非、舒艾，回话！"

白迩扭头看着花店的门口，他沉默了片刻，踏出了门槛，低头一看，门槛上并没有他刚才刮泥印留下的痕迹……

原来,就是这里。

沈悟非等了良久,才问道:"白迩,怎么样,花店里有没有发现什么线索?"

沟通网内一片沉默,沈悟非又问了一遍,才感到不对劲,舒艾紧张地站了起来,脸色铁青:"白迩,回话,白迩,白迩?"

乔瑞都挑了挑眉:"那小子真不见了?"

沈悟非和舒艾对视一眼:"花店……那个花店不对劲,看来他们三个都是在那里消失的。"

舒艾那素白的手轻轻捂住了眼睛,本就惊恐的情绪又添上一把火:"怎么办,白迩也不见了……"

沈悟非也是要崩溃了,本来团队里的两个主战人员一起失踪,情况就已经非常严重了,现在白迩也失踪了。他和舒艾在任何一个狩猎副本里都没有自保能力,身边只有一个说不清是敌是友的乔瑞都,万一这时候有什么危险,他俩绝对完蛋。以前不管碰到什么危机,有其他同伴在身边,不至于绝望,这是头一次,他们头顶的保护伞消失了,现在他俩就像是直接暴露在阳光下的白迩一样,不知道能够撑多久。

只有乔瑞都丝毫不紧张,反倒笑着安慰舒艾:"舒艾姐姐,不要怕,我会保护你的……"他瞥了沈悟非一眼,"你嘛,看情况。"

舒艾看了乔瑞都一眼,她根本不相信乔瑞都的话:"你就不担心吗,万一我们这时候碰到余海呢?你连自保恐怕都困难吧。"

"我倒不担心碰到余海,因为我们的情况越糟糕,他们只会更糟糕,列席者本身就不该进入 S 级副本,他们至少该进 T 级的,他们的评分会很高,系统会给他们分配相应高的任务难度。"

"这话是没错,但是你觉得余海那么谨慎的人,会随便选一个副本进吗?"沈悟非沉声道,"他一定是对这个副本有所了解,有人进过这个副本,告诉过他细节。"

"应该吧,但他们一时半会儿肯定还找不到我们,有空担心,不如想想怎么把那三个人找回来吧。"

舒艾深吸一口气,让自己冷静下来,这时候不能慌,沈悟非的胆子可能比她还小,如今能让人安心的三个人都不在,她更不能慌,她走到沈悟非面前,温柔地拍了拍他的肩:"悟非,你怕吗?"

沈悟非抿了抿唇,点点头。

"我也有点怕,但我知道他们肯定也在想尽办法回到我们身边,可只有你有办法最快找到他们,对吧?"

沈悟非又点点头:"我已经知道花店这个关键线索了。"

"那我们一起想办法,一定有办法的,对吧?"

沈悟非抹了一把脸,他也不好意思让女孩子安慰他,他叹了一口气:"现在已知花店是一个连接平行空间的中转站,而且平行空间一定有很多个,如果通过花店的旅行就能够不停地穿梭平行空间,那么他们三个一定都在尝试,可至今都回不来,这就说明平行空间的数量,是非常庞大的,从理论上来说,是无限的。"

"如果有这么多的平行空间,那他们穿梭到哪里,只能看运气。"

"对,看似是这样,但是这毕竟只是一个游戏的副本任务,不会给出无解的题。"沈悟非斩钉截铁地说,"我们得去花店看看。"

乔瑞都道:"如果我们也去花店,然后也穿梭到其他空间了怎么办?"

"白迩在花店外面的时候还没事,要进入花店里面,才会穿越,我们只要不进去就行。当然,如果有必要,我们可能真的也要去其他空间看看,但我们三个人必须一直在一起,不能分开。"

"可是万一他们回来了呢?你不是跟白迩说,大家一起回到这个初始小镇吗?"

"也许根本没有所谓的初始小镇,每个平行空间里都是大同小异的。

我现在无法确定,我们得先去花店看看。"

乔瑞都站了起来:"那就走吧。"他指了指沈悟非,"带着你们两个,我必须开杀戒了,如果这次任务失败,我不会放过你的。"

沈悟非苦笑道:"如果任务失败,可能轮不到你来动手。"

"你的能力是酸吗?"舒艾问道。

乔瑞都笑盈盈地说:"嗯哼,姐姐觉得这个能力厉害吗?"

"我还没怎么看到。"

"当然了,对付这些东西,不值得费很大的功夫。"

沈悟非道:"为什么你的双手可以变成固体酸?"

乔瑞都勾唇一笑:"我吃了一块那个蠢货大概一辈子都吃不着的符石。"

"……'元素使'?"

乔瑞都笑而不语,他那种天生自带的、融入骨血的优越,泄露于一言一笑之间。

沈悟非心想,要是乔惊霆知道乔瑞都吃了他梦寐以求的神执的顶级符石元素使,怕是要嫉妒得牙疼。元素使可是临渊之国才有的,出了名难打的符石,系统里好像要数十多万积分一枚,游戏里除了列席者,恐怕没几个人吃得起。而列席者之中,又没有几个神执,也难怪乔瑞都如此得意,放眼整个游戏,吃过这枚符石的,怕是不超过五人。

元素使能让神执的能力和人体完全结合,达到肉体元素化,简直是神一般的能力,难怪杨泰林舍得把禅者之心这么宝贝的乔瑞都送进来帮他们,是真的相信乔瑞都死不了吧。

沈悟非暗叹一句,人比人,气死人。

邹一刀看着那张神似舒艾,却高度腐烂的脸,尽管早已有了心理准备,可头皮还是要炸开了。他打了那么多年的仗,见过那么多死人,面对血腥,他可能比白迩还要无动于衷,可是看着自己熟悉的人变成这个样子——即便他知道是假的——也还是让他心脏紧缩，怒火升腾。

袖剑一弹出，就划向了那腐尸的脖子，速度快得只能在黑暗中瞥见一道白光。

那腐尸瞬间身首分离，可那孤零零的被邹一刀拎在手里的脑袋，脸上的笑容却越发阴森恐怖。

屋内突然有了光亮，乔惊霆手里拎着个高亮的聚能灯，轻轻放在了桌子上，他看着一屋子的……腐尸，那些腐尸穿着他的同伴们的衣服，留着同伴们的发型，当然，还有一模一样的声音和语气，在黑暗中基本肉眼难辨。他骂了句娘："在屋外我就觉得不太对劲了，我们在外面拼命，那么大动静，他们怎么会不出来帮我们，敢冒充他们，看老子把你们打碎。"

邹一刀把手里的脑袋嫌恶地扔到了地上，那东西的脖子里却突然伸出十几条黑色肉条状的触手，将脑袋支撑在了半空中，和邹一刀平视着，嘴里发出咯喳咯喳的笑声。

邹一刀怒了："你顶着舒艾的脸……"他原地暴起，冲向了那触手怪。

其他三个腐尸的脑袋也都纷纷抛弃了身体，脖子里伸出了那些黑色肉条状的恶心触手。

乔惊霆眯起眼睛，用惊红铜指了指扮演乔瑞都的那具腐尸："别说，你长得还挺像他的，我一定让你死个明白。"

扮演沈悟非的那只腐尸，披着长发冲向了邹一刀，其他两个朝乔惊霆袭来。

乔惊霆一脚踩上沙发，惊红铜抽向腐尸伸过来的几根触手，他大叫一声："你比白迟慢多了！"惊红铜 举打开了好几根触手，但也有两只触手缠上了惊红铜，用力往自己的方向拉扯。

乔惊霆不退反进，只身欺近那触手怪，在十多条触手看就要将他整个人都缠住的时候，他突然松开了惊红铜，脚下一滑，身体从触手怪的身体下面钻了过去，同时一把抓住了他能抓住的好几根触手，他强忍着油腻恶心的手感，用身体下坠的重量把触手怪拽了一个跟头。

另一只触手怪也缠了上来，乔惊霆的脚被死死缠住，他戏谑一笑："你比乔瑞都好看一点。"说着借助强劲的腰力，在半空中用力旋拧身体，那腐尸的几根触手立刻被拧成了一股麻花，随着乔惊霆的落地，也跟着往地上摔去。

两只触手怪摔成一团，乔惊霆适时释放出了雷电，瞬间把这两只东西劈傻了。他捡起铜，轻松地敲碎了他们的脑袋。

邹一刀那边也结束了，一小截一小截的触手在他周围落了一地，就好像从头顶倒了一大框黑香肠——有的还在乱蹦。

"让你装舒艾，让你装舒艾。"邹一刀举起机械臂，对准了那腐尸的脑袋，子弹瞬间把他撕碎了。

乔惊霆把抓过那触手的手往沙发上使劲儿蹭："本来以为真的找回来了，这个副本到底哪个人设计的，弄出这么变态的东西。"

邹一刀神色格外凝重："事情更复杂了，我们如果真的找到了他们，还得先确认是不是真人。这回是仿造了体形、发型、衣服和声音，下一回万一仿造得跟真人一样呢？游戏里那么多NPC，表面上可看不出来和真人有什么区别，如果系统真的想用假人蒙蔽我们，外表我们可能一下子真的看不出来。"

"用沟通网判断？"

"只能试试了，但这么长时间断线，不知道沟通网会不会出问题。"邹一刀看了看天色，"过不了多久太阳就要升起了，不知道到时候会发生什么。"

乔惊霆沮丧地看着窗外："我们去花店吧，反正都已经突破腐尸群进来了，我也不想在镇子外来回跑了。"

"我宁愿跑也不想面对那些玩意儿……"邹一刀叹道，"不过这里确实离花店比较近，走吧。"

白迩在确定了自己独身一人被分割进了一个空间后，倒也镇定。他看向窗外，想看看这个空间跟他来的初始空间有什么不同，却发现窗户是破的，窗户框摇摇欲坠地挂在墙上，玻璃向外散了满地。

　　他心里一动，隐形了身体，将窗户检查了一遍，发现这些破损是人为的，而且是崭新的，他在窗户外的地面上，也发现了邹一刀的军靴的脚印。

　　他马上在心里叫人，当然，毫无回应。不过这个发现也令他喜出望外，至少这个地方邹一刀和乔惊霆来过，就证明平行空间之间确实是互通的，哪怕概率很小，但他们有在平行空间重遇的可能，"可能"，比什么都重要。他掏出纸笔，写下一段简短的话，放在窗边，留给其他人看，如果他们也来到这个空间，至少是一条线索。

　　然后，他再次走进花店，空间又变了。窗户是完好的，也没有字条，只是小镇外面都是一样的，满地腐尸。他连续进进出出十多次，都再没有别的线索，于是他决定回他们的房子看看。

　　他刚走出花店没多远，凭着超人一般的夜视能力，清楚地看到了不远处的房顶上，有一个人。

　　白迩警觉起来，放缓了脚步，猫一般慢跑到房下，看着房顶的人。这个叫王文豪的是余海团队里的一个异种，9级，战斗力应该还不错，但是孤身一人，也只敢躲在屋顶上。

　　白迩足下一点，轻巧地一跃跳上了房顶，房顶的瓦片年久失修，尽管他已经很小心，可还是弄出了一点动静。王文豪神经紧张地扭过头来，当然，他什么都看不到，又转过了头去。

　　白迩轻轻脱掉了脚上的靴子。他以前只穿又软又薄的犀牛皮底的鞋，犀牛皮鞋子也是白幽冥的一个标志，他们历代养着的工匠可以把这种鞋子做到轻软耐磨，走起路来和赤脚相差无几，几乎没有声音。但是在游戏里换了这双能加速的靴子，他就没穿过以前的鞋了，游戏里也未必能做得出来符合他要求的鞋子,所以暗潜需要的时候,他就光脚。

他一步步欺近王文豪,两手的食指和中指之间,都夹着薄薄的袖珍匕首。

突然,王文豪转过了身来,手持着一挺火箭筒,毫不犹豫地朝白迩开了一炮。

白迩就地一躺,身体在瓦片上翻滚,将那些风吹雨淋之下早就处于腐朽边缘的瓦砾都压碎了。

王文豪神经质地大吼:"你以为我不知道你来了吗?我闻到你了!我闻到你了!"

白迩仔细回忆了一下,乔瑞都在逐一介绍余海手下的成员的时候,好像说过,有个狼人异种。因为太厌恶乔瑞都,他甚至懒得听乔瑞都说话。

身体能隐形,气味却不行,有些失算。

王文豪收起火箭筒,咆哮着变成了狼人,他循着味道朝白迩扑了过去。

白迩见隐身也没多大意义,干脆显出了身形。

"果然是你……"王文豪的精神状态似乎不太好,恐怕他跟白迩一样,跟同伴分离,一个人被扔进了这个平行空间,一个人面对一镇子的腐尸,还没有白迩这种畅行无阻的隐身能力。这个游戏里的绝大多数人,在进入游戏前都只是普通人,很少有人能有白迩这种处变不惊的冷静。

白迩冷冷地说:"如果你老实回答我几个问题,我可以让你没有痛苦地死。"

王文豪露出扭曲的笑容:"杀了尖峰的几个废物,就以为自己多牛×了?"

"杀你还不成问题。"白迩不再和他废话,化身白色闪电,袭向这足足比他高了一倍有余的巨型狼人。

早在白迩刚刚洗过神髓,离开新手村的时候,他就已经杀过八级玩家,这一路披荆斩棘,除了碰上方道那等实力差距太大的,几乎从未败过。他是游戏内少有的技巧性战士,是个哪怕在现实世界里也可以一个人对战一头狼的杀手,所以这看似凶猛的狼人,根本不是他的对手。

当白迩把王文豪制服的时候,王文豪的情绪已经濒临崩溃,不知道在日落后的几个小时里,他究竟经历了什么,他大吼大叫着让白迩杀了他。

白迩半蹲在他面前,匕首抵着他的大动脉:"我还是刚才那句话,老实回答我的问题,我让你痛快地死,否则我让你求死不能。"

王文豪失神地说:"你问吧。"

"你一进游戏就一个人在这里吗?你的同伴呢?"

王文豪点点头:"不知道,我自从进来就没见过他们。"

"把所有余海告诉你的,关于这个副本的信息,都告诉我。"白迩用袖珍匕首的尖轻轻刺破了他的皮肤,"我学过刑讯,也学过被刑讯,如果你撒谎,我会知道。"

王文豪苦笑一声:"你以为我是自愿跟余海进来的吗,我根本不想进S级副本,我就知道我没命出去,是他为了充数,威逼利诱我进来。"他的目光变得怨毒,"最好他们也没命出去。"

"余海为什么要进这个副本?"

"为了一个道具。"王文豪沉声说,"一个叫'轮回卷轴'的东西。"

"轮回卷轴?"白迩皱眉道,"说清楚。"

"轮回卷轴是轮回镇副本的专属奖励物品,可以让使用者在使用的瞬间,重复过去五秒内发生的事,只有一次机会,只能使用一次。"

白迩心中微惊,原来余海是冲着这个来的,五秒看似眨眼即逝,可是高手过招,成败可能就在 0.1 秒之间,能够重复过去五秒发生的事,关键时刻能够救命,甚至能够反败为胜啊!

"不过,要得到这个东西,也有条件。"王文豪阴沉地看着白迩,"必须做到'完美通关'。"

"'完美通关'指的是什么?"

"完成任务,全歼对手,全员存活。"

"……怪不得余海不去T级副本。"

"T级副本的轮回卷轴是十秒的，但是即便他想去，也没人敢跟他去。而且，至今没有任何一个团队能够完美通关T级副本。"

白迩沉默片刻："你们的副本任务是什么？"

"逃出轮回镇。"

居然跟他们的任务一样，只是难度显然大多了，白迩猜测，余海整个团队被拆散了。

这么一来，反而不能杀这个人，余海进副本的目的是完美通关，一旦杀了这个人，余海就再没有留在这里的理由，他会想尽办法尽快离开游戏，而且他肯定知道关于这个游戏的一些信息，那样他们就没有机会杀余海了……

白迩一眨不眨地盯着王文豪："你想活吗？"

王文豪瞪大了眼睛，他的眼神就像浓雾中被擦亮的一盏灯。

在离开房间之前，沈悟非和舒艾都异常紧张，比起不信任乔瑞都的能力，他们更加不信任乔瑞都的人品，一旦出了这个门，就没有回头路了，如果乔瑞都中途扔下他们不管……

乔瑞都早已看穿了他们的想法，却什么都懒得说，只似笑非笑地欣赏着他们脸上的焦虑："到底走不走啊，天可就快要亮了。"

"走，走。"沈悟非看着外面的腐尸群，做了个吞咽的动作。

"当初进副本之前，是你说你智力高，让我听从你的指挥。"乔瑞都微眯着眼睛，用修长的手指隔空点了点沈悟非，"你要对你做的每一个决策负责任。"

沈悟非点点头，用力闭了下眼睛："走吧。"

舒艾撑开了防护结界，三人一起冲出了房间，若是有翼龙在，他们还可以飞过去，沈悟非想到他消失的翼龙，就肉疼得不行，也不知道副本结束的时候，能不能还给他。

沈悟非召唤出了二十只机械蜘蛛，在前方开路、侧后方庇护，乔瑞都则负责解决那些近身的腐尸。

沈悟非很注意地观察着乔瑞都的能力，发现这种能力还真是不好惹，所有碰到他的腐尸都被烧得千疮百孔，根本难以近身，他就硬是用那高浓度的酸，给他们开出了一条道。

在沈悟非心里，始终觉得日常就剑拔弩张的乔家两兄弟终有一战，不知道真的到那一天的时候，乔惊霆面对乔瑞都，会有多少胜算。

在乔瑞都杀了一堆腐尸之后，三人终于抵达了花店。

果然如白迩所说，花店门口几乎没有腐尸，跟其他地方有明显的差别，但是现在他们把腐尸带到了花店，因此情况并没有好多少。

沈悟非戴上夜视仪，果然一眼就看到了门槛上被刮过的淤泥的痕迹，三人毫不犹豫地冲进了花店。

当沈悟非再回头看向窗外的时候，原本追着他们而来的大批腐尸都不见了，窗外一片安静，只有远处有晃荡的腐尸。

"这……穿越了？"舒艾不敢确定地说。

"嗯，已经不是我们刚才进来的那个花店……不，那个小镇了。"沈悟非走到门边，蹲下身去，果然，门框上什么都没有。

舒艾在心里叫着其他三人的名字，只是依旧了无回音。

"花店若是平行空间的中转站的话……"沈悟非环视四周，夜视仪里尽是一片绿森森的画面，"那么这里应该有有关平行空间的线索吧？"

"要检查一下吗？"

"要。"沈悟非拿出几盏节能灯，分别放在了花店的各个角落，道："现在大家都不要踏出花店，一旦踏出去，可能就要跟我们分开了。"

乔瑞都摸了摸下巴："那如果我们互相拴在一起，一个在花店内，一个在花店外呢？"

沈悟非点点头："我一会儿会拿机械蜘蛛试试。"他仔细查看花店的每一寸，越看越是投入，口中还喃喃默念着什么。

舒艾就在一旁静静等着，乔瑞都站在她身边，低笑着说："你们这位'军师'，一直都这么闷吗？"

"……他只是胆子有点小，但关键时刻很勇敢。"

乔瑞都嘴角牵起一抹嘲弄的笑："乔惊霆呢？平时是不是缺筋少弦的？"

舒艾皱起眉，毫不犹豫地说："惊霆很可靠。"

乔瑞都斜睨着舒艾，戏谑道："你不会喜欢他吧？"

舒艾怔了一怔，随即羞恼道："现在是讨论这种问题的时候？"要不是害怕乔瑞都扔下他们不管，舒艾根本不想给他好脸色了。

"哈哈哈哈哈。"乔瑞都发出一阵大笑，他轻轻搂住舒艾的肩膀，微低下头，"舒艾姐姐，你的眼睛这么漂亮，不会看人可就白瞎了。"

舒艾头也不回地走向了沈悟非。

乔瑞都看着舒艾的背影，露出冰冷的笑容。

沈悟非不知何时掏出了相机，开始咔嚓咔嚓地拍照。

舒艾好奇道："你在拍什么？"

"我一会儿跟你解释。"沈悟非把花店拍了一圈，然后道，"走，我们换一个平行空间。"

沈悟非在这个花店做了个记号，然后三人一同退出，复又一同进来，果然，刚才的记号已经不见了，这又是一个崭新的平行空间。

沈悟非提着节能灯，围着花店转悠了一圈，又提出离开，这样反复去了四个平行空间，沈悟非才长舒一口气："我找到规律了。"

"啊？"舒艾惊讶道，"你发现什么规律了？"

沈悟非指了指那些干枯的花枝："花。"

"花？这些花……都快要成烂泥了。"

"嗯，花是要成烂泥了，但是花架上有花的价目牌。价目牌上，写了花的名字和属性简介。"

乔瑞都不耐烦道："不要卖关子，赶紧说。"

沈悟非用手比画了一下花店："你们仔细看这个花店的布局，整体是一个大圆套小圆，然后这个结账的柜台也是一个圆形，是一个独立于大圆之外的小圆，你们觉得像什么？"

舒艾茫然地看了看圆形花架，又看了看柜台，并没有看出什么。

"大圆，小圆……"乔瑞都围着那大的圆形花架走了一圈，嘴里数着花架的数量，"1、2、3、4……正反面加起来是24个？"这个大圆形是由24个立式花架组成的，每两个花架背靠背摆放，分12组。每组中间有供人穿梭的间隔，共同围成了一个圆形，被围在正中央的是一个圆形的装饰性花坛。他眸中闪过一丝精光，"难道是日与月？！"

沈悟非点点头："日、月、轮回。"

舒艾惊讶道："这个花架代表的是日月轮回？"

"这个大花架是日。"沈悟非指了指他们身后的圆形柜台，"这个才是月，月在围绕着日旋转。"

"旋转？它们的位置一直没有变呀。"

"但是花在变。"乔瑞都皱起眉，"对吧？"

沈悟非点点头："最中间花坛里的花，是合欢，合欢是一种昼开夜合的花，代表着日。柜台的漆面上画着的是昙花，只在晚上开花，代表着月。合欢和昙花，代表昼夜交替。12个花架围绕太阳，代表寒暑交替。正反面共24种花，代表一天24时的交替。"他顿了顿，一字一字清晰地说道，"整个花店，都在表达着'轮回'！"

轮回！

两人倒吸一口气，若是没有沈悟非的引导，他们根本不可能注意到这样的细节。

"这轮回的规律你找到了？"舒艾看着花架，突然恍然大悟，"是这些花的顺序在变！"

"没错，每一个花架上的花，都是按照季节来的。"沈悟非掸了掸花价牌，"这上面不仅写了花名、价格，还有简单的属性简介，比如这个杜鹃，花期就是4月。"他指了指不远处的一个，"桂花，花期是8月；梅花，花期是12月。花架上的24种花，都是按照花期顺序排列，但是正反面的月份不一样。我们可以以当前空间，跟柜台，也就是跟月正对着的花的花期，来给当前空间命名。比如现在这个，正对柜台的是8月，与此同时，跟它同一个花架面对日的，是3月。"他展示刚才在其他空间拍的照片，"在这个空间里，正对着月的花的花期是2月，同时反面正对日的花，花期是7月。"

乔瑞都凝重道："如果这就是空间的顺序，那我们面对的——就是12乘以12的144个平行空间。"

沈悟非叹了口气："没错，144个不同的排列组合。但是，不管它们怎么旋转，一定有一个空间，是正反面的花期完全重合的。"

舒艾惆怅道："这么复杂，他们肯定是无法发现的。"

"其实线索都在这里，但他们，应该不会去注意吧。"尽管摸透了平行空间的数量和规律，但是沈悟非并没有感到一丝轻松，面对如此数量庞大的空间，他们三组人能够碰到彼此的概率真是太小了。如果一直尝试下去，也许有一天真的能碰上，问题是他们可能根本没有那么多的时间，怎么能让同伴重聚，才是眼下最紧迫的。

乔瑞都道："如果我们不停地进出平行空间，是不是能够把144个平行空间都走一遍呢？我们在每个空间留下字条，让他们在日月重合的那个空间等我们。"

"现在不能确定，首先我们是否能够不重复地走完144个平行空间，毕竟目前看来，这个穿越的地方是随机的；其次即便能，要走完144个平行空间，都留下字条，并且保证他们也像我们这么做，最终重逢的话，不知道要花掉多久的时间，也许天会亮，我最害怕的就是天亮之后又生变故。"

"现在还有更好的方法吗？"

沈悟非捂住了额头。

乔惊霆和邹一刀回到花店，马上穿入了另一个平行空间，两人靠墙喘气，彼此眼神都有些茫然和恍惚——累的。

"你说我们这一晚上瞎忙活，到底忙活出啥了？"乔惊霆郁闷地说，"我特别想沈悟非。"

"还是有收获的：第一，知道进出花店或进出镇子都可以穿越到另外一个平行空间；第二，知道这些腐尸能装人。"

"可还是找不到他们。"乔惊霆翻了个白眼儿，"我最烦这种费脑的副本了，我宁愿从太阳落山打到太阳升起，也不想这么憋屈。"

"落山……升起……"邹一刀看了看窗外的天色，又看了看表，"离太阳升起可能不足两个小时了，如果我们还是不能重聚，不知道会发生什么。"

乔惊霆道："也许在下一次太阳落山之前，我们会一直被困在某一个固定的副本里，毕竟白天这个花店就是个真的花店，外面也没有腐尸。"

"有这个可能，若真是这样那还算和平的。"邹一刀直起了身体，"现在也没别的办法，就赶在太阳升起之前，多进几个平行空间吧，万一真的误打误撞找到他们呢？总不能这么干等着。"

乔惊霆从仓库里拿出一瓶矿泉水，打开盖子，兜头浇了下来，他甩了甩发梢上的水珠，抹了把脸："走吧。"

两人又开始了进出花店的穿越之旅，也不知道走了多少个空间，他们发现了一个标记。

"这个是……"邹一刀当了多年的兵，很善于发现细节，他在这个花

—— 61

店的柜台上,发现了一个跟周围环境格格不入的机械零件。

"这是沈悟非的东西吧?"乔惊霆面露喜色。

"对,肯定是。"邹一刀的声音疲倦中带了一丝兴奋,"他们来过这里,可能也在跟我们用一样的方式穿越平行空间,他们在找我们。"

"太好了,总算是有点眉目了,至少我们是可能出现在同一个平行空间的!"经历了一整个晚上的折磨,他们终于发现了希望的曙光,哪怕仅仅是一丁点,也足够给予他们行动的力量和心灵的抚慰。

"怎么办呢?我们可能都在互相找对方,但是能够同一时间出现在同一副本的概率太小了,如果有一方原地不动,可能重逢的概率会稍微高一点,但是我们怎么才能沟通谁不动,又怎么才能去自己想去的空间?"邹一刀抓了抓头发,"这感觉……真烦。"

他们全都在同一个小小的店面里进进出出,可就是碰不上面,甚至无法向对方传递哪怕一句话,这种感觉又神奇,又令人沮丧极了。

乔惊霆也是全无办法:"我们给他们留字条?让他们在这里等我们?"

"万一他们不回这里呢,万一他们也想留在原地等我们呢?"邹一刀也特别希望能打仗,毕竟那才是他擅长的,这猜谜游戏他真是受够了。

"那要怎么办?两拨人一直不停地找找找,哪辈子能找到一起去?"乔惊霆打了个哈欠,"我困了,要不睡一觉等天亮再说吧。"

邹一刀骂道:"你小子心可真大,你要是我带的兵,我可能一天想亲你,一天想崩了你。"

"哈哈哈。"乔惊霆笑了两声,都觉得肺部空气被压缩,大脑越发空白,又累心情又差。他叹了口气,忍不住一脚踹在了花架上,权当泄愤,毕竟如果不是他们走进了这个该死的破花店,可能就没有这一晚上的折腾了。

乔惊霆一脚的力量不容小觑,若是踹在花架中间,可能直接就断了,但他踹在了侧边,只听得"咯吱"一声,花架发出干涩的声响,竟然移动了!

乔惊霆吓了一跳,赶紧后退了一步,只见那花架往左侧偏移了十来厘米，相应地，所有的花架都跟着往左移动，始终保持着均匀的距离。

邹一刀瞪大了眼睛："这居然还是个机关？！"

乔惊霆眨了眨眼睛，试着用力推动花架，居然真的动了，他继续往前推，终于听到"咔嗒"的卡位的声音，他把一个花架推到了另一个花架的位置。

邹一刀惊道："柜台上的机械部件不见了，我们换空间了！"

"牛，居然还有这种玄机！"乔惊霆又兴奋又得意，"老子这一脚简直神了。"

他们推着花架做实验，果然随着花架位置的移动，平行空间一直在变换，邹一刀又试了试背面那排花架，效果也是一样的。

两人对视了一眼，眸中均跳动起喜悦的火光。

沈悟非在花店里走来走去，思索着什么，突然，他抬起了头来："如果决定平行空间的就是花架的顺序，那我们移动花架，是不是就能达到人为改变空间的目的？"

乔瑞都一拍掌："很有可能，试试吧？"

"这些花架都是摆在地上的，并没有固定，应该是可以移动的。"舒艾刚要上手。

乔瑞都轻轻握住她的手腕，微笑道："上面有木刺，舒艾姐姐不要碰了，我来吧。"

舒艾怔了一怔，脸颊有些发烫，虽然她一直是团队里待遇最好的，但她已经很久没有感觉到自己被当成女人来对待了。

乔瑞都开始推动眼前的花架，稍微用了些力气，花架果然动了，而且正面的所有花架，都在随着他的动作而环形移动，花架与花架之间，始终保持着均匀的间隔。

沈悟非眼前一亮："我没猜错，真的是个机关。"

"咔嗒"一声，花架移动到了下一个位置，花店内突然变得一片漆黑，因为刚才放置的节能灯都不见了,他们换了个空间。

三人纷纷喜形于色。

"太好了,太好了。"沈悟非直拍手,"现在把花架原位移动回去,看看我们能不能回到刚才的空间。"

乔瑞都又把刚才推出去的花架推回了原位。

室内泛着暗黄的光,他们回到了有节能灯的空间。

沈悟非兴奋得笑了起来:"哈哈哈,太好了,我们能找到他们了,太好了!"

煎熬了一整个晚上,终于找到了破解平行空间的方法,三人如释重负。

舒艾的口气有些焦急:"天边泛白了,看来很快太阳就要升起了。"

沈悟非皱起眉:"我们不能冒险等到天亮,我能预料到的最好的情况,就是天亮之后,把昨天到现在我们经历的一切再经历一遍,那也意味着我们又要分开一整夜,如果是糟糕的情况,就不知道能糟糕到什么程度了,所以我们必须在天亮之前找到他们。"

"那怎么办?"

沈悟非有些犹豫。

乔瑞都道:"我们三个人分三组去找他们,任何一组找到任何人,带他们去日月重合的那个平行空间会合;没有人,就留下字条指引他们去那个空间会合。"

"我担心这样会有危险。"沈悟非看了一眼舒艾,"我不放心你,如果我们在穿梭平行空间,那么余海的人也有可能在做同样的事,万一碰到余海的人……"

"你是不放心你自己吧。"乔瑞都冷冷地说。

"我是不放心舒艾。"沈悟非笃定地说。

舒艾知道,以沈悟非的战斗力,逃跑应该还是没问题的,再不济,他还有那个逼退方道的第二人格，但是她……她抿了抿唇："不用担心我，现在找到他们是最要紧的，我们在同一时间、同一空间碰到同一人的概率并不高，真碰到了，我会自己想办法。"

沈悟非走到舒艾面前，沉声道："舒艾，如果，以防万一，真的碰到了余海的人，你就告诉他们，留着你，可以交换惊雷任何一个人。"

"……好。"

乔瑞都笑道："舒艾姐姐，你记得强调一下，包括我，余海做梦都希望我死。"

舒艾点点头："希望我们都不会碰到他们。"

"好，我来分配一下。我是正面 1~4 月的所有排列组合，舒艾是 5~8 月，乔瑞都是 9~12 月。"沈悟非深吸一口气，"出发。"

三人退出花店，然后一个一个地分开走了进去……

王文豪将信将疑地看着白迩："你想知道什么？"

"余海告诉过你什么，我全都要知道。"

"我怎么知道你会不会在我说完之后杀我？"

"你没得选择。"白迩阴冷地看着他，"落在我手里，只有配合。"

王文豪深吸一口气："好，我告诉你，反正就算我死了，我也不希望余海好过。"他想了想，道，"余海有一个朋友，曾经进过 S 级副本的轮回镇，所以他得知了轮回卷轴的事。那个朋友说，轮回镇会在某一个节点上，以日出和日落为界，让玩家分隔进不同的平行空间，如果不能在日出之前会聚到一起，那么日出之后你们就会在不同的空间待着，没有沟通，不能见面。而穿越平行空间的机会，只在晚上才有，这就意味着必须在晚上面对腐尸，去寻找其他人，如果一直找不到，就一直这样轮回下去，他的朋友，最后团队死了一半，超过任务时限，两队都失败，每个人背负了几千的负积分离开了副本。"

白迩微蹙着眉:"那个节点是什么?"

"余海说,是一家冰淇淋厂,要在冰淇淋厂的流水线上寻找轮回的规律,他详细告诉了我们,可是我找遍了整个镇子,根本没有冰淇淋厂。"王文豪垂着头,心灰意冷地说,"显然每个团队进来,节点都是不一样的。"

"所以余海说的那个朋友,最后还是找到了同伴。"

"嗯,但他们并没能找到离开轮回镇的方法,两队都没找到。"

"余海还说过什么?"

王文豪沉声道:"这些腐尸,并不是只有一个形态,我们一开始看到的都是最普通的,每经历一次日落,都会比前一天更厉害,不过越厉害的腐尸,杀死它们扣除的积分,就会越少。"

"还有呢?"

王文豪想了想:"就这些了,没别的了。"

白迩看了他几秒,直把人看得毛骨悚然。白迩那白到几近通透的皮肤、青灰中带着淡红、在夜晚格外明亮的眼眸和妖精般的精致面孔,常给人一种不似真人的感觉,在这样一个压抑的夜晚,格外让人恐惧。

"如果你想活着离开副本,不如和我合作吧。"白迩道。

王文豪愣了愣,随即摇头:"如果我这么做,即便我能活过副本,回去我也得死。"

"如果其他人都死了呢?那就没人知道发生什么了。"

王文豪抿了抿唇,还是摇头。

白迩站了起来,一步步往后退去:"我们还会见面的。"

王文豪有些讶异地看着白迩,他大概不敢相信,白迩居然真的打算放过他。原本他就是抱着必死的想法,想着死也不能让余海好过,现在简直像是捡回了一条命。

白迩穿上了自己的靴子,翻身跳下房顶,瞬间消失在夜色中,朝着花店跑去。

如果那个所谓的"节点"里就有找到同伴的线索，那么花店就是关键。

白迩刚冲进花店，就愣住了，他居然看到了邹一刀！

邹一刀也愣住了，他想也没想，祭出袖剑就朝着白迩刺来。

白迩皱起眉，想起沈悟非说过的，他们可能在其他平行空间见到自己，便也毫不犹豫地抽出了袖珍匕首，飞快地迎了上去。

两人身形错开的时候，已经以闪电般的速度过了一招，邹一刀松了口气，背对着白迩道："行了别打了，我知道你是本人了。"

"什么意思？"

邹一刀转过身来，苦笑一声，在沟通网内说："我们找了一个晚上，碰到了伪装成你们样子的腐尸，所以我要确定一下到底是不是真的，你这个速度和毫不犹豫对着我攻击的态度……嗯，没跑了，肯定是你。"

白迩听到沟通网里的声音，显然也松了一口气："霆哥呢？"

"你就关心你的霆哥是吧？"邹一刀白了他一眼，"我们无意间发现了穿越平行空间的方法，就是不停地挪动花架然后还算出了一共有144个平行空间，我俩正分头找人呢。你呢？你怎么一个人？是不是也在找我们？"

"不是，我自己一个人进入花店，跟他们分开了。"

"我在其他空间看到乔瑞都留的字条了，让我们去牡丹和水仙重合并正对着柜台的那个空间会合。他们居然也知道了花店里的花架能挪动，挺厉害啊。"

白迩道："你们都能发现花店的秘密，沈悟非知道我在花店消失，肯定会去花店调查，当然也能推理出来。"

"什么叫我们都能发现，我们这运气杠杠的。"

"到底是什么玄机？"

邹一刀指了指那些花架："就是它们可以挪动，每挪动一个，就变一个空间，正反两面的花架都适用，这样正反12乘12，正好144个嘛，我们就分头找咯。"

白迩点点头:"原来如此,我们赶紧去那个空间会合吧。"

两人一起挪动正反花架,把牡丹和水仙推到了指定位置,空间瞬间变换。

他们是最先到的,眼看着天边已经泛起鱼肚白,太阳马上就要升起了,两人都有些焦急地等待着。

陆续地,沈悟非到了,然后,舒艾也到了,几人见面之后,分外激动和感动,虽然只是分开了一个晚上,但简直像是十年那么长。

可是,直到日出的微光已经挣扎着要冲上地平线,乔惊霆和乔瑞都都没有现身。

乔惊霆眼看着窗外已经要日升了,他还一个人都没找到,却也不敢再耽搁下去。挪动花架,打算根据舒艾留下的线索,去牡丹和水仙重合的空间相聚,那里至少该有几个人了,一想到马上就要见到同伴了,他感到从未有过的忐忑,他希望他到那里的时候,所有人都已经聚齐了。

他正要挪动花架,突然,眼角闪过一抹黑影,扭头一看,居然是乔瑞都站在自己面前,两人都愣住了。

"你怎么在这里?"两人异口同声道。

"废话,我在找人。"乔惊霆没好气地说。

乔瑞都嘲弄道:"以你的智商,居然能发现花架的秘密,撞了狗屎运了吧。"

乔惊霆这个来气,因为乔瑞都真说中了,他们还真就是走运才发现的,但他当然不会承认,他白了乔瑞都一眼:"就你聪明。"

突然,日出的第一缕阳光洒向了大地,就如浓雾之中被注入了光源,那么柔和却又那么耀眼,两人一愣,都紧张地看向窗外。

花店内的所有东西开始了从腐烂到新生的演变,一如日落时正好相反的过程,就好像一段影片在反复播放。

两人异口同声地骂了一句,赶紧去推花架。

那已经变得崭新且盛满了鲜花的花架,被他们一举推翻在了地上,娇嫩的鲜花散了一地,其他花架也被撞得东倒西歪,却并没有熟悉的移动……

乔家两兄弟看着一地的狼藉,面面相觑。

The Abyss Part One

Game —

Part 2：完美通关

舒艾提着刀站了起来,勇敢地面向程晨,她已经很久没杀过人,长期处于被保护状态,让她几乎忘了,在新手村的时候,她是孤身一人的战士,对,她也是个战士。

深渊游戏Ⅲ·轮回镇

"怎么会……他俩，没回来……"沈悟非不敢置信地看着这逐渐重生的轮回镇，日出的第一缕阳光代表着勃然的生机，所有的丑陋与破败都被留在了黑夜之中，眨眼的时间，那个他们初始看到的温馨而和睦的小镇回来了。

但他们的同伴没回来。

白迩脸色不太好："在日落之前，平行空间都不会再开启。"

邹一刀不死心地推动花架，差点儿把花架推散了，也并没有熟悉的事情发生。

"你怎么知道的？你确定吗？"

"嗯，我在一个平行空间里，抓到了余海团队的一个异种。"

舒艾不解道："我时刻都在关注降魔榜，没有人死。"

"因为我没杀他。"白迩把从王文豪嘴里得知的东西都说了出来。

沈悟非思索道："我们先回我们的房子，要商量的事情多着呢。"

几人一起回了他们的小别墅，个个儿神情沮丧，心情低落。

在经历了一整夜的紧张、焦虑、失望、折腾之后，一切好像又回到了原地。他们又被分成了两到三队，而且，这回必须硬挨到日落才能行动，而白天的这段时间，他们会碰到什么，乔家两兄弟又会碰到什么，根本不得而知，他们彼此也帮不了对方。

邹一刀点了一根烟，悻悻说道："你们说，他俩是在一起，还是分开的？"

"不知道，最好在一起吧。"舒艾叹道，"估计概率不高。"

"他们在一起还'最好'？"白迩冷冷说道，"说不定先打个你死我活。"

沈悟非摇摇头："他们不至于这么不识大体，如果在一起起码有个照应吧，毕竟现在我们是一个团队，就怕他们彼此也分开了，孤身一人，希望他们在的地方，没有余海。"

邹一刀轻吐烟圈，一双犀利的眼睛透出连薄雾都挡不住的寒芒："余海是要留给我的。"

沈悟非搓了搓头发:"刀哥,这一夜你和惊霆是怎么过的?"

邹一刀苦笑一声,把他们一晚上的经历如实说了出来。

沈悟非听完之后,沉默良久:"居然能够模仿我们的声音……"

"对,完全听不出任何不同,我相信以系统的实力,模仿外貌应该也不难。"

"嗯,看看系统精灵就知道了,系统完全能够制造出外表上与真人几乎没有差异的人工智能机器人,你们碰到的之所以只模仿了声音,肯定是因为这只是第一天。那个王文豪不是说了吗,我们一天不离开轮回镇,难度就会一天天增大。"

"所以今晚日落之后,我们必须找到他们。"舒艾扶了扶额,"可能就差那么几分钟的时间……"

"他。"白迩冷冷强调道。

沈悟非拍拍白迩的肩膀:"那个轮回卷轴是个顶顶的好东西,我们也应该争取一下完美通关,再说,要是我们回去了,乔瑞都死了,我们肯定又要树敌了。"

白迩没说话,只是习惯性地让袖珍匕首在自己的手指间跳舞,令人猜不透他的情绪。

"问题是,今晚日落后的节点,还会不会在花店?"舒艾突然提出一个关键的问题。

白迩皱起眉:"这个王文豪没有说,因为告诉余海这些人,勉强破解了平行空间的运转规律,但是没能找到逃出轮回镇的方法,最后超出任务时限,被送出狩猎模式了。"

"也就是说,他们很可能没有经历过,破解一个节点之后,团队依然没有凑齐的情况。反正这个节点,在轮回镇内肯定不止一个,按照王文豪的说法,至少余海战队的节点,就不是花店,花店是我们的。"沈悟非思索道,"今晚上这个节点会不会变,只能等到日落后才有答案了。如果他们两个在一起,我倒不担心,乔瑞都非常聪明,但如果是都落单了……"他捂住了眼睛,头疼地说,"我们得全部出动去把我们的会长找回来。"

几人齐齐叹了一口气。

"那白天我们该干些什么?"

"我想,首先应该确认一下,这个平行空间里有没有余海的人。"

白迩面无表情地说:"说不定余海就在这个平行空间。"

"别别别。"沈悟非恨不得捂上他的嘴,"祖宗你少说两句行吗?你别看我这个人懂这么多科学知识,其实我还是挺迷信的。"

白迩白了他一眼:"如果只有余海一个人,你怕什么?"

沈悟非干笑道:"眼下,还是全员凑齐比较重要。"

"那我们怎么确认这个平行空间里有没有敌人?"

"制造一个能够引起瞩目的公共事件,这样镇上的人会去围观的同时,对于我们这些初入游戏,非常迷茫,还被平行空间弄得颠三倒四的玩家来说,一定也会去现场看看,找找有没有什么有用的线索。"

"公共事件,比如?"

邹一刀耸耸肩:"往没人的地方扔个炸弹呗,最简单了。"

"乔、瑞、都!"乔惊霆咬牙切齿地看着他,他忙活了一晚上马上就要见到同伴了,要不是这个王八蛋突然出现,他怎么会耽误这么重要的事情!

乔瑞都同样是一脸的恼怒:"跟你这种人在一起智商都被拉低了!"一想到要跟乔惊霆留在这个平行空间,而且可能是一整个白天的时间,他整个人都焦躁了起来。

乔惊霆泄愤地一脚踹翻了旁边的花架:"你一开始就不该跟我们进来,你其实是来监视我们的吧?"

乔瑞都的口气里是满满的鄙视:"就你们这种一穷二白被人追得满街跑的小破公会,我有监视你们的工夫,不如去打块石头。"

"那你就是来添乱的。"乔惊霆怒道,"回去抱你禅者之心的大腿就行了,这种地方怎么适合你这种少爷?"

"我是为了杀余海,难不成是为了你?"乔瑞都冷笑一声,"不过,你们团队里,也不是所有人都面目可憎嘛,起码还有个漂亮的姐姐……"

"我警告你少打舒艾的主意!"乔惊霆打断他,厉声吼道。

乔瑞都低低笑了起来:"这么紧张?你喜欢她吗?"

"关你屁事。"乔惊霆厌恶地瞪了他一眼,"老子现在心情极差,你再不闭嘴,我就把你的嘴缝上。"

"我真的挺想试试。"乔瑞都手握成拳,身体散发出微微的白雾,空气中流动着一股不寻常的气息。

两人积怨已久,其实什么理由都足够打一架的,只是每次的时间和地点都不太对。

但乔惊霆现在真的想把锏捅进这个傻X的嘴里,他刚想不顾三七二十一打个痛快,女店员抱着一桶鲜花走了进来,看到一地的狼藉,就惊恐地叫了一声。

乔惊霆看着那个女店员,她从如此鲜丽的样子变成了一堆烂肉的画面还历历在目,乔惊霆心里生不起一点怜香惜玉,干脆要无赖到底,越过她就跑。乔瑞都愣了一下,也跟着跑了。

两人一前一后地返回了别墅,尽管一言不发,但各自心中都盛着一腔无处宣泄的怒火,在这两百来米的距离里,才逐渐浅淡了下来。

回到别墅,乔瑞都冷静地说道:"在日落之后,如果花店这个节点没有变,我们就马上去找他们;如果变了,就要去寻找其他节点。我希望你记得随时带着自己没什么用的脑袋,不要给我添乱。"

"不会说人话就闭嘴。"乔惊霆歪身栽倒在沙发上。这一晚上他实在太累、太困，本来是想进入虚拟系统顺便休息的，但是乔瑞都在这里，他也没办法做什么，更不想跟乔瑞都大眼瞪小眼，干脆睡一觉吧。

可乔瑞都显然不打算放过他，一脸不痛快地看着他："你还有脸睡觉？"

乔惊霆眼皮都没抬，也没理他。

乔瑞都思索着他们接下来的行动。目前最安全的做法可能就是在这里待上一个白天，等待日落吧。但他向来不喜欢这样被动，也不想浪费这么重要的调查时间，离开轮回镇的线索，不应该只出现在日落之后。

"给你两个小时的时间休息，然后我们出门调查。"乔瑞都说着，也倒在了另一侧的沙发上。他突然想起来，自己也是一晚上没睡，就为了找这个傻X。

乔瑞都躺下之后，乔惊霆才悄悄睁开一只眼睛，瞅了瞅，又赶紧闭上了。

两人各怀鬼胎，其实根本睡不着，但是谁也不肯认输，就那么一动不动地闭着眼睛干躺着，也不知道在跟谁较劲。

不知道过了多久，突然，外面响起爆炸声，震得他们的窗户都在跟着猛颤。

两人迅速翻身从沙发上坐了起来，对视一眼，走到了窗边，轮回镇东侧的某个地方，正冒起滚滚浓烟、火光冲天。

"爆炸了……"乔惊霆喃喃道，"难道，这个平行空间里有余海的人？"

乔瑞都大步往门口走去："去看看就知道了。"

两人一路跑到了升烟的地方，发现那是一个汽车修理厂，镇上很多居民都在往这个方向靠拢，消防车正在灭火，不准许居民接近，所以他们都被拦在了很远的地方之外。

乔瑞都的目光在人群中快速搜索，很快地，他就发现了一张熟悉的面孔，那人冷冷看了他一眼，转身消失在人群中。

乔瑞都拔腿就追。

"喂,你……"乔惊霆来不及问什么,只好也跟了上去。

乔瑞都追着那人拐进了小镇弯弯绕绕的小路,他大叫道:"莫友江,你引我们出来,还躲什么躲?"

过了一会儿,一个干瘦的年轻男人从巷子里探出了身体,乔惊霆也刚好追了过来,见那是一个9级超体。

莫友江紧绷着脸,冷冷说道:"乔瑞都,你野心真是不小,离间了韩老和余哥之后,还想把我们赶尽杀绝。"

乔瑞都冷笑道:"有些事,真的是你们自己作死,比如你现在在做的。"

"你不能杀我,你也抓不住我。"莫友江面对乔瑞都,显然是有些畏惧的,但依然强撑着气势,"自从你来了禅者之心,禅者之心就没有一天的安宁。"

"你们余左使才真是野心不小,哪个公会容得下呢?"乔瑞都眯着眼睛打量着莫友江,"你刚才说我不能杀你,也抓不住你,是什么意思?江涯也在这个空间里?"

"对,但你找不到他的,别白费力气了。"

乔瑞都给他们详细介绍过余海七人的职业和能力,江涯是个9级国仕,虽然同是9级,但显然养得比舒艾肥,已经学了召唤技能。在他们靠近莫友江之前,江涯就能把莫友江召唤到镇子里的任何一个地方,他们要抓莫友江,白迩在的话,靠速度可以一试,或者,先抓住江涯。

"那么,不能杀你又是什么意思?"乔瑞都的笑容阴森而冰冷,"你以为,我会让你们任何一个人活着回去乱嚼舌根吗?"

"你杀了我,余海就无法完美通关,他进这个副本的目的,就是完美通关。一旦这个目的提前失败了,他会立刻结束任务,离开游戏。到时候,你们不但杀不了他,还会背负着任务失败造成的几千负积分。"

两人怔了怔,乔惊霆喝道:"什么完美通关?余海的目的是什么?"

"完美通关,指的是'完成任务,全歼敌人,全员存活',余哥进这个副本,就是为了完美通关而能够得到某样物品。"莫友江阴恻恻地说道,"余哥早就知道如何离开游戏了,现在只差杀光你们。"

乔惊霆嗤笑一声:"虽然不知道是什么好东西,但是我要定了。"

乔瑞都眯起眼睛:"既然如此,你引我们出来干什么?不会以为凭你和江涯,能杀我们吧?"

莫友江冷冷一笑。

白迩在公园扔了枚炸弹,等到镇民都纷纷聚拢过来的时候,隐身在周围,暗中观察其中有没有余海的人。

等了约一个小时,白迩也没有看到任何一个玩家,他失望而返。

沈悟非分析道:"这个平行空间里没有余海的人,也不是一件坏事,我们可以趁着白天的时间,把整个小镇调查一遍。既然144个平行空间都是一样的,那么离开小镇的方法,肯定每个空间里都有,我们就把这个空间当作最终的、唯一的空间,全员在这里会合,全员从这里离开。"

邹一刀点点头:"对,如果今晚日落后,节点还是在花店,那么他们两个人,肯定会来这个日月重合的空间找我们,顺利的话,我们马上就可以会合。"

"但我们的目的不只是离开小镇,我们要杀余海。"白迩道,"如果余海那帮人不在这里呢?"

"余海也想杀我们,最好的情况是我们把余海引到这里,而不是被动地去余海所在的空间,但不管怎么样,等我们杀了余海,多半要从这里离开小镇,完成狩猎副本的任务。"

"那我们就分头去调查吧。"舒艾有些迫不及待的样子,"有什么要注意的?"

"多跟NPC说话,了解小镇的历史和其中发生过的故事,有什么消息,随时在沟通网内共享。"沈悟非想起了什么,"刀哥和惊霆昨天碰上的那个老婆婆，刀哥，你再去找找她，她肯定知道些什么。"

"明白。"

"还有，注意那些不寻常的地方，任何你觉得不太对劲的人、事、物，都深入了解一下。"

"好。"

"分头行动吧，但不管发生什么事，日落前必须回到这里会合。"

"所以我们也没打算靠我们两个杀了你们呀。"

乔惊霆彻底不耐烦了："有屁赶紧放。"

"这里有其他人吧。"乔瑞都冷笑一声，"都有谁，赶紧出来吧，反正都是老朋友了。"

"乔瑞都，加上我呢？够不够杀你？"背后传来一道森冷的声音。

两人转过头去，巷子里走出来一个人，正是乔瑞都说过的10级蛊师韦杰夫。

乔瑞都见到他，脸色微变，却依旧笑道："杰哥啊，前天还一起吃过饭，真不巧，今天就要你死我活了。"

"对，是你死我活。"

韦杰夫相貌凶恶，气势凶猛，其实不太像一个蛊师，但是连乔瑞都都忌惮的男人，肯定不容小觑。

莫友江指着乔瑞都："这小子那天就是来套我们的话的，杰哥，他太阴险了，要不是他，韩老会疏远我们吗，我们一起杀了他！"

"原来你小子打的是这个算盘。"韦杰夫恶狠狠地看着乔瑞都，"你想杀了余哥，自己去做禅者之心的左使吧？你小子自从第一天来禅者之心，看着就不像个省油的灯。"

"我对左使右使什么的，一点兴趣都没有。"乔瑞都嘲讽地看着他，"余海老老实实当个左使，不要去当什么列席者，还能活得长远一些。"

"余哥当了列席者,看来是踩着不少人的痛处了。"韦杰夫阴笑道,"可惜你打错算盘。杨泰林这个孬种自己都不敢出面,却派你和这帮乌合之众进来送死……哈哈哈哈哈,等我们杀了你,再找机会除掉陈念颜那个娘儿们,我看杨泰林还拿什么威风!"

"啊,他们确实是乌合之众。"乔瑞都斜了乔惊霆一眼,"但是,干掉你们足够了。"

乔惊霆冷道:"究竟废话完了没有?要打赶紧打。"

乔瑞都通过沟通网说道:"你是傻X吗?第一,我们没有国仕,他们有;第二,我们不能杀他们,否则余海马上就会离开游戏。"

乔惊霆怒道:"那怎么办?"

"当然是跑了!"乔瑞都朝着韦杰夫一摊手,"不过,要我们动手,除非余海站在我们面前,否则没有意义。"

乔瑞都说罢,两手一挥,两道乳白色的、散发着白气的液态墙凭空而生,像密织的网般一左一右地扑向韦杰夫和莫友江,乔瑞都低声道:"走。"说罢一跃跳上了房顶。

乔惊霆还在惊讶于乔瑞都的能力,他回过神来,马上跟了上去。

"乔瑞都——"背后传来韦杰夫愤怒的吼声。

两人飞快地在房顶上穿梭,乔惊霆发现乔瑞都的体能果然不弱,神执这个职业其实更像游戏里的法师,体能稍差一些。但是他和乔瑞都都是现实世界里就练过多年的,打斗的时候是体能和技能双结合,自然也就更注重体能的强化。只是乔瑞都那究竟是什么能力?喷牛奶?

乔惊霆心想,要是邹一刀在,不知道能想出怎样猥琐的形容。他边想笑,一边又惆怅于跟同伴的分离。他只希望,除了他和乔瑞都以外,其他人都已经顺利归队了。

韦杰夫和莫友江都追了过来,但速度比不上他们,乔惊霆叫道:"我们跑去哪里?"

"回我们的房子。"乔瑞都的大脑飞速运转着,想着如果必须应战,该怎么打败三个人,要杀他们,他尚有自信,但要制服却不杀死,几乎没有可能,实在不行,只能先保命要紧了。

"那个房子可以防住腐尸,可未必防得住玩家。"

"那你说怎么办?"乔瑞都不耐地叫道。

乔惊霆想起了什么,果断地说:"出镇。"

"什么?"

"如果我没猜错的话,有一个穿越平行空间的节点不会关闭。"

两人一起朝着镇外跑去,这条路乔惊霆昨晚上和邹一刀跑了几十趟,简直熟门熟路,闭着眼睛都摸不错方向。

乔瑞都叫道:"你确定这样能穿越进另一个空间?"

"应该可以,反正我们是不可能这么离开小镇的,最坏的情况就是重新跑回来,那也足够甩掉他们了。"

乔瑞都总觉得他在跟着乔惊霆干一件蠢事,虽然也不知道为什么会有这样的想法,但是跟乔惊霆沾边儿的事,多半都机灵不到哪儿去。

只是眼下也没有别的办法了。

两人撒丫子狂奔,很快就跑出了小镇,顺着那一望无际的乡间小路一路向前,然后,不知道从什么时候开始了赛跑……

乔惊霆受不了乔瑞都跑他前面,就快跑几步追了上去,心里舒坦多了。

他舒坦了,乔瑞都又不舒坦了,狂跑起来,又超过了乔惊霆。

乔惊霆撇了撇嘴,开始了全速奔跑,乔瑞都心里暗骂一声白痴,却也不自觉地调整到了最快的速度。

两人就这么狂奔着,很快,视线里就出现了轮回镇的影子。他们抱着一点忐忑和期待,进了小镇,先是习惯性地在沟通网内呼唤同伴,没有应答后,又小心躲闪着人群,故意走弯曲的小巷。深入小镇后,他们失望地发现了远处还在冒着烟的建筑,那正是韦杰夫为了引他们出来故意弄的爆炸。

"我们又跑回来了。"乔惊霆咒骂了一声。

"看来确实只有日落之后,平行空间的穿越才会开启。"乔瑞都思索道,"现在我们只有两个办法:第一,躲他们躲到日落;第二,在日落之前,搞定他们。"

"搞定他们。"乔惊霆翻了个白眼儿,"躲个屁,你怕了?"

"我告诉你乔惊霆……"乔瑞都的手指几乎要指上乔惊霆的鼻子,"我唯一害怕的,就是你这么蠢会拖我后腿。"

"滚。"乔惊霆打开他的手,"我懒得跟你在这儿磨叽,到底要不要去找他们?"

"当然要找……"乔瑞都轻咬着嘴唇,"但一定要把他们分开,最好先找到他们的国仕。"

"怎么找?好歹这里有六千多人口呢。"

乔瑞都轻扯嘴角:"有办法。"

乔惊霆做梦都没想到,乔瑞都竟然在路边找了个小孩儿,随便给了他一点小东西,让这小孩儿去警察局报案,说爆炸是三个外来人干的,并且描述那三个人的外貌。

六千人的小镇,镇上的居民肯定早已经互相混了个脸熟,外来人在这里会非常突兀,警察只要稍微一调查,就能找到人,而那三个人肯定也不敢随便大开杀戒。

两人潜到警察局附近,耐心地等着。等了一上午,到下午时分,警察陆续押着三人进了警察局。那三人表情闲适,并没有当作一回事,反正他们想走,随时都可以走。

乔瑞都指着其中一个矮小的男人:"江涯,我们要先制服他。"

"我可以把他敲晕了。"

"你可别敲死了。"

"废话，我能掌握力道。"乔惊霆没好气地说，"怎么弄？他们三个现在在一起。"

"你见过审问同伙犯人，是同时审讯的吗？他们三个肯定要分开审讯，而我们需要时机，只要搞定江涯一个人，其他两个我们应该打得过。"

乔惊霆看了看警察局里进进出出的人，发现一个警察迎面朝他们走来，身材高大，跟他们体形差不多。

两人对视一眼，乔惊霆舔了舔嘴唇，大步走了过去，叫住了那个警察："喂，大哥。"

警察看着他："有事吗？"

"巷子里有个神经病，我要经过那里回家，他就是不让我走，你能不能去吓唬他一下？"

警察上下打量了乔惊霆一番："就你这体格，还要我去吓唬他？"

乔惊霆笑道："他好像有狂犬病，我怕他咬我。"

警察将信将疑，往巷子里走去，他刚步入阴影，乔惊霆伸出一只手，悄无声息地从背后钩住了他的脖子，手臂勒紧，压迫着他的动脉。

那警察脸涨得通红，喉咙里发不出一点声音，不一会儿就晕过去了。

乔惊霆把人放倒在地上，伸手就去扒他的衣服。

"狂犬病？啊？"乔瑞都冷冷看着乔惊霆，"咱俩站一起，谁更像疯狗？"

乔惊霆头也不抬地讽刺道："你像条贵族血统的纯种狗，满意吗？"

"乔惊霆，早晚有一天，咱俩要站在擂台上。"乔瑞都指着乔惊霆的头顶，"不是擂台，也会是别的什么地方，我不打得你满地找牙，我都白活二十年。"

乔惊霆脱掉了衣裤，把扒下来的警服往自己身上套，同时挑衅地看着乔瑞都："对，会有那一天的，不过跪在我脚边的，肯定是你。别忘了，以前打架你从来没赢过我。"

乔瑞都眯起眼睛："你要不要脸？我小时候打不过你是因为你比我大两岁，长大了我输给过你吗？"

"反正你没赢过。"乔惊霆戴好帽子，整了整衣领，对着巷子里一户人家的窗户看了看里面的倒影，有意思，像他这样隔三岔五要被警察盘问几句的小痞子，穿上警服居然还有几分正气。

乔瑞都不屑道："进去找到他们之后，通知我方位，我告诉你，如果你搞砸了，我是不会管你的。"

"用不着。"乔惊霆头也不回地走向警局。

这一天的警察局，因为爆炸案的事变得特别繁忙、杂乱，并没有人注意到他。他进警察局也不是第一次了，虽然每座警局的格局不一样，但是整体环境分布有类似的地方。他一路低头，压着帽檐，穿过了办公区域。

突然，一个人叫住了他："喂，同志，你来这里干什么？怎么没见过你？"

乔惊霆回头看着他："我刚调来的，熟悉一下环境。"

"刚调来？"那警察上下打量着乔惊霆，"我们镇上从来没有外调的警察，你文件呢？"

乔惊霆"哦"了一声，一把搂住了他的脖子，那姿势就像哥儿俩好，表面看不出什么，他还偏过身体挡住了监控摄像头，匕首已经抵住了那人的腰："敢声张，我立刻杀了你。"

那警察斯斯文文，一看就是个文职警察，此时吓得身体在发抖，却也还强装镇定："你想干什么？"

"刚才押回来的跟爆炸案有关的三个外地人，他们在哪个审讯室，带我去找他们。"

"你……你们是一伙儿的？"

"跟你没关系，带我去。"

那警察咽了咽口水，领着他走进了一间监控室。

监控室里站着两个警察,正隔着单面玻璃看着里面的审讯情况,那里面正在受审的,赫然就是江涯。

乔惊霆心里一喜,省了麻烦了。

监控室里的警察齐齐转过脸来:"小刘,有事吗?"

小刘还未张嘴,乔惊霆已经一个手刀劈晕了他,那两个警察大惊失色,乔惊霆几步走了过去,旋身而起,一人一脚,正踢中他们的脖子,两人也跟着软倒了下去。

对付这样的普通人,乔惊霆感觉在欺负人,当然,想到晚上他们就会变成腐尸,甚至还可能装成他的同伴的样子来迷惑他,他就生不起半点同情。

审讯室里的警察和江涯,并不知道外面发生了什么。

乔惊霆本想直接进去,这时候,乔瑞都适时在他大脑里发出了声音:"怎么样了?找到人了吗?"

"找到了,快搞定了。"

"不许乱来,告诉我位置,我进去。"

"你进不来,很麻烦,我会把他带出去。"

"你不要擅自行动,机会只有一次,搞砸了我饶不了你。"

乔惊霆不再理会他,走过去敲了敲门,警察依然盯着大爷一样靠在椅子上拒不配合的江涯,头也不抬地说:"进来。"

乔惊霆低着头,推门进去,走到警察背后的时候,原本眼神四处晃荡的江涯似乎察觉到了什么,猛地看向乔惊霆。

然而为时已晚,乔惊霆一掌劈晕了那警察,马上冲向了江涯。

江涯瞬间挣断了手铐,全身聚起淡蓝色的防护结界,同时大声喊着:"杰哥,友江!"

乔惊霆一把抽出了惊红铜:"这里隔音非常好,他们听不到的。"说着一铜劈向了江涯的脑袋。

第一次攻击虽然被江涯的防护结界挡住了,但江涯依然被砸倒在地。

国仕的防御虽然是最强的，但是也禁不住一连串不停歇地进攻，江涯被打得根本没有还手之力，蜷缩在角落里，单靠防护结界硬撑着，撑了不到半分钟，已经被乔惊霆抽了几十下，防护结界终于支撑不住，乔惊霆一铜击中了江涯的脑袋。

江涯来不及呼叫，就晕了过去，鲜血淌了一地，但乔惊霆拿捏了力道，这一下子，普通人也许会死，但强化过的身体不至如此。

乔惊霆把江涯扛了起来，怔了一会儿，不情不愿地在沟通网里问道："喂，我怎么出去？"

乔瑞都在那头直翻白眼儿："你现在才想到这个问题？"

乔惊霆不耐烦道："你到底说不说？不说我可直接冲出去了。"

"我会在警局附近再引爆一枚炸弹，你趁乱把人带出来。"

"嗯。"乔惊霆环顾左右，把江涯放到了地上，把昏倒的那个警察的衣服扒下来，换到了江涯身上，结果弄了一手的血，他担心这么流血下去人真的要挂了，就给江涯用了一个治愈卷轴。

过了没多久，就听得外面传来一阵爆炸声，审讯室外一片混乱，楼上楼下响起阵阵脚步声。

乔惊霆把帽子扣在了江涯的脑袋上，然后悄悄打开了审讯室的门，扶着他往外走去。

走到警局办公区域的时候，很多人慌乱地在进进出出，有人抓住乔惊霆问道："怎么回事？谁受伤了？"

"爆炸案的嫌疑人逃跑了。"乔惊霆发现自己实在没有演戏的天分，说得特别生硬，这活儿就该叫乔瑞都那个装X犯来干啊。

也难得那人根本没注意他僵硬的表情，只急道："我就知道……快把人送医院。"

乔惊霆拖着江涯，匆匆忙忙地离开了警局，往对街走去。

"喂，站住，那个同志你等一下！"有人发现了乔惊霆形迹可疑，追了上来。

乔惊霆头也不回地将江涯扛在了肩上,朝着巷子狂奔。

"站住——"

乔惊霆跑得多快啊,眨眼就没了人影,突然,他听到背后传来阵阵尖叫声:"啊,蛇啊——救命啊——"

乔惊霆回头一看,街上不知何时出现了两条巨蟒,身长有数十米,比人的腰还粗,一滑就是好几米的距离,几下子就追到了他背后。乔惊霆撇了撇嘴,天上降下两道雷电,正中蛇身,那两条巨蟒长长的身体狂扭了两下,而后失去了蛇特有的那种柔韧性,"扑通扑通"僵硬地拍在了地上,身体挣扎、抽搐着。

"真是皮糙肉厚。"乔惊霆发现没能电死它们,有些不服气。

那两条蛇凭空消失了,又出现了四条新的巨蟒,同时,乔惊霆也看到了追在后面的韦杰夫和莫友江,镇子里的居民们已经要疯了,尖叫着奔逃。

巷子里伸出一只手,一把将乔惊霆拽了过去。

乔惊霆一肘子顶了过去,乔瑞都闷哼一声,大骂道:"X你大爷是我!"

乔惊霆装作才反应过来的样子:"哦,你啊。"

乔瑞都狠狠踹了乔惊霆一脚:"别以为我看不出来你是故意的。"

乔惊霆怒道:"赶紧想办法对付他们。"

"人在我们手里,主动权就在我们手里。"乔瑞都揪着江涯的头发,把他的脑袋拎了起来,邪笑道,"这小子啊,是余海手下最好的国士,养了快一年了,他要是死了,那俩人没法跟余海交差。"

韦杰夫愤怒的叫声响彻天际:"你敢动江涯一根汗毛,老子让你尝尝万蛇坑的滋味儿!"

乔家兄弟一扫刚才落荒而逃的狼狈,大步走出藏身的巷子,威风八面地面对着那几条瘆人的巨蟒。

乔惊霆拍了拍肩上的江涯："老子现在弄死他跟玩儿一样，你说话最好小心点。"

莫友江咬牙切齿："乔瑞都，你这个卑鄙小人。"

乔瑞都鄙夷地看着他们，用手点了点脑子，一字一顿地说："你们蠢，怪谁？"

韦杰夫深吸一口气，沉声道："你不敢杀他，你杀了他，你就见不到余哥。"

乔瑞都冷笑一声："我见不到余海，最多就是任务失败，回去再战。但要是你们利用这个反制我们，你们可能在这里就丢命，所以，我们杀不杀他，全看你们今天怎么表现。"

"说吧，你想怎么样？"

莫友江低声道："杰哥，别跟他谈条件，他是杨泰林的军师啊。"

"你闭嘴。"韦杰夫眯起眼睛，"说。"

"我没什么过分的条件，我只要休战，直到日落。"

"休战可以，但是从现在开始，谁也不能离开这里，不能离开对方的视线，不能靠近彼此的穿越节点。"韦杰夫道，"如果你小子带着江涯跑了，那我宁愿杀了他，也不会让他成为我们的把柄。"

"好。"乔瑞都一口答应了下来。

乔惊霆皱眉看了他一眼，他回了一个"闭嘴"的眼色。

乔惊霆在沟通网内说道："我们应该趁他们没有国仕，干掉他们。"

"我知道，但现在不是时机，你老实听我的安排，看好江涯。"

乔惊霆翻了个白眼儿。

四人分散去寻找线索，邹一刀转了一圈，没发现什么，就去昨天经过的那条路上等着，果然，找到了昨天白天跟他们说过话的老太太，他拦住了老太太，笑着说："婆婆，你还记得我吗？"

老太太看着他，冷漠地摇摇头。

"那你有什么想对我说的吗？"

"太阳快落山了，你们怎么还不回家呀？"

"不回家会怎么样？"

"太阳下山要回家，回家才是好孩子。"说着老太太就要走。

邹一刀一步跨过去，拦住了她："婆婆，你说清楚，太阳下山了不回家，会怎么样？"

老太太看着邹一刀，目光特别阴沉："会找不到回去的路。"

"那又怎么样呢？"邹一刀矮下身，一脸痞笑，"你不把话说清楚，我就不让你回家，我们一起找不到回家的路，怎么样？"

老太太冷冷一笑："可你如果早点回家，说不定还能救你老婆啊。"

邹一刀脸色骤变，目光瞬间充血，他一把揪住了那老太太的衣领，将那瘦小的身体凌空提了起来，厉声吼道："你说什么？！你说什么——"

"你干什么？！喂，你快把老人放下！"周围的居民都被邹一刀吓坏了。邹一刀人高体壮，当兵多年，本就面带煞气，此时整张脸都扭曲了，狰狞得犹如地狱恶鬼，好像马上就要把手里单薄的身体撕成碎片。所以尽管围观群众很多，却根本没有人敢上来阻止他。

最不能被触及的地方被毫无征兆地暴露在日光之下，邹一刀感觉心脏被凶残地捅了一刀，他嘶哑地吼着："你在说什么？你为什么知道，你是什么人，你是什么东西？！说！"

老太太却非常淡定，脸上不见一丝一毫的恐惧："太阳落山了，要早点回家。"

"你为什么会知道，为什么会知道？！"邹一刀依旧不依不饶地大吼，他双目血红，表情仿佛真的要吃人。

突然，一个白影闪了过来，一把架住了邹一刀的胳膊，是白迩，白迩冷静地说："刀哥，先把人放下，很多居民在看着，不要惹事。"

邹一刀却好像没看到白迩一样，还是直勾勾地瞪着那老太太。

白迩加重语气："刀哥，把人放下。"他强行掰开了邹一刀的手指。

邹一刀深吸了几大口气，让自己冷静下来。尽管那种重到让人无法呼吸的痛，大概永远都不会过去，可他现在更在意的，是这个NPC怎么会知道这件事。这件事，整个游戏里，应该只有两个人知道，其中一个已经死了，另一个就是余海，跟NPC更是八竿子打不着，这证明什么？这个游戏甚至知道他们的过去？

白迩把邹一刀拽走了，并低声问道："出什么事了？"

邹一刀虽然平时看着吊儿郎当的，但其实真正被情绪控制的时候非常少，他大部分时间，都在用一种玩世不恭的态度，掩饰所有的情绪。白迩见过这样的人，刚才一定是被触及了什么不得了的东西，不然邹一刀不会那么失控。

邹一刀用力甩了甩自己的脑袋："她知道我的过去，她怎么会知道？"

"你的过去？"

"对，应该没什么人知道的。"邹一刀咬了咬牙，"沈悟非呢？我要见他。"

白迩在沟通网内道："回我们的据点吧，这边有点情况。"

半晌，沈悟非道："好，时间也差不多了。"

四人陆续回到了那栋房子，沈悟非还挺高兴的："我基本上把这个小镇的历史摸清楚了。"他看了看一身戾气未散的邹一刀，疑惑道，"怎么了？"

邹一刀一屁股坐在沙发上，开始抽烟。

白迩看了他一眼，道："昨天他们碰到的那个老太太，刚才说出了刀哥的一件往事——她不应该知道的一件往事。"

"什么往事？"舒艾好奇道。

邹一刀闷头抽烟，不说话。

"我也不知道，但是据他说，那个NPC不该知道。"

沈悟非的面色变得沉重起来："你的意思是说，那个NPC知道了一件我们回忆中的事？"

邹一刀点点头。

"莫非系统能够提取我们的记忆？"沈悟非突然倒吸了一口冷气，"它可以随意排列、改变我们的基因，提取我们的记忆，看来也不是什么不可能的事了，只是为什么突然通过一个NPC之口，来泄露这件事呢？"

邹一刀闷闷地说："我也觉得莫名其妙，看上去跟这个副本任务没有什么关系。"

沈悟非皱起眉，怎么都想不通："确实应该跟副本没有什么关系啊，我也不相信这会是预设好的程序。你们想想，究竟是谁跟NPC说话，为了哪句话触发这段情节，为了触发这段情节，前期要做多少程序上的架构，这都不是简单的事，我不相信系统会单独做这件看上去没有多大意义的事，唯一的可能，就是这是临时触发的。"

"临时触发？"

沈悟非沉声道："对，临时触发，我怀疑，是有人在监控我们，临时改写了程序。"

几人沉默半晌，均感到有些不寒而栗，舒艾道："如果真的有人在监控我们，那惊霆多次使用系统BUG，为什么没有被拆穿？"

"这种监控，一定都是随机的。这个游戏的数据量可是个天文数字，不可能时时监控所有东西，就像正常的网游里，也有客服在监控，偶尔提取一段数据看看正不正常，刚才发生的事，也许就是刚好被监控到了。"沈悟非摇摇头，"但我真正不理解的，是这件事发生的意义何在？这岂不是暴露了他们的监控？"

白迩沉声道："如果监控者是故意让我们知道的呢？"

沈悟非愣了愣，手指点了点白迩："有道理，所以，还是那个问题，意义何在？"

邹一刀吐出一团烟圈："这件事，过后再讨论吧，先说说你发现了小镇的什么历史，对我们破解副本有帮助吗？"

"很关键，这个小镇在很久以前暴发了一场瘟疫，这种瘟疫的特点就是阳光可以抑制它对人体的侵害，但是阳光一消失，就会马上侵蚀人体，所以小镇上的人，在日落之后就死光了。前半段是我打听来的历史，后半段是我的推测，因为小镇上的人，都觉得自己战胜了瘟疫，还活着。而现在重复的，正是他们死的那一天发生的事。"沈悟非继续道，"所以，我们其实是被困在了时间的轮回里，而不是空间的轮回里，只要这个时间的轮回能破除，空间的轮回自然也就结束了。"

"要怎么破除时间的轮回？"

"要破除时间的轮回，就要找到那个时间的节点，就像我们破解平行空间穿越规则一样，这个时间轮回，一定也有一个这样的节点。"

"这个节点会是什么？"舒艾思索道，"既然平行空间的关键节点是一个地方，那么时间轮回的节点，就是……一段时间？"

"对，一段时间发生的某个事件。"沈悟非沉吟道，"这个小镇在日落之前，应该发生一件或几件关键性的事件，如果我们能够改变这个事件，就可能改变小镇的历史，那么时间轮回自然就结束了。"

"比如阻止瘟疫？"邹一刀问道。

"可以尝试。"沈悟非皱眉道，"这个时间节点也应该有所提示才对，就像花店……慢着，你们说，是花店本来就是空间节点，你们无意间走了进去，还是因为你们走了进去，所以花店就变成了空间节点呢？"

几人都陷入了思索。

沈悟非用手指点着桌子："这一点很重要，刀哥，你们是因为什么才走进那家花店的？"

邹一刀轻咳一声："我们吧，看着那个花店里的……花，特别好看，想给舒艾买点儿。"

舒艾一挑眉:"我怎么不大相信呢,在狩猎副本里你还有心情买花?"

邹一刀干笑道:"反正,我们肯定是无意间走进去的。"

"那么就说明,是你们选择了花店,所以花店就成了空间节点,这也就正好说明,每个队伍所碰到的空间节点都不一样。"沈悟非笑了起来,"狩猎副本是不会给我们死胡同的,关于时间节点,它会和空间节点一样提示我们,你们现在好好回想一下,有什么地方是不对劲的。"

"你要是想到了就别卖关子。"白迩不客气地说。

沈悟非道:"我也还没找到明显的时间节点,也可能是它出现的时机还没到。不过,有一个事件,也许,可以算作一个时间节点,但不知道这个时间节点会不会对小镇的副本情节造成影响。"

"是什么?"

"我们的出现。"

"我们?"

"对,我相信时间节点不会只有一个,就像空间节点不止花店一个。在无限轮回的这个小镇里,这一天之中,只有我们在上午十一点突然出现在这里,改变了一点点东西,这就是一个节点。"

"可是我们这个节点已经过去了,而且,就算我们知道这个节点,能改变什么呢?"

"我能想到的,就是我们融入剧情,改变居民被瘟疫侵蚀的命运。"

"这我刚刚不是说了吗。"邹一刀眯着眼睛抽烟,"但是这瘟疫无声无息的,怎么知道他们中没中瘟疫,什么时候中的,怎么解除?"

"这个副本跟其他副本不一样,其他副本,是已知我们是剧情中的一部分,我们注定要参与其中,起到推动或改变的作用。但这个副本不一样,一开始我们就像一群旁观者,瞎忙活了一晚上只为找到失散的同伴,直到现在,我才意识到我们如果不入局,就无法破局。"

"你确定吗?"白迩道,"如果这个副本不是这个玩儿法,我们就又要浪费一天时间。"

"值得一试,与其等待不知道何时会出现的、无法确定的时间节点,不如我们自己做那个时间节点。"沈悟非的眼神透出一股坚定,随着一次又一次的生死搏杀,他也在变得更强,从身到心。

舒艾点点头:"我相信悟非,到目前为止,他还没有判断错误过。"

邹一刀站了起来:"好,那就……干点什么?"

沈悟非道:"现在所有人都感染了瘟疫,唯一阻止的办法,就是让太阳不落山。"

"这不扯淡吗。"

沈悟非笑了:"这个瘟疫,究竟是需要日光,还是不能有月光?"

"你说呢?"

"可以先试试后者。"

突如其来的爆炸和突然出现的巨蟒已经把这个平静的小镇搅得一团混乱,居民纷纷奔走惊叫,有的躲回了家里,有的开车往镇外跑,警察则开始疏散人群。

这个小镇的警力非常有限,佩枪的更是没有几个,区区几辆警车,颤巍巍地围在了巨蟒后面,却根本不知道该如何对付。

几个玩家都有些尴尬,这个小镇的场景太贴近现实了,老给他们一种在真实世界的错觉,并忍不住把这些 NPC 当作真正的人,如今被警车围堵,他们多少有些烦闷。

乔惊霆烦躁地说:"我们能不能换个地方?就这么大眼瞪小眼到天黑?"

"怎么了,这么怕警察?"乔瑞都一副恍然大悟的样子,"哦,我忘了,你这个小流氓见着警察就心虚吧?"

乔惊霆白了他一眼:"我现在没心思跟你打嘴仗,我不会就这么等到天黑的,现在正是拿下他们的好机会,这俩人,就是我送给白迩他们的久别重逢的见面礼。"

"还见面礼。"乔瑞都不屑地撇嘴,"这么牛,你自己去啊。"

乔惊霆把江涯往地上一扔,真的打算去。

"给我站住。"乔瑞都被他气得想杀人,抬眼却看到了他戏谑的笑容,才意识到自己竟然被这个傻X耍了。他怒火更盛,眯起眼睛,一边从仓库里掏出绳子绑江涯,一边冷冷说道:"等时机,日落前必动手。"他也没打算让这两个人跟余海会合。

时机没多久就来了,轮回镇的警察开始朝着韦杰夫两人喊话,让他作为爆炸案的嫌疑人和巨蟒的主人,立刻就地伏法。

韦杰夫和莫友江自然没把这群普通人放在眼里——至少白天都是普通人,他们的眼睛一直盯着乔家两兄弟。

但是那群警察却没有退缩,虽然每个人的脸上都有着明显的惧意,但依旧恪守着自己的职责,继续喊话,并把枪口齐齐对准了两人。

韦杰夫不耐烦道:"去解决他们。"

莫友江的手上突然多出一挺机关枪,对准了警车扫射。

那些警察纷纷矮身躲在了警车后面,被打得根本无法冒头。

莫友江吼道:"都给我滚!"

突然,两辆推土车从路口开了过来,直朝着巨蟒前进,丝毫没有停下来的意图,抓着方向盘的人身体几乎低到了前挡风玻璃之下,只留出眼睛以上的部分辨别方向,显然是有备而来。

巨蟒再厉害,也不可能撞得过十几吨重的推土车啊,四条巨蟒分散逃开。

乔瑞都扔下一句话:"搞定莫友江。"说着就冲向了韦杰夫。

乔惊霆也不多话,一把抽出惊红锏,冲向了莫友江。

他不相信作为一个被余海带进S级狩猎副本的超体，只会耍耍武器，所以并不敢轻敌，而且，跟着邹一刀练了那么久的武器，会不会操作他一眼就能看出来。这个莫友江本身就熟悉武器，很可能在进入游戏之前也是个当兵的。

莫友江感觉到背后敌意来袭，一扭身，双臂肌肉猛地膨胀，瞬间变得比大力水手还夸张，胸前肌肉胀起，就像一层厚厚的防护盾，他手上又多了一挺机关枪，单手持机关枪，该是怎样的臂力才能做到的，反正乔惊霆自认绝对要打飘。

选择超体这个职业的人，大多选择强化肌肉，这是最简单快捷变强的方式，可惜很多不过变成了个莽夫，但其实，越是简单的，往往就能越强大。白迩单单强化速度，就能杀人于无形，游戏中的King，也不过是一个超体。最终决定一个战士强大与否的，都不单纯是能力，更多的是运用。

比如眼前这个莫友江，两把机关枪打得乔惊霆根本没法近身，如果他正面硬扛，能量防护罩估计扛不过一分钟，而且这小子用的，竟然是6000积分一把的无限子弹机关枪，这些大公会到底多有钱啊？

乔惊霆被莫友江追着射击，眼见着能量防护罩的寿命在哗啦啦地往下掉，他有些气恼，回首一道闪电，劈向莫友江。莫友江已经见过他展示的能力，早有防备，在闪电于头顶集结的那短短一两秒的时间，腿部肌肉瞬间膨胀，他足下一蹬，整个人竟然一下子弹出了十多米，完美躲避了闪电。

尽管这下子没劈中，可这难得的主动权对乔惊霆来说更为重要，他转而追着莫友江放电，让莫友江只能闪躲，无暇开枪射他。

莫友江一跃跳上了房顶，身体后翻下落，手上的两把机关枪，变成了两柄榴弹发射器，两枚榴弹直朝着乔惊霆袭来。

这个真的扛不住。乔惊霆转身就跑，可听得背后燃料喷射的声音，他想起了邹一刀教过的东西，这俩玩意儿，带追踪系统，不炸到他决不罢休。

乔惊霆极速奔向不远处的一棵矮树，一跃蹬上树干，钻进树丛里，从另一头跳了出来，一枚榴弹跟着扎进树丛，轰然爆炸，热浪就像巨龙的火舌，把乔惊霆后脑勺的头发都舔没了一截。

他就地一滚，翻身而起，不用回头去看，还有一枚榴弹在追着他，同时远处又是两声响起，莫友江朝着他发射了更多榴弹。他心念一转，瞄向了不远处的群蛇乱舞的场景，先是愣了一下。

乔瑞都和韦杰夫的蛇群正打得不可开交。韦杰夫不愧被称为"蛇王"，召唤出来大大小小几十条蛇，有体形巨大的近战型，也有体形娇小的剧毒型，一地扭曲的黑暗生物，看得人头皮发麻。

但是这些都比不上乔瑞都让人震惊。

乔瑞都的下半身化成了液态固体状的防护壁垒，由那种白色的、散发着微微热气的诡异液体组成，可以随意移动、变形，双臂则变成了两把巨型镰刀，毫无畏惧地被蛇群围在中间。

乔惊霆眼看着几条小蛇一靠近乔瑞都，就被那种白色液体腐蚀出了骨头，一时两方僵持不下。

不过是一愣神的工夫，乔惊霆已经感觉到背后有破风之音，他直挺挺地飞身向前，扑倒在地，一枚榴弹在他刚才站定的地方爆炸，冲击波将他掀翻出了十来米，震得他心肺都要碎了，能量防护罩倒是真的碎了。

那8000积分一件的战衣果然物有所值，换作平时，他得蒙上一会儿，现在不过呸了口血，就快速爬了起来，一边装配上新的能量防护罩，一边直冲向蛇群。

莫友江发现了他的意图，但榴弹是机器不是蛊，发出去了就会死心塌地地追着目标到死，他只能大喊韦杰夫让他引导蛇群避让。

韦杰夫正被乔瑞都的酸弄得烦闷不已，满地的酸浆，很多蛇根本已经无处可躲。

乔惊霆一举冲入蛇群，踩着蛇身越过地上的可疑白色液体，可偶尔鞋底擦过时，还是能听到那种令人头皮发麻的腐蚀的滋滋声。他也有点害怕那些酸浆，一把跳起来抱住一条巨蟒的脖子，那巨蟒蛇身一扭，血盆大口朝着他咬了过来。

乔惊霆瞬间放电，把那巨蟒电得浑身抽搐，僵硬着就要倒进酸浆里，乔惊霆余光瞄到身后追来的榴弹，蹬着蛇身跳向了另外一条蛇。

战斗状态下的蛊是不能回收的，榴弹追着乔惊霆，一头撞在了巨蟒身上，轰然起爆，那巨蟒被拦腰炸断，分成两截掉在了酸浆上。乔惊霆脸上的笑容还没完全展开，他马上就要抱着落脚的另一条巨蟒，却突然凭空消失，韦杰夫把它收回了仓库里！

乔惊霆看着地上稀稀拉拉的酸浆，并没有把握一定能落在没有酸浆的地方，他一把抽出惊红铜，在落地的瞬间顶住了地面，铜身和酸浆接触，发出了轻微的反应声音，但这不愧是能防强酸的Lix05合金，铜身丝毫没有被腐蚀，他借着这一下的缓冲，终于落在了没有酸浆的地方。

韦杰夫大骂道："蠢货！"韦杰夫本就损失了好几条蛇，被这榴弹一炸，情况更糟，喷溅起来的酸浆像液态子弹一样，碰到哪儿伤到哪儿。

莫友江怒火攻心，将榴弹对准了目标巨大的乔瑞都。

韦杰夫意会，瞬间将所有蛇都收了回来。

乔瑞都对着乔惊霆破口大骂："谁让你把他引过来的！"

"帮你炸了几条蛇还不感谢我。"乔惊霆也有些心虚，但那些榴弹的炮口终于不对着他了，他紧绷的肌肉终于得以微微放松。

"现在要炸我了，白痴！"乔瑞都右手的镰刀突然变成了巨大的五爪，朝着乔惊霆抓去。

乔惊霆伸出了惊红铜，身体连带着惊红铜被乔瑞都抓上了半空，乔瑞都身下的酸浆壁垒突然原地拔高，两人一下子就升上了十几米的高空。

两枚榴弹一前一后在酸浆壁垒上炸响，酸液四散，喷溅得漫天都是，将房屋、地面、花草……但凡碰触到的东西，都腐蚀出了一个个窟窿。

乔惊霆吊在惊红铜上，居高临下地看着地面的狼藉，心里不太是滋味儿地问道："你这是什么能力？"

"我吃了元素使。"乔瑞都甩手把他扔在了房顶上，四散各地的酸浆开始往他身下集结，在他落地之前又聚合成了移动堡垒。

乔惊霆想起自己当初洗神髓的时候，也有酸这个选项，果然基因相似的人，能够选择的神执能力也差不多。他一点都不后悔他选了雷，但他真的对这枚传说中的神执顶级符石眼馋不已，尤其是在见识了乔瑞都的能力之后。

地面肃清之后，韦杰夫又放出了几十条蛇，但这一次不再贸然进攻，而是利用蛇的特性，从车底、墙面、树干等地方迂回着把乔瑞都包围。莫友江一只手拿着机关枪，另一只手拿着火箭筒，齐齐对准了乔瑞都，这架势是要把乔瑞都炸成碎片。

乔瑞都被蛇群包围，无处可躲，酸浆杀伤力很大，但作为液态物体，哪怕凝固之后的硬度也有限，砍砍腐尸还行，基本没什么防护能力。

韦杰夫冷笑道："乔瑞都，你真以为沾了一身的酸就无敌了？你还没能全身元素化吧，只要你还有一点肉身，我就看看炮弹能不能把你炸成碎片。"

乔瑞都不屑道："你可以试试。"他同时在沟通网内叫道，"乔惊霆你这个废物干什么呢？！"

乔惊霆哼了一声："你不是牛吗？"话虽这样说，但他还是翻身从房顶上跳了下去，以天神降世一般的帅气姿势单膝着陆，铜身拄地。在莫友江抬起枪口之前，从铜头的位置射出噼啪作响的金紫电花，那电花就像盛开的地狱之火，以汹涌之势朝着韦杰夫、莫友江和蛇群扑去。

这一击，乔惊霆用了全力，将身体里剩余的雷电一次性释放了出来，若是等着莫友江把炮弹都射出来就晚了，这全力一击必须达到一定的效果。

韦杰夫和莫友江顾不上攻击，纷纷向后退去，同时往回收蛇群。他们大概都没料到区区一个7级的乔惊霆会有这种程度的能力，尽管擂台一战已经让他声名鹊起，但大部分人，尤其是高位者，更多的是认为厉决太菜了。

雷电转瞬袭来，不依不饶地缠上了两人和周围的蛇群，两人被电得原地抽搐，蛇群也跟着扑腾乱舞。

乔惊霆大吼一声，全速扑了上去，一锏朝着离他最近的莫友江的头上砸去。

乔瑞都也朝着还在抽搐的韦杰夫扑去。

被电击弄得死去活来的莫友江，毕竟有着超体的超强身体素质，勉强举起膨胀无数倍的粗壮的手臂，硬生生挡下了这一击。因为肌肉足够厚实坚硬，明明是能把手臂打断的一击，却硬是没伤到骨头。

乔惊霆一脚踹在了莫友江的腹部，后翻落地，矮身旋腰，一锏抽向莫友江的小腿，莫友江提前预料到了他的攻击，原地跳起，一脚踹向乔惊霆的面门。

乔惊霆心里更加有数，这是个练家子，能在电击的抽搐和剧痛之下做出这样的反应，这身体速度怕是一点都不输给邹一刀了，只是他现在毕竟占尽优势，侧身躲过，一把抱住了莫友江的小腿，用肘部再叠加身体的重量将他的小腿用力向地面压去。

莫友江双目血红。这是柔术的经典动作之一，这一下被压实了，他的腿当场就能折断，此时要拆招已经来不及，他只能尽力膨胀小腿的肌肉，避免伤及骨头。乔惊霆也预料到了他会这么干，这粗壮的肌肉真是麻烦，他抡起拳头，朝着莫友江的阿基里斯腱狠狠地捶了下去，这里是全身肌肉最薄弱的地方之一。

莫友江大吼一声，想要去抓机关枪，却因为跟乔惊霆的距离太近，无法发挥作用，他干脆抽出了匕首，朝着乔惊霆的脖子刺去。

乔惊霆看也不看那匕首，继续一拳接着一拳地捶着那肌腱，匕首在莫友江肌肉力量的重压下，将能量防护罩活生生拖到了寿终正寝。在防护罩破裂的一瞬间，乔惊霆一把抓住了莫友江的手，同时用脚尖在他肌腱上又补一下，只听得跟腱断裂的声音响起，莫友江的肌肉屏障终于破功，他瘫倒在地，一时无法动弹，乔惊霆一锏砸在了他的头上。

韦杰夫发出一阵怒吼，一条巨蟒不管不顾地扑向了浑身都是酸的乔瑞都，用庞大的蛇身缠绕起乔瑞都，哪怕瞬间被化得白骨嶙嶙也不罢休，血盆大口朝着乔瑞都的脑袋咬了下去。

乔瑞都的两只镰刀手交叉劈砍，将那大蛇头从中间切成了四瓣。

韦杰夫却已经坐着巨蟒逃窜出去了老远。

乔惊霆拖着一身是血的莫友江，给自己点了根烟："喂，这小子，怎么绑啊？力大如牛。"

乔瑞都居高临下地看着乔惊霆，两人就那么隔空对视，彼此都对对方的能力有了全新的认识，某种融合了兴奋与挑衅的情绪在空气中流窜，让他们都恨不能现在就来痛痛快快地一较高下。

乔瑞都收起酸浆，一边换上衣服，一边说："你把他们两个放在一起。"

乔惊霆把莫友江和江涯扔在了一起，乔瑞都手一挥，一座酸浆牢笼将两人罩在了其中，那牢笼碰都碰不得，要突破，怕是要付出一定的代价。

乔惊霆拍了拍手，看看天色："离日落也快了，这份礼物他们应该喜欢。韦杰夫怎么办？去抓他吗？"

"很难抓得住，蛇跑得太快了。"乔瑞都思索道，"日落的时候再找机会。"

沈悟非再次在镇内制造了几场爆炸，并拉响了小镇的一级警报，警察马上进行全镇广播通知，让所有人留在家中，不要出门。

邹一刀和白迩提着机关枪上街，胡乱扫射，这时候街上其实已经没人了，但他们还是扫射了好几栋房子，逼得所有人藏在家中深处，不敢出门，警察面对他们更是无力阻止。

沈悟非黑进了广播系统，刻意压低声音，用一种怪异的语调说着："轮回镇的居民们，大家好，我是一个……呵呵，死亡爱好者。"

舒艾在一旁看着沈悟非的表演，有些目瞪口呆。

沈悟非尴尬地擦了擦汗，朝她做了个"嘘"的手势，然后继续捏着嗓子说道："现在我和我的同伴们，要和你们玩儿个游戏，在明天的太阳升起之前，我们看到谁，就杀掉谁，哪怕隔着窗户看到也不行哦。"他阴笑了两声，"现在游戏已经开始了。"

关掉广播，舒艾憋着笑拍了拍手："你演技真不错啊。"

沈悟非干笑道："偶尔演一回变态杀人狂还挺过瘾的，这回只要不是想死的，应该不会离开家门了。"

今晚他们就要验证，是不是晒不到月光的平民，就不会变成腐尸。

舒艾道："这么折腾不知道能不能起效果，不过如果到了晚上，他们还是变成了腐尸，我们也得有所准备，我想我们应该在日落之前提前到花店等着。"

沈悟非点点头，沉思道："对，我预估有七成的可能，这个空间节点不会换，否则难度太高了。"

"如果我们能找到他们，余海作为一个预先知道很多信息的人，应该比我们更快凑齐同伴才对。"

"他也许能比我们更早地找到空间节点的运转规律，但别忘了他们有七个人，如果真如我们所料，他们彼此分开了，那余海这一晚上有得忙活。"沈悟非看了看天色，"很快太阳就要落山了，我们只要静静等待结果。"

舒艾在沟通网内提醒邹一刀和白迩："日落之前，我们在花店见，谁也不准迟到哦。"

邹一刀心事重重，敷衍地"嗯"了一声。越是逼近日落，他越是有一种强烈的预感——他要见到余海了。那汹涌翻滚的仇恨，已经快要冲破他的身体，撕碎他所见到的一切。

眼看着天光渐去，周围暗了下来，邹一刀觉得也吓唬够了，顺手提着机关枪，转身往花店走去。

在靠近花店门口的时候，他怔住了。

一个老太太正坐在花店外的小板凳上，闲适地挑选着木桶里的花。整条街，不，整个小镇，怕是只有她一个居民敢这样肆无忌惮地出现在外面，好像完全没把他们这群"恐怖分子"的威胁放在眼里。

邹一刀握紧了拳头，走到了她背后，他认得这个老太太，几个小时前，他还想亲手撕了她。

老太太抬起头，露出一个淡漠的笑容："还没回家？"

"你是怎么知道的？"邹一刀复读机一般地重复问道。

"知道什么？"老太太站了起来，手里拿着一束新鲜的百合。她身量矮小，还佝偻着身体，可能也就比邹一刀的腰高一点。可她身上有某种东西，令人倍有压迫感。

"今天白天你跟我说的话。"邹一刀咬牙道。

老太太笑着说："我年纪大了，说过什么早就忘了。"

邹一刀深吸一口气，微微俯身，直勾勾地盯着老太太的眼睛："你在这里想做什么，嗯？想激怒我？迷惑我？还是想死？"

"走不动了，休息一会儿罢了。"

邹一刀把机关枪的枪口对准了她："你也不过就是个系统任务罢了，我现在杀了你，就知道会发生什么了。"

"刀哥。"

其他三人及时赶来，有些紧张地看着这一幕。虽然所有人都知道，他们眼前的不过是个NPC，但由于做得太逼真，让人根本难以下手。

沈悟非看到那老太太，瞬间明白了过来："老人家，太阳快落山了，我们不打算回家，我们会死吗？"

"会的。"

"会怎么死？"

"很多种死法。"

"那我希望死得明白一些。"沈悟非眼睛一眨不眨地盯着老太太的眼睛，"你在监控我们，对吗？不管你是谁，你现在在通过这个人监控我们，对吧？"他的声音激动到微微发抖，这也许是唯一一次，他能跟游戏的管理者或制作者对话的机会，现在就是天塌下来他都不会错过。

老太太不说话了，她那双本该非常浑浊的眼睛，此时却显得异常明亮。

"你是谁？你的目的是什么？为什么突然在这里泄露信息？"

老太太依旧不说话，只是看着沈悟非。

"你是不想说还是不能说？"沈悟非不依不饶地问，"你是故意泄露信息的吧，这件事无论怎么看，都跟这个副本任务没有关系，所以你这么做有两个可能：第一，你在做实验，看看透露出玩家记忆，玩家会有什么反应。但这个实验，你可以随时随地在任何一个人身上做，为什么选这里，为什么选邹一刀？第二，你在通过这种方式向我们传达信息，但你究竟想传达什么？你是想帮助我们，还是想我们……帮助你？"

老太太的眼睛轻轻眨了一下，幽幽说道："你想帮我吗？"

"我可以……只要我可以，你想让我帮你什么？"沈悟非激动到心脏都在狂跳。

"找回自己。"老太太的眼睛透出令人心慌的光芒，"不要再依靠他们，找回自己。"

沈悟非愣道："什么意思？"

"你很聪明，我希望你是'那个人'。人类一定要找回自己。"

沈悟非听得一头雾水。

老太太眼中的精光消散了，又变回了那双浑浊的瞳眸，她低下了头去，攥着手里的花，慢腾腾地错过身，往远处走去。

"喂，到底什么意思？"邹一刀烦躁地说，"这老太太神神道道的，想表达什么？"

沈悟非深深蹙起眉："我比你更想知道一万倍。"他思索道："找回自己？人类要找回自己？不要再依靠他们？这些话究竟是什么意思？"

"我觉得，她的语气很奇怪。"舒艾道，"有些着急，有些恳切。"

"对，就好像是抓紧了时间跟我说这几句话一样。"沈悟非摇摇头，"所以我才问她，究竟是她想帮我们，还是想让我们帮她。这段信息和传递这段信息背后说明的一些东西，太重要了，我要好好想想。"

"回去再好好想吧。"白迩看了看天色，"马上就要日落了。"

四人走到了花店门口，在这里，既能看到有没有腐尸从民宅里出来，也能马上进入花店查看时间节点。

他们怀着无比忐忑的心情，瞪着太阳等日落。

夕阳渐渐隐入地平线，黑暗重新回归大地，随着夜幕的降临，小镇又开始了从生机向死寂的改变，转瞬间，就变成了一座枯萎的死城。

四人屏住呼吸，眼睛忙碌地在花店内外逡巡，既在等同伴，也在等他们的实验结果。

"嘎吱"一声响，他们对面的房子的门，被粗暴地推开，整扇门松垮垮地连着门柱，怕是随时要掉下来，而开启的门扉里，摇摇晃晃地走出一个人影。

接着一扇又一扇门打开了，一个又一个腐尸出现了。

邹一刀咒骂一声："没有用。"

沈悟非也失望地叹了一口气，一下午白忙活了，这些腐尸并不受月光的影响。

花店内传来一阵响动，四人猛地回头。

乔惊霆和乔瑞都一人手里拎着一个人，怔怔地站在花架前面，看着窗外的四个同伴，似乎还有些不敢相信自己的眼睛。

邹一刀喜笑颜开："你们可算回来了！"他迈进花店，然后又顿住了脚步，指着乔惊霆道："来，对暗号。"

乔惊霆也笑了："什么暗号？"

"你的胸围。"

"滚！"

两人相视而笑。

几人纷纷松了口气，尽管他们只分开了不到两天，这段时间却漫长得好像过了一年。

舒艾跑进花店，看到乔惊霆完好无损，终于放下心来。乔惊霆朝她眨了眨眼睛，安抚道："我没事儿。"

白㳀也跨进花店，直勾勾地盯着乔惊霆，眼神平静，嘴唇却轻抿着。

乔惊霆走过来，摸了摸白㳀的头："哥回来了。"

"嗯。"白㳀点点头。

乔瑞都眯起眼睛，冷漠地别过了脸。

舒艾叹了口气："我们总算聚齐了，你们手里是？"

"当然是余海的手下。"乔惊霆得意地说，"这个，可是余海的国士，我们把他们的国士俘虏了，哈哈哈哈。"

乔瑞都冷冷说道："得意什么，没有我，你还不知道在哪儿闲晃。"

乔惊霆轻哼一声，懒得理他。

沈悟非喜道："你们居然俘虏了余海的国士，太棒了，我们一下子就占据主动了。"

"可惜那个蛊师跑了。"

"你们见到余海了？"邹一刀的音量猛地拨高了。

"没有，真见着余海，我们都未必有命回来，还能绑架他们两个人？"乔惊霆把他们在那个空间发生的事，详述了一遍，着重说自己如何厉害地假扮警察绑架江涯,以及帅气地打倒莫友江。

沈悟非听完,下了总结,他对乔瑞都说:"你的计划非常漂亮,还好你们在一个空间。"

乔瑞都耸耸肩,显然觉得沈悟非说得完全正确。

乔惊霆"啧"了一声:"你只夸他是几个意思?"

"你也很厉害。"沈悟非笑笑,"看来这两天,大家都没闲着,那接下来该干点儿正事了。"

"干点什么?"

"我们进入这个副本的目的——猎杀余海。"沈悟非看了看江涯和莫友江,"有了这两个人,我们就可以设一个陷阱,把余海引出来。"

"外面那群东西怎么办?"邹一刀朝着窗外的腐尸抬了抬下巴,他们也不进入花店,给了他们商议的机会。

"这次的实验失败了,但不代表我所说的时间节点是失败的,明天到了那个时间节点,我还有别的想法,但是这一晚上不能浪费。"沈悟非面露得意神色,"有这两个俘虏,我终于有信心打败余海了。"

"没有也会打败的。"乔惊霆捏了捏他的脖子,"胆儿放肥点儿,说吧,让我们干什么。"

"首先,我们得知道余海的空间节点在哪儿。把他们弄醒。"

"不用了,要逼问,就问这个。"乔惊霆指了指江涯,"另外那是个当兵的,不好问出来。"

邹一刀却从乔瑞都手里接过了莫友江。"交给我吧,我认识他。"他说着就把莫友江拖到了角落,反手抽出匕首,一刀扎进了莫友江的大腿。

莫友江痛呼一声,猛然惊醒。

几人都惊了一惊,不仅仅是莫友江的叫声,还有邹一刀那处于暴走边缘的戾气。

邹一刀露出嗜血的冷笑:"莫友江,还记得我吗?"

莫友江额上冷汗直冒,颤声说道:"邹一刀,原来是你这个孬种……啊——"

邹一刀突然旋拧匕首,皮肉被撕扯的声音尽管微小,却令人头皮发麻。

"莫友江,你最好老实回答我的问题,不然你知道你会经历什么。"邹一刀凑近他,轻声说道,"你扛不住的。"

莫友江死死瞪着邹一刀,眉角的青筋一鼓一鼓的,显示着他内心的挣扎。

邹一刀冷笑道:"你们的空间节点是什么地方?"

莫友江瞪着邹一刀,抿唇不语。

邹一刀直勾勾地瞪着他的眼睛,继续施暴,莫友江神色狰狞,豆大的汗珠哗哗地往下掉。

"我知道你还算条汉子,跟余海那个杂种比的话……可惜你跟错人了。"邹一刀轻笑一声,"这样吧,我告诉你我接下来要做什么,你再决定要不要回答这一个简单的问题。"

莫友江的腮帮子一鼓一鼓的,在疼痛与压迫之间艰难呼吸。

"我会脱掉你的裤子。"邹一刀咧嘴一笑,"把你的命根子切下来,让你自己吃下去。"

莫友江双目瞪如铃。

"然后用治愈卷轴修好它。"邹一刀拍了拍莫友江的脸蛋,"再重复刚才的步骤,直到你说出来。"

莫友江的喉咙里发出了沙哑的低吼:"邹、一、刀,如果余海是杂种,你就连杂种都不如,你为了逃命,亲手灭掉自己的兄弟,你……啊啊啊——"

花店里回荡着凄厉的尖叫,莫友江的裤裆一片血红,他大口大口地喘着气,像离了水的鱼一般抽搐,好像下一秒就会窒息。

邹一刀脸上的冷笑不变:"你喜欢怎么吃?要不要我帮你分小块一

点儿?"

周围几人脸色都不太好看,他们从来没见过邹一刀这如此凶恶的一面,真正经历过生死战场的人,连白迩都自愧不如。

莫友江抬起手,喘着粗气:"我……我告诉你。"

对于男人来说,这个地方受伤所造成的心理恐惧和疼痛,远超过其他任何一个地方,即便知道它可以被修复,又有几个人能泰然处之?

"说。"

"……银行。"

"穿越规则。"

莫友江低着头,沉沉说着:"银行金库里,根据密码箱不同的排列组合,衍生出64个平行空间。"

"64个?凭什么你们只有64个?"

"你们三个怎么会这么快聚集到一起?"

莫友江沉默了。

邹一刀厉声吼道:"说!"

"余海……先找到了我,我们分头找人,我又陆续找到他们,太阳就升起了。"

"你们的集合地。"

莫友江抬起头,阴恻恻地笑着:"你想主动去找余海?邹一刀,你可真是嫌命长啊。"

"别废话,集合地。"

"……我到了现场才能描述,不然你听不懂。"

邹一刀把莫友江从地上拎了起来,交给了乔瑞都,并对舒艾道:"别让他死了。"

舒艾别过脸去,她实在不想修复那个部位,就往莫友江身上扔了一个治愈卷轴。

邹一刀在沟通网内道："我们现在该做什么？"

沈悟非道："肯定不能直接去找余海，我们要设陷阱，削弱他的力量。"

"说吧，怎么干？"

沈悟非神秘一笑："我们要去一趟银行，给余海留一些字条。"

六人聚齐之后，信心倍增，踏出花店，面向腐尸的时候，没有半点惧意。

"看好他们，冲！"乔惊霆一马当先，冲入了腐尸群。

刚一接触，乔惊霆就感觉到了今天的腐尸果然比昨天晚上的要厉害，敏捷、力量都有不小的提升，扑咬得也更加凶猛。他一路雷电加惊红铜，换作昨天，早已经打得腐尸群七零八落，可这次他刚冲进去，竟然被顶了回来。他发狠地抽飞了几只腐尸，一只腐尸就跳到了他的背上，张嘴咬向他的脖子。

尽管能量防护罩抵住了那伤害，但乔惊霆依然能感觉到他近在咫尺的冰凉的烂肉和腥臭的牙齿。乔惊霆恶心地叫了一声，一把抓住了那腐尸所剩无多的头发，将他狠狠摔在了地上，同时一脚踩向了他的脖子，那腐尸的脖子以诡异的角度扭曲了。

乔惊霆马上就收到了系统提示，提示他杀死平民，扣除 50 点积分。

同时，邹一刀也叫了出来："杀死他们的积分变成 50 了，早知道昨天少杀一些。"

舒艾一刀砍掉了一只腐尸伸过来的手，匆忙说道："扣除的积分越低，腐尸就越厉害，我还宁愿高一点。"

乔瑞都的镰刀手一扫，扫倒一片腐尸，他嗤笑一声："你们就这么害怕积分变负？只要赢了不就行了？"

"你不怕，是因为你赚积分容易。"沈悟非突然想到了什么，"你们有没有看到我的翼龙啊？两只呢，很贵的！"

"没看到，等你赢了这个副本，随时可以回来找。"

他们一路上尽量避免，却也还是斩杀了不少腐尸，成片的腐肉和狰狞的身体倒在他们前进的路上，但还有更多的将他们团团包围。

他们现在处于一个不太乐观的局面，那就是腐尸杀不死他们，可他们也难以冲出包围圈，去到银行。

乔惊霆终于打烦了："刀哥，放大招吧。"

"放一次很累的。"

"这么下去就不累？赶紧的。"

"什么大招？"

"大招……"邹一刀咧嘴一笑，"当然就要'大'。"他轻喝一声，身体突然原地膨胀了起来，转瞬间就变成了一个巨人。

沈悟非惊呼道："帅，好帅啊！看起来好厉害！"

"这就是巨人之怒！"舒艾仰着脖子感慨道。

乔瑞都一刀把扑向舒艾的几只腐尸拦腰斩断，舒艾惊了一惊，乔瑞都微笑道："舒艾姐姐怎么在战场上还敢分神呢？"

舒艾不好意思地说："抱歉，以后不会了……"

"没关系，我随时都会保护你。"

邹一刀低下头来，一把拎起了乔瑞都："你小子瞎撩什么？是时候吗？"

乔瑞都耸了耸肩："我耽误事儿了吗？"

邹一刀给了他一眼警告，然后把人扔到了背上，借着弯下腰，把其他人都弄到了身上，白迩则抓着邹一刀破布一样的衣服，攀墙一样跳了上去，比猴子还灵活。

腐尸纷纷扑向邹一刀的大腿，张嘴就咬。

"哎我×！"邹一刀怒骂一声，一甩腿，把十来只腐尸甩了出去，套着机械臂的胳膊低空一扫，瞬间扫出了一条通道，这机械臂的合金会自动适应他的手臂尺寸，这点真是让他惊喜不已。

眼看着道路终于清出了一些，邹一刀不敢耽搁，大步冲出了腐尸群，朝着银行跑去。

他刚才说放大招很累,并非玩笑。变成这副巨大的体形,虽然力量、速度和整体的攻击力都翻了数倍,但同时也要付出巨大的体能消耗,这个状态,只适合爆发性的战斗,无法持久。

当然,他爆发一下跑到银行,还是绰绰有余的,小镇就这么大,邹一刀很快就把腐尸群甩开,跑到了银行门口。

他回缩身体,套上衣服,跟其他人一起冲进了银行。

腐尸并不进入空间节点,花店和银行里都是安全的。

几人提着节能灯,开始打量这个破糟糟的银行。

沈悟非道:"金库肯定在里面,我们进去看看。"

几人往银行内走去,金库倒并不难找,一路上都有掉落于地的钞票和金条,被淹没在尘埃里,他们顺着这些东西的痕迹,顺利找到了金库。

金库大门敞开着。地上散落着一堆在现实世界中令人趋之若鹜,但对此时的他们来说毫无意义的钱,里面的大小保险柜大多都是空的,有的被强行撬开,有的被炸破。在很久以前,这里似乎被洗劫过。

"这就是莫友江说的金柜和银柜了吧?"沈悟非用节能灯的光源照了照,所谓"金柜银柜",都是中型保险柜,摆成了一大片,活像图书馆的架子。金柜以前应该是铜色的,但此时已经被氧化成了斑驳的绿;而银柜则是银白金属漆面,当然如今也是锈迹斑斑。

沈悟非本想抓起莫友江问问穿越规则,见莫友江已经疼晕了过去,他又按捺不住好奇,想要自己解谜。他在柜子前蹲了一会儿,半晌,点了点头:"没错,61个平行空间,我们现在要做的,就是尽量多地去到别的空间,给余海留字条。"

"64?这柜子起码有五六百个,哪止64啊,再说,他们的平行空间怎么会比我们的少那么多,他们的难度不是应该比我们大吗?"

沈悟非比画了一下:"并不是数量少就简单。这些柜子在每个空间的位置都不一样，所以产生不同的排列组合。莫友江已经说了，我判断他没有撒谎，因此我们不能去余海选定的集合点。"沈悟非道，"这些柜子是按照八卦排列的，一共64个卦象。"

乔惊霆不解道："64个卦象？怎么看出来的？"

"那些卦眼的柜子，没有年代感。"

"年代感？"

"对，虽然同样是积了一堆的灰，但只要仔细辨认，就能看出来，它们跟自然腐蚀的不一样。"沈悟非继续道，"想要改变卦象，就要把这些柜子从原来的架子上拿出来，放到指定的位置，光是换一次指定的平行空间，就要耗费好几分钟。"

几人目瞪口呆，白迩疑惑道："可万一团队里没有人懂64卦呢？"

"系统知道我们的记忆。"邹一刀抢了一句，阴沉地说，"系统会根据我们的能力来做副本任务吧。"

"这话有一定道理，但我更倾向于，这里有提示，就像我们在花店的时候，那些花的花期，也写在了价目牌上。"沈悟非拍拍手，"现在没必要去找提示，我仓库里就有有关卦象的书，大家拿手机拍下来，刀哥、惊霆、白迩，你们可以自保，所以只能你们去冒这个险，一旦碰到余海，千万不要恋战，马上想办法回来。乔瑞都，你要留在这里保护我们，以及看住莫友江和江涯。"

乔瑞都不置可否。

"根据刀哥和惊霆的说法，空间节点不是唯一穿越平行空间的方法，进出小镇也可以，只不过那就完全随机穿越了，所以进出小镇这条路，是给你们逃命用的。一定，一定不要跟余海对战，完成任务后，要尽快回到这里来。"沈悟非分配了一些每人都去哪几卦。

"我们给余海留什么信息？"

沈悟非露出一丝得意的笑容："字条上写……"

三人花了九牛二虎之力，按照沈悟非给他们的八卦图，重新排列组合保险柜。实际操作起来，他们才发现，这比移动花架要难好多倍，移动花架只要十几秒钟，就能穿越一个空间，但是排列组合保险柜，每一次都需要几分钟到十几分钟不等，还特别累。他们忙活了几个小时，才把63个平行空间都走了一遍，分别留下字条。

幸运的是，谁都没有碰到余海的人，本身就是小概率事件，他们都没太担心。

当他们回到其他人所在的空间时，跟沈悟非预估的时间差不多。

沈悟非看了看表："很好，马上就到约定时间，你们准备好了吗？"

"准备了太久了。"邹一刀点上烟，凑近了唇边，顿了顿，又扔到地上，踩灭了。他站起身，面冲着众人，表情无比严肃："兄弟们，今天，余海和我，一定有一个要死在这里，哥哥我对你们就一个要求，那就是——保命要紧，然后，不要阻止我。"

乔惊霆张了张嘴，被邹一刀抬手制止了："你们听我说，我对这个世界吧，真的没什么念想了，所有我在乎的人，都不在了。活着也好，死了也罢，就那么回事儿。"他笑了笑，"我见惯了生死，知道早晚有一天落到我头上，但我要么杀了余海，要么死在余海手上，我就这一个要求，你们谁都不准阻止我。"

乔惊霆垂下了脸，沉声道："好。"

邹一刀笑着点了点头："我知道马上就要见到余海了，我简单给你们说一下我们之间的仇恨吧。"他用一种要痛到极致才能故作轻松的语气说，"我剿了他的贩毒集团，抓了一百多号人，一半要枪毙。他呢，越狱了，杀了我老婆和她肚子里的孩子，害死我兄弟。怎么样，算得上不共戴天吧？"

几人沉默地看着邹一刀，气氛沉重得令人难以喘息。

"其实不是我不愿意告诉你们，是我真的不想说，你说我这么爷们儿的人，这么多年过去了，讲这些东西吧，还是受不了。"邹一刀的声音开始了轻微地颤抖，"多破坏我的形象啊。"

"刀哥……"舒艾哽咽道，"我们不会逃，我们会帮你杀了余海，不死不休。"

邹一刀朝舒艾眨了眨眼睛，拎起他们早已经准备好的最后一个保险柜，跳了上去，将它缓缓推入预定的位置。他回过头，看着白迩，眼神中弥漫着难以化开的黯淡："你们白氏的事，就是我兄弟告诉我的，他叫白浩鹰，从新兵连被我带到特种大队，我们在游戏里再次相遇……"

保险柜卡入了指定位置，空间瞬间变换。

邹一刀跳了下来，深吸一口气，冲向了站在金库门外的——余海。

余海身边只有王文豪，另外三个队友并不在这里。余海脸色极其难看，他手里攥着一沓字条，随手一扔，白纸漫天飞舞："这就是你们的把戏？将我们拆开？"

那些字条飘飘荡荡地落了地，每张纸上都画着一个卦象，并在下面写着简单的几个字：莫友江和江涯在我们手里，两点之前到这里。

所有字条上，都在重复三个卦象。沈悟非设这个陷阱的意义，就是让余海明知道是陷阱，也不得不跳。他若不跳，他辛苦培养的国仕就可能死；他若跳，就必须把队伍拆成三队，分别在两点之前出现在这三个卦里，这样他们还有保住江涯的一线机会。

当然，他们这头也在赌博，两点一到，他们随机抽取一个卦象穿越，如果碰不到余海，他们六个人可以迅速干掉或者至少削弱一两个人，但他们一下子就碰到了大 Boss，都是命。

"不是成功了吗，余左使？"乔瑞都冷笑道。

"这句余左使我都快要不敢当了。"余海嘲讽道，"你出现在这里，不就是想取代我的位置，成为乔左使吗？"

乔瑞都低笑出声："我在你眼里，就是看中区区一个称呼的人？那我真是有点伤心了。"

余海眯起眼睛："那你想要什么？"

"跟每个人一样。"乔瑞都寒声道，"离开游戏。"

"哈哈，这个目标太远，你这么聪明又务实的人，当然是看中近利的。"余海直勾勾地瞪着乔瑞都，"是杨泰林派你进来的吧？联合这帮人，想在狩猎副本里弄死我。"他的眼睛，终于落到邹一刀身上。

在迎上邹一刀阴毒的目光的瞬间，余海感到一股寒气直钻心肺。

邹一刀两手甩出了袖剑："余海，别再废话拖延时间了，你的另外三个队友，少说要十分钟才能赶来这里，在那之前，说不定你已经死了。"

余海哈哈大笑起来："我若连几分钟都撑不过，又怎么敢跟你们玩儿这把戏？来吧邹一刀，今天把我们的恩怨一并解决了。"

乔瑞都揪起莫友江的头发，左臂化作镰刀，对准了他的脖子："余海，见到你人了，他们的死期也就到了，要叙旧的话，你们下去一起说吧。"说着那酸浆镰刀就划了下去。

突然，空气温度急速下降，而且范围仅限于乔惊霆等人，乔瑞都被冻得浑身僵硬，一时连手都抬不起来了。

几人抱紧了胳膊，沈悟非哆嗦着说："还有人……在……"

邹一刀一把揪起离他最近的沈悟非，将人扔出了金库，暂时脱离了那急冻的地带。

乔惊霆抱起舒艾也冲了出去。

余海和王文豪同时变形，咆哮着扑了过来。

乔瑞都不死心地抓着莫友江的脑袋，强忍着那刺骨的寒冷，一刀砍了下去，莫友江身首分离的同时，他被余海迎头撞上！

"乔瑞都——"乔惊霆一回身，就看到乔瑞都被那巨大的犀牛人的角顶在了心口。乔瑞都本就因为低温而行动迟缓，再加上执意要杀莫友江，错过了唯一的躲避时机，一个列席者全力顶撞的力量，不下于一辆正在运行的火车。乔瑞都的身体像风筝一样飞了出去，后背狠狠撞在了保险柜上，口中喷出一大股鲜血。

那漫天血雾在遭遇低温时，刹那间凝结成了冰，缓缓地飘落向地面，乔瑞都的身体也跟着摔落了下去。

乔惊霆瞠目欲裂，箭一般射向了乔瑞都。

邹一刀瞬间变形，在余海碰到江涯之前，抵挡住了他，两人狠狠撞在一起，邹一刀的袖剑交叉于前，抵住了余海的犀牛角，但却被余海的巨力顶得不住地往后滑。

白欤则对上了王文豪，他狠狠一瞪，眼神冷若寒窖，王文豪心有余悸，气势已经矮了一半，眼神犹如死灰。他早已经对自己能够活着离开游戏不抱任何希望，两人还未接触，他已经一败涂地。

乔惊霆夹起乔瑞都，狂撒了三个治愈卷轴。几乎不用看，乔瑞都的内脏全碎了，身体没有被直接顶成两半：一是他体质过硬；二是他肯定装备了很高级的防具，否则恐怕当场就会一命呜呼。

乔惊霆把乔瑞都扔给舒艾，提铜回了金库。

余海已经撞开了邹一刀，再次扑向昏迷的江涯，乔惊霆人未到，闪电先到，两道雷降在了余海和江涯的头上。余海皮糙肉厚，只一迟缓，并未造成很大的伤害，江涯却是失血过多，又被低温急冻，再加上高压电过身，基本上只剩下一口气了。

沈悟非大叫道："快杀了江涯！"他无比后悔自己的疏忽，他早该想到，余海会留一手，把那个神执藏起来。他身后已经蹿出来几十只机械蜘蛛，冲向银行的各个角落，去找那个控温的神执——陈慕，既然他能够选择范围地控温，那么人一定就在附近。人怕低温，他的机器却扛得住。

舒艾拼命释放着治愈能量，她能看到乔瑞都的内脏已经成了豆腐渣，情况也就比江涯好上那么一点，她几乎耗尽体力，把乔瑞都从死亡边缘拽了回来。

余海发出浑厚的怒吼，震得人鼓膜都要炸裂。在乔惊霆的锏就要落向江涯的脑袋时，他的身体突然极速膨胀，粗厚壮硕的身体顿时挤满了整个金库，天花板在他头顶绽裂，邹一刀被他一手扫开，乔惊霆被那地震一般的颤动弄得趔趄不止，手中的锏跟着失了准头，砸在了江涯身边。

余海的大手轰然拍向了乔惊霆，乔惊霆在弄死江涯和闪躲这一击之间只犹豫了电光石火的那零点几秒，他还是挥锏砸向了江涯的脑袋。他知道他的结果会比乔瑞都好上一些，毕竟余海把空间占据之后，他蓄力的过程就变得短且有限，当然，也只是好上一些而已，但是如果不杀江涯，一旦让余海抢回江涯，他们的胜算就更加微弱了。

在惊红锏砸开江涯的脑壳的同时，乔惊霆被那巨大的巴掌拍中，他早有准备，提前放松了全身的肌肉，顺着那股力被击飞了出去，撞上了已然皲裂的墙面。情况比他预想的要好很多，能量防护罩和纳米合金战衣护住了他的内脏，虽然脑壳被撞裂了，但第一时间没有晕厥，他疯狂地给自己吃治愈卷轴。

最让他欣慰的是，他看到了他杀死江涯的系统提示。

江涯一死，余海彻底疯狂了，肆无忌惮地用身体冲撞四壁，似乎想把他们活埋在这里。大片的墙面塌陷、坠落，保险柜下雨一般地往下掉，乔惊霆刚站起来，就被一个保险柜砸回了地上，砸得他又吐一口血。

白迩已经抹断了王文豪的脖子，冲上去抱起了乔惊霆，闪躲着落下的石块，冲出了金库。

邹一刀眼看就要被活埋，也瞬间巨大化，两只巨大化的异种终于将金库彻底撑裂，本就残破的银行分崩离析，轰然塌陷。

沈悟非用机械蜘蛛将自己、舒艾和乔瑞都在楼塌之前弄出了银行，白迩也把乔惊霆带了出来。

他们刚出来，银行彻底塌了，两只巨型怪物从废墟之中站起来，对着彼此发出了响彻夜空的咆哮。

乔惊霆挂在白迩身上,粗喘着气,看着远处依旧昏迷的乔瑞都,有气无力地问舒艾:"他……没死吧……"

"他没事了,你还好吗?"

乔惊霆松了口气,还在拼命吃治愈卷轴,但人已经恢复了过来。

沈悟非大叫一声:"那个陈慕!白迩,去拿下他!"

白迩看到了不远处匆忙从废墟里跑出来的陈慕,他放下乔惊霆,身体隐没在黑暗中,逼近了陈慕。

陈慕的表情处于高度警戒状态,他似乎预感到了什么,瞬间降下了周围的温度。白迩的身体被冻得剧烈颤抖,根本藏也藏不住,被陈慕发现了。

白迩快速跳开,逃离了那个急冻的区域,任何活物的身体,都不可能抵抗得了那种温度,陈慕大叫道:"你真以为隐身可以弄死我?老子马上就能让你体会冰火两重天!"

白迩冷冷看着他,一言不发,身体再次消失在了黑暗中。

"邹一刀,你敢不敢跟我一对一地决斗?!"余海龇牙咧嘴。

邹一刀冷笑道:"你的队伍折了一半,我全员存活,你凭什么跟我一对一决斗?"

"咱俩之间的恩怨,互相清了吧。"

"对,我们今晚,把恩怨清了吧。"邹一刀的表情狰狞不已,"余海,你别想激我,我们不仅要杀了你,还要完美通关,你的命、你的人、你想要的东西,我会在今天,全、都、收、走。"

余海恨意弥漫:"你怎么会知道我想要什么?你们果然有备而来。邹一刀,你为了这一天,连自己的兄弟都杀,你老婆也是你自己害死的,最该死的不应该是你吗?"

邹一刀握紧了拳头,喉咙里发出低哑的喘息,双目血红一片。

沈悟非叫道:"刀哥,别跟他废话,韦杰夫他们很快就会来了,他想激怒你拖延时间。"

"我还记得你那个兄弟,死心塌地地跟着你,为了你不自量力来挑战我。"余海哈哈大笑道,"结果呢?结果你为了保住一条狗命,杀了他躲回新手村,哈哈哈哈哈。邹一刀,你这个杂种打着正义的幌子混进我的帮派,亏得我真把你当过兄弟,你这个忘恩负义狗东西!你知道你老婆死之前有多害怕吗?你知道她是怎么惨叫求饶的吗?你知道她临死了还想护着肚子里的孩子吗?哈哈哈哈哈——"

邹一刀狂吼一声,扑向了余海。

那些不敢、不愿去回忆的鲜血淋漓的往事,在脑海中一一掠过。

余海抬手格挡住他的手腕,袖剑从自己的脸旁边穿过,余海布满粗厚皮肤的脸狰狞得不可想象:"还有你那个兄弟,他死的时候在想什么?嗯?"

"他在想……我会为他报仇!"邹一刀硕大的拳头轰向了余海的面门。余海偏头躲过,一脚踩向邹一刀的脚踝,邹一刀侧身一避,抽回袖剑,转身用龟壳撞向余海的胸腔,两个巨大化异种的战斗正式拉响,比一场战争还令人震撼。

邹一刀眼前浮现了很多人的脸,每掠过一张,都让他痛彻心扉,最后一一定格于眼前,化作了名为仇恨的庞大的力量。

腐尸群已经朝着银行聚集而来,乔惊霆爬起身,跟着机械蜘蛛一起去对付腐尸。乔瑞都刚刚恢复意识,又吃了好几个治愈卷轴,才挣扎着坐了起来。白迩则在陈慕周围忽隐忽现,如厉鬼一般纠缠不休,陈慕的精神高度紧张,他明知道白迩在消耗他的体力,却无法逃离白幽冥的纠缠。

而余海,还在不遗余力地刺激邹一刀,试图拖延时间,等待同伴的到来。他露出恶意的笑容:"报仇?你要为他报仇,不应该先杀了你自己吗?"余海一拳将邹一刀打翻在地。

邹一刀一个挺身站了起来,吐了一口血唾沫:"你想知道他怎么死的吗?"他全力扑向了余海——

"浩鹰……浩鹰！"邹一刀将白浩鹰拖到一边，往他身上砸了两个治愈卷轴，"你赶紧走！"

"我不走。"白浩鹰挣扎着爬了起来，"余海也快不行了，我们……"

"你走！"邹一刀干脆把回城卷轴塞进白浩鹰怀里，并直勾勾地瞪着他眼睛，厉声道，"我要是死在这儿，不用给我报仇，好好活着，离开游戏。"他推开白浩鹰，转身面向巨大化的余海。

余海哈哈大笑道："走？谁也别想走！"余海的两名手下扑向了摇摇欲坠的白浩鹰。

邹一刀弹身而起，袖剑直刺向其中一个超体，他浑身是血，步履蹒跚，勉强吊着一口气，至少，至少他希望无辜的人能活下去。

那超体避过袖剑，长刀朝着邹一刀挥砍而下。他肌肉勃发，身高体壮，速度快得令人咋舌，邹一刀就地一滚，手上多了一把手枪，对准了那超体的脚踝就是两枪。

能量防护罩虽然能防住子弹，但是脚踝处最是脆弱，这两枪果然打得那超体趔趄了好几步，向后退去。

另外一个超体已经将白浩鹰扑倒在地，一刀扎向白浩鹰的眼睛。邹一刀飞扑过去，将那人撞开，拖着白浩鹰嘶吼道："你他妈走啊！"

白浩鹰看了一眼俯冲过来的余海和两名超体，明明是最绝望的时刻，那双清明的眼睛里却写满了坚毅和无畏，他握住了邹一刀的手腕："刀哥，我走不了了，但你可以。"

邹一刀回头看着马上就要冲到他面前的余海，一心想着他还能挡多久："你说什……"

白浩鹰突然将邹一刀的手腕往前一带，袖剑瞬间刺穿了他的心脏。

邹一刀身体大颤，僵硬地扭过头，呆呆地看着白浩鹰胸口喷涌而出的鲜血，白浩鹰的眼睛在逐渐失去神采。他是特种大队的王牌狙击手，眼神最是犀利，大家都调侃他为"鹰眼"，可是如今那双眼睛中燃烧的生命之火，正在一点一点地熄灭,他轻扯嘴角,用口型说着"给我报仇",他的身体向后倒了下去。

"啊啊啊啊——"邹一刀发出最绝望的狂吼,他拿出身上所有的治愈卷轴,往白浩鹰身上砸去,可一股巨力将他整个人撞飞了出去,他能清晰地听见他背上的龟壳断裂的声响,他口喷鲜血,像个破麻袋一样掉落在地上,翻滚出去好几圈。

余海一脚踢开白浩鹰,再次朝他跑来。

邹一刀眼前却出现了一排系统提示字:"玩家邹一刀,杀死低等级玩家白浩鹰,将受到系统惩罚,清空所有道具装备,关闭所有已开启地图,只保留等级,即刻返回新手村,且在离开新手村前,不能接受其他任何玩家的物品馈赠"。

邹一刀心如死灰地趴在地上,看着不远处的白浩鹰,那年轻人倒在血泊中的样子,和他妻子的最后一面重叠了,他发出了痛苦至极的嘶吼,回荡在瞬间扭曲的空间里……

邹一刀正面撞向余海,巨石般的拳头快速砸向余海的脑袋,余海比起特种兵出身的邹一刀差得远了,他被接连袭了几拳,反手回击,他的力气和防御力都在邹一刀之上,两人一时打得不分伯仲。

邹一刀寒声道:"他们都是……为我而死的,我要是不杀了你,怎么有脸下去见他们!"

乔惊霆大开杀戒,阻拦了一拨拨涌过来的腐尸,白迩则终于把陈慕绕得精疲力竭,开始收网,乔瑞都则勉强站了起来,他盯着废墟,哑声道:"我感觉韦杰夫要来了。"

话音刚落,银行废墟里石块颤动,几条大蛇从废墟之下钻了出来,同时无数条小蛇穿梭于废墟的缝隙之间,潮水一般涌了出来,令人头皮发麻。

韦杰夫和一个叫程晨的超体也从废墟里爬了出来，至此，余海七人战队全部聚齐——虽然已经死了几个。

乔瑞都捂着内脏，强忍着那钻心的痛，朝着韦杰夫露出一个冷笑："终于可以……痛快地，杀了你们。"

韦杰夫看着狼藉一片的战场，脸色发青，低声对程晨说："去救陈慕。"

乔瑞都拦住了韦杰夫："你的对手是我。"舒艾还在身后给乔瑞都疗伤，以乔瑞都的身体状况，怕是没法坚持这一战。

程晨看了他们一眼，匆忙跑向陈慕。

陈慕体能流失，控温范围和温差都越来越小，白迩瞅准了他变温的时刻，再次近身偷袭。他知道陈慕身上有很好的能量防护罩，用飞刀是杀不死他的，必须近战。

程晨在白迩移动的瞬间捕捉到了他的白影，快速奔了过去，在白迩凑近陈慕之前，将陈慕用力撞开。

陈慕喜道："你们终于来了！"

程晨左顾右盼："小心，那个超体还在附近。"

"我当然知道，就是抓不住他。"

沈悟非纵观战况，调派了几只机械蜘蛛去帮白迩，但他和乔惊霆已经快要拦不住不断涌来的腐尸了，而距离天亮至少还有两个多小时。

余海和邹一刀简直打得天崩地裂，他们眼里唯一剩下的，只有置对方于死地。

邹一刀舍弃了袖剑和武器，因为面对余海粗厚的犀牛皮，这些东西的效率，可能还比不上他的拳头。两个巨型怪兽就用最原始的拳头和牙齿近身肉搏，每一次过招都像火山喷发，大地都在为之颤抖。

余海一拳砸在邹一刀的腰眼，额上的犀牛角朝着他的面门顶了过来，邹一刀的脑袋瞬间缩进了龟壳，两记重拳一起顶上余海的心口，余海闷哼一声，踉跄着倒退几步，复又扑了过来。

邹一刀大喝一声,一跃而起,双腿在空中夹住了余海的脑袋。余海只来得及一拳打在邹一刀的大腿上,邹一刀用力旋身,将余海庞大的身体带翻在地,双腿收紧,死死勒住了余海的脖子。余海狠狠捶击邹一刀的腿,邹一刀只觉得下半身快要失去了知觉,力量稍一松,就被余海挣脱,余海抓住他的脚踝,将他整个身体抡了起来,用力摔了出去。

邹一刀摔在一栋民房之上,将那房子撞塌了一半儿,断裂的钢筋扎进了他的肉里,几乎将他的骨头挫断,他强忍着剧痛,爬了起来。

余海狂吼着:"来啊,想杀我就来啊!"

邹一刀抹掉了渗入眼睛里的血,踢开围上来的腐尸,咆哮着冲向了余海。

乔惊霆已然杀红了眼,脚边倒着成堆的残肢断臂,他和沈悟非的机械蜘蛛有意将腐尸群向着韦杰夫的蛇群引导,这个体力活儿不能让他一个人干。尽管寸步都艰难,他还是把腐尸引入了蛇群。

韦杰夫和巨蟒正和乔瑞都打得不可开交,他们立于废墟之上,这里地势非常不平坦,大大小小的蛇借着地形躲藏酸浆,乔瑞都重伤未痊愈,抵挡得异常艰辛,直到腐尸群涌上来,他才稍作喘息。

两人远远对视了一眼,乔惊霆就扭过了头去,继续阻挡腐尸群。

舒艾加入了白迩的战局,她虽然战斗力不行,但防御力惊人,不断地给所有队友强化祝福。程晨几次想杀她,都被防护结界给挡了回来,白迩意识到保护舒艾更重要,暂时放下陈慕,和程晨打了起来。

程晨的武力值怕是比王文豪还要弱,可此时的白迩也已经被不断反复的高温和低温弄得体力大量流失,两人竟一时胶着不下。

陈慕趁机想逃,却被机械蜘蛛围堵,他发现低温对机械蜘蛛没有用之后,就用高温攻击,机械蜘蛛的部件容易因为高温而失效。站在机械蜘蛛外围的舒艾瞬间被那高温烤得皮肤生痛,陈慕一边狼狈躲闪机械蜘蛛的刀腿,一边试图突围。

趁着陈慕转身的时候，舒艾一咬牙，鼓起勇气跳到了机械蜘蛛身上，机械蜘蛛的背足够大，可也需要她趴下来才能完全将她挡住。金属遇上高温，简直就是一块烙铁，即便有防护结界的保护，舒艾还是感觉到了钻心的痛。她强忍着没有发出一点声音，趁着陈慕慌乱躲闪机械蜘蛛的攻击时，她咬着牙，悄悄掏出了一枚手榴弹。

作为神执，陈慕有着神执普遍的缺点——体能相对差——乔家两兄弟简直是神执中的另类，陈慕被机械蜘蛛砍了一刀，勉强从它们的围困之中找到了一个缝隙，他捂住受伤的胳膊想要马上冲出去。

舒艾拉开了手榴弹的保险栓，在引线快要烧到头的时候，用力朝着陈慕扔了出去，然后反身跳下了机械蜘蛛。

"轰隆"一声，手榴弹起爆，陈慕和周围的几只机械蜘蛛都被冲击波掀翻了出去。

陈慕的能量防护罩顿时碎裂，他被炸得鲜血淋漓，躺在地上痛苦地呻吟着。

"陈慕！"程晨一招逼退白迩，就想冲过去救陈慕。舒艾也被爆炸波及，还好防护结界抵挡了大部分的伤害，她咬牙从地上爬了起来，抽出弯刀跑到了陈慕身边，一刀扎进了陈慕的心口。

几人怕是万万没有想到，一个在禅者之心小有地位的神执，会死在一个国仕的手里，白迩心头一喜，身体里充满了力量，他再次隐入黑暗，尾随在程晨身后。

舒艾提着刀站了起来，勇敢地面向程晨，她已经很久没杀过人，长期处于被保护状态，让她几乎忘了，在新手村的时候，她是孤身一人的战士，对，她也是个战士。

程晨意识到什么，扭过脸来，谨慎地观察着周围空气的流动，他知道，有一个幽灵般的杀手，就躲在某处……

邹一刀和余海的战斗，已经波及了无数房屋，不知道这些腐尸是否也懂"分析战局"，总之，他们都刻意避开了两只怪兽的战斗范围，转而攻击其他人。

两人打得浑身是血，纵观全身，几乎都没几寸好肉。余海身为列席者，又是游戏内第一大公会的人，实力和装备本可以完全碾轧邹一刀，但他的战斗技能和经验差了邹一刀太多，两人竟是打了个难分伯仲，也难怪当初邹一刀败在余海手下，就是差了这枚巨人之怒符石。

邹一刀放了个治愈卷轴，而后一步一步地走向余海，无畏地、坚定地走向他的仇人。

程晨最终寡不敌众，死在了白迩的袖珍匕首之下。解决掉程晨，两人也没时间休息上一分半秒，乔惊霆和沈悟非已经快要挡不住汹涌的腐尸群，他们赶紧跑过去支援。

乔惊霆手上抓着蓄电池，一边吸收电量，一边释放，他这次带的蓄电池不少，但恐怕也不够撑过今晚。有了白迩和舒艾来帮忙，他终于能喘上一口完整的气，看着倒在自己周围的一片片的腐尸，他已经不知道自己到底负了多少分了，但他们现在占尽优势，他已经不害怕顶着负积分回去，反而期待任务完成，它们变成正积分的那一瞬间。

一扭头，就见乔瑞都正在艰难抵抗韦杰夫的蛇群，受伤加上体能的流失，让他已经没有能力铺设大面积的酸浆，蛇群将他彻底包围，他正在咬牙狼狈抵抗。

乔惊霆犹豫了一下，冲白迩道："白迩，你扛一会儿，我去把那蛊师解决了。"

白迩一把拽住了他，冷着脸说："让他自己解决，腐尸这么多，你一走就要有缺口了。"

"他挡不住了。"乔惊霆拍拍白迩的肩膀，"我很快回来，就差这一个蛊师，余海就彻底孤立无援了。"

白迟冷哼一声,扭头冲入了腐尸群。

乔惊霆提铜跳进了蛇群,先放了一遍雷,然后一铜抽飞了脚边的一条黑花毒蛇。那些蛇却不在他身上浪费时间,只一门心思地围堵乔瑞都,地上一块一块的酸浆反而成了阻碍乔惊霆过去帮忙的屏障。他必须一边攻击蛇群,一边避开酸浆,一时根本无法给乔瑞都解围。

乔瑞都被三条巨蟒追着撕咬,它们身上到处是酸浆腐蚀出来的伤痕,却顽固地穷追不舍,从蛇群的疯狂,已经能看出韦杰夫已破釜沉舟。

乔瑞都越躲越被动,最后被一条巨蟒一口咬住,锋利的牙齿瞬间穿透了他的肩胛,将他整个人提到了半空中。乔瑞都的右肩瞬间化作酸浆,一股脑儿地流进了巨蟒口中,那巨蟒发出沙哑的吼叫,甩动着巨大的蛇头,耗尽生命最后的力量,将乔瑞都扔了出去。

那巨蟒食道被烫穿,剧烈抽搐之后,软塌塌地倒了下去,同时,乔瑞都从四米多的高空狠狠摔进了废墟瓦砾之间,肋骨瞬间断了两根,他喉咙里发出痛苦的呻吟,一时竟难以爬起来。

韦杰夫操控着蛇群一拥而上!

乔惊霆眼见着乔瑞都要被蛇群分食,他还在和蛇群纠缠不清,情急之下,他转身冲向余海和邹一刀,急吼道:"刀哥,借把力!"

邹一刀正陷于苦战,根本无暇顾及乔惊霆,乔惊霆倒也不需要他帮忙,叫喊只是为了提醒邹一刀,否则他从背后突然出现,邹一刀一定会分神。他一跃而起,抓住邹一刀的龟壳,无视重力一般攀爬向上,一脚踩上邹一刀的手臂,邹一刀随手一挥,乔惊霆弹上了数十米的高空,朝着乔瑞都的方向急速坠下!

惊红铜累积着高空坠下的重力,"咣"的一声巨响,砸在一条巨蟒的头顶。

那巨蟒当场脑袋开花,血喷如注。乔惊霆一把搂住它的脖子,稳住了下坠的趋势,然后跳进了蛇群之中,在另一条巨蟒马上就要咬中乔瑞都时,抽向了它的腹部。

几条小毒蛇趁机缠上了他的腿，张嘴就咬，乔惊霆只觉得大腿一阵痛麻，接着几乎没有知觉了。他强行用另一只腿拖拽着身体，跑到了乔瑞都身边，乔瑞都正被几条毒蛇扑咬，腐蚀掉一批，更有一批顶上去，他全身大面积中毒，行动已经越来越僵硬。

乔惊霆一把揪住了企图缠绕乔瑞都脖子的小蛇，扔了出去，然后将乔瑞都从地上拽了起来，一下子拿出十个治愈卷轴，往两人身上招呼。幸好杨泰林和蔓夫人送了他们一大堆治愈卷轴，从进入游戏到现在，已经不知道用掉多少了。

乔瑞都被毒得嘴唇都在发抖："现在才来……"

"再说屁话就把你扔蛇堆里。"乔惊霆一只手扶着乔瑞都，惊红铜左右抵挡，却被韦杰夫进一步缩小了包围圈，两人的处境越发危险。

治愈卷轴缓解了乔瑞都体内的毒性，他勉强站稳身体，在沟通网内说道："六点钟方向，一起突围。"说着聚集起所剩不多的力气，酸浆从脚边倾泻而出，一股脑儿地朝一个方向流动，瞬间将几条小蛇吞没了，包围圈也出现了缺口。

两人朝着那缺口跑去，每跑一步，酸浆就退三步，他们一路劈砍围过来的蛇群，终于勉强冲出了重重包围，缓解了被动的局面。

韦杰夫不愧是禅者之心第一蛊师，操控的蛇群何止上百，精神力极强不说，数量简直像是无穷无尽，若是两人都在全盛时期，一定能拿下韦杰夫，但现在都是新旧伤叠加，体能急剧下降，若不能速战速决，他俩一定得倒一个。

乔惊霆沉声道："这么打下去要完蛋，你能扛住蛇群吗？我要直接去干掉韦杰夫。"

乔瑞都身上还在不停闪烁着治愈卷轴的绿光，他吐掉嘴里的血，毫不犹豫地说："能，去吧。"

乔惊霆冲向蛇群的后方——也就是韦杰夫所在的地方,他边跑边在沟通网内叫道:"悟非,来几只蜘蛛掩护我,我要去干掉韦杰夫。"

沈悟非一次操控几十只机械蜘蛛,在阻拦腐尸群上,他的贡献最大,但代价同样也很大。他精神力消耗过度,整个人非常蔫儿,乔惊霆叫了他两声,他才回过神来,分派出几只机械蜘蛛跑向乔惊霆。

乔惊霆跳到了机械蜘蛛身上,跟机械蜘蛛一起卖力劈砍蛇群,一步步逼近蛇群背后的操控者。他知道乔瑞都撑不了多久,白迩他们更是没有余力来帮忙,他必须尽快干掉韦杰夫!

韦杰夫发现了他的意图,开始召唤蛇群回护自己,乔瑞都拼命释放酸浆,阻止蛇群的大范围移动。

几只机械蜘蛛很快就被巨蟒打散,乔惊霆飞身扑进了蛇群里,他距离韦杰夫不足十米的距离,但这十米布满了要人命的畜生。

乔惊霆换上一个S级能量防护罩,大吼一声,硬着头皮冲了进去,那些毒蛇像箭一般一条一条地射了过来,每一条都吐着猩红的芯子,其中不乏能一口要了普通人命的剧毒蛇种。他浑身一颤,金紫电花在空气中闪耀,雷电从天而降,一下子劈中了十几条毒蛇。

经此一招,他体内的电几乎耗空,且也没有时间让他继续吸收蓄电池,这种程度的打击,只能对付身量小的毒蛇,对巨蟒构不成什么威胁,两个巨型蛇头狰狞地咬了过来,乔惊霆咬牙躲过一张血盆大口,挥铜抵住了另一张。

就在乔惊霆被那条巨蟒逼得不断后退时,另外一条巨蟒快速滑到了他的身后,他心叫一声不好。下一秒,巨蟒的身体贴了上来,并快速将他的身体腾空卷起,发起蛇类最凶猛厉害的一招——缠绕。

这一招无法对乔瑞都使用,估计这些巨蟒都憋坏了。

乔惊霆眨眼间就被那条巨蟒死死缠了起来,那巨蟒不断收紧,乔惊霆拼命挣扎,却是越收越紧,他的内脏被凶狠挤压,肺部的空气只出不进。

很快地,他就感到内脏绞痛、大脑缺氧,骨骼发出了"咯吱咯吱"的令人头皮发麻的声音。

乔惊霆抽出匕首,凶狠地往巨蟒身上扎,但是这点伤口根本不足以让它放弃好不容易入瓮的猎物,它在缠绕到极致,乔惊霆几乎动弹不得之时,张嘴咬了过来。

乔惊霆一锏插向它的口腔,它张嘴咬住惊红锏,用力拖拽。乔惊霆已经被它缠得精疲力竭,在那股巨力之下,惊红锏脱手而出,被它甩到了地上。

在任何时候,一个战士只要没了武器,就是一个巨大的危机。乔惊霆心头一紧,若是巨蟒就是他最后的敌人,他一定像当初对付厉决一样,一颗炸弹,两败俱伤,但是他甚至还没能走到韦杰夫面前。

情急之下,他掏出了机关枪,刚开了没几枪,那巨蟒就地一滚,他的视线跟着上下颠倒、天旋地转,别说枪口了,眼睛都失去了焦距。

突然,巨蟒身体猛颤,像是遭了什么剧烈的刺激,乔惊霆低头一看,巨蟒身上沾了大面积的酸浆,正在快速腐蚀它的身体。

乔瑞都不知何时赶了过来,他脸色惨白,身体都有些站立不稳,但眼神依旧犀利不已。

乔惊霆不知如何形容此刻复杂的心情,也许他去救乔瑞都的时候,乔瑞都的想法和他一样,他也懒得往下想,趁着巨蟒疼痛翻滚,终于挣脱了它的束缚,掉到了地上。

他被那巨蟒弄断了几根肋骨,胸腔仿佛要爆炸一般疼,每走一步都像是有一把刀在往身体里捅,怕是肋骨扎进内脏了,他提着机关枪,咬牙冲进蛇群,要去拿他的锏。

蛇群蜂拥而来,企图再次把乔家两兄弟包围,但两人自然不会凑到一起让它们得逞,韦杰夫为了保护自己,又不敢分流蛇群,硬是让乔惊霆用机关枪开出了一条路,拿回了自己的武器。

乔惊霆用惊红铜支撑着剧痛的身体，口中不断有血溢出，治愈卷轴尽管在快速修复，可他一秒也没闲下，好比一边放水一边蓄水，结果也只是勉强维持住了内脏功能不恶化。

乔瑞都拼尽力气吼道："快杀了韦杰夫，老子真要撑不住了！"

"老子也要撑不住了！"乔惊霆连大声说话都疼得直岔气，他收回机关枪，换上肩扛火箭筒。这玩意儿杀伤力是很好，缺点就是瞄准和速率，果然，他一对准哪儿，韦杰夫不用一秒就能收回蛇群，但他也没指望靠这个能炸光这群蛇，他要的是肃清韦杰夫和他之间的障碍。

韦杰夫自然识破乔惊霆的意图，两人你进我退，他始终把自己保护在蛇群的包围之中，谁都是在拼命，哪敢有一丝马虎。

乔惊霆一边逼近，一边偷偷地在吸收蓄电池的电量，这是他仅剩的几块蓄电池了，也是他最后的机会。

乔瑞都在后侧攻击蛇群，掩护乔惊霆，两人都已是强弩之末，就吊着最后一口气，这一击若还是不成，韦杰夫即便不弄死他们，也能顺利逃跑。

乔惊霆终于吸完电量，他收回机关枪，惊红铜直指天际，一道仿若从天而降的闪电盘旋于铜身，他狠狠将惊红铜插入地面，这高强度合金成了最佳的导电线，一波强电流钻入大地，以凶猛之势扑咬向韦杰夫和他们之间的群蛇。

韦杰夫离乔惊霆的距离太近，避无可避，瞬间被击中，身体滑稽地在原地打挺，群蛇之中，只有巨蟒没受太多影响，乔惊霆狂吼一声，提着惊红铜，不要命地冲向了韦杰夫。

剧烈的奔跑之下，折断的肋骨在体内变成了尖刀，一刀接着一刀地凌迟着乔惊霆的内脏。他一边跑，一边口吐鲜血，以神勇之势避开了巨蟒的扑咬，终于冲到了韦杰夫面前。

韦杰夫的眼神染上了至深的绝望。

乔瑞都拼尽最后的力气，生起一堵酸浆墙，挡住了能从背后将乔惊霆拦腰咬断的两条巨蟒，乔惊霆一跃而起，惊红铜腾空劈向韦杰夫的天灵盖！

一声巨响。

韦杰夫的脑袋在他T级能量防护罩的保护下，奇迹般没有碎裂，但是乔惊霆那一击，有万钧之力，将他的颈椎骨节节挫断，脖子变态地扭曲、弯折，眼球暴突，韦杰夫的身体缓缓向后倒去，一击毙命，死状惨不忍睹。

招摇的群蛇一瞬间消失在了空气中。

乔瑞都双膝一软，倒在了地上，乔惊霆吐出了一大口血，也突然倒地。

沈悟非派来两只机械蜘蛛，在腐尸群围上来之前，将他们两人抢了回来。

眼看着队友死伤殆尽，余海绝望之际，神情倍加疯狂，攻击也越发猛烈。

邹一刀的下颚被顶穿，勉强发出了含糊的声音："余海，你这个畜生该下去赎罪了。"

沈悟非有气无力地说："还有一个小时天才会亮……"原本以为杀光了余海的队友，他们可以联合起来对付余海，结果他们还要被腐尸群拖着。

他们必须撑到天亮。

乔家两兄弟基本失去战斗力了，舒艾甚至没有余力给他们疗伤，因为她要保护自己、白迩和沈悟非，来抵抗腐尸群。

沈悟非用机械蜘蛛把兄弟俩送到了安全的高处，但他们却无处可躲，如果他们躲了，腐尸就会去打扰邹一刀和余海的决斗。

两个巨型异种怪物的决斗，已经毁了半条街，他们均浑身是血，邹一刀的龟壳已经开裂，余海的犀牛角尖被挫断了一截，两人几乎是一边打，一边吃治愈卷轴，但也弥补不了巨大的体能消耗，现在谁先撑不住变回正常身形，可能是这场决斗胜负的关键。

邹一刀感到自己巨大化的状态维持不了多久了，在现实世界里，十个余海都未必是他的对手，可在游戏中的第一次对决，他就败在了体形上，他绝不愿意重蹈覆辙。

余海也料到邹一刀快到极限了，他抖了抖身上雄壮的肌肉，龇起一口锋利的牙，硕大的拳头朝着邹一刀轰了过来。邹一刀抬臂一挡，一拳击中了余海的腹部，余海吃痛弯身，忽又猛地向上抬头，脸上的犀牛角直直朝着邹一刀的脸顶了上去。

邹一刀险险避开，一把握住了那犀牛角，拽着余海的脸往一旁甩去，余海反擒住他的小臂，一拳打向他的腋下。邹一刀尽管料到也看到了他的动作，但余海力气在他之上，他避无可避，硬生生受了。

腋下是神经和淋巴汇集的地方，这一击打得邹一刀半边身体都麻了，余海没有放开对他的钳制，又来一拳，邹一刀强忍着痛麻，猛地矮下腰，用龟壳狠狠冲撞余海的胸口，余海一下子被顶了开来。邹一刀借势扑了上去，老拳左右开弓，轰击余海的面门。

余海抬起双臂抵挡，边挡边后退，瞅准了邹一刀左右出拳那仅仅零点几秒的间隔，突然挪开了护头的双臂，犀牛角凶狠地撞了过来。

两人的距离极近，那角足有一米多长，邹一刀心中一沉，甚至来不及眨眼睛，他就感到脖子连接肩颈的地方受到一股冲击力，而后就没有了知觉。

再然后，剧痛如海潮一般瞬间袭遍全身，这种痛同时具备着钝器的重量和利器的尖锐，是邹一刀从未体会过的，其实是自相矛盾的，可它偏偏就发生了。被邹一刀挫断了一截的犀牛角，角尖足有儿臂粗，却硬生生地顶进了邹一刀的肩颈，那是怎样一股力量，能用钝器刺入骨肉！

余海的角继续往前顶，意图穿透邹一刀的肩颈，邹一刀只觉得鲜血狂涌，他顾不上痛，一拳接着一拳，恶狠狠地砸在余海的背上。余海被砸得哇哇吐血，却更疯狂地往前顶。邹一刀喉咙里发出痛苦的吼叫，他被余海顶得连连倒退，脚步越发趔趄，最后，被一块瓦砾绊倒，直挺挺地往后摔去。

余海狂吼着扑了上去,犀牛角终于一举穿透了邹一刀的肩颈,将他整个人钉在了地上。

邹一刀大口喘息,拳头依旧往余海头上打去,力气却明显渐弱,余海一把抓住了他被戳了一个血洞的肩膀,狠狠拧了起来。

"啊啊——"邹一刀痛得浑身抽搐,砸出去的拳头软了一半,余海则趁机一拳轰在了邹一刀的太阳穴!

这一下用了全力,邹一刀顿时被打蒙了,他左侧的太阳穴、颧骨、眼眶,都遭到了剧烈的打击和震荡,他甚至有一种眼球脱眶而出的感觉,大脑顿时一片空白,眼前的画面都变得模糊起来。

余海又是一拳高高举起,重重落下,命悬一线时,邹一刀的求生本能迫使他抓住了大脑的一点点清明。

只见眼前一花,余海僵住了,邹一刀在他拳头底下消失了。他马上就意识到发生了什么,果然,低头一看,邹一刀在瞬间变回了正常体形,已经完全挣脱了贯穿肩颈的犀牛角,身体向一旁滚动。

余海怒吼着站了起来,起身去追。

邹一刀捂住血流如注的肩膀,狠狈地翻身而起,往一旁躲闪。犀牛角在他身上开了一个大洞,他左半边身体基本上废了,治愈卷轴一刻不停地狂撒,可他如果不能停下来休息,神仙也挡不住他生命力的流失。

余海几步就追上了他,拳头从天而降。

邹一刀猛地跳开,回头一看,此时的余海对他来说就像移动的战车,高大且凶猛,也只有这样的身量差异,他才能知道自己巨人化时是多么……巨大,凭他这样的体形去抗争这样一个怪物,他以前就尝试过,他失败了,付出了惨烈的代价,那么这一次呢?

这一次,他必须赢!

邹一刀握紧拳头,敏捷地躲闪着余海的攻击,身量小的最大优势,就是灵活了，只是他现在体能消耗过大，并不怎么灵活，被余海追得狼狈不已，毕竟以他现在的体形，只要挨上余海一拳，就会被打成肉饼。

余海抓起一块水泥，朝邹一刀掷了过去。

邹一刀猛地扑向一边，水泥板擦着他的头皮飞过，凶险不已。

余海发现了扔东西比自己去追打效率高，于是弯身捡地上取之不尽的石块、水泥板、瓦砾，一股脑儿地朝邹一刀投掷，邹一刀左躲右闪，还是挨了一下，脑袋简直在喷血花。

邹一刀抹掉脸上的血，踉跄着往前跑去，目标是腐尸群。

余海追了上来，他眼看着邹一刀快到了极限，惊雷战队其他人也是伤残了大半，还被数不尽的腐尸缠着无法脱身，只要杀了邹一刀，他就还有希望杀掉所有人！

邹一刀冲入腐尸群后，机械臂对准了周围的腐尸，突突着子弹，放倒了试图包围他的腐尸，余海追来时，目标太大，腐尸成群结队地扑上来咬他的腿。

余海根本没把这些东西放在眼里，一脚踢飞了好几只，伸手就去抓邹一刀。

邹一刀终于被腐尸堵得寸步难移，余海的手就在背后，眨眼即至。下一秒，他再次消失在了余海面前，他的头和四肢全都一股脑儿地缩回了龟壳里，龟壳"哐当"一声落地，连腐尸都没反应过来发生了什么，龟壳就开始了原地旋转。

那旋转速度越来越快、幅度越来越大，最后就像个机械一样旋转着冲击腐尸群，一下子撞倒了一大片。

余海愤怒不已，大脚连踢带踩，弄死了不少腐尸。他用手拨开碍事的腐尸群，高高抬起脚，去踩那还在旋转的龟壳。

以余海的力量，一脚将龟壳踩碎都不成问题，这一脚正中龟壳，将龟壳恶狠狠地踩进了泥地里，那龟壳立刻不转了，同时发出了"咯吱咯吱"

的龟裂的声音，听得人头皮发麻。

余海"哈哈哈"狂笑起来："邹一刀，你这龟孙子还有什么把戏？缩在龟壳里不敢出来，这能力跟你这个孬种简直是绝配！"他发狠地碾那龟壳，邹一刀的惨叫声响彻整个轮回镇。

"刀哥！"白迩一直在观察着战况，此时邹一刀命悬一线，他试图突围去救人，可他一走，沈悟非和舒艾又会凶险万分，且他一时之间，根本难以脱身。

"邹一刀，老子会把你踩成肉泥，让你的同伴都没机会给你收尸！"余海抬起了脚，那龟壳中渗出来的血彻底染红了大片的土地，他脸上露出了阴毒而疯狂的笑，大脚用尽全力，踩了下去。

一声惨叫贯透夜空，却不是预想之中来自邹一刀的，而是来自余海的。

一把锋利的袖剑连根没入了余海的脚心！

那袖剑长约二十厘米，刚好穿透了余海的脚背，余海大叫着抽回了脚，血淋淋的袖剑也脱了出来。邹一刀的身体慢慢地从龟壳中舒展开来，他整个人简直像个血葫芦，身上几乎不余一寸完好的皮肤，鲜血糊在脸上，左臂彻底被踩烂了，胸前凹陷，一条腿以诡异的角度扭曲着，刚才余海那一脚，几乎要了他的命。

邹一刀睁着那只勉强还能视物的眼睛，摇摇晃晃地站着，却随时可能倒下。

余海试图稳住身形，给邹一刀致命一击，但他独脚站立，大片的腐尸围上他的单腿，他本就站立不稳，此时更是摇摇欲坠，身体不受控制地向后倒去。

"轰"的一声巨响，余海倒地的瞬间，大地都在为之颤抖。

邹一刀灰蒙蒙的眼中闪过一丝希望，他拖着废掉的一臂一腿，揣着碎裂的内脏，强忍着剧痛，朝余海跑去。在浑身是伤的情况下，他每一次的动作，都像在烧红的烙铁上跳舞，令人痛不欲生。

余海也知道，此时倒地，非常糟糕，奈何腐尸群已经一拥而上，抓咬着他粗厚的皮肤，他不停地打开那些蝗虫一样恼人的恶心尸体，一心只想马上站起来。

邹一刀用机械臂里喷射出来的子弹一路清扫腐尸，顺着余海的大腿爬上了余海的身体，余海身上类似的重物太多，完全不知道邹一刀上来了，他还在跟腐尸抗争。

邹一刀咬紧牙关，拖着那条折断的腿，以最快的速度向余海的头部挪动。

余海终于清干净了脸旁边的腐尸，勉强坐了起来，一眼就看到了正跑在他身上的邹一刀，他伸手一捞。

邹一刀狰狞地大吼一声，聚起身体最后的力量，瞬间巨大化，而后原地跳起，背部朝下，用他身上最坚硬的龟壳——尽管它们已经裂开了——砸向余海的脸！

余海瞪大眼睛，闪避已是不及，干脆抬起犀牛角，打算硬碰硬。

邹一刀知道他犀牛角的厉害，但是巨大化之后，这角太长，受力广泛，极易弯折，但他的龟壳也已经处于碎裂的边缘，所以这一"矛盾之争"，究竟结果会如何，他心里没有半点底。

这一回，他赌命，他赌因果循环，报应不爽；他赌邪不胜正，天公地道；他赌他的老婆和兄弟，都在天上看着他，势必护佑着他，为他们报仇！

"咣！"——一声巨响。

犀牛角直直顶上邹一刀的龟壳，时间仿佛在那一刻静止了，邹一刀就那么半身悬在余海的犀牛角之上，接下来一切就像慢动作回放，余海的犀牛角往一旁歪折，而邹一刀的龟壳从硬碰硬的中心开始龟裂，噼里啪啦裂纹的声响过后，哗的一下，碎了。

余海的犀牛角折断的瞬间，他发出了令人恐惧的叫声，他捂着脸，痛苦令他不自觉地蜷缩起了身体，整张脸上全是血。

邹一刀也没比他好半分，那龟壳连着骨肉，是他身体的一部分，碎裂开来的时候，他的整个背都被"打开"了，肌肉、骨血、脊椎，依稀可见！

邹一刀此时已经无法意识到自己的意识了，他甚至分不清自己是否还活着，他只是本能地扑到余海身上，用唯一还能活动的右拳，一拳接着一拳地往余海的脸上砸。

砸他已经折断的犀牛角，砸他的眼睛，砸他的太阳穴，砸他的颧骨，砸他的耳郭，砸所有肉体上脆弱的部位。余海开始还剧烈挣扎，但折断的犀牛角显然几乎令他元气耗尽，他被砸得血肉模糊，抵抗越来越微弱，最后，他的手臂无力地垂了下去。

邹一刀却没有停止，仍然是一拳接着一拳，直到把余海的五官砸进了颅腔，把他的皮肉砸碎，最后，把他整颗脑袋都给砸烂了，再也看不出来有一丝一毫的人形。

青青，浩鹰，你们看到了吗？

你们看到了吗……

遥远的天际，已经隐隐能窥见一丝微弱的天光，蛰伏于黑暗的地平线之下，待到属于它的时间到来，就会挣扎着冲破暗夜的束缚，辉耀整个世界。

这黎明前最黑暗的时刻，一如此时的轮回镇。

汪洋一般庞大的、形容可怖的腐尸群倒在大地上，成片的房屋塌陷、损毁，难以计数的血、浆和分不清为何物的东西洒得到处都是，还有大片的腐尸在前赴后继地涌上来，此番情景，地狱也不过如此了。

邹一刀的身体僵直了，紧握的拳头上，血在滴滴答答地往下掉。

他和余海的身体在同一时间恢复了原状，一瞬间就被腐尸群淹没了。

白迩顾不上其他人，踩着腐尸的脑袋跑向邹一刀，晚一点邹一刀怕是只剩下一些零件了。

他撑开黑伞，奋力扫倒了一片腐尸，将邹一刀的身体拖了出来，却一时无法突围。

团队里所有的近战战士都倒下了，他根本不适合这样的群战，只能硬扛着，这天亮前的短暂时间，成了他们生死存亡的关键。

沈悟非挣扎着、有气无力地喊道："快，我们……去花店！"他拼着最后的力气，派几只机械蜘蛛去帮白迩突围，舒艾跟其他人一样，也快到极限了。她顾不上保护自己，咬牙给沈悟非补充精神力，万万没想到，现在居然是沈悟非在担当战斗主力。

白迩先是把邹一刀扔到了机械蜘蛛身上，然后清掉周围的障碍，自己也上了机械蜘蛛身上，沈悟非赶紧操控着其他机械蜘蛛掩护这最重要的一只，他们齐齐往花店退去。

这个小镇很小，从银行到花店，最多两三百米的距离。但这两三百米，比当初他们穿行海妖幼虫长廊还要艰难，因为一旦沈悟非撑不住了，他们就完蛋了。

舒艾甚至无暇给奄奄一息的邹一刀疗伤，他们把所有治愈卷轴都拿了出来，拼命维持沈悟非的精神力和邹一刀的命。

沈悟非已经虚弱到无法坐立，他无力地靠在舒艾身上，整个人脸色惨白、憔悴，眼神极度涣散，头发干枯得像野草，唇角开裂，仿佛一瞬间就老了十多岁。

"悟非，撑住啊，撑住啊！"舒艾焦急地喊道。

沈悟非的眼皮越来越沉重，他的思维能力迟钝到听不懂舒艾在说什么，他完全在凭着最后的一点毅力，指挥着机械蜘蛛往正确的方向撤离。

机械蜘蛛开始一只、一只地返回他的仓库，他能够控制的越来越少。最后，在离花店不过几十米的距离时，只剩下驮着他们六个人的三只机械蜘蛛，已经被腐尸群团团围住，一步也行进不了了。

舒艾焦急地说："白迩，悟非不行了，你带着刀哥先去花店，回来接惊霆，我会保护好悟非。"

白迩已经累得手都在发抖，他低喘道："你行……"

"不行也得行，快去！"舒艾抱起沈悟非，跳下了机械蜘蛛。下一秒，他们身下的机械蜘蛛消失了，两人落入了腐尸群，蓝色的防护结界将他们包围，腐尸被隔绝于外，舒艾咬紧牙关，硬撑着。

白迩抱起邹一刀，在机械蜘蛛消失之前，跳了下去，踩着腐尸往花店冲。

邹一刀比白迩重了足有二十多斤，白迩的能力最重视灵活，再加上此时体能超负荷，他的速度甚至不能发挥平时的十分之一。他背着邹一刀，黑伞拼命地清扫奔涌而来的腐尸，伞柄和伞布都有不同程度的损坏，眼看也要撑不住了，他抱着邹一刀，又无法使用重武器，明明花店已经近在眼前，他们的去路却被彻底阻隔了。

白迩看了看邹一刀，血都要流干了，再被咬上几口一定完蛋。他想把邹一刀直接扔进花店，又怕把人直接摔死了，权衡之下，只能硬扛着等天亮。

舒艾拼命摇晃着沈悟非："悟非，你千万撑住，再撑几分钟，只要几分钟，他们掉下来就死定了！"

沈悟非虚弱地张了张嘴，眼睛困顿得睁一下闭一下，呼吸都无比微弱。

整个轮回镇，只剩下一只机械蜘蛛，它身上有昏迷的乔家两兄弟。它已经无法动弹，无法攻击，沈悟非仅能勉强让它在那儿站着，腐尸咬不穿它的金属身体，但却纷纷往它身上攀爬，要不了多久，就能爬到它的身上。

舒艾咬紧牙关，死撑着摇摇欲坠的防护结界。腐尸狰狞的脸就近在咫尺，它们不知疲倦地冲撞、抓咬，叠罗汉一般趴在结界之上。舒艾知道，只要防护结界一破，他们就会淹没在腐尸群里，被无数张散发着地狱般腥臭腐烂的嘴，一口一口地咬死，那份恐惧和绝望，她将终生难忘。

白迩此时已经被抓咬得血肉模糊，他雪白通透的皮肤上遍布刺目的伤痕。以他的速度、体术和隐身能力，他原本是在绝大多数情况下都最容易自保的那一个，在疼痛到达极致时，他的大脑反而变得异常清晰，他突然清晰地意识到，他是为什么会落到如此狼狈危险的境地——他在保护一个人。

他唯一愿意用命去保护的人，原本只有乔惊霆一个，这是他欠乔惊霆的，可是现在，哪怕他处于死亡边缘，他也无法撒手，也不知道进入游戏之后，他究竟是变强了，还是变弱了……

"啊——"舒艾发出一声绝望的大叫，防护结界"啪"的一声碎了，她趴在了沈悟非身上，死死护住他的要害，几百斤的腐尸一股脑儿地落在了他们身上。

舒艾只觉得剧痛袭来，身上被疯狂地撕咬，因为疼痛太过密集、剧烈，她甚至发不出一丝声音，恐惧和绝望在猛烈侵袭之后又离她远去，因为她听到了死神逼近的脚步声。

早知如此，她宁愿死得体面一些，也不想成为腐尸的食物。

最后一只机械蜘蛛消失了，乔家两兄弟无助地落入了腐尸群。白迩眼看着乔惊霆陷入死局，短短几十米的距离他却无能为力，他发出一声绝望的悲鸣，身体的力气几乎被掏空，疯狂的腐尸瞬间将他们扑倒了……

不知道过了多久，舒艾睁开了眼睛，她看到了……光明？！

没错，是光明，是太阳光，是清晨的第一缕曙光，是代表着希望与新生的阳光！

她轻喘着气，撑起千疮百孔的身体，颤抖地将手探向沈悟非的心脏。

还在跳动，还在跳动。

她又打开降魔榜，看着那些熟悉的名字，都还在上面，一个一个，历历在目，她的眼泪终于控制不住地落了下来。

白迩也睁开了眼睛，抹掉糊住视线的血，看着他的同伴散落在地上，四周干干净净，房屋整整齐齐，没有任何污秽的东西。最破坏这小镇的宁静与温馨的，反而是各个血肉模糊的他们。

白迩忍不住笑了一下，笑得苦涩和艰辛。他拿出仅剩的治愈卷轴，扔了两个在邹一刀身上，给自己用了两个，然后朝着乔惊霆艰难地爬了过去。

舒艾也拿出治愈卷轴，给自己、给沈悟非疗伤。白迩爬到乔家两兄弟身边，将治愈卷轴用在了乔惊霆身上，然后，漠然地盯着乔瑞都，眼神越来越沉。

半晌，白迩的袖珍匕首滑到了两指之间，默默地移向了乔瑞都脖子上的大动脉。

就在匕首的刀锋马上就要舔中那尚且温热的皮肤，乔惊霆睁开了眼睛。

"……白迩？"乔惊霆低低叫了一声，他睁开眼睛，意识恢复的一瞬间，看到的就是白迩眼中熟悉的杀意，他尚且不解发生了什么事，直到他的余光瞄到了身旁的乔瑞都，白迩指间似乎闪烁着一点银光，但他没有看清楚。

白迩微怔，手下意识地缩了一下。

"白迩，你做什么？"乔惊霆不太确定地问道。

白迩看了乔惊霆一眼，目光冰冷，他道："你没事了吗？我们赢了。"他悄无声息地收回了匕首。

乔惊霆盯着白迩看了几秒，才吁出一口气，身体放松了下来："太……好了。"他疼得想撞墙。

舒艾爬了过来，把治愈卷轴往他们身上不要钱地砸，她温柔地摸了摸乔惊霆的脸，哽咽道："我以为这次真的要完蛋了，你知道刚刚我们多危险吗，只要太阳再晚几分钟升起，我们都会死。"

乔惊霆笑着拍了拍她的手："但是太阳没有晚，我们就是命大，拦都拦不住。"

舒艾破涕为笑。

乔惊霆看着她一身的伤,很是愧疚心疼:"我们撑得住,你先把自己治好,你这个样子哪个男人都看不下去。"

舒艾笑道:"放心吧,这点伤算什么,我们都没事了。"

白迩泄力仰倒在了地上,眼睛一眨不眨地看着灰白的天空,眼神逐渐变得空洞而茫然。

几人被舒艾和白迩拖回了他们的房子,那些已经恢复成平民的"平民"都还在睡觉,这一夜发生的一切惨烈战事,竟然没在这个小镇留下什么痕迹,恐怖的记忆和伤痛只能被当事者带走,当然,还有胜利的喜悦。

不过他们六个人基本全废,没有高兴的力气,一回到那栋安全的房子里,就疗伤的疗伤,休息的休息,连话都没有多说一句。

直到下午,六人才陆续醒了过来,可惜没有想象中的庆功,邹一刀一个人去了阳台,一根接着一根地抽烟,只给了他们一个背影。

舒艾看了看邹一刀,叹了口气:"刀哥太可怜了。"

仇恨这种东西,并不会因为大仇得报而消失,反而会因为世上再无可恨之人而倍加痛苦,因为那仇恨再无寄托之处,只能郁结在胸,一辈子凌迟着自己的心。

乔惊霆沉声道:"刀哥能挺过来的。"

乔瑞都的身体陷在沙发里,眼神没有焦距地望着前方,不知道在想什么。

白迩也是一样,好像都没了魂儿。

只有沈悟非在电脑上打着字,不知道在忙活什么。

过了良久,太阳都快要下山了,邹一刀才踩灭了烟头,返回了客厅,他唇角带着一抹淡笑:"咱们还得想办法从这里出去吧!"

"刀哥,你……你还好吗?"沈悟非迟疑地看着他。

邹一刀耸耸肩:"杀了余海那畜生,当然好了。"他笑道,"就是感觉……挺奇怪的,说不上来,跟我想象中不一样……"他低着头,沉默了片刻,笑道，"先别说这个了，想办法离开这里最重要。"

"对，其他的我们回去再说，现在最要紧的，是离开这里，完成任务。"沈悟非道，"你们还记得我昨天说的，我们的出现可以算作一个时间节点吗，我依然相信这一点，我们的出现，将改变这个小镇的命运。经过昨晚的实验，晒不到月光并不能阻止他们变成腐尸，那就只有换个方式阻止情节的发展了。"

"怎么阻止？难道让他们一直晒太阳？"乔惊霆摇摇头，"那太阳还能听我们的？"

沈悟非微微低下头："我有一个至少有八成把握的方法，就是比较……"

"什么方法？"

沈悟非叹了一口气："他们都是 NPC 吧，不是真人。"

"当然了，都是人工智能机器人。"舒艾想想那些腐尸的身体，完完全全像是血肉生物，哪里有机器人的样子，但是，他们更无法接受那些是活人。

沈悟非点点头，似乎下定了决心："我的办法是，放一把火，把整个轮回镇烧了。"

此言一出，众人皆惊，惊于沈悟非这样软弱胆小的人，居然能想出这么生猛的办法！

乔瑞都点点头："嗯，这个办法好，把人都烧死，就变不成腐尸了。"

"不不不，不用烧死。"沈悟非连连摆手，"只要把人都赶出小镇就行了。我们是在白天的１１点左右降临轮回镇的，以此为时间节点，如果在那一刻整个轮回镇的剧情发生了改变，那么我们就可能打破这种轮回。所以，在十一点之前，把所有人赶出小镇，让这里变成一座空城。"

"两个问题。"白迩道，"第一，他们能离开轮回镇吗？第二，能确保所有人都会离开吗？"

"他们是剧情中人，跟我们这种受系统设定限制的玩家不一样，他们可以离开轮回镇，今天我们威胁警察的时候，我已经问过了，他们时常出入镇子。至于是不是所有人都会离开，这就是我想放火的目的，逼迫大部分人逃走，逃不走的……"沈悟非抿了抿唇，"会被烧死。"

刀哥点点头："那么我们今天晚上就得准备。"

"对，为确保万无一失，今天晚上就要把助燃物在整个镇子里布置好。明天太阳升起，就一边放火，一边引导民众逃走，这样时间节点一到，整个轮回镇的剧情已经被我们改变了，没有人感染瘟疫，没有人因此变成腐尸，就彻底打破了轮回！"

"好！"乔惊霆一拍大腿，苦笑道，"又得打一遍腐尸了。"

"我们……就剩这两个治愈卷轴了？"沈悟非不敢置信地戳着茶几上的两个卷轴，"我们带了有上百个吧？"

"有，自己买的，加上杨泰林和蔓夫人送的，绝对有一百多个。"舒艾无奈地摇摇头，"这一战消耗太大了，今天晚上如果你们受了伤，大部分时候只能硬扛了。"

"嗯，我能量防护罩已经没了。"乔惊霆耸耸肩，"今天晚上还真的只能硬扛了。"

"今天晚上问题应该不大，我们不是为了战，只是为了布置燃料，大不了逃就是了。"乔瑞都瞪了乔惊霆一眼，"把烟离我远点儿。"

乔惊霆不以为然："你就屁事儿多。"

"这两个治愈卷轴，我来带着。"舒艾道，"到时候我们在沟通网内保持联络，如果有谁受了伤，一定要通知大家。"

"知道了。"

"具体怎么做？"几人一齐看向沈悟非。

"这个小镇虽然不大，但是要让它整个陷入火海，这气候、风向都不对，我们也没有足够的燃料把它整个烧了，一旦起火范围不够，他们就会选择去灭火。所以，我们要配合爆炸，而且是有顺序有布局的燃烧加爆炸，给人一种整个小镇在按照顺序发生恐怖事故的错觉，逼着镇民离开这里避难。"

"嗯，有道理，要怎么烧、怎么炸？"

沈悟非摊开一张地图："这是白天我用航拍仪绘制的小镇地图，你们看这里。"他指了指南面出口附近，"在小镇最南面，有一个加油站。"

"你要炸加油站？"

沈悟非点点头："可炸可不炸，但是要让这里的人觉得，我们要炸加油站。加油站一炸，半个镇子都要完蛋，他们只要意识到这一点，是一定不敢留下来的。"

"啧啧。"乔瑞都嗤笑一声，"你小子真是深藏不露啊。"

沈悟非不好意思地抓了抓头发："我们应该不用炸它……最好是不炸。"

其他人倒也习以为常了，毕竟他们知道沈悟非体内隐藏着一个异常凶险的人格，所以有时候沈悟非做出一些出人意表的事，他们都会紧张于是不是那个人格出现了，只要发现沈悟非还是那个沈悟非，就不值得紧张。

"那要怎么布局呢？"

"很简单，从轮回镇主路的两侧开始炸，每隔三百米炸一次，从北到南，最后的爆炸点就是加油站，任何一个人都能简单推算出来。"

"这样的话，至少要埋设十多个燃烧爆炸点。"

"对，工作量很大，而且只能等日落之后开始干。"沈悟非用笔在地图上标记着，"为了达到更好的效果，一定要用炸药配合燃料，我们炸药带得挺多的，反而是燃料不太够，如果缺燃料，到时候可以从路边汽车的油箱里弄上一些。"沈悟非开始从燃料分布、环境、现场物资利用等方面，教他们如何能弄出最大的起火量。

筹备了一下午，沈悟非分配好了所有的资源，他和舒艾留在房子里，其他四人出发了。

面对庞大的腐尸群，他们早已经没有了初始的震撼或厌恶，只剩下浓浓的疲倦。昨晚上他们大概杀了大半个镇子的腐尸，可是今天，一切从头再来，数量不增不减，还是那些，仿佛昨天的战绩都化作乌有，实在让人有些沮丧。

而且，今天的腐尸比昨天的更强悍了，每一天战斗力好像都在翻倍地增长，除了白迩能够悄无声息地出入指定地点、埋设炸药、布置燃料，其他三人都得费上好一番功夫。

乔惊霆在被腐尸骚扰得不胜其烦的时候，甚至考虑着要不要也去吃一块变色龙符石，从蔓夫人那儿要一块变色龙符石也许不难，难的是不好养，吃一块符石，就要为它花上大量积分去训练，而且还会占据一个重要的符石名额，所以，他也只能羡慕地想想罢了。

忙活了大半个晚上，乔惊霆受了不少伤，还好都不致命，他身上没有能量防护罩和治愈卷轴，形如裸奔，所以格外小心翼翼，因此布置的进度有些缓慢。

突然，他余光瞥到一抹白影，若是在外人看来，怕会以为是月光，或是看错了，但他不用想都知道是谁，悄声道："白迩？"

白迩翻身跃进了窗户里，乔惊霆正躲在窗户下面埋炸药，唯恐被外面徘徊的腐尸发现。

乔惊霆看到他，松了口气："你不会弄完了吧？"

白迩点点头："弄完了，我来帮你。"

"你怎么知道我在这儿？"

"找了一圈。"

"找我？"乔惊霆不解地看着白迩。

白迩理所当然地看着他："你们太慢了。"他拿过乔惊霆身边的燃料，悄无声息地翻出了门。

不一会儿，乔惊霆的定时炸药埋好了，白迩也洒完了汽油，返了回来。

乔惊霆最头疼的就是当着腐尸群的面儿淋汽油了，每次都得狼狈进出，白迩却是轻轻松松弄完了。

乔惊霆往地上一坐，靠着墙，粗喘了一口气："我得休息一会儿，快累死我了。"

白迩也不说什么，就安静地坐在他旁边，把玩儿自己的匕首。

黯淡的月光之下，袖珍匕首反射出的银光格外醒目，乔惊霆突然想到了什么，他迟疑片刻，问道："白迩，今天我醒过来的时候，你好像……"

白迩扭过头，异色妖瞳一眨不眨地盯着乔惊霆，眼神冷漠而淡定，只等他接着往下说。

乔惊霆在那双眼睛的注视下，突然有些问不出口，可能真是自己看错了吧，白迩再怎么样，也知道轻重……

"你想说什么？"白迩冷冷地说道。

乔惊霆皱了皱眉，有点嫌弃自己这么婆妈，但他还是怕自己看错了，猜忌兄弟太伤感情，便道："算了，没什么。"

白迩扭过了脸去，眸中闪烁着难以捉摸的思绪。

"走吧，我们去下一个地点，等我这边弄完了，你就去帮刀哥。"乔惊霆站起身，舒展了一下腰身。

"霆哥。"白迩在背后叫了一声。

"嗯？"

"我有个弟弟，他叫白肆。"

"呃……啊？"这个话题转得太快，乔惊霆有些丈二和尚摸不着头脑。

白迩也站起身，眼睛一眨不眨地看着乔惊霆："昨天我们都差点儿死了，我也不知道我什么时候会死。如果有那么一天，你能离开这里，而我没有，希望你……去帮帮我弟弟。"

乔惊霆打断他道："说什么傻话，我们会一起离开。"

"你知道不可能的。"白迩平静地说,"当你预感死亡的时候,你把遗物给了乔瑞都,在你心里,他才是你真正的兄弟,而我……"他低下头,轻声说,"我只信任你,如果我没有机会了,我的弟弟,只想托付给你。"

乔惊霆感到胸口有些发闷:"白迩,你也是我真正的兄弟,无论什么时候,我在,你就在。"

白迩低声道:"你先答应我吧,他是我在那个世界,唯一牵挂的人。"

乔惊霆犹豫片刻:"好吧,他很危险吗?"

"他是……这一代的白幽冥里,天分最高的,可他偏偏不是无色人。"白迩握紧了拳头。

"所以呢?"

"'只能由无色人继承家主之位'的传统派和'应该适应时代变迁让正常人传承家业'的新进派,一直以来内斗不断,但因为从来没有正常人的天分能够超过无色人,所以家主之位的必要条件一直没有被撼动,直到我弟弟出生。"白迩闭上了眼睛,"我已经,不可能再出现在他面前了,也许他也已经死了,但如果有一天能够离开游戏,你务必代我去看看他,若他还活着,带他离开白氏,永远不再回去。"

乔惊霆走了过来,用力捏了捏白迩的肩膀:"你这个小子,心里的秘密比起刀哥,也没轻几分,我很后悔当初对刀哥刨根问底,所以你说什么我听什么,我都答应你。"

白迩静静地注视着乔惊霆,然后点了点头。

"走,干活儿去。"

白迩帮助乔惊霆完成他的任务,两人又一起去帮刀哥。天亮之前,他们一起回到了别墅,乔瑞都也早回来了,正一脸冷漠地看着他们,显然是嫌他们慢。

沈悟非看了看天色,神情放松:"太好了,时间比我预想的还要宽松一点。"

"如果这回咱们还是离不开小镇，那怎么办？"

"那就只能寻找新的时间节点了，放心吧，这次的行动，我有九成的把握会成功。"沈悟非颇为自信地说，"等日出吧。现在大家吃点东西、好好休息一会儿，天亮了有的忙活。"

他们都知道要忙活什么，基本上就是把昨天白天驱赶民众那一套再做一遍，而且这回是把人往镇子外面赶，确保在日落之时，整个轮回镇除了他们，再没有活人，难度更大。

他们拿出吃的，补充了一下体力，就各自休息去了。

日出之前，所有人都自觉地醒了过来，他们凑到窗边，想最后一次看看，当日光普照大地，这个小镇从地狱之城恢复生机的壮景奇观。就好像看着一朵凋零的花重新盛开，在经历漫长的黑夜后，总给人一种莫名的欣慰和感动。

小镇上的腐尸消失了，破败的街景也重新变得干净温馨，沈悟非一拍大腿："好，来吧。"

他们故技重施，黑进小镇的广播系统，先来了一波充满变态杀人狂气息的演讲，把全镇大部分人都吵醒了。待到天色再亮一些，就开始炸。

第一声爆炸响起的时候，距离他们尚远，但窗户依旧剧烈地抖了抖，小镇外传来警车、消防车的声音和人群的嘈杂声。

几人都有些坐立难安，尽管他们知道那些人都是 NPC，甚至只是一段每天都会重复出现的数据，但因为做得实在太逼真、太接地气，他们总会有一种在现实世界中进行恐怖袭击的感觉，这体验并不太好。

这里只有两个人分外淡漠，一个是白迩，一个是乔瑞都。

"每隔十五分钟炸一次，看他们能撑多久。"乔瑞都饶有兴致地看着窗外沸腾起来的镇民，眸中没有一丝不安或怜悯。

舒艾咬了咬唇："希望他们快点离开。"

乔瑞都看了她一眼，含笑道："怎么，不忍心？"他看了看沈悟非和乔惊霆，表情都很拘谨，他嘲弄地笑了出来："你们都不忍心？呵呵，简直可笑，乔惊霆，你又怎么有脸说我虚伪呢，一边杀人一边内疚，伪善，明知道杀的只是电脑数据还这么当真，愚蠢。"

乔惊霆抬起脸，冷冷看着他："你属老娘儿们吗，一天天的废话那么多。"

乔瑞都似笑非笑地说："我不告诉你，怕你蠢到看不清自己的蠢。"

沈悟非无奈道："你们啊，好歹也并肩作战过，能不能……"

"闭嘴。"两人异口同声呵斥道。

沈悟非立刻闭嘴了。

过了十五分钟，又一个爆炸点爆炸，带动周围的燃料全部烧了起来。微亮的清晨，依然火光冲天。

在连炸了四个地方之后，镇民终于意识到广播里说的不是开玩笑的，如果他们继续留在镇上，下一个不知道炸的会不会是自己的家，所以一部分人还在灭火，一部分人已经自发地驱车离开小镇躲避。

天色越来越亮，轮回镇陷入了一片焦灼的火海，平静的小镇宛若战败之城，狼烟四起，尖叫着逃离的人越来越多，已经有很多人意识到，这么炸下去，早晚要炸到小镇的火药库——加油站。

时机到了，沈悟非派他们出去从北到南地清扫、驱赶镇民，务必把所有人赶出小镇。

爆炸的脚步也没有停下，只是延长了爆炸的间隔时间，让更多人有时间离开。最后他们商定，为了以防万一有人滞留，加油站还是要炸，必须把这里变成一座死城。

上午十点多，加油站也被引爆了，爆炸的冲击波早已经把他们的窗户都给震碎，这最剧烈的一次爆炸，更是让他们的房子都差点儿塌了。

他们蹲在安全的角落里，等待爆炸的余威散去，才纷纷走出房子，看着这个被完全毁掉的小镇——这是他们的"杰作"。

沈悟非的目光扫过近前狼藉的焦土和远处的滚滚黑烟，沉声道："再排查一遍，镇上还有没有人，十一点之前，回到这里。"

"有人的话，直接杀掉，来不及让他们离开了。"邹一刀补充道。

几人分头行动。

这一上午的恐怖袭击，威吓的力量达到了极致，轮回镇已经彻底空了，至少他们一个活人都没有看到。

十一点之前，他们回到初始地点集合，沈悟非看了看表，深吸一口气，神情也有一丝紧张。

十一点一过，空气死一般安静，每个人都屏住呼吸，唯恐漏掉任何一点点信息。

终于，每个人面前都出现了一排小字："恭喜惊雷战队完成轮回镇副本任务，完美通关"。

The Abyss Part One

Game

Part 3：变局

生死在途，他们走的每一步，都如履薄冰，不知道哪一天冰层断裂，寒冷的深渊就会将每个人吞噬……

♠♥♣
♦

深渊游戏Ⅲ·轮回镇

几人面面相觑，一时间都不太敢确认，唯恐是在做梦。

"真的……通关了？"舒艾小心翼翼地问。

乔惊霆长吁一口气，咧嘴一笑，口气笃定："没错，通关了，而且是完、美、通、关！"

众人紧绷的神经都一瞬间放松了下来，但表情各不相同，邹一刀的尤为复杂，那饱含着沉痛与救赎、茫然与落寞的眼神令人心痛，此时他唯有沉默。

系统提示接着显示：任务奖励积分1.8万，全员存活奖励积分4200，获得奖励物品S级武器"白银之月弯刀"1个、S级防具"本格之盾"1个、S级治愈卷轴10个、S级能量防护罩10个、T级能量防护罩1个，获得轮回镇限量奖励物品"死亡侍者"符石，获得轮回镇完美通关限量奖励物品S级轮回卷轴1个。

"哇好东西啊，这次都是好东西。"沈悟非兴奋地直搓手，"不愧是S级副本，不但积分高，而且不像M级副本那样送的一半都是鸡肋。"

"送这么多积分……"乔惊霆突然想起来，他们现在可以进玩家平台了，这两天杀了那么多腐尸，他已经不知道自己积累了多少负积分，那么现在……那些积分都变成正的了！

其他人也都想到了同样的事，他们互相看着对方，眸中闪耀着兴奋与雀跃。

"等等，咱们一个一个来。"乔惊霆咧嘴笑着，"我觉得我杀的应该是最多的。"

"好，你先报。"

乔惊霆深吸一口气，怀着亢奋的心情进入了平台，当他看到自己的积分的时候，他控制不住地怪叫了一声："我X！我X！"接着狂笑起来。

"多少？"白迩虽然好奇，但他性格平淡，语调自然也没多少起伏，没能给乔惊霆的兴致抬上一抬。

乔惊霆看了一眼安静抽烟的邹一刀，感觉自己像个缺了捧哏的相声演员，平时他和邹一刀一搭一唱多有意思，他在心里暗暗叹了口气，笑道："不包括任务奖励，1.1万。"

"这么多！"舒艾羡慕地说，"我只有2000多。"

"我也有6000多。"白迩淡淡一笑，还是很满意的。

"看来我是最多的了。"沈悟非嘻嘻直笑，"我有1.3万，可以买好多零件了。"这次抗击腐尸群，他的机械蜘蛛发挥了最大的作用。

几人看向邹一刀，邹一刀笑笑："4000多，还成。"

他们也很好奇乔瑞都杀腐尸拿到的积分，但是没人愿意开口问，最后还是舒艾问道："乔瑞都，你的呢？"

"舒艾姐姐叫我瑞都就可以了。"乔瑞都冲着舒艾勾唇一笑，而后轻描淡写地说，"8000多，还行吧。"对于他这种经常组队去杀高级怪的人来说，拿到八千一万的积分不算非常困难，当然，他也很高兴就是了。

"这次简直是大丰收。"沈悟非笑得脸颊通红，"简直跟做梦一样，不仅杀了余海，完成了任务，还拿到了这么多积分和奖励。"

"我们拿到了轮回卷轴。"白迩道，"那是余海进入这个副本的目的，它应该是最有价值的。"

"这个卷轴给刀哥吧。"乔惊霆拿出了卷轴，所有的奖励物品，都会先集中在队长——也就是他这里，他把卷轴抛给了邹一刀，"你应得的。"

邹一刀一只手接住了卷轴，看也没看，只轻轻点了点头："轮回啊……要是能回到更远之前就好了。"

乔惊霆重重拍了拍他的肩膀："有些事不能改变，但有些事还可以，这个卷轴，好好用它。"这个轮回卷轴，就是一个五秒的后悔药，虽然仅仅只有五秒，也许就可以改变一切。

"弯刀给舒艾。"沈悟非道，"这把刀还不错，先过渡一下吧，以后会有更好的。"

乔惊霆仔细端详那把白银之月弯刀，而后把它递给了舒艾："这把刀干干净净的，真漂亮，适合你。"

舒艾接过刀，心中微喜，那刀身质感细腻、刀锋冷凝、纤尘不染，像皎洁的月华，给人以清冷洁净之感，确就如舒艾的人一般。她比画了几下，架势、速度、力量，样样不缺，好歹也是白迩和邹一刀两个老师教出来的，一直以来，她的国仕身份都让人忘记了她的战斗能力。

"这个本格之盾呢？"乔惊霆轻轻掂了掂那一小块盾牌，是保护重要器官的，比他身上穿的纳米合金差一些，但也是很不错的防具，"我用不着，给……"

"给乔瑞都吧。"沈悟非道，"他出力也很多。"

"看不上。"乔瑞都一点不客气地说。

乔惊霆白了他一眼："你多余问他一句，他看得上的只有那个卷轴，但我不会给他的。"

乔瑞都冷哼一声，那个卷轴他当然想要，但除非他硬抢，否则这帮人不可能给他，当然，他现在也抢不过。

沈悟非笑了笑："我也就是让一下，我知道他看不上，所以给舒艾吧。"

"不用，我根本用不到防具。"舒艾看了看几人，"给白迩吧，悟非大部分时候都很安全，刀哥的龟壳防御力也很强，就白迩没有好的防具。"

"有道理。"乔惊霆将本格之盾抛给了白迩，笑着说："小白迩啊，别仗着自己速度快又会隐身就不要命，好好保护自己，知道吗？"

白迩也没说什么，接过防具就装上了，他从来不要求什么，但也几乎不拒绝什么，尤其是乔惊霆说的话。

乔瑞都冷笑一声："当你的手下真够可怜的，出生入死的还什么像样的东西都没有。"

"关你屁事。"乔惊霆哼道，"还有，我没有手下，白迩是我弟弟。"

"他是你弟弟？"乔瑞都拔高了音量，刻意强调了"他"字，口气顿时充满了浓浓的讽刺和不屑，还有隐于表面之下的怒意。

白迩冷冷看着乔瑞都，眸中杀意一闪而过。

乔瑞都捕捉到了那一抹寒芒四射的杀气，他怔了怔，露出了一个饶有兴致又充满挑衅的笑容。

"好了,现在就剩下这枚符石了。"沈悟非看了看描述,"这东西不错啊,是蛊师的专属符石,增强蛊师在日落之后的控尸能力。"

"那不是适合你吃?"

"我又不控尸,吃了用处不大,不过蛊师里有专门控尸的,这个对他们来说就是好东西,我联系一下,到时候去自由集市卖掉吧。"

"控尸的蛊师?跟你们有什么区别?"乔惊霆好奇道。

"其实本质上一样,我们控的蛊,也不是活的,区别就在于,大部分蛊师控的蛊都是傀儡,介于生与死之间,需要特殊的处理办法,维持活着的表象,通过精神力建立起与它们的联系。蛊师自己会制造傀儡,也可以通过系统购买或者杀怪、任务获得,我所有的蛊,几乎都是买的,因为太贵了,所以我自己制造机械蜘蛛。"沈悟非道,"因为越好的蛊越贵,需要的精神力越强大,所以很多蛊师初期,甚至后期,都会直接用尸体,尸体又便宜,对精神力的要求又相对低。"

"那应该很多蛊师用尸体啊,我怎么见过的蛊师都没几个用的?"

"因为太低级了,又恶心,而且容易坏。"沈悟非道,"我们的蛊本身维持在一个好的状态,坏了也好修复,尸体本身就破破烂烂的,攻击力低,战损高,外形又很可怕,用起来自然没有蛊好,通常只有低等级的蛊师,没有办法才用尸体,因为尸体遍地都是,随便打个怪就有了。"

"但是有个人例外。"乔瑞都不知道是想到了什么,脸上露出厌恶的神色。

沈悟非也皱起了眉:"嗯,我知道游戏里有一个很厉害的蛊师,就是专门控尸的,非常非常厉害,跟赵墨浓不相上下。"

"他为什么这么厉害?"

"因为他控的是……"乔瑞都皱了皱鼻子,"游戏里死去的玩家。"

几人脸上都露出了不适的表情。

"你想把这枚符石卖给他?"

"不知道他看不看得上，反正游戏里控尸的蛊师也有那么一些，不愁卖不掉。"

"不说这么恶心的事了。"舒艾道，"我们的物品都分配完了，是不是可以离开了，这个地方我真的不想待下去了。"

"我得去找我的翼龙，如果我猜得没错，太阳落山之后不再有平行空间的移动，它们就会回到我身边。"

"那为什么白天不回来？游戏都结束了。"

"因为轮回镇的白天和夜晚是两个世界。总之等一等吧，如果晚上它们也不出现，我就去找系统精灵要，有什么理由扣着我的蛊啊，那两只翼龙可贵了。"沈悟非想到什么，点了点头，"顺便，我们也得商量商量离开狩猎模式之后的事，毕竟，我们杀了一个列席者，而且他还是禅者之心的左膀右臂。"

仿佛直到此刻，众人才意识到他们干了多大的一票。他们杀了一个列席者呀，还是个在游戏中颇有地位的人物，离开这里，回到正常模式下，会发生什么？几人心里突然有些惴惴不安。

"你们是现在才想起来后果严重吗？"乔瑞都低笑一声，"我的麻烦也很大，但我很期待，禅者之心，甚至整个游戏的格局，将发生怎样的改变！"

沈悟非脸色凝重地跑一边思考去了，他们也不打扰他，就各干各的去了。乔惊霆借口要去睡一觉，上了楼，打算找个独立的房间，进入虚拟系统里搜刮一下战利品，他让白迩帮他把门，免得被乔瑞都发现。

狩猎副本的虚拟系统里，东西不太多，他绕了三个小时，也就拿到了一些普普通通的东西，不过聊胜于无。

等他出来的时候，天也黑了，他一下楼，就看到沈悟非喜笑颜开，显然是他的翼龙回来了。

至此，他们这一趟副本任务，也算圆满结束了。

乔惊霆的目光环视所有人："怎么样，我们回去吗？"

"等等，等等。"沈悟非摆摆手，神色紧张起来，"我不知道外面变成什么样了，当他们发现……余海和他的手下都死了。"

"你害怕有什么用，回去看看就知道了，总不能在这里躲一辈子。"

"我们可以回海妖王号的大本营躲一躲。"沈悟非小声说。

乔惊霆拍了拍沈悟非的后脑勺："你尿什么，干都干了，干完了才来尿？我们回去之后，就可以去蔓夫人那里了，蔓夫人会给我们提供安全的城市，以后再也不用怕尖峰的骚扰了。"

沈悟非想了想，点点头："也是，我们回斗木獬之后，收拾一下，尽快去蔓夫人那里，我预感余海的旧部要来找我们麻烦。"

"好，走吧。"

"走。"

六人对视一眼，一起离开了这个腥风血雨的轮回小镇，返回了斗木獬。

斗木獬还是那熟悉的冰天雪地的样子，城里还是有个监视他们的人，一看到他们出现，就立刻消失。

乔惊霆不耐烦地说："这孙子烦死了，成天监视我们，让我抓到，揍不死他。"

"你理他做什么，就算不是他，也还有别人。"邹一刀环顾四周，"这个地方，以后我们可能不会回来了。"

众人顿时有几分感慨，这个清冷的边陲小镇，既没有热门怪点，也没有奖励好东西的任务，除了给他们避难之外，几乎没什么作用，这次一走，他们应该没什么理由再回来了。

乔瑞都打了个哈欠："要不是为了任务，这种地方我都不会来，冷死了，我走了。"他走到生命树下，默默静立着。

几人转身往屋里走去，走了几步，乔惊霆却仿佛预感到什么一般，转过身来，发现乔瑞都依旧站在树下，穿着单薄的衣服，一动不动地僵立着，他心中升起一股奇怪的念头，忍不住问道："喂，还不滚啊？"

乔瑞都扭过脸，表情冷如冰霜："我被禅者之心拒绝入城了。"

风雪肆虐，灌进耳朵里的，都是呼呼的冷风，还有乔瑞都平地惊雷的一句话。

"你被……拒绝入城？"沈悟非心头突然升起不好的预感，他快步走到生命树之下，面色有些凝重。

乔瑞都点点头，脸色阴晴不定，半响，又冷冷笑了一下："有意思啊。"

沈悟非重重叹了口气，脸色顿时变得比乔瑞都还差，他扭过头，沉声道："我们也被井木犴拒绝入城了。"

"什么？"乔惊霆的眉毛都跳了起来，"蔓夫人拒绝我们入城？"

"对。"沈悟非苦笑一声。

乔惊霆咒骂了一句："真干得出来。"

邹一刀冷哼一声："我倒是不意外，那个女人干得出这样的事。"

舒艾急道："他们什么意思？利用我们杀了余海，就过河拆桥？"

"显然是，现在事态不知道怎么样了。"沈悟非思索道，"我们先进屋吧，让我理一理。"

进屋后，乔瑞都道："念颜姐姐给我发私聊了，她说韩老要彻查余海被杀这件事，是我故意所为，还是无意间进入了同一个副本，禅者之心的底线的原则就是禁止内斗，她说是为了我的安全，才不让我入城的。"

"你信吗？"沈悟非反问道。

"可信可不信。"乔瑞都道，"真要调查，应该让我回去对质。"

"那你觉得是怎么回事？"

乔瑞都勾唇一笑："无非两样，要么想保我，要么想杀我。我回禅者之心，多半会被控制，但是也只有在禅者之心，余海的旧部才不敢随便动手。"

"不管怎么样，你现在被禅者之心抛弃了。"邹一刀嗤笑一声，"你应该没想到吧？"

"有什么想不到的？"乔瑞都目光冰冷，"在这个游戏里，我不信任任何人。"

"恐怕也没人信任你吧。"乔惊霆冷哼一声,"怎么样,现在除了斗木獬,你还有其他地方去吗?"

乔瑞都淡定地笑着:"没有,所以你们要收留我,毕竟我可是因为你们才被'抛弃'的。"

乔惊霆白了他一眼,不置可否。

尽管每个人都对乔瑞都充满了戒备,可这种时候,他们也不可能把人赶走,而且现在形势怕是比他们想象中严峻,他们算是一根绳上的蚂蚱了。

"我们现在该怎么办?"舒艾咬着嘴唇,愤愤说道,"好不容易杀了余海,还以为终于能够有个安全的栖身之地了,结果……"她是真的很想去井木犴,原因很简单,那里女性多。

乔惊霆道:"不用担心,暂时也没人敢惹我们。"

"说得对,现在就算是尖峰,也不敢随便来犯。"邹一刀吐了口烟雾,"但我们一定要弄清楚,韩老和蔓夫人唱的是哪出。"

"舒艾,给蔓夫人发一条私聊,直接问她为什么禁止我们入城,看看她什么反应。"

"好。"舒艾沉默了一会儿,很快地,她抬起头,"蔓夫人回了我四个字:'时候未到。'"

乔惊霆恼怒道:"嚄,一听就是借口。"

沈悟非思索道:"可能是借口,也有可能是理由……'时候未到'?你问问她指的是什么。"

舒艾又沉默了一会儿,道:"她不再回我了。"

众人倒也不意外。沈悟非在温暖的起居室里来回踱着步:"两座城市同时禁止我们入城,我觉得这件事未必只是巧合,说不定跟他们上次在决斗之城开的上位者之会有关。"

邹一刀眯起眼睛:"你的意思是,他们从一开始就在利用我们平衡局势?"

"那些人肯定隐藏了什么秘密……"沈悟非咬了咬牙,"我们现在太被动了,知道的信息也太少,感觉像是他们大局里的一颗棋子。"他掏出手机,啪啪地键入着什么。

乔惊霆烦躁地扒了扒头发:"那该怎么办?总不能硬闯井木犴吧?"

"当然不能。"乔瑞都倨傲道,"我们暂时留在斗木獬,看看接下来他们有什么举动,如果余海旧部想杀我,就让他们来,正好斩草除根了。"

沈悟非还在低头摆弄着手机,当手机嘀嘀响了两声之后,他突然脸色大变。

"怎么了?"一旁的白迩默默看着他。

沈悟非深吸一口气,闭上了眼睛:"在我们进入狩猎副本的这些天,果然发生了大事。"

邹一刀追问道:"什么大事?别卖关子,是你经常买情报的人告诉你的?"

沈悟非点点头,有气无力地说:"King 得到'涅槃符石'了。"

众人一惊。

传说中能够给人第二次生命的,King 寻觅了一年多的涅槃符石?!

"他在哪儿得到的?"乔惊霆脱口而出。

"这个重要吗?"乔瑞都白了他一眼,"在哪儿你都得不到。现在重要的是,King 得到了这块符石,就有恃无恐,他要让游戏变局了。"

"变局?"

"没错。"沈悟非沉吟道,"King 之所以这么长时间按兵不动,就是因为他知道自己势单力薄,他再强大,毕竟也只是一个人带着一个小鬼,无论是曼天人,还是其他的列席者,都不是想动就轻易能动的。他虽然是游戏内最强的人,但还没有强到能够压倒性地战胜一个列席者和背后的公会,在那之前,他只能韬光养晦。他想要第二个 King,但其他列席者根本不敢升级,这种局面已经拖了快要两年,他之所以耗费所有心血去找这枚符石,就是为了打破这个僵化的局面,逼迫游戏内再出现一个Queen!"

"现在他得到这枚符石了……他会逼迫哪两个列席者决斗?"

"尖峰的两个列席者不可能决斗,尖峰和假面的老大之间,怕是也不愿意斗个你死我活,至少现在他们都觉得没到时候,那么就只有余海是最好杀的了……"乔瑞都阴沉地说道,"你们被兰蔓那个女人耍了,她想要的,根本不是随便一个Jack的死,她要的就是余海的人头!"

几人倒吸一口气,想起那夜在井木犴,蔓夫人于餐桌上述说自己必死之命运时,那楚楚可怜、哀怨动人的样子,不知那任何男人看了都要心生怜惜的模样,有几分真、几分伪。她说得也许不假,她走的那条路,尽头多半是一个"死"字,但她也在不择手段地求生,在这个复杂又凶险的大局势里,她处于一个最微妙的位置,上有猛虎,下有豺狼,可她就是有本事利用自己的一切资源,斡旋其中。

这个女人,实在太厉害了,原本余海是注定要死在某个列席者手里,产生第二个Queen的,却硬是被她改变了局势,现在情况再次僵化,King把最大的压力转移到了三个现存的Jack头上,而这三个Jack的怒火,毫无疑问,会转移到他们头上……

想明白这些,屋内死一般沉默。

"这个女人真歹毒……"邹一刀咬着烟嘴,"怪不得巨人之怒这样的顶级符石都愿意送给我,我还觉得这礼有点重过头了,现在看来是便宜她了。"

沈悟非欲哭无泪:"虽然还是不清楚那天他们在决斗之城都谈了什么,但是肯定跟格局有关,我们这回是真的被推上风口浪尖了。"

"我们还是太弱了。"乔惊霆握紧拳头,怒而咒骂一声,咬牙道,"才会被人当作棋子一般随意利用。"难道他们就要成为那些上位者制衡与斗争中牺牲的尘埃?

"不,恰巧是因为我们不弱,才会被选中成为执行这件事的人,而刚好刀哥和余海有恩怨，余海又是所有列席者里最好杀的，蔓夫人知道我们一定会去杀余海。"沈悟非凝神道，"一切都是算计好的。"

"就是不知道杨泰林在这里面扮演什么角色。"乔瑞都露出玩味的笑容，"我一直以为我已经控制了杨泰林，现在看来我小瞧他了。"

沈悟非摇摇头："比起杨泰林，我更在意韩老在这里面扮演什么角色，我想在决斗之城，杨泰林是没有资格参加那场上位者的会议的。"

乔瑞都用指腹轻轻摩挲着嘴唇，眼中精光闪现，不知道在想些什么。

乔惊霆突然猛地抬起头，惊讶道："……他怎么会来？！"

"谁？"

"方遒。"乔惊霆冷冷说道。

听到这个名字，众人均是背脊发寒。他们见识过方遒的实力，那是到目前为止，他们在游戏中领教过的最厉害的人物，若不是沈悟非爆发第二人格，不晓得用什么手段赶走了方遒，他们当晚就全军覆没了。

"走，出去看看。"几人齐齐起身，往屋外走去。

方遒还是那副"魔术师"的打扮，黑礼帽、燕尾服，优雅而诡异，细长的拐杖笔直地插在纯白的积雪里，就像一股从他身上散发出来的黑暗力量具形化了。

"方遒，你还敢来啊？"输人不输阵，乔惊霆不怕死地叫道。

方遒冷冷一笑："别害怕，我今天不是来要你们命的，只是传个话。"

"传个话需要劳烦列席者吗？"邹一刀眯起眼睛，"你也好，赵墨浓也好，这么喜欢往这里跑，跟你们换换城怎么样？"

方遒嘲乔道："杨泰林和林锦不也往这里跑过？因为这个就要换城，你们可以把三大公会四大列席者的城都换一遍了。"

经方遒这么一提醒，他们才突然意识到，这个一直被人无视的、又穷又冷清的边陲小镇，居然迎接了这么多游戏中的大人物，仅在这一点上可能比很多大公会的主城都厉害。

"说吧，来干什么？"乔瑞都上下打量着方道，他和方道没有过较量，想象不出这个男人有多厉害，他跟游戏中的绝大多数人一样，只知道方道被惊雷击退，但那晚具体发生了什么，当事人都三缄其口，所以他并不觉得这个男人有多强。

方道压根儿就没把乔瑞都放在眼里，应该说他没把这里的任何人放在眼里——除了沈悟非，他的目光大部分都落在了沈悟非身上："我来告诉你们，King 要求出现第二个 Queen，否则他会随机挑战并杀死一个 Jack。原本余海应该成为那个牺牲品，但他现在被你们杀了，所以，尖峰和假面要求你们在一个月之内，还我们一个 Jack。"

邹一刀冷笑一声："你们就那么怕 King？孬种！"

"这是我们的协定。"方道懒懒地扬了扬下巴，不以为然，"只要出现第二个 Queen，King 承诺半年之内不做下一步动作。"

"原来那天你们在决斗之城，是商量这个。"沈悟非握紧了拳头，"你们难道不知道，杀死余海是蔓夫人背后指使的吗？"

"知道又如何，她会还给我们一个 Jack 吗？兰蔓那个臭娘儿们，只要另外一个 Queen 一天不出现，她就受到 King 的保护，高枕无忧。"方道的目光变得阴冷，"自从你们这群杂碎出现在游戏里，原本维持了近两年的平衡，被你们搅和成了一摊烂泥，我们的计划……"他收住了话头，"要怪就怪你们自己吧，要么自我了断，要么一个月内，给我们一个 Jack，否则你们一个都别想活！"

"那半年之后呢？"乔惊霆冷酷地说，"早晚你们都要面对升级，难道你们就想一直受到 King 的胁迫？"

"我们怎么样，轮不到你过问。"方道寒声道，"一个月为限，若取代余海的第四个 Jack 没有出现，我们将从你们之间'培养'一个，让你们尝尝杀死自己人的滋味儿。"

白迩淡淡说道："手下败将，好大的口气。"

方道的表情瞬间变得狰狞："你以为这次只是尖峰或假面一个公会的

事吗？我们将会联合余海旧部一起讨伐你们，你们躲进狩猎模式，我们就去狩猎模式，你们躲进临渊之国，我们就去临渊之国，你们这群搅屎棍到处树敌，早已没有安身之处！"

呼啸的风雪声犹如鬼怪的哭号，令人不寒而栗。

原本以为苦战余海后，马上就能有安身之所的他们，却陷入了更深的泥沼……

方遒露出扭曲的笑容："我们倒也不想兴师动众，在你们身上浪费人手，所以，我建议你们给我们一个Jack，这样我们才能暂时相、安、无、事。"

沉默片刻，沈悟非问道："就算我们真的还你们一个Jack，那谁来杀他？谁愿意成为第二个Queen？"

"这个轮不到你们操心，做好你们该做的。"方遒冷笑着说，"一个月的时间，不要试图逃走，没用的。"

"好，这一个月不要来骚扰我们。"乔惊霆摆摆手，"滚吧。"

"我有个问题。"沈悟非鼓起勇气，直视着方遒，一直以来，他都不太敢直视方遒那随时想要把他撕碎的眼神。

方遒悄悄握紧了手里的拐杖，深邃的眼眸在漫天雪雾的映衬下，显得越发冰冷。

沈悟非抿了抿唇："当时到底发生了什么？"

方遒拔高了音量，语气中饱含怒意："你到底是真的不知道，还是在装傻？"

"我、是、真、的、不、知、道。"沈悟非加重了语气。

"你最好不知道。"方遒阴森地笑着，"也许直到你死的那天，你都不会知道。"

"所以这件事，只有你知道？"沈悟非反问道。

"对。"方遒快速道，他挑了挑眉，"很有趣吧？"

沈悟非清晰地、一字一顿地说："包括你的老大，也不知道，是吗？"

方遒怔了怔，脸上的狰狞一闪而过："我改变主意了，等你死的那天，我会告诉你，不会让你带着这个秘密下地狱的。"

"那我得谢谢你了。"

方遒恶狠狠地剜了沈悟非一眼，转身离开了斗木獬。

乔瑞都疑惑的目光在沈悟非和方遒之间来回逡巡，直到方遒消失，他的眼神才定格在沈悟非身上："你俩打哑谜呢？什么'知道''不知道'的？到底在说什么？"

沈悟非不说话，其他人也跟着沉默。

乔瑞都眯起眼睛："你们都知道他们在说什么，但是没人打算告诉我，是吗？"

白迩淡漠地说："凭什么要告诉你？"

"因为我们现在坐在一艘船上。"

"暂时罢了。"白迩正眼都不看乔瑞都，"早晚你会下去。"

乔瑞都冷笑道："不说就算了。"

正如乔惊霆所说，乔瑞都这个人，让他们无法信任，他们自然不会把秘密说出去。沈悟非的第二人格，既是一枚定时炸弹，也可能是一根救命稻草，这一点，不能让再多人知道。

沈悟非却根本没有注意乔瑞都说了什么，只是若有所思地说："我刚才问那些，是为了套他话，他果然把这件事隐瞒了，甚至没有告诉尖峰的老大。"

邹一刀冷笑一声："这说明方遒对他的老大，也不如外界说得那般忠心。"

"对，他们同为 Jack，就是再亲密，也难免不去想自己升级的唯一条件就在身边，所谓'念头'这种东西，有一次就会有无数次，方遒这个做法很微妙。"

舒艾思索道："我们可以利用这一点……挑拨他们。"

"这一点一定会利用，但眼下，我们有更大的麻烦。"沈悟非裹紧了身上的裘皮,"一个Jack……我们需要弄来两个10级玩家,才能产生一个Jack。"

"你还真打算按他说的做?"乔惊霆完全不赞同,"不行,我们这次妥协了,就会有下一次,他们就会以为凭这个能拿捏住我们,那就没个头儿了!"什么阴谋诡计、审时度势他是不太懂,但他知道怎么不被"欺负",他有他那套小痞子的处世法则,而这些法则在很多时候是互通的,因为人性是互通的。

邹一刀也点头道:"说得对,被尖峰和假面联合通缉、讨伐的时候,我们都熬过去了,也好不容易有了一定的威吓力,让那些鱼鱼虾虾不敢随便惹我们,如果这时候屈服,就是给了他们一个'我们害怕了'的信号,所以我也不赞同按照他们说的做?"

沈悟非点点头:"至少我们还有一个月的缓冲期,让我深入了解一下局势,再决定怎么办,这一次的危机背后所隐藏的东西非常复杂,牵扯到游戏中所有大公会和列席者的直接利益。我总觉得,一个新的Jack并不是最关键的,如果他们真的只是想要一个新的Jack,手段比我们多的是,为什么非要逼着我们去做呢。"

"我也这么觉得,10级玩家在游戏中也不少,要抓住两个来提炼一个列席者,对他们来说并不困难吧。"舒艾思索道,"总觉得方遒醉翁之意不在酒。"

"这恐怕也不是方遒的'意',方遒说自己是来传话的,这句我信,他传的究竟是谁的'意',才是最关键的。"

"我们应该做两手准备。"乔瑞都道,"一个Jack,我们要想办法准备好,以防万一,同时也要深入调查,做好别的准备。你们已经被蔓夫人利用了一次,不要再被利用第二次了。"

"快别提她了。"乔惊霆一想到蔓夫人就胸口发闷,和厉决的擂台之战时,他还因为蔓夫人对他的格外关注而暗自得意过,现在想想,她所做的一切,哪怕一言一笑,都别有深意啊。

"只要我们想活下去,那不仅绕不过她,以后还会有更多的接触。"沈悟非苦笑一声,"不用太过介怀,这个游戏里,其实没有什么真正的敌人,都是立场罢了,朋友和敌人这两种关系,可能升上一个等级就会转变,要深入调查,目前唯一能下手的,也只有蔓夫人那里。"

"没错,只有她最清楚内情,也是我们相对容易接触到的。"舒艾忧心道,"不过她太聪明了,以后她不管说什么,都得留十二分心。"

白迩突然插话道:"你们都不冷吗,站在这里干吗?"说着扭头就走。

乔惊霆调侃道:"喂,白迩,我怎么觉得你心比我还大,你都一点不关心局势啊。"

白迩头也不回地说:"无所谓,你让我杀谁,我就杀谁,其他的不重要。"他冷淡的声音揉进了风雪之间,刚柔兼济、浑然一体,听之竟能体会到一丝空灵曼妙之美。

邹一刀不无羡慕地对乔惊霆说:"能驯服一个'白幽冥',你怕也是世间独一份儿了。"

"什么叫'驯服'?"乔惊霆翻了个白眼儿,"是因为我救过他,他同时又敬服于我的个人魅力。"

邹一刀还没嘲讽他,乔瑞都抢先不屑道:"为什么叫'白幽冥'?因为无色人都活不长吗?"

"跟你没关系。"乔惊霆没好气地撂下这句话,跟着白迩进了屋。

被接连而来的危机这么一闹,他们杀死余海、完美通关轮回镇副本的喜悦都被无情扼杀了,哪怕得到这么多积分,都提不起庆功的兴致,草草就各自回房休息了。

乔惊霆躺在床上却合不上眼,干脆进入虚拟系统,练他的铜去了。

他在里面挥了大半天的铜,同时也在思考着今天发生的种种。虽然他没能想明白什么,但是他跟其他人一样,感觉到头顶上有一怒张的网,随时可能从天而降,将他们困死,这种感觉真是糟糕透了。

还有乔瑞都,最让他感到郁闷的,就是乔瑞都。他们两人,大概这辈子都不可能和谐相处超过十分钟，结果现在却要被迫绑在一起，甚至并肩作战，而且说不定时间会很长。他对乔瑞都还是那一个念头，这人是他带进游戏的，他要给带出去，除此之外，他一点都不想天天跟乔瑞都大眼瞪小眼，看着那张酷爱装X的脸，饭都吃不香。

不过，乔瑞都被禅者之心拒绝入城时那副吃瘪的倒霉样子，够他回味很久了。

离开虚拟系统，已经是半夜，乔惊霆两眼一闭，决定好好睡一觉，天大的事，不也得吃饭睡觉。

第二天一早，乔惊霆得知沈悟非出城了，他多半是去了赏金之城买情报，这也不是第一次了，只是这种时候一个人出城未免不安全，他走得太早，都没人知道。邹一刀起来给沈悟非发了条信息，问他在哪儿，要跟过去保护，也被拒绝了。

众人陆续都醒了，但乔瑞都自己待在房间里不出来，舒艾下意识地降低了音量："悟非的第二人格的事，千万别在外人面前说漏嘴了，这件事是把双刃剑，伤人也可能伤己。"

这个"外人"指的是谁，大家心里都清楚。

"放心吧，他不会知道的。"邹一刀无奈一笑，"连我们自己都不算知道，不，连沈悟非本人都不知道第二人格的情况，反而是我们的敌人最清楚。"

舒艾叹了口气："我也很想知道，那个第二人格到底有什么神通，但是我觉得，悟非的智慧对我们来说更重要，而那个第二人格还不知道是敌是友呢。"

"当然，所以不到万不得已，那个人格不会出现。"乔惊霆皱了皱眉，"不过，好几次险象环生，那个人格也不出现，他出现的条件到底是什么？沈悟非自己都说过，多重人格产生的初衷，多半都是为了保护主人格，无论是身体上的保护，还是心理上的。"

"是啊,有好几次都是命悬一线,那个第二人格也不出来。"

"可能危机感不够吧,对战方遒的时候,他就出来了,也许对他来说,什么海妖幼虫、机械兵、腐尸群,都比不上方遒的威胁大。"乔惊霆也觉得挺奇怪的。

"也许他出来过。"白迩淡淡说道,"只是我们没发现而已。"

几人心头一颤,舒艾环视四周:"对了,我们好久没看到那条狗了。"

"阿金好像被他放在了地下室。"舒艾抿了抿唇,"我一会儿就下去把它领上来。"

乔惊霆顿了顿,说道:"都是自家兄弟,我们应该相信他,无论是刀哥,还是他,每个人心里都有秘密。"

"这跟刀哥的情况不一样。"舒艾叹道,"他是无法控制他的第二人格的。"

"我却觉得他可以。"乔惊霆表情严肃,"你把阿金领上来,悟非立刻就会明白我们在怀疑他。"

邹一刀点点头:"说得是,算了吧,如果那个第二人格真的出现过,并且冒充沈悟非,早晚会露出马脚的。"

"相信悟非吧。"乔惊霆目光笃定,"他比我们想象中强得多。"

舒艾无奈地点了点头,她忍不住在沟通网内叫道:"悟非,你在那边还好吗?有没有危险?"

沈悟非很快说道:"我没事,一会儿就回去。"

舒艾眨了眨眼睛,不再说话。

几人不解地看着她,总觉得她刚才的举动略显多余,如果真的有危险,沈悟非那么小的胆子,一定会通知他们的。

舒艾解释道:"我只是……脑子里突然想到,想试探一下,如果他现在刚好是第二人格,或者他现在加入了别的沟通网,他刚才就会露出马脚。"

乔惊霆皱起眉:"这样的试探,以后还是省了吧。"之前他们也猜疑过邹一刀为什么不愿意说出他和余海之间的恩怨，结果是那恩怨太鲜血淋漓，别说邹一刀不忍说，他们也不忍听，所以他真的不想再猜疑任何一个同伴，任何一个。

舒艾低下头，小声道："不好意思，以后不会了。"

乔惊霆忙道："我没有怪你的意思。"舒艾的性格一向谨慎严密，可能跟她学法律有关，其实她并没做错什么，也许是连她自己都不想去面对沈悟非是个超级大的不稳定因素这个事实。

邹一刀抽了口烟，缓缓道："你们都别紧张，惊霆说得也有道理，舒艾做得也没错，我们可以全心信任悟非。但是他体内毕竟还有一个'炸弹'，小心一些总是对的。"

乔惊霆抓了抓头发，愤愤说道："都是这些破事儿闹的，我们这究竟是什么命啊，应该没有几个玩家比我们的历程更坎坷了吧！"

"这就叫，天将降大任于斯人也……"邹一刀嘿嘿一笑，"正是因为咱们从来没有安全过，所以进步的速度也比别人快很多，我敢说现在除了大公会，没有什么别的公会或赏金猎人敢打我们的主意了。"

乔惊霆想了想，确实如此。他和白迩因为被尖峰、假面联合通缉而在游戏中出名，接着完美解决尖峰的讨伐，甚至击退方道，而后是全员存活地接连通关两个狩猎副本，他又以7级玩家的身份在擂台上公开打败10级的厉决，那时候惊雷的名字就已经响彻整个深渊游戏。如今他们又在狩猎副本里杀了余海——一个列席者，估计很多玩家都觉得他们是一群疯子。有时候连他自己也觉得，他们做的每一件事都够疯、够不要命。

这时候，沈悟非刚好回来了，他一脸疲倦和凝重，整个人都蔫蔫儿的。

"怎么样，打听到什么情报了？"

沈悟非惨淡一笑："没有什么特别有价值的，那场上位者的聚会内容，果然不是一般的情报贩子能够掌握的。我们想要知道内情，除非杨泰林或者赵墨浓那个等级的愿意告诉我们。"

"那就根本不可能了。"白迩平静地说，"也别把事情想得太复杂了，最糟糕的情况,也无非就是战斗。"

"说得对,无非就是打嘛。"乔惊霆轻哼一声,"从来没怕过。"

沈悟非轻叹了一口气,突然想起了什么:"对了,乔瑞都呢?"

"在房间。"

"我需要他去做一件事。"沈悟非在沟通网内叫了乔瑞都一声。

不一会儿,乔瑞都下楼了。他换了一身灰蓝色条纹的居家服,披着同色系的浴袍,头发软塌塌地贴在面颊上,表情慵懒随性,就像个刚睡醒准备下楼吃早餐的富家少爷,俊帅优雅,哪有半点被公会抛弃的可怜样子。

"怎么了?"乔瑞都往沙发上一坐,跷着二郎腿,轻轻打了个哈欠,"我正睡觉呢,你最好有正事。"

乔惊霆从小糙到大,从来看不惯乔瑞都的精致讲究,他觉得娘,忍不住就翻了个白眼儿。

"我觉得你应该去刷一个单人副本。"

"哦?"乔瑞都挑了挑眉,"什么副本?"

"狩猎副本——海妖王号。"沈悟非解释道,"那是我们通关的第一个副本,我们在里面买了一艘船,建立了一个基地,算是我们的避难所,真到了危急时刻,起码可以进去躲一躲。但是你没有刷过那个副本,就不能自由进出,所以我建议你去把它刷了,以防万一。M 级副本而已,对你来说应该不难。"

"嗯,可以。"乔瑞都点点头,"把那个副本的所有信息都告诉我,我今天就去。"

"单人副本通常只有你一个玩家,难度不算很高,海妖王号的剧情是这样的……"沈悟非把他们在海妖王号上经历的一切都详述了一遍。为了防止去过副本的玩家给之后的玩家剧透,所以每个玩家或团队进入同一个副本,剧情和难度都是有改动的,但是以前的信息肯定有比较高的参考价值。

乔瑞都听完之后,脸色非常难看:"虫子啊,这么恶心。"

"不用担心,你至少是10级玩家的实力,技能又是难以近身的,估计很快就会出来的。"

"当然了。"乔瑞都朝沈悟非抬了抬下巴,"调查出什么没有?"

沈悟非摇摇头,表情很失望:"这次的情况挺复杂的,一时还没什么结果。"

"那我就先去了。"乔瑞都站起身,准备上楼换衣服。

"等你回来……"邹一刀眯着眼睛吐了口烟圈,"我们办个庆功宴吧,能杀掉余海,有你一份很大的功劳,这个我们认。"

乔瑞都勾唇一笑:"成啊,我很快就会回来。"

"等你回来,我们也要一起商讨接下来的行动,哦对了,你的积分先别乱花。"沈悟非道。

"OK。"乔瑞都摆摆手,上了楼。

沈悟非又问其他人:"在轮回镇拿到的积分,你们都还没动吧?"

"还没呢。"乔惊霆搓了搓手,"但是已经有点迫不及待想把它们花掉了。"他现在积攒了1万多的积分,简直爽翻了。

"暂时先别动,谁都别动,我们可能需要攒点积分,买点真正有用的东西。"沈悟非一副很头疼的样子,"拥有的信息越少,我就越焦虑,可怎么办呀……"

邹一刀按了按他的脑袋:"行啦,焦虑有什么用,我们干什么你都担惊受怕,那还不是得干,干完还不是活到现在。走一步看一步吧,能打就打,打不过就躲,躲不过就拼命,就这么回事儿呗。"

"就是,顶多 个'死'字嘛。"乔惊霆咧嘴 笑,"但我们肯定还没到时候。"

乔瑞都倒也利索,换了套衣服,直接就进海妖王号了。之所以所有人、包括他自己都放心他一个人去,是因为M级副本对于一个拥有10级神执能力的玩家来说,绝对是小儿科,何况单人副本通常都没有别的玩家。

到时候他们六个人可以自由进出海妖王号,至少有了一个相对安全的藏身之所。

在等待乔瑞都的一天时间里，他们没出门、没刷怪，就待在房子里，锻炼、学习，主要是休息。每一次经历一场大战，他们的身体在舒艾和治愈卷轴的帮助下，都能在短时间内恢复到良好状态。但他们心理上积累的压力和疲倦，是必须通过安全温馨的环境来释放的，否则情绪容易从内部崩塌。

乔惊霆自从发现可以打 CS 后，就经常拉着刀哥来上几盘——不能连外网，所以一开始只有他们两人和 NPC，他觉得人少没意思，又把白迩拉过来。

白迩摇了摇头："我不会玩儿。"

"这个都不会？"乔惊霆笑道，"来，我教你。"

"学这个做什么？"

"玩儿呀，很好玩儿的。"乔惊霆怀疑道，"你不会从来不玩儿游戏吧？"

白迩摇摇头："没有什么意义。"

"意义就是放松。"乔惊霆把白迩按在椅子里，"来，哥教你，电脑你总会用吧？"

白迩平静地看着他："我只是不玩儿游戏，又不是原始人。"

乔惊霆嘿嘿一笑："喏，给你讲一下操作界面……"

沈悟非突然从一堆资料里抬起头来："为什么你们从来不叫我玩儿？"

邹一刀朝他比了个中指："你这个能在对战的时候修改游戏数据的王八蛋没有资格玩儿游戏。"

沈悟非得意一笑："我们玩儿游戏都是为了获取快乐，只是我获取快乐的方式跟你们不太一样而已。"

乔惊霆摆摆手："你还是研究你的机器人去吧。"

白迩脑筋活络，学东西很快，不一会儿就会了，三人各自守着一台电脑，开局。

白迩越玩儿越上手，脸上逐渐展露了一丝兴奋，乔惊霆和邹一刀大声笑骂，有时候急眼了差点儿真的动手。

舒艾在一旁看着书，时不时抬头看看他们，面上带笑，可下一秒又会染上几分忧郁，如果他们能一直这样，该多好。

乔瑞都花了不到一天时间就回来了。他出现在众人面前的时候，换了新的衣服，头发打理得一丝不苟，脸上、身上都干干净净，没有半点刚刷过副本的狼狈样子，但他充血的眼球和疲倦的神态骗不了人，精神也有些萎靡。

邹一刀调侃道："怎么样，过瘾吗？"

"恶心死我了。"乔瑞都抹了把脸，闭目躺在沙发上，喉结轻轻地上下滑动。那翻涌蠕动的虫海还在脑海中挥之不去，他现在好像都还能感觉到身上有什么东西在缓缓地爬动。

作为都刷过这个副本的人来说，他们非常能理解乔瑞都此刻的感受，即便已经过去很久了，一想起那些场景，都还会头皮发麻。不过，乔惊霆心里只有幸灾乐祸。

"难度大吗？"沈悟非问道。

"一般。"乔瑞都瞪着沈悟非，"你们就不能选个正常点的地方建大本营吗？"

"没办法，那是我们刷的第一个副本，是系统随机分配的。"沈悟非安慰道，"放心吧，我们买的船上没有虫子，很安全。"

乔瑞都长吁了一口气，半晌又道："副本奖励送了我一些虫卵，你要吗？"

"要要要。"沈悟非高兴地说，"上次拿到的虫卵，我最近才有空培育，已经长得挺大了，你们要看看……"

"不看！"乔瑞都没好气地说道，"短时间内别让我看那些恶心的东西。"他把海妖幼虫的卵嫌弃地扔给了沈悟非，"洗澡去了。"

"洗完澡下来吃饭。"舒艾淡淡一笑,"说好了要庆祝一下的。"

乔瑞都朝她眨了眨眼睛:"艾姐姐等等我,很快就下来。"

舒艾微怔,有些不自在地扭过脸去。

邹一刀露出一个夸张的恶心表情:"还'艾姐姐',这小子以前怎么没被人打死呢。"

乔惊霆不忿道:"不好意思,是我下手轻了。"

白迩冷哼一声:"你也就是说说而已。"

乔惊霆呆了呆,而后无辜地看着白迩:"……你这孩子还挺别扭啊。"

舒艾扑哧一笑:"对了,想吃什么?"

"什么好买什么,最重要的是酒。"邹一刀一提到酒就两眼放光,"这样吧,咱们各自进平台,挑自己喜欢的买。"

"没问题。"

每次进平台买吃的,都是一件非常愉快的事,既不用想太多,所有东西又都便宜得不像话。乔惊霆可着劲儿拿了一堆吃的喝的,最后才花了40多积分,看着自己那1万多积分,他兴奋得心脏都怦怦直跳,恨不能马上都加在强化和技能上。不过,沈悟非让他暂时不要动,自然有更重要的安排。

退出平台,餐厅的桌子上已经摆满了各色美食美酒,舒艾居然拍起了照。

"有什么好拍的?"邹一刀笑道,"这些东西想吃随随便便就能吃到。"

舒艾笑着斜了他一眼:"你懂什么。"

邹一刀举起手:"我不懂,女神说什么都对。"

舒艾咯咯笑了起来,还架上了三脚架,显然是打算把人也拍进去。

不一会儿,乔瑞都下楼了,看着一桌子中西结合的大杂烩,皱起了眉:"你们到底是要吃什么?一点讲究都没有。"

乔惊霆不耐烦道:"讲究个屁啊,有什么吃什么,药不死你。"

乔瑞都白了他一眼,径直走到舒艾面前,浅笑道:"艾姐姐坐哪里?

我吃什么都无所谓,只要坐在你旁边。"

舒艾含笑道:"日料是我买的。"

"太好了,我也喜欢。"乔瑞都说着就拉着舒艾坐了下去。

几个男人都对乔瑞都又羡又恨到牙痒痒,这么厚颜无耻随便撩妹的技能,他们也想有。

白迩漠然地坐下了:"吃饭吧,吃完我还要去练功。"

落座后,邹一刀举起酒盅,顿了顿,说道:"这第一杯酒,必须我来敬你们,能杀掉余海,全赖各位的帮忙,否则我也许会再度死在他手里。"不待众人说话,他一口干了一盅白酒。

"第二杯酒,我还是要敬你们。"邹一刀干脆地给自己又满上了,"我这个人,从来不是什么好人,我当兵是因为我好打架,以为去了部队,可以随便打,谁承想就保家卫国杀反贼去了。我去当缉毒警察,是部队分配的;我去当卧底,是因为我长得像坏蛋。我其实一辈子都没想清楚自己该干什么,但有一件事我特别确定,那就是我拳头练得这么硬,我要保护我的人,结果呢……"他眼圈逐渐充血,拿着酒盅的手开始发抖,"我想保护的人,都因为我一个一个地死了。"

酒桌上一片沉默,每个人的心都拉扯了起来。

"所以我敬你们第二杯,是……是谢谢你们……"邹一刀颤声道,"谢谢你们还活着。谢谢你们,我又有了想保护的人,而且你们还活着。"

乔惊霆深深地凝望着邹一刀的眼睛:"我们会一起活到最后的。"

邹一刀点点头,又是一口干掉,然后,再给自己满上第三杯:"这第三杯,还是敬你们,敬你们对我的信任和不离不弃。一般人听着我为了逃回新手村杀了自己的兄弟,早就吓跑了,我以前不解释,一是确实不想提起,二是……我故意的,我不愿意连累你们,你们要是因为这个退了,那刚好,复仇这条路太凶险,我从来没打算拖着别人一起走,不能再有第二个白浩鹰死在我面前了。我知道你们也对我有过猜疑,但还是站在了我身边。"他吸了吸鼻子,鹰隼般犀利的双眸透出无比坚定的光芒,"好听的我就不说了,你们为我做的,哥哥我拿命还。"

邹一刀刚要喝酒,乔惊霆一把抓住了他的手腕,站身道:"刀哥,我看人用自己的眼睛和心,认定你是我兄弟,你就是我兄弟,这杯咱们一起干了。去他的鬼游戏,我们早晚一起离开!"他跟邹一刀狠狠一碰杯,仰起脖子灌下了一口热辣辣的白酒,那酒初尝烧喉,进腹又如火星入油,瞬间燃起,一口下去,仿佛身体里的血液都被激活了,皮肤触电般发麻、战栗,令人想大呼痛快!

邹一刀重重一拍乔惊霆的肩膀,眼中满是激赏与感动,他低吼一声:"好!"跟着乔惊霆干了。

白迩、舒艾和沈悟非也陆续站起身,就连乔瑞都也站了起来,纷纷举起杯中酒,一饮而尽。

乔惊霆搂住邹一刀的脖子,沉声道:"刀哥,千万别说谁为谁做了什么,缺了任何一个人,我们都不会走到今天,换作别人有血海深仇,我们一样全力以赴地帮他报仇,你也一样会为他拼命,对吧?"

"对。"邹一刀斩钉截铁地说。

"所以谁都不要再说为谁而死,要说为谁而活。"乔惊霆的目光扫过在场的每一个人,包括乔瑞都,"我乔惊霆,就为你们每一个人活,你们也为彼此活,我们一起活着走出游戏!"

"一起活着走出游戏!"沈悟非激动得声音都变了调,眼眸格外清晰明亮。

舒艾抿着唇,眼眶泛泪。

白迩看了乔惊霆一眼,轻轻点了点头。

乔瑞都露出懒懒的笑容,尽管表情还是那般傲慢,但心中却有了一丝触动,他想起了乔惊霆说的那句"恐怕也没人信任你吧"……

邹一刀偷偷抹掉眼中的湿润,大大地满上酒:"来来来,今天要好好庆祝咱们完美通关了轮回镇副本,那可是 S 级副本呢,还杀了余海,拿到了好东西,太多高兴的事儿了。"

"对，别管以后怎么样，这么一番壮举，必须得好好庆祝。"乔惊霆咧嘴笑了起来，"真痛快，痛快极了！"

　　"对，痛快！"沈悟非揉了揉鼻子，"我觉得，经历了这么多的事，我胆子都变大了，好事儿。"

　　"哈哈哈，你呀，平时看着弱不禁风的，关键时刻却能干出出人意表的事儿。"乔惊霆拿起一个小番茄扔向沈悟非的脸，"你啊，大有可为，别看不起自己了。"

　　沈悟非嘿嘿直笑。

　　"喝喝喝，别磨叽，今天高兴，喝个痛快。"乔惊霆搂住白迩就要往他嘴里灌酒。

　　白迩冷静地捏住他的手腕："我只喝一杯，你们都喝多了，我要守夜。"

　　乔惊霆笑着使劲儿搓白迩的脑袋："你小子啊，年龄最小，却最靠谱，哥没白疼你。"

　　白迩淡淡一笑，没说什么。

　　沈悟非含笑看着他们热闹，心里却默默涌上一股伤感，其实他心里已经有了计划，但为了不扫兴，打算等庆功宴过后再公布。生死在途，他们走的每一步，都如履薄冰，不知道哪一天冰层断裂，寒冷的深渊就会将每个人吞噬……

The Abyss Part One

Game

Part 4：情报

我想说的是，你把可变因素在未来可能造成的最坏结果当作唯一的结果，裹足不前，因此忽略眼前的危机不去解决，那不用等到未来那个可能出现的最坏结果毁灭你，你很快就可以毁灭自己了。

深渊游戏Ⅲ·轮回镇

Part 4　　　　　　　　　　　　　　　　　　　　　　情报

　　乔惊霆醒过来的时候，已经是大中午，他昨天喝了不少酒，最后都断片儿了，像这样畅快淋漓的时候不多，哪怕现在脑袋疼得快炸开了，他心里也挺高兴。

　　起身，他看到床头放着一份清粥小菜和一张字条，上面是舒艾秀气的字迹：醒了就来起居室开会。

　　乔惊霆会心一笑，跳下床去洗漱。

　　脱光了路过浴室的镜子时，他的目光又落在了胸口，那条太岁项链还在那儿静静地躺着。黑黑的、皱皱的，如此不起眼，但凡见过的人，都会投以好奇的眼神。

　　这东西从他懂事开始伴随他到现在，有时候他甚至会忘了它的存在，有一次打架他还弄丢了，他带着十几个兄弟在河岸边的草丛里找了一晚上……

　　谁能想到，这小东西现在会变成如此重要的东西，而且可能还隐藏着更深的秘密。

　　乔惊霆轻轻握住了那条项链，心中叹息，希望他姥爷在天有灵，保佑他尽早离开游戏，现实世界里，还有人需要他。

　　他洗漱完毕，三两口吃完了早餐，往起居室走去——起居室现在已经成了他们的会议室，所有重要的事情都在这里商议。

　　他到的时候，邹一刀和乔瑞都还缺席，舒艾给他递了一杯醋饮："头疼吧？喝了吧，解酒的。"

　　"谢谢。"乔惊霆接过那饮料，一饮而尽，他抓了抓头发，"舒艾，我昨儿有点断片儿了，没干什么丢人的事儿吧？"

　　舒艾神秘一笑："你说呢？"

　　乔惊霆眨了眨眼睛："真丢人了？"他看向白迩："白迩，我干吗了？"

　　白迩冷冷看了他一眼："没干什么。"

　　"你这么说我就更觉得有什么了呀。"乔惊霆仔细回想昨晚，记忆也

――― 187

就停留在和刀哥一起唱歌上了。

沈悟非笑道："真没什么，就是吐了乔瑞都一身而已。"

舒艾扑哧一声笑了。

乔惊霆的脸僵了一下，随即哈哈大笑起来："真的假的啊，我吐了他一身？哈哈哈哈哈，那小子可怕脏了，活该，哈哈哈哈哈——"

沈悟非憋着笑："他当时脸色可难看了，直接一脚把你踹出去了，你不觉得身上疼吗？"

"没感觉，我们这成天摔摔打打的，都习惯了。"乔惊霆心情更加好了，要不是喝醉了酒，平时他就算故意的，也不会吐在乔瑞都身上。

他们随便闲聊了一会儿，邹一刀和乔瑞都就陆续到了，乔瑞都看到乔惊霆，就恶狠狠地剜了他一眼。

乔惊霆幸灾乐祸地笑笑，毫无愧疚之色。

沈悟非站了起来："好了，大家都到了，咱们庆功酒也喝了，也休息了两三天了，现在，该把状态调整过来，谈谈正事儿了。"

几人的表情都不自觉地严肃了起来，毕竟他们要谈的正事，攸关性命。

沈悟非说道："我这几天一直在思考所有的事情，我的想法跟上次差不多，再造一个列席者，对他们来说可能不是最关键的，他们想要的，应该是别的什么东西。"

"从我们身上？"乔惊霆不解道，"我们身上有什么他们想要的？"

"不，不是从我们身上，而是我们能够为他们做到的事，有些事，他们不好亲自出面，所以利用我们去达成，比如蔓夫人，就利用我们去杀掉余海，甚至不惜给我们巨人之怒符石。"

舒艾皱眉道："那现在他们又想要什么？难道他们想要的，不是一个新的列席者？"

"这个问题不太准确。"白迩道，"'他们'，从 King 到 Queen，再到那三个 Jack，可能每个人要的东西都不一样，甚至是相悖的。"

"没错，这正是问题的关键，我们缺失的信息太多，无法准确判断，但我们可以推断。所以我这几天，把这局中每一股势力所想要的东西和他们目前的处境都分析了一遍，然后得出了一些有趣的想法。"

"快说。"乔瑞都催促道。

"首先是 King，他想要离开游戏，所以需要另外一个 King，这是毋庸置疑的。可是现实是现在连另外一个 Queen 都没有，他到处搜寻涅槃符石，就是为了有足够的实力去逼出另外一个 Queen 来，他的第一个目标马上就要达成了，却因为我们杀了余海而前功尽弃，所以他给 Jack 施压，要求在时限之内，给他一个 Queen，否则将杀死一个 Jack。"沈悟非顿了顿，继续道，"再来是 Queen，她的处境最是微妙，余海的存在是悬在她头顶的一把刀，她欲除之而后快，她一直在所有列席者之间周旋，夹缝之中求生，她每一步都走得极为谨慎，现在这一步算是走对了，可是下一次呢？她不可能无止境地杀死 Jack，早晚会有 Jack 变成另外一个 Queen，所以她的目的，绝不仅仅如此，你们觉得，她要怎么做，才能真正解除自己的危机？"

"杀掉 King？"乔惊霆说道。

邹一刀摇摇头："她之所以能安稳活着，很大原因就是 King 在护着她，King 如果死了，她的死期也就到了，凭实力，她打不过三大公会的任何一个。"

"那她也不能杀掉其他 Jack。"

"对，King 不会让她杀，她也没那个能力，就连余海，都要借我们的手去杀，她不敢得罪禅者之心和 King。"沈悟非叹了一口气，"说来这个女人确实可怜，这就叫'身不由己'。"

白兆冷哼一声："你可怜她？"

"我就随口说说。"沈悟非继续道，"她的处境，几乎是个无解的死局，所以她现在做的是她唯一的选择。"

"什么？"

"拖。"沈悟非笃定地说，"能拖多久就拖多久，把战线拉得越长越好，用这些时间去强化自己、培养厉害的手下，能多活一天是一天。所以，她的行为容易理解，却不容易预测，因为所有的 Jack 都是她的目标，她每一个都想杀。"

邹一刀沉吟道："这个女人，原本可能成为我们唯一的盟友，现在看来，她不可能成为任何人的盟友。"

"没错，因为她的立场是一直在摇摆的，上上下下的所有人都想杀她，最重要的是，我们没有了跟她结盟的筹码，以前还有余海，现在余海死了，她已经不需要我们了。除非……"沈悟非舔了舔嘴角，"除非我们的目标是下一个列席者。"

众人一惊，纷纷向沈悟非侧目。

"你小子不会是已经变身了吧？"乔惊霆站起身就要去揪他的领子，这种平地起惊雷的话真的不像是会从沈悟非嘴里说出来的，哪怕只是个假设。

沈悟非干笑道："没有，你放心吧，我不是真的有胆子去杀什么列席者。我的意思是，我们也许可以以这套说辞，跟蔓夫人结盟，她利用我们，我们也可以利用她。"

"这个想法未免太草率了。"乔瑞都不客气地说，"你当兰蔓傻吗，即便她相信我们有这个胆子，她也不会相信我们能做到。"

"这件事我需要仔细谋划，现在只是一个思路，不是说好了，我们要做两手准备吗？"沈悟非淡定地说，"你们听我把形势分析完。"

"好，你继续。"

"接下来是三个 Jack。"沈悟非道，"假面的首领是最神秘的，常年活动于临渊之国，一直戴着面具，除了赵墨浓，可能没人见过他的脸。他也真是厉害，当年是他深渊游戏里第一个列席者养的小鬼，但他杀死那个列席者后，逐渐把知道他身份的人一个个杀光，到了最后，竟然没人知道他长什么样子、能力是什么。"

邹一刀吞吐着烟圈："那毕竟已经是两三年前的事了，他们差不多是深渊游戏的第一批玩家，这个游戏里玩家的淘汰率这么高，当初知道真相的人都死光了，倒也不奇怪。"

沈悟非点点头："总之，假面的大小事务都是赵墨浓在打理，首领只是偶尔现身，比如上次惊霆和厉决的擂台之战，他就来了，那可是相当难得的。这个男人的目的跟他的人一样神秘，没人知道他想干什么，其他的大人物，或多或少都能让人看出目标，只有他，沉默地在深渊游戏里练级，不蓄意扩张，纵容底下的人到处杀人，臭名昭著，进入游戏的玩家里，大多数本就品行恶劣的人，都会集在假面。我是真的猜不透他的目的，但是假面几乎把游戏内所有的公会都得罪了一遍，要不是忌惮他的能力，早被讨伐了。"

"嗯，假面确实是最特立独行的，韩老一直是温和派，主张给想要和平生活的玩家一个家。尖峰则是一直在招兵买马、稳定扩张，野心很大，每个公会都在为未来某一天将要到来的大战做准备，只有假面……"乔瑞都皱起眉，"而且假面的首领也几乎不跟任何人接触，他越是如此，越是让人不敢轻易进犯。"

"所以对假面的分析只能到此为止了。"沈悟非道，"现在我说说尖峰。尖峰一直活跃于各种各样的事件中，他们有两个列席者，公会成员仅次于禅者之心，而且不像禅者之心那样谁都可以进，他们选入的都是有一定实力的人，然后有严格的积分、物品分配规则，这个公会最有公会的样子，综合实力应该是游戏中最强的。由此可以看出，尖峰的两个列席者一直在为离开游戏做准备，而且他们准备得最好、最充分，但是他们最大的弊端，现在也是他们最大的优势，就是——他们有两个Jack。这两个人之间的关系，一定会在将来的某一天对游戏产生什么影响。现在无论他们是真的彼此忠心,还是互有猜忌,至少有一点是肯定的,在没有拿下Queen,甚至King之前,他们是不会反目的。他们知道只有两个人捆绑在一起,才有可能爬到巅峰。"

乔惊霆嗤笑一声:"万一到最后是他俩决胜Ace呢?"

"说不定那就是他们的目标。"沈悟非叹了口气,"总之,我敢肯定,至少现在他们两人是一条心,所以他们多半会逼迫假面的首领去成为第二个Queen,而且他们很可能成功,因为King最不敢动的就是他们。"

舒艾喃喃道:"是啊,King如果要威胁,也不会威胁两个Jack,那么就只有假面的首领了。"

"对,这可能正是方遒来找我们的目的,我们弄出另外一个Jack,他们两个抱团,King无可奈何,只能去逼迫假面的首领来杀,那么尖峰这两个列席者就暂时安全了。"

"原来在打这种算盘……"乔惊霆冷哼一声。

沈悟非忧心道:"像蔓夫人和尖峰这样,动机和目的容易猜测的,对我们来说威胁反而小很多,让我害怕的,是假面首领和韩老这种,猜不透他们在想什么。"

"对,还有韩老……"邹一刀思索道,"韩老,或者说杨泰林,在想什么呢?"

乔瑞都的目光也阴沉了下来。

"你对韩老和杨泰林了解多少?"沈悟非转向乔瑞都,问道。

乔瑞都沉默了片刻:"我之前以为我了解得挺多,现在不确定了。"

"说说看。"

"韩老跟我爷爷是旧识,从小看着我长大的,在新手村看到他的名字的时候,我就知道是他,名字、年龄吻合,而且他在现实中确实失踪了,离开新手村,我就直接去找了他。"乔瑞都低声道,"他很高兴。他说他这个年纪了,本来一身是病,活不了太久,进入游戏后,反而获得了新生。

他这辈子经历过大起大落，见惯了尘世繁华，现在无欲无求，所以并不打算离开，他想留在这里，等着看这个游戏的真相，但是他愿意全力帮我离开。"

邹一刀看着他："我想你心里还是相信韩老的吧？"

乔瑞都点点头："不让我回禅者之心，也许真的是为了保护我。其实现在，韩老在禅者之心的权势，已经被杨叔和念颜姐分流了，这其中也有我的功劳，但我的目的是对付余海，杨泰林这回马枪杀得不错，因为解决掉余海之后，我就是他的心头大患了。"

沈悟非道："我很早就觉得，杨泰林因为韩老一句话，就尽心尽力地培养你，有些说不过去，现在看来，他是有意和你联手对付余海，余海一除，自然就要转头对付你，这样就能把韩老架空，彻底掌控禅者之心了。"

乔瑞都微低着头，脸色阴晴不定："我没料到他会这么快就翻脸。"

乔惊霆忍不住想嘲弄乔瑞都两句，毕竟这小子向来不可一世，攀上禅者之心这座大靠山之后更是目中无人，现在这被人利用后过河拆桥的吃瘪样子实属罕见，但想了想，他们也被蔓夫人更狠地耍了一通，算是同病相怜，谁该笑话谁呀。

"你呀，还是太年轻了。"邹一刀摇了摇头，"杨泰林一看就是个人物，对付你这个毛头小子绰绰有余了。"

乔瑞都没说话，只是目光狠辣冰冷。

"那陈念颜呢？"沈悟非问道，"她和杨泰林私人关系如何？"

"算是师徒吧，念颜姐姐也是杨泰林带出来的，但是她更忠心的是韩老，韩老救过她的命。"

"这倒是个好消息，至少没有了余海，杨泰林在禅者之心也还不能一手遮天。"

"只要念颜姐姐还掌管着内务……"乔瑞都猛地抬起头，"她会不会有危险？"

"陈念颜看似柔柔弱弱，可凭一个女人，还是个国仕，能够总管游戏第一大公会的内务，绝对不简单。"邹一刀拿烟头点了点乔瑞都，"我觉得她的安全你不用太担心，杨泰林应该以拉拢她为主。"

乔惊霆挠了挠头发，感慨道："我发现这游戏里的女人，一个比一个厉害呀。"

舒艾的坚韧聪慧就不说了，蔓夫人和手下那一群女玩家，个顶个的狠角色。陈念颜也是出了名的有手腕，为人温婉大气，行事犹如斜风细雨、润物无声，但就是有本事把那么多人管理得井井有条。

舒艾淡淡地说："因为不厉害的，要么沦为玩物，要么……死了。"

她的语气很平静，可这短短一句话，不晓得道尽了游戏中多少冤魂的悲惨宿命。

游戏中的女玩家本就不多，而且死亡率极高，所以他们在井木犴看到那么多女玩家的时候，真的非常惊讶，因为在别的地方很难看到这么多女人。蔓夫人在游戏中的地位，也跟这群投奔她的女玩家分不开，因为只有在井木犴，女性才是最安全、最受尊重的。

乔惊霆想起初见舒艾时的样子，她为了自保，不惜亲手毁掉自己的脸，那是怎样的决绝，又是怎样的绝望……

舒艾似乎也陷入了过去的回忆之中，在她哥哥死后，和乔惊霆出现之前，是她人生中最无望、最恐惧的时光，她叹了口气："不好意思，我们继续说禅者之心吧。"

沈悟非点点头："仅从目前得到的信息来看，应该是杨泰林想过河拆桥，利用禅者之心的铁规，逼迫韩老调查余海死亡事件，在那之前，你不能回禅者之心，可能是韩老的意思，也可能是杨泰林的意思，而他们两个都可以说是为了保护你。"

乔瑞都沉吟道："方道逼迫我们还给他们一个Jack，我们就势必去找两个10级的人，游戏里的10级玩家，要么是大公会的重要人物，要么是小公会的首领，敢单打独斗的，实力也绝对不容小觑，如果杨泰林想除掉我，现在是最好的时机了。"

"对，还可以伪装成你是不敌 10 级玩家被杀的。"沈悟非皱起眉，"而且，他应该可以预测你的行动轨迹，因为，10 级玩家就那么几十个，大公会的我们肯定动不得，小公会的也不容易下手，就只剩下那些独行侠，他的情报网比我们灵通得多，不管我们去找哪一个，他都有可能第一时间知道。"

舒艾倒吸了一口气："莫非方遒和杨泰林串通好了？想要一石三鸟，既能利用我们控制两个 10 级玩家，又能在我们消耗最大的时候，把我们和乔瑞都一网打尽！"

情势分析到这里，真相已经慢慢浮出了水面，他们脑子里也都有了较清晰的思路，只是黑暗中急不可待想要吞噬他们的怪兽实在太过面目狰狞，令他们背脊发寒。

沈悟非长吁一口气："这基本上就是我这两天得出的结论，假面和尖峰早已经视我们为眼中钉肉中刺，如今余海一死，杨泰林也有了杀乔瑞都的理由，他们是想讨好 King 的同时，将我们一并除掉，用心何其歹毒啊。"

"那蔓夫人呢？蔓夫人应该不会看着他们得逞吧，还有韩老。"乔惊霆看了乔瑞都一眼，"韩老不会想让他死吧，旧情是一方面，让杨泰林一手遮天肯定也不是他想看到的。"

"蔓夫人即便想保我们，恐怕也下不了决心，她一直如履薄冰，每一步都小心翼翼，所以我才说，我们应该给她一个跟我们结盟的理由，否则她不敢轻易出手。至于韩老……"沈悟非道，"我想他肯定会有所行动，只是，还是那句话，他跟假面首领一样难以预测。"

"你们当时都见到假面首领了吗？有什么发现吗？"乔惊霆想了想，"我那天心思都在决斗上，没怎么仔细看。"

沈悟非摇摇头："那个距离，只能看到大家都看得到的东西，名字、等级、职业，就是一个 Jack 神执，其他的就不清楚了。"

邹一刀思索道："我想到一个人，是游戏中活了很久的老玩家，他也是我唯二能够想到的，可能对这个假面老大有所了解的人。"

"唯二？还有谁？"

"韩老啊，韩老也是老玩家，当年跟游戏中第一个列席者也有接触，可他恐怕不会告诉我们吧。"

"那倒是，你能找到那个人吗？"

"我试试看吧。"

"咱们谈到这里，大家应该已经知道要做什么了吧？"沈悟非的表情很无奈，"第一，最重要的，我们一定要跟蔓夫人结盟，哪怕是私下的，别管她怎么利用了我们，现在她是唯一跟我们有共同利益、可能帮我们的一方势力；第二，我们要把游戏中所有的 10 级玩家都梳理一遍，看看……"

"为什么要找 10 级玩家？"白迩面无表情地说道，"傻了吗？找一群七八级的玩家，让他们互相杀上去，这样最后得到的那个 Jack，也只有 7 级的实力，随便我们操控。"

起居室内陷入了令人尴尬的沉默。

乔瑞都眯起眼睛："游戏明确过 Jack、Queen 和 King 同一时间只能有 4 个，就是为了防止这种情况的发生，否则随便一个列席者，都能弄上一堆刚出新手村的玩家自相残杀，然后快速离开游戏，不过，对于 10 级和 10 级以下的玩家，倒是没有硬性规定，所以这个是可行的。"

沈悟非抿了抿唇："我并不是没想过，但是这做法未免太……"

"残忍？"白迩冷道。

乔惊霆皱起眉，也觉得这么做有悖原则，他们对战的都是敌人，从来没杀过无冤无仇的玩家，虽说他们个个儿手染鲜血，可若是连心底最后一点人性的防线都不守住，即便离开了游戏，他们也并不会解脱。

乔惊霆看着白迩，心里只有叹息。白迩将他们当成自己人，但把他们以外的人都当作蝼蚁，这是由白迩的生长环境造成的，他没有立场指责，只是心里不舒服。

但让他更不舒服的是乔瑞都,白迩是作为杀手被培养长大的,可乔瑞都是作为官商巨子被培养长大的,这样一个未来注定要承担沉重的社会责任的人,却有着一颗冷酷的心。

邹一刀掐灭了烟头:"有些事,不是给了你足够的理由就可以去做的,这个游戏不把人当人,但咱们得记得自己是人。我不同意,除了你们两个,大概也没人会同意。"

舒艾也跟着点了点头。

白迩眨了眨眼睛,看向了乔惊霆,眼神甚至带着一点茫然和无辜,像是受到责骂却不知道自己哪里错了的孩子。

乔瑞都却依旧神情冷漠,毫无愧色,嘴角反倒牵扯出一个嘲弄的笑。

"比起真恶啊,我更讨厌你们这种伪善。"乔瑞都笑着说,"不想滥杀无辜?难道你们随便找来两个 10 级的,就跟我们有冤有仇了?杀 1 个和杀 100 个,有什么区别呢?"

"1 和 100 就是区别,1 和 2 都是区别。"乔惊霆正色道,"我们既不是真恶,也不是伪善,只是在尽可能地保存人性。"

在这个世界里讨论善与恶,是件毫无意义的事,每人手上都沾染着无辜之人,或者至少是罪不至死之人的血,这是活下去的规则。但能少杀一人,就少杀一人,是他们留存于内心的底线,这个底线对于加害者来说,只能用来衡量良心,但对于受害者来说,就是生与死之界,所以他们保留这根底线,为了自己,也为了别人。

乔瑞都自嘲地笑了:"我们这样……还能算作人?"

舒艾凝重地说:"我们的身体已经脱离了人的范畴,所以保有人的心,才格外重要啊。"

乔瑞都耸耸肩,又恢复了那玩世不恭的样子:"好吧,我听艾姐姐的,我们就去找 10 级玩家。"

"我们并不是一定要对付 10 级玩家。"沈悟非道,"这只是最后的底牌,所以要先摸清楚我们可能要下手的对象,我们最终的目的,是度过这一次的危机。"

白迩道:"总结一下吧,我们现在具体该做什么。"

"第一,搜集情报,找到合适下手的 10 级玩家,了解假面首领,还有各大势力目前的情况和最新的动向。其他情报我来负责,了解假面首领的那个人,刀哥负责去找。"

"好。"邹一刀点头。

"第二,接洽蔓夫人,但是不能我们主动,我们主动,就显得我们走投无路必须投奔她,她心细多疑,一定会视我们为烫手山芋,要让她坐不住凳子,主动找我们。"

"让她主动找我们?"乔惊霆撇了撇嘴,"那天舒艾给她发私聊,你也看到她的态度了。"

"这个我有办法,时候到了她自然会来找我们。"沈悟非看上去颇有自信,"第三,我们要接洽赵墨浓。"

"赵墨浓……"乔瑞都赞同道,"对,他们不可能想不到,即便产生了一个 Jack,被迫成为 Queen 的也一定是假面的首领,尖峰的两个 King 还动弹不得,所以假面表面上答应 King,但肯定是阳奉阴违。何况,经过擂台一战,你们和假面之间还有恩怨两清不互扰的约定,表面上假面也不会把你们怎么样。"

"是的,而且他们跟尖峰素来不和,彼此之间多有算计,是不会按照尖峰的意思行事的,所以我们要跟赵墨浓聊聊。"

"那韩老呢?"舒艾道,"韩老和杨泰林那边我们该怎么办?"

"这个就靠你了。"沈悟非的目光投向乔瑞都,"你要和陈念颜保持联络,随时观察禅者之心的态度和动向,如果他们仅仅是观望,不参与其中,对我们来说就算是最好的情况了。"

乔瑞都凝望了沈悟非几秒钟,看得沈悟非头皮都发麻了,他才皮笑肉不笑地轻轻拍了三下掌:"沈悟非,说了这么多,我现在终于知道你想干什么了。我开始还不相信,毕竟你一副胆小如鼠的样子,你这个人,真是不能小瞧啊。"

邹一刀也皱起眉:"悟非,你这一步步的布局,你不会是想……"

其他几人也意识到了什么,纷纷对沈悟非投以诧异的目光,乔惊霆坐直了身体,深深地看着沈悟非,心中升起一些奇怪的念头,他却抓不住,也说不清楚。

沈悟非抿了抿唇,缓缓握紧了拳头:"对,就是你们想的那样。我们,一直以来最大的敌人就是尖峰,东躲西藏混得这么狼狈,只能屈居于清冷的小镇,想要的东西一样都不敢去打,甚至要躲进凶险万分的狩猎副本,都是因为,我们得罪了游戏里实力最强的公会——尖峰。"他抬起头,眼神闪烁中又带着坚定,怯弱中又有几分刚强,"我们要躲到什么时候呢?游戏里没有哪里是安全的,只有……干掉尖峰,我们才能真正立足!"

此言一出,在场之人都感觉到心脏处传来阵阵颤动,一股陌生的力量化作灵魂深处的声音,在体内嘶吼、呐喊、振聋发聩,在那一瞬间,对强权的恐惧悄悄燃起了火苗,烤灼着他们的神经,可更有一种名为斗志的东西融入了血液,就像清水中汇入的一点颜料,初始小心翼翼地缱绻,而后谨慎地扩散,最后,爆发式地渲染,让血液彻底沸腾了。

乔惊霆一脚踹翻了脚边的凳子,猛地站起身:"去他的,当了半年缩头乌龟,老子早就忍够那群傻狍子了,你说得对,必须干掉他们。"

乔瑞都懒洋洋地笑着:"听上去有趣极了,我们要是真的能干掉尖峰,游戏里将真正有我们的一席之地。"

邹一刀嗤笑一声:"行啊,反正和你们在一起,也是疯惯了,'干掉尖峰'这种话,从任何一个人嘴里听到,我都会觉得他活腻歪了,没想到……哈哈,好,算我们活腻歪了。伸头是一刀,缩头是一刀,男人嘛,还是得多往前伸。"说完嘻嘻哈哈地笑了。

舒艾笑骂道:"哼,这才是熟悉的刀哥。我……没意见,咱们同生共死。"

白迩眼中尽是冰冷的杀意:"我喜欢。"

沈悟非深吸了一口气,脸上一半是欣慰,一半是担忧:"说老实话,我也不知道事情究竟会发展到什么程度,我只知道我们不能坐以待毙,不能任尖峰指哪儿打哪儿,活在他们的威胁之下。我们缺少很多东西,符石、武器、装备、刷怪点……只要尖峰一天压在我们头上,我们就一天没法去打,我们不可能老是靠狩猎模式赚积分,太危险了,也不可能一直躲下去。其实做这个决定,我心里很害怕,但是我知道如果我们不反抗,最后还是要死,那就反抗吧。"

没错,那就反抗吧。

自离开新手村以来,他们就长期活在尖峰和假面的阴影之下,又憋屈又窝囊,很多该做的事情、该去打的东西,都因为这两个大公会的威胁而束手束脚,甚至几次险象环生地去打狩猎副本,他们原本可以得到更多、变得更强的。擂台一战,暂时解决了假面,但尖峰依旧是最大的威胁,就像沈悟非说的,他们不可能一直躲下去,就算终究难逃一死,他们也要拼了命地去活。

乔惊霆咬了咬后槽牙,露出一个坚定又不羁的痞笑:"咱们一路打打杀杀,虽然都是九死一生,但还真的不算败过,咱们一定能把尖峰一锅端了。"

沈悟非苦笑道:"一锅端不敢想,尖峰大概有四百多成员,大部分情况下,我们必须智取,利用蔓夫人和假面的势力蚕食尖峰。最好的结果是,我们能杀掉方遒或者尖峰的老大,只要干掉任何一个列席者,我们的计划就成功了,尖峰将再也不能威胁我们。"

"方遒。"白迩喃喃咀嚼着这个名字,眸中杀气弥漫。他还记得当时他将袖珍匕首插进了方遒的脖子,可是方遒却用一击,仅仅是一击,就让他失去了意识，越是强大的敌人，越能让他亢奋，他迫不及待想要杀掉方遒。

"方遒是早晚要死的。"沈悟非眯起眼睛，"但他最好死在一个Jack的手中，这样King也满意，蔓夫人也会更需要我们，游戏的整体局势都会发生改变，我们顺势而为，就有机会为自己谋得一个好的局面，至少，没有什么局面会比现在更差了。"

舒艾自嘲道："确实，我们的处境一直都不能更差了。"

"既然决定了，那就尽早行动吧。"乔惊霆舒展了一下腰身，"已经两天没活动了，我们也该去刷刷怪了吧？"

"我和刀哥去忙情报的事，你们去刷怪吧，等局都布好了，才能让兰蔓上钩。"

"你到底有什么计划？"乔瑞都好奇道。

"要兰蔓上钩，必须赵墨浓先上钩。"沈悟非笑笑，"等我们搜集到足够的情报，就会找赵墨浓见面，你们先去刷怪吧，很快就知道了。等一些事情确定下来了，我们再商量积分分配的事。"

乔惊霆搓了搓手："尽快吧，看着那么多积分不能用，心痒痒。"

"别着急，是你的又跑不了。"

白迩看看天色，太阳已经落山了，正是时候，他起身："走吧。"

四人坐上雪地车，往大白熊怪点开去，当乔瑞都看到大白熊的时候，直皱眉头："你们就刷这么低等级的怪？才这么点积分。"

"我们实验了好几个怪点，这里性价比最高。"乔惊霆想了想，"我已经打算升级怪点了，需要点时间，你先闭嘴吧。"前段时间接连准备和厉决的擂台之战以及猎杀余海的行动，他的心思自然没怎么放在日常刷怪上，经过这些战斗，他们实力大增，大白熊确实已经满足不了他们了，需要换一个等级和积分更高的日常刷怪点，这个他要进虚拟系统里参考。

乔瑞都一脸无聊，下了车就自顾自地打了起来，其他三人也跟了上去，非常默契地猎杀大白熊。

观察了一会儿,乔瑞都脸上露出奇怪的表情:"你们配合得不错啊,这大白熊你们刷了多久了,居然这么熟练?"

"很久了。"

"怪不得……"乔瑞都有些不情愿地说,"这么看来,速度挺快,性价比确实还不错。"

乔惊霆轻哼了一声,有些得意。等他们刷更高等级的怪,再让乔瑞都看看什么叫"速度快",他们实力越强,对战高级怪所能积累的经验和娴熟度就越快,只要花上几个小时在虚拟系统里对战,他们就能在短时间内掌握怪的弱点和行动轨迹,他还有的是让乔瑞都吃惊的。

不过,他是不会把虚拟系统和太岁项链的秘密告诉乔瑞都的,就像沈悟非的双重人格一样。他总觉得,这小子是个不安定因素,他无法信任这样的人,哪怕这个人和他有血缘关系。

乔瑞都在他们的指导下,很快就熟悉了大白熊的攻击模式和弱点,渐渐地也和他们产生了战斗的默契,四人彼此配合,刷怪的速度非常快,一晚上就各赚了1000多积分。乔瑞都算了算,和他平时跟着禅者之心的人组队去刷怪赚的竟然没差太多,他以为在这种偏远小城,就这么点人数,积分应该异常难赚,看来是小瞧了这帮人了。

不过,积分只是强化自身的一部分,可能是最重要的,但不是唯一,想要变得更强,就要全副武装,符石、武器、装备这三项缺一不可,尤其是面对的敌人越来越强大之后,装备的差距完全可以决定生死,而被尖峰逼得躲在这里的惊雷战队,最缺这三样,也难怪要揭竿起义了,确实是被逼到一定份儿上了。

他们打了一夜,每个人都尽情发泄着所背负着的巨大压力,直到天边泛白,才稍事休息,然后趁着太阳还没彻底升起来,连刷了几个小时,直到白迩感到不适。

乔瑞都还挺上瘾，毕竟现在他没了禅者之心的靠山，也急需积分喂自己："这就回去了？休息一下继续吧。"

"白迩受不了太阳。"乔惊霆把白迩往雪地车上推，"三个人的效率比较低，不如太阳下山之后一起来刷，这期间我们可以休息、锻炼，我们平时都是这么安排的。"

乔瑞都冷冷一笑，嘲讽道："哦，对，他怕太阳。"

白迩淡漠地瞥了乔瑞都一眼，上了车。

乔惊霆回去之后，就躲进房间，进入了虚拟系统。身为城主，斗木獬的虚拟系统里的东西的丰富程度，是其他城市的好几倍，每次进来他都有种国王视察领土的感觉。

斗木獬所有的怪，沈悟非之前都分析了一遍，所以他知道作为大白熊的更高级的替代品——西伯利亚虎。西伯利亚虎是 S 级主动群攻型怪物，一只 200 积分，动作更迅猛、攻击更有力，当然也更危险。

他花了六个小时的时间，相当于在虚拟系统待了快三天，反复地、不停地跟西伯利亚虎对战，反正他在虚拟系统里也感觉不到累。直到把西伯利亚虎彻底熟悉了一遍，他才让自己醒过来。

醒来之后，还是下午，他下楼一看，没有人在家，窗外传来一些动静。他走到窗边一看，生命树周围摆着十几只机械蜘蛛，所有人都在看着。

这是在干什么？乔惊霆披上外套，好奇地走了出去。

"惊霆，你醒了。"舒艾冲他微微一笑，她白嫩的脸蛋被冻得红扑扑的，瞳仁又黑又亮，下巴尖且小巧，那笑容就像绽放在雪地里的娇嫩的花，美得让人怦然心动。

乔惊霆轻咳一声，掩饰自己被惊艳的瞬间，他问道："你们干吗呢？"

沈悟非兴奋地说："我今天去找蚕了，我在机械城里的那条流水线一直没闲着，经过我俩对设计的反复推敲和改进，终于出了我目前最满意的一版，我暂时叫它们机械蜘蛛17.3版。"

乔惊霆看了看那些机械蜘蛛，能明显看出跟以前沈悟非用的那一批不一样。首先，个头儿小了一些，金属材质也有变化；其次，以前那批的银更亮一些，这一批则偏哑光，比较接近蚕使用的金属材料，这种材料高级很多；最后，整体外形都有所改变，而且是很多处。他围着一只机械蜘蛛转了一圈："你好像做了挺大的改动啊。"

"是啊，我们以前使用的，是第10和第11版，我有空的时候都会去机械城，跟蚕讨论更先进的设计方案，改到现在，才量产了15只。这批机械蜘蛛比以前的强了至少两倍，耐高温、耐高压、耐腐蚀，而且更智能、更敏捷、攻击力更强，最重要的是，因为使用了更高级的芯片，所以我操控一只机械蜘蛛所需要消耗的精神力也比以前缩减了，我现在差不多一次可以操控70到80只这样的机械蜘蛛。"沈悟非越说越两眼放光。

"太棒了。"邹一刀啪啪地鼓掌，"这些东西的群体攻击力真的挺牛的，以后你再也不是'弱鸡'了。"

沈悟非撇了撇嘴，不服气地说："我本来也不是吧。"

邹一刀哈哈笑着勾住他的肩膀："你现在都敢反驳我了，确实再也不是了。"

沈悟非无奈道："我就当你夸我吧。"

乔瑞都有些惊讶地看着机械蜘蛛："你就靠这些东西战斗？你不是蛊师吗？"他在轮回镇副本里见识过沈悟非的机械蜘蛛大军的威力，老实说，这些机械蜘蛛非常适合对付群体性攻击，但前提是群体中的个体攻击力不算很强、使用人海战术的情况下，比如那些腐尸，但如果碰上个体特别强的，机械蜘蛛就是炮灰。不可否认的是，一个团队中既需要乔惊霆、邹一刀这种个体攻击力强的，也需要沈悟非这样能扛群体攻击的。

乔瑞都想了想，又看了看白迩和舒艾，突然意识到，这个团队能在大公会夹击的困境中生存，绝不是靠运气。无论从游戏的角度，还是从战争的角度，他们冷热兵器都用。有远程有近战，能单挑能群攻，背后有舒艾这个后援，有沈悟非这个高智商天才，还有白迩潜伏暗杀，这个配置基本上可以应付90%的状况了，也难怪惊雷战队创了一系列游戏中的先河，声名大噪，跌跌撞撞走了一路，就是不死。

沈悟非不免得意地说："蛊师是靠精神力操控物体的，机械也可以通过智能化拥有简单的'脑'，它们比活物制成的蛊更好操控，消耗的精神力更低，非常适合我。"

乔惊霆笑道："你应该是游戏中唯一一个操控机械的蛊师吧？"

"嗯，当然了，没有几个人会造机器人，我可是从四岁开始就摆弄机械了。"沈悟非想起小时候，脸上露出落寞的笑容，"我跟机械相伴了一辈子，没想到最后它们能救我的命，也不白费我研究这么多年。"

乔瑞都点点头，随口问道："这些机械蜘蛛是不错，但是强大的蛊师，至少该有一个强大的作为撒手锏的蛊，你有吗？"

"我……"沈悟非竟然笑得有些腼腆，"我在造，现在先保密。"

"哟，突然害羞是几个意思？"邹一刀笑得一脸的不怀好意，用手指头戳着沈悟非的肩窝，"老实说，你是不是在造什么'家用型'女机器人之类的？"

沈悟非反应过来后，脸都涨红了："刀哥你不要瞎说，我造那种东西干什么？！"

乔家两兄弟都捧腹大笑，白迩一脸无趣，舒艾嗔怒地瞪了邹一刀一眼："刀哥，你别闹他！"

邹一刀笑得肩膀直抖。

沈悟非推开他，轻咳两声："我确实在造一个……所谓的'撒手锏'。其实早在我进入游戏之前，我就梦想能建造一个属于自己的、符合我要求的完美机器人，也一直在研究，但是科技水平始终难以达到我的理想，可在这里就不一样了，很多现实中超前的科学理念在这个游戏里都已经应用了。而且，还有蚕在帮我，不过在成形之前我都要保密，早晚让你们大吃一惊。"

"好啊，我们等着看。"乔惊霆笑嘻嘻地说，"但是你要是顺便给刀哥造个'家用型'女机器人，他应该会挺开心的。"

邹一刀笑骂道："我说'家用型'女机器人，就是做家务的，扫地机器人的升级版，还能擦个桌子做个饭什么的，你想什么呢？"

"我说的也是这种啊，你想什么呢？"

"你想什么我就想什么。"

"呸，谁要跟你这个老流氓想一样的。"

邹一刀抓起雪球扔向了乔惊霆，乔惊霆一个扫堂腿，扫出一片雪雾，直奔邹一刀的面门，两人在雪地里闹了起来。

沈悟非摇头叹气："我现在要测试机械蜘蛛，你们要不要看啊？"

"看啊，你测你的。"乔惊霆痛快地笑道，"我们打我们的。"

沈悟非挺直了胸膛，眼眸闪烁着华光："动起来吧。"

所有寂静伫立在雪地里的机械蜘蛛，在同一时间动了起来，它们先是绕生命树围成一圈，然后在沈悟非的指挥下，做各种协调性动作。最后，那些机械蜘蛛竟然一只接着一只地爬上了生命树！

众人看得目瞪口呆，连乔惊霆和邹一刀都忘了打雪仗，眼看着机械蜘蛛向上攀爬。

以前旧版本的机械蜘蛛勉强也能攀爬，但是靠刀腿插入物体表面，对物体的材质和承重有很高的要求，速度比较慢，动静又大，攀爬能力算是有些鸡肋，但是这些新版本的机械蜘蛛，显然在腿上加装了吸盘，攀爬起来流畅、快速、无声，对树皮的损伤不大，虽然还没有仿生到真正的蜘蛛的程度，但俨然是一项厉害的技能了。

舒艾开心地直拍手："太厉害了，我以前很怕蜘蛛的，现在觉得它们特别亲切。"

沈悟非吸了吸鼻子，一脸的成就感，禁不住感叹道："太棒了，蚕真是太棒了，没有它的话，机械蜘蛛肯定无法改进到这个程度，只要有它在，我的'撒手锏'一定可以完成。"

"你老提到的'蚕'是谁啊？"乔瑞都问道。

"哦，是我们刷的第二个副本，机械城副本里的大 BOSS，是个超级类人工智能，跟系统精灵那样。"

乔瑞都惊讶道："它在帮你造机器人？"

沈悟非笑道："它被制造出来的目的就是造机器人，我们有共同的爱好，所以成了朋友，我还在机械城跟它要了一条流水线，专门造我的机器人。"

乔瑞都难掩惊诧，他知道只要通关，狩猎副本就随时可以回去，他也知道，有些玩家在通关之后，还能往返狩猎副本，得到一些好处，这都是游戏允许的。当然，每个狩猎副本的情况都不一样，没有一个类似，但是像沈悟非这样，利用狩猎副本里的拥有专业技能的 BOSS 帮助自己造机器人，他还真是第一次听说，这何止是得到一些好处，简直是占尽了大便宜。

舒艾掩唇轻笑："你呀，成天把蚕挂在嘴边，不知道的还以为你们谈恋爱了。"

沈悟非哈哈笑道："蚕……应该是男的吧。"

"你确定？它一直是以金属身外形示人，声音也是雌雄难辨，也可以是个女的呀。"邹一刀调戏他道，"你就没问过蚕是男是女吗？"

"它是机器人呀。"沈悟非突然有些不自在起来，"机器人分什么男女？"

"它不是一直要做一个类人外貌的身体吗？"乔惊霆挤眉弄眼道，"而且刷副本的时候，它可是要剥我们的皮，男女都可以的，万一……它给自己弄了个美女的外壳怎么办？"

沈悟非似乎从来没想过这个问题，他抓了抓脑袋，突然反应过来这帮人在逗他，羞恼道："那跟我也没什么关系，它是机器人，是我的朋友，其他都不重要！"

几人一同爆发出笑声，久久回荡在风雪之间。

测试完机械蜘蛛，沈悟非心满意足地将它们收回了仓库，此时众人都快冻僵了，纷纷回屋取暖。

其实洗神髓之后，他们的身体素质已经是超人的程度，普通的寒冷奈何不了什么，但是斗木獬的超低温加上穿着单薄，长时间在户外还是很难受的。

白迩想到一个关键问题："你现在就造出15只，剩下的要多久？"

"这个版本的机械蜘蛛精度高很多，制造周期自然也长，但是一个月内应该能造出五六十只。"沈悟非笑道，"不过，需要你们给我贡献点积分买材料。"

"没问题。"作为一个团队，乔惊霆等人早已经习惯互相贡献积分，毕竟他们有蛊师和国仕要养，他想到了什么，看向乔瑞都，不容置喙道："你既然现在跟我们在一起，就算是临时的，也要守规矩……"

乔瑞都白了他一眼："知道了，我还不至于舍不得一点积分。"

沈悟非喜笑颜开："那我晚一点就去找蚕。"他看了看天色，"赵墨浓，该来了吧。"

"你们约了他？"乔惊霆惊讶道。

沈悟非点点头："嗯，在你睡觉的时候。我让他太阳落山之前来，不耽误你们晚上去刷怪。"

"他怎么这么听话？"乔惊霆想到赵墨浓，就没什么好感，那个男人气质阴鸷，为人狡诈，比起方道毫无掩饰的嚣张，他更不愿意跟这种笑里藏刀的人接触。

"因为悟非让我说……"舒艾笑道，"想拿下尖峰吗？"

"你可真敢说啊。"邹一刀感慨道，"赵墨浓要是真的来了，估计假面也是被逼到一定份儿上了。"

"他一定会来的,现在的形势,对假面不利。"沈悟非笃定地说,"其实现在的形势对假面、对禅者之心、对蔓夫人都不利,只对尖峰有利,所以尖峰成为众矢之的,也不冤。游戏里的那些大人物,早就对两个列席者抱团这件事很顾忌了,只是没有机会撼动这个难破的局。"

"现在我们就要给他们制造机会了。"邹一刀目光犀利如豺狼,满含嗜血的杀意。

乔惊霆的眼前闪过系统提示,他拍了拍膝盖,不情愿地说:"来了。"

乔瑞都勾唇一笑,懒懒地说道:"没有永恒的敌人,只有永恒的利益。"

赵墨浓不是第一次来斗木獬,但却是第一次被邀请进屋。面对这一屋子的"敌人",他一人独往,倒也泰然自若。

进屋之后,他把沈悟非的别墅打量了一番,点了点头:"你们虽然躲藏在这种地方,但过得也不错嘛。"

"什么叫这种地方,其他城市有的斗木獬都有。"邹一刀的声音降了几度,"就是没那么好而已。"

惊雷的人对斗木獬都有特别的怜惜之情:一是斗木獬是他们在深渊游戏里唯一的安全城市,是他们的家;二是……因为斗木獬和他们同病相怜,都比较穷酸。

赵墨浓浅浅一笑,自顾自地在沙发上坐下了,随意得就像回到了自己家,不愧是大公会里的大人物,颇有派头,他看了看眼前:"我喜欢喝茶。"

舒艾皱了皱眉,起身给他倒了杯茶。

赵墨浓抿了口茶:"你们杀了我们三名成员,还有一个是我费心培养的骨干,我遵守擂台之约,不找你们麻烦,你们却敢来约见我?"他笑了笑,"胆子倒是越来越大了。"

"好歹也杀过列席者,胆子当然练出来了。"乔惊霆痞笑道,"我们胆子再大，怕是也比不上你，你居然还敢一个人来，你应该知道尖峰给我下了最后通牒了吧，你可就是我们要的 10 级玩家。"

"我要真是怕你们，就会让你们去角木蛟见我。"赵墨浓懒洋洋地说，"我知道你们是有求于我。"

"哦？我们求你什么？"沈悟非眼睛一眨不眨地看着赵墨浓。

赵墨浓笑着摇了摇头："求人这事儿，还是得你们自己说吧。"

"我们从来不求人。"邹一刀一字一字铿锵有力，"我们只合作。"

赵墨浓低笑起来，他没有接话茬，而是目光巡视一圈，最后落在了乔瑞都身上："乔公子也沦落到和他们同舟共济了，看来禅者之心现在很不稳呀。"

"毕竟是千人大公会，内部时不时有些小动荡，也是很正常的。"乔瑞都笑道，"比不得假面三四百人，也天天鸡飞狗跳。"

"你现在也就能耍耍嘴皮子了，已经是被禅者之心抛弃的人了，何必还嘴硬呢。"赵墨浓眼中闪过犀利的精光，"我认识杨泰林的时间比你久，我跟他是从一个新手村出来的，当初好险没死在他手里。他那个人啊，外表是长者之风，内里却是狼子野心。你利用杨泰林，杨泰林也在利用你，在年长之人面前耍你那些小聪明，真以为别人看不穿吗？"

乔瑞都眯起了眼睛："你来斗木獬，是专程来教育我的？还是多担心担心你们老大的小命吧。"

赵墨浓表情闲适得很："我们老大好得很，尖峰想打我们的主意，也要看看有没有那个斤两。"

沈悟非道："尖峰也许动不了你们，那 King 呢？"

提到 King，赵墨浓的脸色终于有了一丝微微的触动，那一闪而过的表情也被沈悟非尽收眼底。

赵墨浓掩饰地喝了一口茶："说说吧，你们想怎么样？"

乔惊霆一屁股坐在赵墨浓对面，两条长腿"哐当"一声交叠在了桌子上,霸气地说:"灭了尖峰。"

赵墨浓举着茶杯的手顿住了,他微微抬眼,锐利的目光直刺入乔惊霆的眼眸,两人的眼神在空中接触、较量,都想从对方眼中看出些端倪。

赵墨浓放下茶杯,嗤笑一声:"自不量力。"

乔惊霆冷哼一声:"假面和尖峰可一直是对头,我就不信你没想过。你是不敢想,还是不敢做?"

"假面有假面的行事方式,尖峰早晚有一天会在游戏中消失,但凭你们区区五六个人,也敢口出狂言,简直是我今年听过的最大的笑话。"

"那什么时候是那个时候呢?你觉得假面没有准备好是吗?准备好的那一天永远都不会来的,除非你真的去'准备'。"沈悟非加重了语气,"你被动地想等到时局优势倾向于假面的那一天,我告诉你,不会有那一天。尖峰有两个列席者,远比你们有优势,他们只会一天比一天更强大,而如果你们现在无所作为,那你们的老大就要被迫成为 Queen,成为 King 离开游戏的牺牲品!"

赵墨浓阴沉地说:"你们竟然把事情想得如此简单,该说你们是天真呢,还是蠢?尖峰因为有两个列席者,一直被其他公会视为头号公敌,难道他们自己会不知道吗?你们以为联合上假面,哦,恐怕还有兰蔓,然后就能轻松地拿下尖峰?"他寒声道,"尖峰公会近四百人,一旦开战,整个游戏都会乱,会有大批人浑水摸鱼,趁乱升级,最想看到这个场面的是谁?是 King,他是不会让两个 Jack 死在我们手里的,只要开战了,他多半就能得到他想要的,到最后尖峰也许灭了,但假面和蔓夫人多半也保不了。"

赵墨浓外表一副除了假面内务什么都不管的样子,其实对局势的观察如此入微,显然是时刻将这些放在心上的,这一席话令众人都沉默了。

沈悟非低声道:"局势往往不会朝你预测的方向发展,历史上有很多例子,不需要我特指了吧。很多绝顶聪明的人,都以为自己可以走一步算百步,可局势内的可变因素那么多,谁能真的算得准,最后大多输在难以预料的细节之上，一溃千里。"

赵墨浓冷笑道："你说这些简直是废话，局势也许不会朝我担心的方向发展，但也未必朝你喜欢的方向发展，我为什么要去做我不看好的事？"

"我想说的是，你把可变因素在未来可能造成的最坏结果当作唯一的结果，裹足不前，因此忽略眼前的危机不去解决，那不用等到未来那个可能出现的最坏结果毁灭你，你很快就可以毁灭自己了。"

赵墨浓恶狠狠地瞪着沈悟非："不用跟我玩儿什么文字游戏，我知道你智力比我高，但你不可能比我更关心假面的命运，你关心的只是你们自己的利益，我是不会做出损害假面未来的事的。"

"我倒想问问你，你现在按兵不动，我们按照尖峰的要求赔你们一个Jack，然后呢？你觉得King是会逼迫尖峰的两个人自相残杀，还是逼迫你们老大杀掉这个新的Jack？哪个更容易？"乔瑞都深深地凝望着赵墨浓的眼睛，"你告诉我，谁，会成为第二个Queen，并在半年之后和兰蔓来一场生死之战，最后和King对垒？！"

赵墨浓冷笑一声："你们的筹码不就是赌我们老大不愿意成为Queen吗？万一他愿意呢？"

此言一出，几人都僵了一下。

没错，他们拉拢赵墨浓确实是建立在这一基础之上的，谁都知道越往上升路越窄，最后将会遭遇的，是深渊游戏第一强者。

赵墨浓这席话，确实让他们始料未及。

赵墨浓观察着几人的表情，而后哈哈大笑起来："果然如此，以为我们老大惧怕成为Queen，所以就会和你们联手对付尖峰？我告诉你们，尖峰和蔓夫人，如果这两者之间要选一个去对垒，游戏里但凡长脑子的，都会选后者。尖峰有两个列席者不说，麾下高手如云，他们的公会成员都经过挑选，是各大公会里战斗力最强的，我都好奇你们是怎么活到现在的，应该说尖峰从来没有认真对付过你们，否则你们死一百次都不足为奇。"

在场之人，除了赵墨浓和乔瑞都，其他人都知道尖峰为什么没再派精锐来对付他们——因为沈悟非那个神秘的第二人格击退了方遒，方遒不知道是出于什么心态，没再轻举妄动。

"你的意思是，你们宁愿成为 Queen，去对付兰蔓？"

"对。"赵墨浓勾唇一笑，"我们宁愿去对付兰蔓，因为真到了那个时候，King 面对着两个 Queen、两个 Jack，会陷入比现在还艰难的境地，只要我们和兰蔓达成一致，又可以保深渊游戏两年太平。"

"真孬种。"乔惊霆毫不客气地说，"你们就这么拖着有劲吗？为什么就不能痛痛快快地打一场？看看谁能站上巅峰，看看 Ace 能不能离开游戏，光想着一年拖一年，真把这儿当家了？"

"说得轻松，只有你们这种一无所有的，才什么都不怕。"赵墨浓冷笑道，"谁不想成为 Ace？谁又愿意成为别人的踏脚石？King 得到了涅槃符石，已经无人能敌，你愿意像个白痴一样去送死，没人拦着你，但我们有自己的路，你还不配来说三道四。"

乔惊霆狠狠瞪了赵墨浓一眼，就把目光转向沈悟非，他确实无话可说了，如果假面真的打定主意要成为 Queen，确实没必要冒高风险去对付尖峰。成为 Queen，假面至少能活上半年，对付尖峰却不知道要付出什么代价，这买卖计算起来，是有点不划算。

沈悟非沉默了半晌，轻声道："既然假面已经做出决定了，那为什么你今天还要来赴约呢？你知道我们想干什么，对吧？"

赵墨浓慢腾腾地端起茶杯，饮了一口茶，然后定定地看着沈悟非，不咸不淡地说："你们啊，现在成了一把剑。曼夫人用你们，禅者之心用你们，尖峰也想用你们，你们就是他们不方便出手时，最好差遣的武器。"

"想拿我们当武器，就得做好被反噬的准备。"邹一刀寒声说道，"别太自以为是了。"

"嗯，你们是很好的武器，我是在夸你们，真的。游戏格局稳固了太久,层层压制,几乎陷入了死局,是你们的出现,颠覆了很多东西,才造成了变局……只是,身为武器,你们的想法真是太多了。"

乔惊霆不耐烦道:"说话别阴阳怪气的,你到底想说什么?"

赵墨浓眯起眼睛,微微一笑:"我今天之所以赴约,是因为,你们这把武器,我也想用一用。"

几人对视一眼,沈悟非道:"什么意思?"

乔瑞都在沟通网内说道:"被他掌握主动了,今天的谈判我们败了。"

沈悟非也说道:"未必。"

赵墨浓慢悠悠地说:"蔓夫人和禅者之心用你们,都给了你们好处,假面也给得起,你们想要什么。"

"那要看你想要什么?"

赵墨浓直白地说:"架空兰蔓,杀光她身边的那些女将军。"

舒艾倒吸了一口气,尽管她不该对非敌非友的蔓夫人有什么同情,但她依旧对这番话感到有些不舒服。

沈悟非皱起眉:"为什么?"

"为什么?你这么聪明,会不知道为什么?"赵墨浓笑道,"只要留着兰蔓一命,架空她的保卫力量是所有人都想看到的,无论是 King,还是我们。我希望我的老大能安安稳稳地晋升为 Queen,否则以后兰蔓会用尽所有手段对付假面,如果我们不先架空蔓夫人,就可能被蔓夫人架空。"

乔瑞都嘲弄地一笑:"没想到啊,到处作恶、飞扬跋扈的假面,居然会惧怕一群女人。"

赵墨浓不为所动:"正是因为假面树敌太多,而蔓夫人很得人心,我们才有这个担心。以前我们无冤无仇,蔓夫人又韬光养晦……可一旦我们老大成为 Queen 就不一样了,兰蔓这个女人,光是美色就能驱使多少力量?手下又一堆小娘儿们,假面的公会成员素来缺乏公会忠诚度,说不定勾搭几下就跑了。"他嗤笑一声,"我不能让那样的情况发生。"

舒艾白玉般的脸蛋此时冷若冰霜，她冷冷瞥了赵墨浓一眼，眸中充满了恼怒。

"你对你们公会倒是挺了解的。"

"当然，一帮乌合之众。"赵墨浓毫不掩饰地轻笑着，"假面之所以能聚集这帮人，是因为假面规矩最少，也正因为如此，一旦风大了，树叶就容易被吹跑。这些东西没什么可避讳的，你们自己也想得出来，如果你们能当好假面的武器……"他优雅地点了点头，"你们就可以开条件了。"

"你知道我们想要什么吗？"沈悟非道，"顶级的装备，顶级的武器，顶级的符石。"他加重语气道，"顶级的。"

赵墨浓一脸的云淡风轻："假面的库存可是很丰厚的，就看你们配不配得到。"

沈悟非看了乔惊霆一眼，乔惊霆微蹙眉："我们会考虑的，但是，眼下我们要忙着对付尖峰……"

"只是弄出一个Jack交差的话，给我几个小时就足够了。"赵墨浓淡淡一笑，"你们不会真的以为，尖峰想要的就是一个Jack吧？"

乔瑞都身体前倾，紧盯着赵墨浓的眼睛："你觉得他们想要什么？"

赵墨浓皱起眉，手指轻碰着下巴："我也不知道他们在要什么花样，要逼你们弄出一个Jack来……或许是在拖延时间，或许是在谋划什么。"

"总之，蔓夫人的事我们会考虑。"沈悟非沉声道，"但我还是提醒你，尖峰不除，才是假面最大的忧患。"

赵墨浓神秘一笑："时候未到。"

赵墨浓走后，众人都有些沮丧，他们抱着一腔斗志想要铲除尖峰，结果连第一步都没能踏出去。

乔惊霆无奈地说："赵墨浓说的好像也有点道理，起码从假面的角度来说，现在对付蔓夫人比对付尖峰对他们有利。"

邹一刀一口接着一口地抽烟，显然也有些发愁："但是对我们不利，对付蔓夫人对我们没什么好处。"

白迩歪着脖子想了想:"赵墨浓会不会在故意试探我们,或者他认为兰蔓和我们关系不错,想要离间我们?"

"有这个可能,但是架空兰蔓,确实对假面有利,如果……"乔瑞都眯起眼睛,"真像他说的那样,他们的老大已经决定要成为 Queen。"

"这一点是我没料到的。"沈悟非有些愁闷,"假面真是不按常理出牌。"

"我总觉得,每一家都各怀鬼胎,都搞不清楚他们究竟在想什么。"舒艾叹了口气,"好像所有人都有明确的目的,只有我们,因为知道的信息太少而被蒙蔽了什么。"

"这就是信息不对等要吃的亏,没有办法。"沈悟非想起什么,"刀哥,你不是说那个知道假面老大的过去的人找到了?"

"嗯,光是中间人就讹了我 2000 积分。"邹一刀郁闷地说,"我在游戏里待了一年多,以前跟那些老油条都混得挺熟,结果现在他们对我们避之唯恐不及,不敢跟我们公开接触。"他好奇地看向沈悟非,"你是怎么去打听情报的?那些人不躲着你吗?"

"我在星日马有个小店铺,长期卖些我自己造的东西,因此认识了几个中间人和情报贩子,通过他们去找情报,或者去房日兔买情报,基本不用我出面。"

"原来如此,但你以后去打听情报,还是不要一个人了。"

沈悟非点点头:"那个人是谁,他要什么来交换假面首领的情报?"

"他……"邹一刀的表情有些为难,"我真的没想到会是他。"

"谁啊?"

"这个人挺年轻,但却是游戏里的老玩家,是游戏中第一个列席者的公会成员,就是被假面首领杀掉的那个。那一批公会成员,基本上被假面首领扫荡干净了,没死的,也都缩着脖子做人,根本不敢提当年的事,就怕被灭口,这个中间人倒有两下子,真的找到了一个。"

"别卖关子了,到底谁啊?"

"你们还记得那个'赌徒'吗?"

这两个字颇为耳熟,几人想了想,沈悟非道:"你说的是那个游戏里很出名的自由人?"

乔惊霆恍然大悟:"我们在井木犴见过一次,我和厉决打擂台那天,又见过一次,他和兰蔓关系很好。"他想起了那个鹤立鸡群的英俊男人,一脸的风流小白脸相,没想到还小有名气。

"对,他是兰蔓的情夫之一。"邹一刀露出玩味的笑容,"游戏里睡过兰蔓的男人,几乎都死了,就他还活着。啧啧,肯定有两下子。"

沈悟非追问道:"他愿意透露假面首领的情报吗?"

"不知道,中间人只给了我这个名字,剩下的要靠我们自己。"邹一刀不甘心地说,"就一个名字,2000积分,他最好没骗我。"

"那个人叫什么名字?"舒艾打开了降魔榜,"我可以发私聊给他。"

"韩开予。"

舒艾顿了一会儿:"找到了,韩开予,10级……超体?"

"嗯,是这个人。"邹一刀道,"虽然是超体,但他的能力很奇特,没人说得清楚。"

"为什么叫他'赌徒'?"舒艾好奇道。

"因为他好赌。"乔瑞都道,"可以不分场合、不分时间地赌博,任何事都能拿来赌,只要他感兴趣。这个人实力很强,而且我听说他幸运非常高。"

乔惊霆挑了挑眉:"幸运非常高?难怪这么受欢迎。"

"对,以他那张扬的性格,能活到现在,跟幸运高有很大关系,跟他组队通常得花钱,呃……积分,游戏里是有这样一些人,靠高幸运赚积分,就跟有些国仕也会出租自己一样。"邹一刀道。

舒艾扑哧一笑:"原来还有这个生财之道,我以前怎么没想到。"

"你呀,还是算了吧。"邹一刀调侃道,"你这么漂亮,把自己租出去,可就收不回来了。"

舒艾抿唇一笑。

乔瑞都也附和道:"反正我是不会把艾姐姐还回去的。"

乔惊霆白了乔瑞都一眼,粗声粗气地说:"没人会把舒艾给你,脑子里都想什么呢。"

乔瑞都不置可否地耸了耸肩,冲着舒艾笑了笑,那眼神勾缠着风流多情,大多女人都要抵挡不住。

舒艾微微一笑,绾了绾发丝,望向邹一刀:"那我要怎么跟他说呢?"

"先不急,我们得好好商量一下。这个人挺有性格,而且他不缺好东西,我们给不了他看得上的东西,想要让他开口,得另想办法。"

"那就投其所好吧。"沈悟非笑了笑,"他喜欢赌,我们就出一个让他感兴趣的赌局。"

"什么赌局?"

沈悟非道:"舒艾,你给他发私聊,就说,惊雷公会邀请他参与一个赌局,赌……他的命。"

"什么?"舒艾惊讶道,"他的命?"

"对。"

"什么意思?"

"你只管这么说,然后时间和地点由他来定,但只能是斗木獬或者四个自由集市。"

"他如果问什么呢?"

"不回答。"

舒艾迟疑道:"……好吧。"半晌,她道:"发过去了,他果然问了一些问题。"

"不用再理会了,他一定比我们焦虑。"乔瑞都笑道,"这个办法好。

韩开予很聪明，他多半以为，我们找他是为了还尖峰一个Jack，凭他一个自由人，如果遭到我们的追杀，肯定是凶多吉少，所以这个'赌局'，关乎他的性命，他一定会见我们。而且，会在四个集市之一见我们，确保自己的安全。"

"对，他不知道我们真正想要的是什么，所以永远猜不透我们要干什么。"沈悟非摊了摊手，"这就是信息不对等造成的判断失误。"

"行了，你还纠结没说服赵墨浓呢？"乔惊霆嗤笑道，"又没人怪你，也没人小瞧你的智力。"

沈悟非垂下肩膀："我总觉得，还有什么是我没想到的，禅者之心的目的、尖峰的目的……我一定是遗漏了什么。"

"别着急，我们还有时间。"

"他回复了！"舒艾叫道，"明天下午三点，决斗之城昴日鸡。"

"又是决斗之城。"乔惊霆笑道，"老地方了。"

"我们一起行动吗？"

"当然，一起行动。昴日鸡是四个自由集市里，唯一允许在城内决斗的，因为这就是它存在的意义。之前两次禁止决斗，是因为大公会压阵。"邹一刀咧嘴一笑，"虽然，我不认为现在除了大公会，谁还敢轻易招惹我们，但是安全第一。"

"好，明天下午，去会会这个'赌徒'。"

白迩看了看窗外："天黑了，我们去刷怪吧。"

"好，今天我们换怪点吧，大家都一起去熟悉一下，西伯利亚虎。"

"你已经'熟悉'了？"舒艾意有所指。

"当然。"乔惊霆露出得意的笑容。

乔瑞都微微蹙眉，他总觉得这些人在隐瞒他什么，除了方遒的事，还有别的……

去到西伯利亚虎的窝，乔瑞都那种被隐瞒了什么的感觉更重了，因为乔惊霆很自然地开始给他们讲解西伯利亚虎的攻击模式和弱点，而后分配阵形，谁负责引怪、谁负责主攻、谁负责围攻、谁负责外援，说得头头是道。

实际操作起来，他们也只花了两个小时，就完全能够默契又熟练地猎杀这些灵活的大怪物了——在平均遭到六至八只同时围攻的情况下。

西伯利亚虎是 S 级怪，单体实力相当于一个八九级的玩家，群攻时的凶残程度可想而知，必定配得起它的积分。乔瑞都并不怀疑他们能够刷这个等级的怪，但他没料到他们可以这么快就轻车熟路，好像以前已经刷过无数次一样。

休息的时候，乔瑞都狐疑地看着乔惊霆："为什么你这么熟悉西伯利亚虎？"

"我打过。"乔惊霆避重就轻地说，他这人性格直来直往，最不擅长撒谎装样，大概是心虚，他一嘴下去，金枪鱼饭团少了一半，结果噎到了。

白迩拍了拍他的背，递给他一瓶水，冷冰冰地说："吃饭少说话。"话虽是对着乔惊霆说的，可直接捅的是乔瑞都的后背。

乔瑞都充耳不闻："你打过？怎么没听你提过，而且，你一个人怎么打？"他是不相信凭乔惊霆一个人能来刷西伯利亚虎的，也许没有生命危险，但是性价比极低。

"想怎么打就怎么打。"乔惊霆轻哼一声，"我以前可是打黑拳的，观察对手是我的看家本事，只要对战几次，我就能摸出它们的行动套路。"

乔瑞都眯起眼睛："真的？"

"爱信不信，吃你的饭。"

乔瑞都虽然将信将疑，但这番话也没什么毛病，如果乔惊霆真有这样的本事，也不难解释为什么他们刷怪的效率特别高了。

第二天下午，几人一起传送去了昴日鸡。

前两次来昴日鸡,都是为决斗,因此满城人头、水泄不通,这一次没有决斗,自然也没那么多的人。其实昴日鸡是四大自由集市里,常住人口最少的,他们今天才得以看清这个城市的全貌。

他们的突然出现,引起了一些骚动,恐怕马上就会有消息传递到各大公会的耳朵里,正因为如此,现在才没有人愿意和他们扯上关系,也因此,韩开予把约定的地点选在了一个酒馆,避免和他们私下、单独接触。

他们远远就看到了那个酒馆,里外都是人,估计韩开予正在开赌局。

几人大摇大摆地走了过去,酒馆里的人原本是面朝里,慢慢地全都转过身体,向他们投掷各种各样的目光。当他们走进酒馆,围堵的人自动给他们让了一条路。

韩开予正大刺刺地坐在酒馆的桌子上,衬衫解开了三颗扣子,头发凌乱地贴着额角,嘴里叼着烟,脚边放着大杯的啤酒,面前摆着一副牌,很好地诠释了什么叫"放浪形骸"。

见到他们,韩开予扬起下巴,微微一笑:"想玩儿两把吗朋友?"

乔惊霆问:"玩儿什么?"

"什么都行。"韩开予用修长的手指夹起一张牌,微眯起眼睛,在唇边亲了一下。

"成天玩儿牌不无聊吗?"乔惊霆笑道,"就不想玩儿点别的?"

"啊,当然了,当然要玩儿别的。"韩开予跳下了桌子,扒了扒被汗浸湿的头发,"在这个鬼游戏里又出不去,不自己找点乐子怎么成呢?"他目光含笑,扫过几人,"你们给我带了什么乐子吗?"

沈悟非道:"有啊,我们想跟你赌一局。"

韩开予环视四周,露出玩世不恭的笑容:"这里的人都想跟我赌一局,你们凭什么能入我的局啊?"

乔惊霆痞笑道:"因为我们的更好玩儿。"

韩开予嗤笑一声:"你们想赌什么,赢了如何,输了如何,说来听听。"

"输了，我们奉上5000积分，走人。赢了，5000积分照旧，你要跟我们组队，帮我们刷一样东西。"沈悟非缓缓说道。

5000积分是他们昨晚上商定好的。其实情报不该这么贵，2000积分就已经很高了，但是知道这个情报的人太少，分量又太重，涉及的是假面首领一直想要隐藏和消灭的过去，稍有不慎，泄露情报的人就可能被灭口，考虑到风险和韩开予的财大气粗，他们才定了这个数字。

韩开予皱起眉，缓缓打量着他们，在推测他们话里的真假，毕竟昨天给他发私聊的时候，可是在威胁他，他也搞不清楚这帮人到底想干什么了。他抬了抬下巴："赌什么？"

"你决定。"

"我决定？"韩开予的眉头舒展不开了，这帮人到底是来干什么的？

"对，你决定，赌什么都行。"沈悟非语气笃定。

韩开予低声咒骂了一句："行，那就来最简单的。"他拿起桌上的扑克，整理好，递给乔惊霆，"赌大小。为了避免你们说我作弊，你来拿，给自己拿一张，给我拿一张。"

乔惊霆接过扑克，看了看，牌面发黏，还有啤酒的臭味儿，应该只是一副普通的扑克。

韩开予抹了一把脸，脸上的酒气还没下去，却莫名地兴奋了起来，他开始觉得好玩儿了，未知总是让他兴奋，这就是他热爱赌博的原因。他抬起手，对着层层叠叠围观的人喊道："各位，开局啦，你们押他，还是押我，下注吧！"

人群一阵骚动，在韩开予的带动下，也跟着亢奋了起来。

酒馆正中央，出现一个透明悬空的计数器，那是游戏里提供的一个插件，专为赌博、投票而生，只见韩开予名字下面出现了一长串的名字，都是把注押在他身上的，乔惊霆这头的则非常少。

很快，下注结束了，乔惊霆手里拿着扑克，心里有些没底，他通过沟通网对沈悟非说:"真的没问题吗?他可是幸运超高的啊,我不太可能赢他啊。"

"你别管,抽就是了。"

乔惊霆活动了一下肩膀,"嗖"地抽出了一张牌,在韩开予眼前虚晃了几下,就在韩开予伸手要拿的时候,慢腾腾地揣进了自己兜里。

韩开予耸耸肩,歪着嘴角一笑。

人群都安静了下来,屏息看着这简单却又格外刺激的赌局。但凡了解韩开予的人,都知道这小子常年浸淫赌术,这么简单的玩儿法,他根本就不可能输,无论牌在谁手里。赌局本身很平凡,刺激的是惊雷战队出现在这里,白白送上5000积分,找韩开予赌一个必输的局,究竟是想干什么,结果又会如何。

乔惊霆又抽出了一张牌,递给了韩开予。

韩开予用手指夹着那张牌,照旧凑到唇边,轻轻亲了一下,微笑道:"你先翻牌吧。"

乔惊霆把自己那张牌从兜里掏了出来,缓缓翻开,是一张红桃9。此时,他也开始心跳加速,他不知道沈悟非哪儿来的自信可以赢韩开予,撇开韩开予的幸运值不说,这人一看就是个职业赌徒,怎么可能输给他这个外行?如果这局输了,不但输掉5000积分,而且白瞎他这番装X,多丢脸啊。但正因为沈悟非格外的自信,他反而更加好奇他要怎么赢,他突然在那一瞬间领会到了赌博的乐趣,就是那种加速肾上腺素分泌的紧张刺激,让人欲罢不能。

韩开予的手指抖了抖,眼中闪过一丝讶异,随即眼神跟着暗了下来,他皮笑肉不笑地看了乔惊霆一眼,翻开了手里的牌——一张黑桃7。

全场哗然,有人大吼着不可能,那些押了韩开予以为稳赢的人,气恼着嚷嚷了起来,押了冷门儿的自然欢天喜地,还有人叫嚷着"上次这小子打擂台我也压他的冷门儿"!

不少人瞪着两只眼珠子看着乔惊霆，跟看怪物一样。

乔惊霆乐了，回头看了同伴们一眼，乐得止不住，兴奋地说："我赢了哎？！"

沈悟非点头微笑，舒艾的神情则有些尴尬。

韩开予扔下牌，一屁股坐回桌上，拿起啤酒，咕咚咕咚地灌进去大半杯，澄澈的酒液顺着下颌流到了脖子，最后流进了敞怀的衣服里，这股从骨子里散发出来的风流浪子的气质，是真洒脱不羁，一般人学也学不来。

韩开予"咣当"一声放下酒杯，一抹嘴，目光冰冷地看着他们："愿赌服输，说吧，想让我跟你们去刷什么？"

"跟我们走吧。"沈悟非做了个"请"的手势。

韩开予拿起外套甩在肩上，低头走出了酒吧。

一群人就眼睁睁地看着韩开予走到了生命树下，惊雷战队的人随后，沈悟非道："惊霆，给他设置免费入城。"

"哦。"

韩开予站定，抬头看着生命树，然后缓缓扭头，对着舒艾露出了一个意义不明的笑容，说出来的话却非常冰冷："美人儿，小看我可是会吃亏的哦。"

舒艾微笑颔首，不置可否。

乔惊霆等人都一头雾水地看看舒艾，又看看沈悟非，到底发生什么了，韩开予为什么会输，又为什么同意跟他们去斗木獬？

沈悟非道："回去再说。"

一行人一同传送回了斗木獬。

一眨眼间，季节变换，韩开予穿着薄薄的衬衫，冻得狠狠打了个喷嚏，他赶紧买了件羽绒服穿上了。

沈悟非歉意地说："韩先生，我们确实是有事相求，希望你别介意。"

"换作你,你会不介意吗?"韩开予懒懒地说,"我警告你们,我或许不是你们所有人的对手,但如果敢碰我,我一定能带走一两个。"

"你放心,我们绝对保证你的安全。"

乔惊霆憋不住了:"你们到底怎么回事啊,说清楚行不行啊?"

乔瑞都瞥了他一眼,不客气地说:"白痴。"他早看透了沈悟非要了什么花招。

"你……"

"我让舒艾给他发了个私聊。"沈悟非干笑着说,还偷偷看了韩开予一眼,这事儿做得确实不地道。

"私聊内容是什么?"

韩开予自己先开口了:"'这局赌你的命,要么输,要么死'。"他冷笑道,"我们无冤无仇,你们最好有个好的理由。"

邹一刀拽了拽沈悟非的头发,嬉笑道:"你小子真坏啊。"

沈悟非轻咳了一声:"韩先生,咱们进屋说吧,你放心,在斗木獬你绝对安全。"

韩开予轻哼一声,跟着进了屋,他知道这帮人要是想杀他,也不差在屋里屋外,没必要在这儿受冻。

沈悟非殷勤地说:"韩先生,我们说到做到,你可以在星日马挂一样装备,我们花 5000 积分去买。"

"这个不急,你们先说说,找我到底是想干什么,不会真的是为了刷装备或符石吧,真正高级的东西你们这个配置恐怕刷不起来,不那么高级的……5000 积分再凑一凑就可以买了,何必找我。"

"没错,我们找你,确实不是为了组队刷东西。"沈悟非抿了抿唇,低声道,"我们想知道假面首领贝觉明的情报。"

韩开予脸色一变:"我怎么会知道他的情报,我都没见过他。"

"有可靠的人告诉我们,你曾经是'红城'的一员,你肯定见过他。"

韩开予眯起眼睛:"谁告诉你们我是红城的一员?"

"这个你不用知道,反正你别装傻。"邹一刀道,"你确实是当初红城的旧人吧,为数不多还活着的。"

韩开予陷入了沉默,算是默认了。

"韩先生,我们需要贝觉明的情报,任何情报,你知道的关于他的所有,我们现在也处于很大的危机之中,这个对我们很重要。"

"你们处于很大的危机之中,关我屁事?"韩开予的眼眸中跳动着怒意,"不是你们自己作的吗?愚蠢冲动又不计后果,大家都在赌你们什么时候会死。"

"这个就不劳你操心了。"乔瑞都勾唇一笑,"你乖乖配合,不仅有积分,还有礼遇,你要是不配合……不如赌一赌你什么时候会死?"

"不不不,我们要礼遇,礼遇。"沈悟非摆手制止他。

韩开予并不吃这红脸白脸的一套,他不耐道:"你们为什么非要知道他的情报?"

"跟你解释也解释不清,主要是这个人太神秘,让人捉摸不透,我们无法预测假面的行事。"

韩开予冷哼一声,心里在计算着利害,他要不说,肯定是别想出这个门了,连尖峰都能击退、余海都能杀掉的公会,凭他一个人不可能活着离开,他也不想被这群疯子盯上。可是那个人的情报……

沈悟非猜透了他在想什么:"出了这个屋子,保证不会有其他人知道,是你透露了他的情报。"

韩开予闭上了眼睛,沉默片刻,才缓缓睁开,认命地说:"你们想知道什么?"

"你知道的所有。"

"贝觉明,大概二十四五岁吧。"韩开予陷入了回忆之中,"我以前对他印象不深,是因为他特别沉默、特别没存在感,就像个傀儡一样跟在徐老大身边。大家都知道他是徐老大养的小鬼，都没把他当一回事，谁也没想到，他会杀了徐老大。这大概就是，会咬人的狗不叫吧。"

"他为什么常年戴着面具？"

"他是阴阳脸。"韩开予道，"脸上有一块特别大的灰色胎记，平时会用头发遮住，但还是看得到。"

"他的能力是什么？"

"我不知道。"

几人逼视着韩开予。

韩开予皱起眉："我真不知道，他是在杀了徐老大之后，才洗神髓的。大家都以为他清汤寡水的什么都没有，没想到身上藏了那么多积分，连徐老大都不会知道自己在身边养了一匹狼吧。"他想到什么，讽刺地一笑，"所以，我对离开游戏从来不抱什么希望，King 现在不也在身边养狼吗，说不定他英明一世、筹谋已久，最后落得跟徐老大一样的下场。"

邹一刀摇摇头："既然有了前车之鉴，我想他不会那么大意，再说，King 养的小鬼是个真正的孩子，更好控制，而且徐老大的能力和 King 也没法比。"

"或许吧。"韩开予耸耸肩，"反正我等着看好戏，多有趣啊。"

沈悟非想了想，又问道："贝觉明当时是怎么杀掉徐老大的？"

"我怎么知道，我又没亲眼看到，但人确实是他杀的。徐老大对他很信任，或者说，从来没把他看在眼里。"韩开予的眼神变得深沉，"就像你养了一条不吵不闹的狗，说东从不往西，你会怀疑那么听话的狗会咬自己吗？"

邹一刀感慨道："轻敌最是要命啊。"

"他杀了徐老大之后呢？听说他清理了很多红城的人。"

"对，他只留了几个心腹，那是他暗中培养的，其中就有赵墨浓。"

"赵墨浓那么早就跟着他了？"乔瑞都有些惊讶，"赵墨浓这个人，可不像是忠信之辈。"

"两人的渊源我不清楚，但赵墨浓对他很忠心，他对赵墨浓也很信任。"韩开予道，"赵墨浓的实力不输列席者，游戏中拥有U级蛊的蛊师应该不超过三个，他是其中一个。"

"U级蛊……"沈悟非光是听到这个词，心口就有些发紧，那可是游戏中顶级的蛊，不知道会是怎样了得的怪物。

"U级，那该多厉害啊。"乔惊霆也感叹道。

"比列席者都厉害，但要看能不能驾驭好。"

乔瑞都对U级蛊并不感兴趣，他继续追问："那其他红城的人呢？都被他杀了？你又是怎么活下来的？"

"红城一开始人不多，三五十人吧，自从徐老大晋升为游戏中第一个列席者后，才开始发展壮大。但与此同时，贝觉明也开始戴起了面具，所以见过他的脸的人，就只有最开始的那几十人，也就是他清理的那一批人。"

一向沉默的白迩，突然冷冷地说道："你见过他的脸。"

韩开予垂下眼帘，睫毛轻轻抖了抖："我见过。"

"那你是怎么活下来的？"

"我开始在禅者之心躲了一段时间，不跟任何人提起我曾是红城的一员，也不提他。他追杀过我，后来建立了假面，是非不断，很多人想杀他，他需要急速壮大，所以很长一段时间他无暇管我，再后来……"韩开予耸耸肩，"他想杀我已经很难了，除非他或者赵墨浓亲自出马，不然我怎么都逃得掉。而且这两年他的过去快被抹干净了，我又从不提旧事，我们算是暂时相安无事吧。"

"他为什么那么忌讳见过他脸的人？"沈悟非问出了核心问题。

"心理变态呗。"韩开予摊了摊手，"他那个长相，你再想想他干的那些事：活体解剖、屠城、虐杀，哪一样是正常人干得出来的？其实徐老大对他很好，好吃好喝好装备地养着，他还不是背后捅刀？他戴着面具，就是为了不让人看到他的脸,所以他想把那些见过他的脸的人都杀掉。"

舒艾微微缩了缩肩膀,有些不寒而栗。

深渊游戏的人数一直在扩大——尽管每天都要死很多人,但是新补充进来的玩家更多,现在已经近万人。这些人之中,至少九成在现实中都是老实、善良、平凡的普通人,即便经历残酷游戏的洗礼,也还保持着天性中的一些特质。可也有少部分的人,天性残暴、缺乏同理心,在现实中受到法律和道德的束缚,能够维持基本的人性,可在游戏中就彻底释放了出来。贝觉明就是这些人中最具代表性的,而假面所聚集的,大部分也是这类人,所以假面是深渊游戏中最凶、最恶的公会。贝觉明本身的实力其实无人知晓,毕竟他从来没和谁打过,但是他的神秘和残暴,让大部分人对他充满了恐惧。

恐惧是一股强大的力量。

沈悟非点了点头:"这个人真是太可怕了,他常年在临渊之国活动,实力肯定不容小觑,而行事又这么诡异,让人根本猜不透。"

"你们为什么这么在意他?"韩开予不解道,"你们现在难道不该关注尖峰吗?"

乔惊霆挑眉道:"我们和尖峰的事,整个游戏都知道了?"

"当然,这里消息流通很快,而且,这显然是尖峰故意放出来的。"

"因为……"沈悟非转了转眼珠子,"我告诉你一个秘密,但你要保密。"

韩开予抬起手:"打住,你为什么要跟我分享秘密?不管为什么,我不想知道。"

"是你问我们为什么特别在意贝觉明的,我打算这就告诉你。"

"……算了,我不想听了。"韩开予冷笑道,"知道得越多,我就越不安全,现在不就是,这件事始终是悬在我脖子上的一把刀。你们跟尖峰也好,假面也罢,爱怎么玩儿就怎么玩儿,不要牵扯上我。"

"好吧。"沈悟非笑了笑,"你还知道些什么?任何关于贝觉明的事情,什么都行。"

"没什么了,我本来跟他就没说过几句话。"韩开予拍了拍膝盖,作势要告辞,"我知道的我都说了,没事儿我就走了。"

"我还有问题,他通常在哪个临渊之国活动?"邹一刀问道,"大家都知道 King 常驻众帝之台,那也是其他列席者不怎么去的地方。"

"这个情报特别容易打听,你们找别人问吧。"

"你接触的人那么多,肯定知道,顺嘴说了吧。"邹一刀觉得这 5000 积分没打听到什么特别有价值的东西,连贝觉明的能力都不知道,实在有些亏。本着尽可能值回票价的鸡贼心理,他想从韩开予嘴里套出更多情报,毕竟韩开予四处开赌局,绝对是个超级大的信息集散地。

韩开予猜透了邹一刀的心思,忍不住翻了个白眼儿:"行,算我附赠的。贝觉明通常在凶水之上,尖峰的两个人通常在涿鹿之野,蔓夫人和禅者之心的人喜欢去青丘之泽。四大临渊之国的生命树虽然没有被实际标记,但界限已经很明确了,只要没有什么特别需要打的东西,他们一般只在自己的地盘活动,实在有,要提前打招呼。"

"那 King 的涅槃符石是在哪里得到的?"乔惊霆好奇道。

韩开予白眼儿都要翻上天了:"真要那么容易知道,King 就不会找了一年多了。"

"凶水之上。"沈悟非喃喃念道。

韩开予眯起眼睛,一副遇到神经病的表情:"你们不会是想去找贝觉明吧?"

"我们……"

"我不听。"韩开予捏了捏两边耳垂,"不要说,我什么都不想知道,老子就想赌赌博、调调情,好吃好喝地活着。拿了你这 5000 积分,我还不知会不会被尖峰盯上,真是倒霉死了。"

沈悟非客气地说:"韩先生,谢谢你了。"

"省了，拜托你们以后不要再来找我就行。"韩开予起身就走。

"你在乎兰蔓吗？"乔瑞都突然在背后问道。

韩开予的手刚抓到门把手，身体跟着顿住了，他缓缓扭过脸，面上没有一丝表情，漆黑的瞳仁深不见底："什么意思？"

乔瑞都的眼睛死死地盯着韩开予，低声说道："如果我告诉你，假面和蔓夫人之间，将有一场大战，而我们有可能阻止，你会把你隐瞒的事情告诉我们吗？"

韩开予转过身来："假面和蔓夫人？谁告诉你的？"

"赵墨浓，亲口。"

"为什么？"

"因为贝觉明要成为 Queen 了。"

韩开予的嘴唇微微抖了抖，表情如冰封一般，僵了好几秒："我已经把我知道的都告诉你们了，至于假面和蔓夫人的战斗，我人单力薄，就不掺和了。"

邹一刀"呸"了一声："兰蔓好歹算你一相好，你小子还是不是男人啊？"

韩开予的嘴角扯出一个坏笑："比起男人，我想先当一个活人。"他转身，摔门而去。

一屋子人静默了几秒，沈悟非道："他肯定还有情报瞒着我们，而且是很关键的东西，但是很难撬出来了。"

邹一刀抽了口烟："去把他抓回来，多硬的嘴我都能撬开。"

沈悟非摇摇头："不能用刑，这个人知道很多东西，有大用处。"

邹一刀嗤笑一声："谁说要用刑了，让人张嘴不是只有疼一条途径的。"

沈悟非思索道："贝觉明，兰蔓……如果真的造成假面和蔓夫人对决的局面，对我们肯定没有好处，反而便宜了尖峰和禅者之心。这两个公会，尤其是尖峰，会更加壮大，我们的日子就更难过了，只有现在是削弱尖峰

—— 231

的最好时机。"

乔瑞都凝重道："没错，赵墨浓狡猾，但行事太过求稳，反而缺乏魄力，他不是不知道螳螂捕蝉，黄雀在后的道理，他只是选择了他觉得相对好走的一条路。"

"也或者不是他选的，而是贝觉明选的。"沈悟非深深蹙起眉，"尖峰是我们的最终目标，这一点不能动摇，现在恐怕，还是得从赵墨浓入手……"

从韩开予嘴里听到的情报，并没能解决他们心中的半丝疑惑，反而因为知道得多，不知道的也变得更多了。

原本他们以为贝觉明是甩手掌柜，假面的大权都掌握在赵墨浓手里。现在看来，恐怕未必。如果可能，他们倒是真的想要会一会这个贝觉明，只是他们不敢去临渊之国，即便去了，若是贝觉明不想见他们也没有用。

沈悟非看上去有些焦头烂额的："这件事让我再想一想，这一个月内我们必须做的事还有好几样，比如，提升我们的装备。"

一听"装备"大家都来了精神。

乔惊霆道："你一直让我们留着积分，就是为了装备和符石吧，快说吧，我们应该去弄些什么装备，不然这积分一直放着，我看着就眼馋。"

"那你可能要放很长一段时间了。"

"啊？"乔惊霆不明所以。

"我考虑过后，觉得符石是硬性需求，装备可以短效、大幅提升我们的攻击和防御，但始终没有符石可持续性强，所以，这一个月内，我们至少要再得到一枚顶级符石才行。"

"哪一枚？"

"从功能性来说，惊霆的、舒艾的、白迩的，都可以；从获得符石的难度来看，强化型的顶级符石是最难的。"沈悟非思索道，"六项基础强化的符石，每一枚都在 15 万到 20 万积分之间。职业性的符石相对好一点，比如刀哥的巨人之怒，系统里好像是 12 万积分，但是元素使太贵了，现在别考虑了，'大天使之手'也要 15 万……"沈悟非越说声音越小，最后抱住了脑袋，"我们怎么这么穷呢。"

这最后一句话把众人的心都戳烂了，呼呼地漏风。

乔瑞都止不住地笑："凭你们，还是不要想着买了，去刷可能实际一点。"

沈悟非叹道："顶级符石大多在临渊之国，而且还要看掉落概率，从性价比来说，我觉得买更划算一点，起码稳妥。"

"十几万积分你们要攒到猴年马月？而且用这么多积分去买符石，太不值得了。"

乔惊霆有些头疼："我们还是挑一个相对容易一点的吧，不管是买，还是打。"

"不，要弄就要弄最有用的。"邹一刀道，"像悟非想要的那个加智力的顶级符石'学术家'，好是好，但现在我们不是迫切需要，反正都要花精力花积分，必须得到一块能提升团队整体实力的符石。"

沈悟非点点头："没错，我也是这么想的，所以，我们的第一阶梯目标应该锁定在三块符石上：体能的顶级符石'狂战士'，给惊霆；速度的顶级符石'风暴之主'，给白迩；国仕的顶级符石大天使之手，给舒艾。"

"对，狂战士给惊霆。"

乔惊霆想到那枚能够提升 20% 体能的狂战士符石，有些热血沸腾，游戏里九成的人都想吃，毕竟很多时候，体能就是一切。

"狂战士，系统里卖 20 万……"舒艾轻轻哆嗦了一下，感觉念出那个数字都很奢侈。

乔惊霆骂了一声："我是死都不会花 20 万去买它的。"

乔瑞都笑道："那我再告诉你一个好消息，元素使要 18 万。"

乔惊霆沉默了几秒，声音都变得没有底气起来："我不是可以吃三块吗？"

"对于你的三块符石，我建议是狂战士、元素使和风暴之主。"沈悟非干笑道，"你不需要什么特殊的技能，你能打，最基础的就是最强的。"

"哦，风暴之主也要20万。"乔瑞都笑盈盈地说。

"闭嘴。"乔惊霆听着那些数字，大脑呈现了短暂的空白。

白迩也有些郁闷地嘀咕着："这么贵。"

"喂，我对你有个建议，你可以自己权衡。"乔瑞都上下打量着白迩。

白迩斜了他一眼："说。"

"你已经吃了一枚变色龙，只剩下两枚符石的空间，我建议你吃风暴之主和次一级的'暴风之子'，这样可以叠加速度，达到极限。"

邹一刀一拍掌："有道理啊！暴风之子提升10%的速度，虽然是加速度的次一级符石，但也仅次于顶级而已，如果两枚符石叠加，那就是30%的速度提升啊！"

白迩眼前亮了亮："而且，暴风之子没有风暴之主那么难打。"

沈悟非皱眉道："我反而不这么认为。超体的顶级符石'超自然者'，是对整体身体机能的提升，兼顾到内与外、宏观与微观，很多人觉得，它只适合肌肉爆发型的超体，对专精某一部分的超体来说有些鸡肋。但是别忘了，身体的任何一部分的运作，都离不开其他器官和机能的辅助，如果一味追求速度，身体机能却达不到极限速度的要求，很可能造成身体超负荷。"

舒艾点点头："我觉得悟非说得有道理，人体就好比一个协调性的机器，速度的爆发，需要肌肉、骨骼、血液、激素和各种酶同时发挥作用，一下子吃两枚速度符石，会不会太极端了？"

乔瑞都勾唇一笑："所以，你要自己权衡。"

白迩眼眸闪动着，显然也在犹豫。

"其实我也说不准利弊，但我和舒艾希望你更稳妥一点。"沈悟非道。

邹一刀:"白迩的身体素质已经很好了,而且暴风之子不过再提升10%的速度而已,应该不会负荷不了吧。"

乔惊霆想不出哪个好,干脆拍拍白迩的肩膀:"你不用现在决定,或者可以先跟系统精灵沟通一下再说。"

沈悟非用力点头:"对,跟系统精灵沟通一下,相信会给出比我更准确的答案。"

"好,我知道了。"

"那么我们还是先专注刚才提到的几枚符石吧。其实我建议,我们去打狂战士,因为狂战士惊霆需要,刀哥也需要。"沈悟非看了乔瑞都一眼,"你也需要吧?"

"嗯哼,我现在只吃了一枚符石,剩下两个空间,一枚留给狂战士,另外一枚,还在犹豫。"

"所以我们这里至少三个人需要狂战士,如果能打下一枚,我们就能积累些经验,以后……"

乔瑞都拍了拍桌子:"说了这么多,你们知道狂战士在哪儿吗?"

"……众帝之台。"沈悟非小声说。

"对,King 常驻的众帝之台。"乔瑞都耸了耸肩,"不是我给你们泼冷水,去那个地方的大多有去无回。"

"……风暴之主和大天使之手呢?"

"风暴之主暂时别想了,在涿鹿之野,尖峰的地盘;大天使之手在青丘之泽,蔓夫人和禅者之心常驻。"

沈悟非叹道:"我是权衡过安全系数,才提议去打狂战士的,毕竟这四个临渊之国,撇去本身的危险不说,可能只有 King 懒得搭理我们。"

乔瑞都失笑:"你这么说的话,也算有道理,但在我看来没多少区别,都是九死一生。"

"没去过怎么知道打不打得到。"对于乔惊霆来说,只要别让他花 20

万积分去买，他愿意去拼命。

"我打个比方吧。"乔瑞都带着冰冷又嘲弄的笑意，"狂战士怪点的怪，相当于我们在轮回镇里打一次余海团队，而这枚符石的掉落概率，大概是百分之一？也就是说，我们可能需要几十次甚至上百次地去经历我们在轮回镇里的一切，还未必打得到，而这浪费的时间，我们能赚比打这个怪多几倍的积分。"

室内一阵尴尬的沉默，一时好像空气都凝结了。

他们当时差点儿死在轮回镇，如果不是拼了老命坚持到日出，哪怕日出再晚那么几分钟，今天在这里都要缺上几个人，那样的恐怖，让他们去经历几十次甚至上百次？

"说白了，狂战士不是不能打，但是第一，我们需要跟一个高幸运的人组队；第二，临渊之国不是狩猎模式，打不过我就跑，我不会留下来陪你们等死的。"

"高幸运的……韩开予那样的？"

"韩开予是不会跟我们组队的，死心吧。"乔瑞都摇摇头，"他急着跟我们撇清关系，何况他比你们底子厚，积分是没法让他动心的。"

"那我们就得雇用其他高幸运的人。"

乔瑞都耸耸肩："嗯，可以，打一次可能要你1000积分，毕竟是高危险的活儿，你要是真打上……我都不说100次了，50次好了，那就是5万积分，你们出得起吗？"

邹一刀用力抽了几口烟，"难怪叫顶级符石了，这也太黑了。"

沈悟非捂住了眼睛："还是你经验丰富，我有点欠考虑了。"

"没什么，你们从来没打过符石，不知道打符石的艰难。"乔瑞都摇了摇头，"我这枚元素使符石，打了快三个月，还是在韩老支援我的情况下，好几次差点儿挂了。顶级符石要是真那么容易弄到，游戏玩家也就区分不出这么多高低了。"

邹一刀吸了吸鼻子:"我突然觉得,兰蔓给我这枚巨人之怒,够意思了。"

"嗯,要是想成她花 12 万积分雇用我们杀人……"乔惊霆毫不犹豫地说,"我会干的。"

其他人也默默地点起了头。

"他们这些大人物手里,都有不少囤货,不过她舍得给你,确实很大方。"乔瑞都道,"由此也可以看出,她多么想要余海死,她比谁都忌惮局势的变化,可惜,她终究改变不了大趋势的发展。"

乔惊霆闷声道:"那怎么办,早晚我们还是要打的。"

"打,要打。"沈悟非抓着头发,"让我想想,高幸运的人,韩开予……怎么才能让韩开予愿意跟我们组队呢?"

"除非他疯了。"乔瑞都小声道。

乔惊霆烦躁地说:"弄这么复杂干吗,直接去打算了,不就是概率低一些吗,多打几次不就完了,就当锻炼了。"

乔瑞都皮笑肉不笑地说:"我就欣赏你这种有勇无谋的样子。"

"你……"

乔瑞都脸色突然一变,几人被他毫无预兆的变脸吓了一跳:"怎么了?"

乔瑞都的眼珠子转了转,而后皱起了眉:"念颜姐姐让我回禅者之心,说韩老要我回去当面对质余海的事……"他抬起头,"你们也要去。"

"好啊。"乔惊霆摊了摊手,"去呗,我一直想去……"他说到一半,收了回去。上次去禅者之心很匆忙,他们也没理由久留,他一直惦记着他还没去禅者之心的虚拟系统里拿拿东西呢。

"你一直想去禅者之心?"乔瑞都狐疑地看着他。

"啊,想啊,那里气氛不错,感觉很安全。"

邹一刀担忧地说:"韩老让我们去……感觉来者不善啊,在他的地盘上,万一想把我们一网打尽,逃都不好逃。"

"念颜姐姐说，韩老保证你们的安全，这点你可以放心，只要是韩老放了话的，就一定做到。他在深渊游戏里是老资历，从来没食言过。"

"保证'我们'的，你的呢？"舒艾反问道。

乔瑞都勾唇一笑，目光深邃而难懂："我是回去接受审判的，如果最后判定我蓄意进入狩猎模式杀余海，那按照禅者之心的规定，我要被驱逐。"

"驱逐的定义是什么？"沈悟非问道。

"不得进入禅者之心旗下所有城市，不得出现在禅者之心管控的所有怪点，任何人挑衅我、杀死我，与禅者之心无关。"乔瑞都道，"简单来说，余海旧部随时可以找我报仇。"

"那只要你被判定无罪不就行了。"沈悟非倒是显得很有自信，"我想，应该没什么问题，我们来商量一下，你该怎么为自己'辩护'吧。"

他们花了半天的时间来统一口径，韩老要他们也去禅者之心，当然不是去观光的，而是去对峙的。

临行前，乔惊霆拉住沈悟非，悄声道："想办法给我争取几个小时的独处时间。"

沈悟非比了个 OK 的手势。

来到禅者之心，这一次的城市氛围，跟初次来时截然不同，显得格外压抑和严肃。他们的出现，照例引来了很多目光。

乔瑞都不似平时"回家"那般昂首阔步，他忽视了一些来自余海旧部的仇视眼神，直勾勾地盯着朝他们走来的陈念颜。

陈念颜今天穿了一件纯白色的羊绒衫和淡粉色的百褶长裙，一头长发乖顺地绾在耳后，温柔娴静，那婉约的气质让人觉得大声跟她说一句话都是冒犯。

"念颜姐姐。"乔瑞都几步走了过去，一把抱住了陈念颜，把脸埋在那纤弱的肩上，闷声撒着娇，"我好想你。"

陈念颜轻轻拍了拍乔瑞都的后背，柔声道："在外面受苦了吗？"

"没有……"乔瑞都回头看了乔惊霆等人一眼，"就是那地方着实穷酸，很无聊。"

陈念颜笑了笑，眉间却带着化不开的愁色，她意有所指地说："一会儿见了韩老，说话要有分寸。"

乔瑞都看着陈念颜："我知道。"

陈念颜拍了拍他的肩膀，轻叹了一声。

乔惊霆又开始腹诽这小子一如既往地虚伪。明明当初他们来禅者之心商量余海的事，陈念颜也在场，乔瑞都是不可能不怀疑陈念颜的立场的，但是见了面还是如此亲密。不过这也算是他们事先商定好的——不把杨泰林和陈念颜牵扯进来，一口咬定他们和余海进入一个狩猎模式是意外。

目前这两人是敌是友尚且要打个问号，供出他们没有实际的意义，眼下最重要的，是乔瑞都能够全身而退，这样才有机会了解禅者之心的目的，以及，可能的话，跟禅者之心借一个高幸运的人来组队。

乔惊霆想起了刚进入深渊游戏时，他向系统精灵抱怨"幸运"这个强化选项莫名其妙，根本不会有人把积分浪费在这么唯心的东西上，现在为了高幸运，他们得倒给出多少积分，想想就又后悔又憋屈。

陈念颜客气地说："各位请跟我来吧，韩老和杨右使正在等你们。"

"你们也不叙叙旧什么的？"邹一刀嗤笑道，"一上来就审判啊。"

陈念颜微微一笑，代替回答。

几人跟着她走向议会堂，那是禅者之心商量要事的地方。

门　开，几丨双眼睛齐刷刷地落到了他们身上。

议会堂里已经坐满了人，韩老居高位，杨泰林坐在他旁边，陈念颜把他们领到最前排落座，然后让乔瑞都站在了中间的空地处，自己则款步走到韩老身边，在杨泰林的对面坐下了。

议会堂内落针可闻，大家都眼巴巴地看着韩老。

韩老居高临下地凝视着乔瑞都，他鬓须银白，眼神锐利，往那儿一坐，不怒自威。

乔瑞都也没有落了气势，腰板挺得笔直，落落大方地站着，脸上既无恐惧，也无愧色。

乔惊霆等人都不怀疑，乔瑞都能演好一场戏。

韩老沉声道："瑞都，禅者之心的规矩，你应该倒背如流吧？"

"是的。"

"禅者之心的最高规则是什么？"

"禁止内斗。"

"那余海的事，你怎么解释？"

乔瑞都指了指乔惊霆："这个人，是我同父异母的兄弟，我们在游戏中相认之后，他邀请我一起去打一个 S 级的狩猎副本，于是我就跟他去了，我没想到，我们会和余左使进入同一个狩猎副本。"

"进入狩猎副本，你们就一定要把余海等人全部杀死吗？你知不知道你杀的是跟你同属一个公会的七个同胞？"韩老的口气变得严厉起来。

乔瑞都低下头，露出一个惨淡的笑容："我们的任务是，杀死敌方团队，离开游戏，他们的任务也是一样的，如果要完成任务，必须得有一个团队团灭。"

韩老道："我已经做过调查，轮回镇副本只要挺过任务时限，不完成任务也能离开副本。"

"是的，我一开始也是这样想的，我并不想跟同公会的人拼个你死我活，于是我想让我们的国仕跟他们沟通，放弃这次的任务，一起挨到任务时限过去，可是……"

"可是什么？"

"轮回镇副本的特殊性，让我们无法沟通，我们被打散了分配在不同的平行空间，彼此之间无法联络。等到我们碰到他们的时候，由于缺乏沟通,已经打了起来,当我最终见到余左使的时候,一切都晚了。"

"放屁!"一个叫何凯文的余海旧部控制不住地站了起来,吼道,"若真是这样,为什么你们一个人都没死,他们却全军覆没?!"

杨泰林沉下脸来,冷冷地对那人说:"这里什么时候轮到你说话了?"

何凯文咬了咬牙,朝韩老鞠了一躬,坐了下来。

"这事说来复杂。"乔瑞都叹了口气,"他们的人数和等级比我们高,所以任务难度比我们大。我们的队伍被拆成了三组,他们被拆成了七组,每个人都在不同的空间,而我方队友碰上他们的时候,又恰巧都打赢了……"

余海旧部气得火冒三丈,一个个的眼神要吃人。

"余海是我杀的。"邹一刀慢腾腾地举了举手,"我跟余海有旧仇,谁都别想阻止我杀他。"

韩老皱起了眉。

"进入狩猎模式,发生的一切后果自负,这是每个公会的共识。"沈悟非插嘴道,"禅者之心也不可以借此追究我们的责任吧?"

杨泰林的口气变得严厉:"你们一个个的插什么嘴?"

沈悟非立刻闭嘴了。

韩老面无表情地说道:"你说得没错,进入狩猎模式,生杀自负,余海之死,我不会追究你们的责任,但我要知道乔瑞都身为禅者之心一员,是不是蓄意进入轮回镇副本,帮助你们杀死余海。"

"韩老。"乔瑞都抬起下巴,声音不卑不亢,眼神专注而坚毅,"我发誓,我不知道我会和余海进入同一个狩猎副本,他们也一样不知道,但进入之后,我们就别无选择了。"

韩老深深看了乔瑞都几眼,然后做了个手势。

不一会儿,一个小个子的、一脸愁苦的男人走了出来,站定在乔瑞都身边。

乔瑞都偏头看了他一眼，面上依旧是不动声色，这人是杨泰林安插在余海那里的内鬼，余海的大部分消息，都来自这个人。乔瑞都转回头，看了杨泰林一眼，心中已经了然，杨泰林默默地看着他，眼神无波无澜，但两人之间，已是暗流汹涌。

"这个人你认识吧？余海要去狩猎模式，当时公会里有不少人知道，但没人知道他要去哪一个，以及何时去。但是你，你去找他打听过余海的行踪，并且选在和余海同一天去了斗木獬找你的同父异母的兄弟，同一天进入狩猎模式，这样造成了极大的概率，让系统将你们分配进同一个副本！"韩老眯起眼睛，"瑞都，这一切，你都要狡辩为巧合吗？"

同一天，而且几乎是前后脚进入狩猎模式，是乔瑞都最难辩驳的一点，也是昨天他们商量的重点。乔瑞都定了定心神，不疾不徐地说："第一，我从来没有找过这个人，我跟他并没有私下接触，他是余海的人，如果他向我透露了余海的行踪，那证明此人不可信。"

"我没有透露余哥的行踪！"男人急得直跳脚，"你想收买我，我拒绝了，但你确实来找过我！"

乔瑞都没有理他："第二，我们进入狩猎模式的时间，是系统精灵通知的。"

"什么？"韩老皱起眉，"系统精灵通知你们时间？"

"对。当惊雷公会决定去刷S级副本的时候，系统精灵告诉他们，暂时没有合适的敌方队伍，本身S级副本刷的人就不多，还要在人数、等级上跟他们差距不能太大，这样符合要求又暂时空闲的队伍很少，要等。系统精灵让他们做好准备，一旦有队伍，随时召唤他们。"

把这个黑锅推到双胞胎身上，是沈悟非出的主意，因为这个解释较合理。而且，韩老无法找双胞胎对质，因为双胞胎是不会透露其他玩家的任何情况的。

"一派胡言！"何凯文控制不住地大骂道。

韩老也将信将疑:"系统精灵还会做这样的事?"

"因为惊雷公会的蛊师,系统精灵的好感度非常高,所以会对他们有一点点额外的关照。"乔瑞都说得正义凛然、毫不心虚,演技简直超一流,至少在表面上,让人看不出真伪,"当时是余左使带队先进入狩猎模式,而我们选择的是随机,随机任何一个S级副本都可以,所以系统精灵马上对我们进行召唤,我才去了斗木獬,跟他们一起进入轮回镇。"

议会堂内那低低的议论声此起彼伏,大部分人都不相信这些都是巧合,但乔瑞都说的一番话几乎没有破绽,最关键的是,尽管各种迹象都对乔瑞都不利,可还是没有决定性的证据能证明他是尾随余海进入轮回镇的。

韩老揉了揉眉心,显然也有些头疼,他看向杨泰林:"泰林,你觉得如何?"

杨泰林点了点头:"韩老,瑞都这个年轻人是我一手带出来的,品行方面没有问题,也一直很守规矩,我个人……"他迟疑了一下,"碍于亲疏远近,我还是不发表看法了,免得有失公允。"

韩老点了点头,又看了看陈念颜一眼,想起陈念颜和乔瑞都关系密切,更是无人不知。

何凯文再次站了起来,朝韩老鞠了一躬:"韩老,能不能让我说上几句?"

韩老挥挥手:"你说吧。"

"邹一刀和余哥有旧仇这事儿,我们都知道,他们显然是早就打听到了余哥要进入狩猎模式,蓄意尾随进去报仇。至于系统精灵召唤他们,这个我相信,但是在没有合适的敌方团队的情况下,最常见的方式是增加任务难度和NPC的实力,而不是等待另外一个团队,很可能是因为他们的系统精灵好感度高,系统精灵故意将他们分配进跟余哥同一个副本里。"何凯文怒瞪着乔瑞都,"而这个人,从进入禅者之心的那天起,就一步登天、野心勃勃,除掉余哥,他几乎就是左使的不二人选,动机和证据都

—— 243

摆在这里,韩老若是还觉得他无辜,那余哥就白死了!"

杨泰林眯起眼睛:"何凯文,你说一步登天是什么意思?"

"什么意思?"何凯文冷笑一声,"事到如今,我也没什么话不敢说了。余哥已经不在,你杨泰林自然容不下我们,我们还留在禅者之心,就是为了等一个公正的审判。这小子从新手村来到禅者之心,一穷二白什么都没有,只因为和韩老是旧识,就享尽最好的资源,把禅者之心搅和得人心惶惶,这些我们都忍了,谁叫我们不是公子哥儿,以前没机会认识韩老呢。但是你和他明里暗里地排挤余哥,如今更是追进狩猎副本杀了余哥,不就是为了联手掌控整个禅者之心吗?!"

这一番指责铿锵有力,直指人心,在场之人,包括被囊括其中的当事者,一时都没有说话,因为这些话都是真的。

韩老手握着扶手,用那种苍老而深沉的嗓音低声说:"凯文,你知道自己现在在说什么吗?"

何凯文青筋暴突,双目赤红:"韩老,无论是余哥,还是我们,都是真心敬重您的。可是您为了这个乔瑞都,已经要把自己一手建立起来的禅者之心毁掉了!难道您现在还看不出来,杨泰林、乔瑞都和陈念颜,已经把您的权势给架空了吗?!"

此言一出,全场哗然。

"胡说八道!"杨泰林咬牙道,"何凯文,要脱离公会是你自己的选择,但你临走了还要含血喷人,真是一点后路都不给自己留啊。"

"我是不是胡说八道,你们心里很清楚。"

陈念颜端坐着,缓缓说道:"凯文,我知道你心中有很多不甘,但你再怎样危言耸听,韩老心中自有一面明镜。瑞都的事一码归一码,韩老还没有最终的决断,你如果再这样公然挑拨离间,可就坏规矩了。"那声音轻轻柔柔,看似没什么力量,但一字一句都击在人心上,让人不敢忽视。

韩老摇了摇头,面色有些疲倦:"我没想到,你们会有这样的想法,看来我一味闭关修行,不管公会内外事务,也是不行啊。我想在座的很多人,恐怕是忘了禅者之心立命的根本,我创立公会的初衷,是给游戏中想要安居一隅的人提供防身之所,禅者之心不争城、不夺人,也不参与公会之间的打打杀杀,且来去自由。凯文,你提到的什么'权势',对我来说毫无意义,谁如果想做禅者之心的首领,我现在就可以让位,我以为跟随我的人,都跟我有一样的想法,真要争权夺势,还留在禅者之心做什么?"

何凯文脸色阴晴不定,一时被堵得说不出话来,他对韩老,始终是有畏惧的。

韩老又叹一口气:"罢了,今天的目的是审讯瑞都,谁都不要再跑题了,凯文,你对瑞都还有什么看法?"

"他就是故意的,谁都看得出来。"何凯文咬牙切齿。

"说话要有理有据。"乔瑞都冷冷说道,"我知道余海被团灭,你们失了靠山,一时六神无主,但也别含血喷人,如果我知道余海要进入轮回镇,我是绝对不会去的,不仅是因为我们同属一个公会,更是因为我了解余海的实力,不想进去送死。"

"你胡说,你就是奔着余哥去的,你们蓄谋已久……"

"好了。"韩老疲倦地摆了摆手,"这样争吵也不会有什么结果,我会对瑞都和惊雷公会的每个人进行单独审问,审问的时候,你们都可以在场,看看他们说的话有没有漏洞。"

何凯文和余海旧部都满腹愤懑,却也无可奈何。

乔惊霆等人先被带离了议会堂,然后一个接着一个单独进去被问话,他们事先串了一晚上的词,沈悟非几乎把可能被问到的,以及容易出现纰漏的地方都提前预估了出来,整个过程滴水不漏。他们从天亮一直被审到天黑,结果自然是没有结果。

最后,韩老结束了这场审讯,说自己要思考几天再做决定,这期间乔瑞都不能自由行动,惊雷公会的人也被留在了禅者之心。

乔惊霆喜出望外，终于有机会进入这里的虚拟系统了。

在亢金龙的虚拟系统里转悠了两个小时，乔惊霆满载而归——虽然没有什么特别好的东西，但聊胜于无。

醒过来后，他吓了一跳，因为所有人都在床边坐着。他赶紧坐了起来："我天，你们要吓死我啊，干吗都在这儿看着？"

"等你啊。"邹一刀道。

"等我干吗？"

"韩老请我们吃晚饭。"

乔惊霆皱起眉："这是什么套路？白天不还审讯我们来着？"

邹一刀笑道："两回事儿，他审讯的是乔瑞都，他都亲口承认在狩猎模式里发生的一切后果自负，不得追究了，又能拿我们怎么样？"

"好啊。"乔惊霆耸耸肩，"那就去呗。"

沈悟非点点头："嗯，正好，上次的问题我也想继续请教他，我这段时间也好好研究了藏象系统。"

"那……"乔惊霆欲言又止，"你们觉得那小子不会有事儿吧？"

"他能有什么事儿。"白迩淡淡说道，"最多被驱逐，赖在斗木獬，跟之前一样。"

"对呀，不用太担心他。"舒艾拍了拍乔惊霆的后背，"他今天回答得很好，滴水不漏，韩老就算想要判他有罪，都没有足够的证据。何况我们都看得出来，韩老还是偏向他的，所以多半不会有事的。最差的结果，就像白迩说的那样了。"

"那真是够差的了。"乔惊霆冷哼一声，"我真的不想天天看到他那张脸，饭都吃不下了。"

"好了，趁着现在看不到他的脸，我们去吃饭吧。"沈悟非站起身，脸上满是掩藏不住的兴奋。

"哎，我说啊，"邹一刀勾住沈悟非的肩膀，"你一天天的脑子里放那么多事儿，不会乱吗？"

"不会，就是时间不够，如果我能像惊霆那样，在虚拟系统里有无限时间就好了。"沈悟非遗憾地说道。

"我倒是想让你们都进去，可你们进不去呀。"乔惊霆也希望他们都有时间在虚拟系统里尽情地修炼自己，就像他一个小时当一天用，提升的速度自然快。

沈悟非叹了口气。

晚宴设在韩老那简朴的家里，杨泰林和陈念颜都在，桌上摆的是普通的家常菜，跟蔓夫人的奢华排场天壤之别。

乔惊霆挑了挑眉："这些菜，不是在系统里买的吧？"系统里买来的食物，就跟它们在系统里的图片长得一模一样，连一个葱花的位置都不会有变动，一看就是高科技的产物，但是这一桌子饭菜，长得非常居家。

韩老笑了笑："是家里的孩子自己做的，食材有的从系统里买，有的就是我院子里种的。"

沈悟非赞叹道："韩老真是来这里修身养性的呀。"

"我这个年纪，在这里获得新生，把这儿当成第二段人生，所以想过跟以前不一样的生活。"

邹一刀笑道："韩老是尝尽了人世繁华，才能安于粗茶淡饭，大多数人，可没有您的境界。"

"不过是个活法，何来的境界。"韩老摆摆手，"请坐吧。"

杨泰林的目光扫过几人，唇角含笑，但笑意却不住眼底。陈念颜一贯的温文娴静，脸上没有过多的表情。

韩老看了乔惊霆一眼："其实，我以前是听说过你的。"

乔惊霆不明所以："您指的是……"

"乔云凯有个私生子这件事，我以前听说过。"

乔惊霆脸色微变，声音也沉了下去："哦，应该不少人知道。"

韩老微笑道："对你们来说，进入深渊游戏也同样是重生，何必还把前世的事看得那么重呢？"

乔惊霆嗤笑一声："您说得对，那都是前世的事了，可前世还有我的牵挂，有我必须回去的理由，所以，我做不到像您那样豁达。"他端起茶杯，"我以茶代酒，敬您一杯，这个话题咱们打住吧。"

韩老也举起了茶杯，和他轻轻一碰，锐利而深沉的目光在乔惊霆脸上扫过。

陈念颜打圆场道："大家来尝尝这个观音菜吧，是院子里种的。"

舒艾尝了一口："嗯，不错，有人吃不惯这个味道，我却很喜欢。"

"其实我也吃不惯。"韩老笑道，"种这个菜，是因为这个名字有佛缘。"

"韩老真是虔诚。"

"佛学改变了我对人、对世界的看法。"韩老感叹道，"一生受益啊。"

乔惊霆性子急，听不得他们这么拐弯抹角的，直白地问道："韩老，乔瑞都的事，您是怎么看的？"

杨泰林勾唇一笑，低下头，掩饰地喝了口茶。

韩老笑了笑："你说呢？"

"韩老，这件事证据不足，谁也不能硬按头让他承认。"沈悟非恭敬地说，"我们相信您会给出公正的审判。"

"当然。"韩老点点头，"明天我会公布对他的处理。"

沈悟非刚要张嘴，韩老摆摆手："现在就不要提了，我想谈谈我们上次聊过的事。"

沈悟非把嘴边的话咽了下去，他道："上次跟您谈过，开拓了很多思路，我回去也找了一些相关书籍、文献来看，我觉得您的想法可能是正确的。"

韩老眼睛亮了亮："你真的这么认为？这只是我的一个猜想。"

"我说您的想法可能正确，指的并非所谓的'藏象系统'，而是，我也相信我们体内蕴含着一套完整的能量系统。这套能量系统，在中医学和佛学里，叫藏象系统，在其他宗教里，又有别的名称。而在现代人的观念里，我觉得意识、动念、灵魂、精神，指的可能都是同一种东西。"

"你的意思是，藏象系统，就是我们的……精神？"韩老皱了皱眉，显然不满意这个答案，因为这样的说法，就等于又回到了灵与肉、唯物与唯心的古老探讨上去了。

沈悟非能理解韩老的想法："韩老，我觉得这个能量系统……我们姑且还是叫它为'藏象系统'吧，这个系统涵盖了我们的精神，但还有其他的，比如经络、气血，所有我们看不到但确实存在的东西，而这些东西又和我们的精神相辅相成。所以，藏象系统可能是我们体内另一套系统的总称，而这个系统更注重精神力量。"

"何以见得呢？"

"因为精神世界和物质世界本身就是不可分割的。"沈悟非道，"韩老您修佛，这个世界上很多人都有宗教信仰，信仰是一种精神力量，可现代科学在很长的一段时间里，重视物质文明，否定精神力量，甚至一度将精神力量打成封建迷信，直到量子物理学的发展，证实了精神力量对物质世界的影响，科学界才逐渐有了更多的声音。"

"怎么又扯上什么量子物理学了？"邹一刀听得头疼，"你不是说科学界不承认精神力量吗？"

"对，但量子物理学证实了这个观念是狭隘的。"沈悟非叹了口气，他解释得也很头疼啊，"我举个最普遍的例子，你们都听过'薛定谔的猫'这个实验吧？"

听众里有人点头，有人一脸茫然。

沈悟非毫不意外，他继续说道："只是一个假设实验。简单来说，把一只猫关在毒气室里，在你打开门之前，你无法判断猫是死是活。所以在你打开门之前，这只猫处于既死又活的不确定状态，只有你打开门，这两种不确定状态才会坍缩成一种确定状态，即——死或者活。正是因为你做了开门的动作，才有了这个结果的坍缩。而你做出开门这个决定，又是其他不确定状态坍缩而成的一个结果。"他喘了口气，"你们明白吗？量子物理学认为，世间万物都构架在这种无数不确定状态坍缩而成的确定状态下，而这些从不确定向确定的坍缩，都由我们的意识来决定。如此一来，就不能否定精神的力量。"

乔惊霆抓了抓头发："我刚才聊什么来着？不是聊藏象系统吗？"

"是，佛家提出藏象的概念，韩老，您认为修佛修什么？"

"修心，再修身。"

"对，从心到身。世界上所有的宗教修的都是心，宗教是什么呢，尽管每种宗教修心、修身、信仰的神明和教条都不一样，但是宗教修行有个统一的目的，那就是——存天理、灭人欲。所有宗教要求我们尽可能地超脱，甚至是摒弃肉身，去达到心境的大成！"

韩老怔了怔，而后长长感叹一声，仿佛醍醐灌顶："我想我懂你的意思了。"

众人又看向韩老，想知道他懂什么了。

韩老轻咳一声："就像我们上次讨论的那样，修心修到一定境界，肉身也会发生变化，比如佛家的闭关、道家的辟谷、印度教的灵修，都让人能长时间不吃不喝却保持生命体征，就好像我们洗过神髓一样，肉身进化到了一个更高的境界。"

"对，所以我们刚才的一系列讨论，最终还是要回到藏象系统上，洗神髓，就好像我们在宗教修行中突破了那个灵与肉的界限。而突破这个界限，就跟我们唤醒了藏象系统有关，这本身可能需要一生去修行，我们却在很短的时间内几步就达成了。"

"亿万人中可能才有几个得道高僧，可进入这个游戏里的人，只要洗过神髓，都达到了那些用一生修行的人都无法达到的境界。"杨泰林疑惑道,"这究竟是真实的,还是大脑给予我们的幻觉?"

"根据贝觉明发布的解剖实验,我们的大脑处于活跃状态,而我们的身体已经被彻底改变了,如果仅凭实验数据,我们是真的达到了超人的境界。但是……"沈悟非摇了摇头,"我现在越来越怀疑这一点,因为我们经历的一切,实在超出了我的想象,我想不通科技力量是怎么做到这一切的。如果这些都是虚假的、都是我们大脑的幻想,那所有的疑问都会迎刃而解,可我心里无法接受这个简单的解答。"

"如果真的像《黑客帝国》那样,那我们是不是比较容易离开游戏?"

"若真是那样,我应该早就找到漏洞了。"沈悟非叹道,"人的思维是有局限性的,我们无法想象我们没见过的东西,我们的大部分思维,都停留在三维空间,走在时代最前端的超级大脑,才能去研究更高维度,但也仅仅是理论结合一些实验,而这个游戏呈现的,是完完全全的运用,你们知道从理论到运用要走过一段多么漫长的路吗?而这一切,在现实世界里没有一点点预兆和消息,这就好像我们都处于石器时代,而跟我们处于同一个世界的人,已经造出了航天器,我们却浑然不知。"

韩老的目光也变得越发茫然:"那么,藏象系统究竟是个什么东西?它是我们精神的一种载体吗?"

"我之前说过,我们处于三维世界,但宇宙是多维的,我们现在看到一把椅子,它就只是一把椅子,但是在多维空间里,你也许能看到它的内部材质、看到它的重力分布,甚至看到它如何被打造出来的整个过程。我曾经用很简单的例子解释我们对多维世界的懵懂,比如:我们有眼睛,我们才看到这把椅子;有耳朵,才听到别人说话。我们理解不了多维世界,是因为我们没有能够理解它的器官。但我们理解不了,不代表不存在,就像无论我们有没有眼睛,椅子都在那里。"

陈念颜一直目不转睛地听着,也忍不住开口道:"所以,我们不理解藏象系统,是因为藏象系统的存在高于我们所在的维度。"

"对，大家还记得我们在洗神髓的时候，看到的那个透明触手一样的经络图吗？"

听众们纷纷点头。

"我们觉得经络、穴位、气血这些东西都是没有实体的，但我相信它们是有的，只是我们没有'看到'它们的器官。"

众人倒吸一口气，情不自禁地低头看了看自己的身体。在每个人的身体里，也许都藏着我们看不见、感知不到但却实实在在存在的另外一套生命系统，这是怎样奇妙的一件事，同时又令人感到背脊发寒。

"我们对自己、对这个世界的了解，其实就像盲人摸象一样，只窥见了其中的一点点。"沈悟非不无遗憾地说，"在古代，人们信奉神明、敬畏超自然力量，从内心深处相信着信仰与信念的力量，'心诚则灵'就是最好的体现。但从工业革命开始，科学带给人类更好的生活，逐渐战胜宗教成为世界的主流声音。可科学越是发展，越是跟当时的宗教界一样，走向另一个极端，完成崇拜物质文明，而忽略甚至开始打压精神文明，最后却又要用科学来证实精神对物质的影响，真是太讽刺了。"

"这也许就是一个种群发展中必经的道路吧。懵懂无知时的盲目崇拜，习得皮毛之后的过度自大，最终发现宇宙浩瀚无边，我们连自己的一根头发都没有完全了解透，面对那么多的、可能终其一生都无法解答的疑问，走投无路，就又开始投奔神学。"韩老苦笑一声，"这是进化呢，还是倒退？"

沈悟非笑了笑："当然还是进步的。我始终觉得，科学和神学就像是处于两个维度的同一种东西，因为我们看不到更高维度，所以我们只看到科学和看起来非常扯淡的神学。在更高维度里，神学将科学的范畴无限放大，比如量子物理学里那些看似无解的、自相矛盾的疑点，也许在更高维度里，就像我们的加减乘除那么简单。而神学里我们听来很迷信的东西，什么上天入海，在几百年前也没人会相信，可我们现在已经实现了，而在更高维度里，可能就是稀松平常的事。量子物理学就是我们理解更高维度的一把钥匙。"

韩老长吁一口气："所以，藏象系统在三维世界里，只是中医学和佛教里提出来的一个概念，但在高维世界里，它是有实体的，而且一直在影响着我们的身体。"

"不。"沈悟非正色道，"应该这样说，藏象系统就是我们身体的一部分，跟我们一起诞生，一起灭亡，就跟我们的手脚器官一样，但是在三维世界里，藏象系统能表达出来的只有我们的精神，以及看不见但能够起作用的经络、穴位、气血。"

杨泰林道："而这个游戏显然已经在更高维度的世界里学会了运用藏象系统，所以我们身体的改变才会这么大。"

"没错！"沈悟非的声音有一丝激动，"我不相信三维世界能够搭建起这个游戏，深渊游戏一定是建立在高维空间的。"

这一番讨论，让众人都有了更清晰的思路，却又陷入了更复杂的思考，如果游戏的制造者真的已经能够从高维世界随心所欲地操控三维世界和这里的人，那不就是……所谓的神吗？

舒艾提出了这个想法。

沈悟非点点头："当然了，你想象一下，你回到五百年前，掏出手机，给当时的古人拍了一张照片，他们觉得你会妖术，你如果再坐上飞机走了，他们就会觉得你是天上来的神。或者你降维，出现在二维世界里，二维世界是只有平面的，你却是立体的，二维世界的生物也会觉得你是神。我们崇拜神，是因为神的存在远超出我们的想象，如果神跟你一样，可能是来自科技更发达的未来的普通人，或者来自更高维度的普通人，是不是立刻就走下神坛了？我们回顾古代神话传说里那些神仙妖魔，你觉得他们跟现在的我们差别大吗？"

乔惊霆呆了呆，惊讶道："对呀，如果我们现在回到现实世界，一个人能干翻一支军队,能放雷电,能跑得比车还快,能把缺胳膊断腿的人修好如初,能变成异形,能操控一堆机械或生物,那不就跟神仙妖魔没什么区别吗?"

"没错,我们现在在普通人类眼里,已经是所谓的'神'了。"沈悟非的手揪起了裤子,"这个在我们看来如此玄乎其玄的游戏,很可能只是未来人或者高维生物轻易搭建出来的。"

邹一刀闷声道:"如果是这样,我们还有希望离开这里吗?"

"这个游戏尽管无比地超前,但是它还是构建于很多基础的科学知识上的,就像我们造房子只能造土房,游戏的制造者可以造宫殿,但是无论是土房还是宫殿,都有地基,我只能从我能理解的地方入手。"沈悟非看上去也没有多少信心,"试试看吧,反正我不会放弃。"

韩老亲自给沈悟非倒了一杯茶:"小沈啊,游戏里能打的人很多,但像你这样的天才太少,如果你在研究方面有什么需要,可以跟我提,这是关系所有玩家利益的事,我愿意帮你。"

沈悟非喜出望外:"谢谢韩老,您这句话对我来说太重要了。"他举起茶杯,敬向韩老。

放下茶杯,沈悟非状似腼腆地说:"韩老,我能否跟您打听一下游戏里的局势?"

杨泰林抬起头,斜睨着沈悟非,眸中闪过精光。

韩老不动声色地笑笑:"你想打听什么?"

"您真的完全不关心等级吗?不关心游戏里有几个列席者,而谁将第一个离开游戏?"

"身在游戏中,有谁会不关心呢?我只是不那么在乎罢了。因为我无意离开游戏,这也是我不再升级的原因,我不想卷入列席者的纷争之中。"

"韩老,您这个决定非常明智。"沈悟非真诚地说道,一旦成为列席者,麻烦和威胁就会接踵而来,还有那不得不面对的你死我活的命运,成为列席者，好像除了名头很威风之外，没什么好处了。也难怪游戏中有些人已经有了列席者的实力，却不肯升级。

韩老摇摇头："跟明智与否无关，只是我的身体和心境都太老了。我和禅者之心，都不会参与游戏中的纷争，谁有那个命离开游戏，就去闯荡吧，毕竟你们都还年轻。"

沈悟非听出了韩老语气里的回绝，不管他打算说什么，韩老的态度已经很明确了——他哪边都不站。这结果他倒也是早料到了，但他还是厚着脸皮问道："我非常赞同您的做法，让安居一隅的人远离是非和死伤。可游戏中也有很多像我们这样必须激流勇进的，我们从离开新手村到现在，一直都没有安全过，我也希望能把时间更多地用在游戏的研究上，可从来没能如愿过，韩老您刚才开口说愿意帮我，被尖峰追杀虽然是我们自找的，但如果您真的愿意帮我们，可否给我们一点提示，让我们别这么稀里糊涂地卷入这场列席者之间的纷争？"

韩老沉吟片刻："你们具体想知道什么？"

沈悟非看了看其他人："我们想知道，在惊霆和厉决的擂台之战后，你们在昴日鸡的那场聚会，谈了什么。"

韩老不出意外地皱起了眉，神色也变得有些复杂。

谁也没有说话，就那么静悄悄地看着韩老。

韩老最终轻叹一声："聚会的内容，我不能告诉你们，但我可以给你们一点提示。"

"请说。"

"King 没有打算自己离开游戏，他想把他养的小鬼也带出去。"

沈悟非惊讶道："当真？"

韩老点点头："剩下的话我就不说了，你们自己领会吧。"

这个消息看似平淡，但背后蕴藏着很多信息。首当其冲的就是，King 需要的列席者，远不止现在这么几个，如果想着把 King 送走了自己就能称霸游戏,就太天真了。

可如果韩老知道,那么尖峰的人应该也知道才对,可以方道的做法和反应,他们显然在做着称霸游戏的梦。

沈悟非为了验证自己的想法,还是问了一句:"这件事,是只有您知道吗?"

韩老抿了一口茶,轻轻眨了眨眼睛,算是默认了。

沈悟非鞠了一躬:"谢谢您,这个信息非常有价值。"

杨泰林和陈念颜都低头吃饭,不知道在想什么。

韩老拍了拍沈悟非的肩膀:"年轻人,你们很特别,跟游戏中大部分的玩家相比,你们更像是那些真的能离开游戏的人。今天的谈话我受益匪浅,如果你有了新的进展,也希望你能来跟我交流。"

"一定。"沈悟非眸中思绪纷乱,今天一天接收的信息量太过庞大,他又是什么都要往深、往细、往远思考的人,所以一时之间,脑子都要爆炸了。

那天晚宴结束后,沈悟非几乎就没说过话,一直沉溺于思考当中,其他人也不打扰他。

在睡觉前,舒艾找到乔惊霆:"我们的沟通网被其他国仕屏蔽了,现在联系不到你弟弟。"

乔惊霆一副毫不在意的样子:"哦,反正明天就能见到了,他死不了的。"

舒艾笑了笑:"我就是跟你说一声,免得你……算了,你睡觉吧,晚安。"她转身要走。

"舒艾。"乔惊霆抓住了她的手臂。

舒艾回过神:"怎么?"

"乔瑞都那小子,从小就会讨女人欢心,但他这个人自私薄情,他在乎的只有他自己,你千万别被他蛊惑了。"

舒艾扑哧一笑:"我看上去有那么好骗吗?"

乔惊霆放下心来:"那就好。"他是真的怕舒艾对乔瑞都动心,那他非宰了那个浑蛋不可。

舒艾凑了过来,笑意盈盈:"你为什么这么在意我会不会被他蛊惑?"

两人离得很近,乔惊霆能闻到舒艾身上淡淡的洗发水的香味儿,还有那一眨不眨望着他的漆黑眼眸,让他心脏微颤,他的目光有些闪躲:"他不是好东西,我当然要提醒你。"

舒艾脸上闪过一丝失落,她抿了抿唇:"你们啊,虽然是兄弟,可真是天差地别。"

"幸好是这样。"

舒艾轻轻拍了拍他的肩膀:"睡吧,晚安。"

乔惊霆看着她的背影,想说些什么,但最后还是咽了回去。

第二天,韩老在昨天的议会堂,当着跟昨天一模一样的一拨人,宣布了对乔瑞都的审判结果。

因为没有足够的证据证明乔瑞都是蓄意进入轮回镇猎杀余海的,但也没有证据证明他是无意的,所以他依然要为余海的死负责。作为惩罚,韩老给了他两个选择:第一,被驱逐出禅者之心;第二,半年之内,不得接受禅者之心的任何物品,不得在公会内组队,不享受任何公会成员的福利,且不受到禅者之心的保护。

第二条等于乔瑞都在半年时间里,得不到禅者之心的一丁点好处,他过去能够拿到让人垂涎三尺的好符石、好装备,相对轻松地获得大量积分,都是因为韩老对他的资源倾斜,一旦没有了这些,他就跟自由人没什么区别,何况没了禅者之心的保护,等于余海旧部随时可以寻仇。

半年时间看似不长,但是对于日新月异的游戏生活而言,半年可以彻底改变一个人,惊雷的半年光阴就像坐了火箭,半年,都可能改朝换代了。

因此这个惩罚,着实够重,但是禅者之心已经有很多人对乔瑞都无所作为就获得大量资源感到嫉妒、不满,不过敢怒不敢言罢了。这次他杀了禅者之心的左膀右臂,这么大的事情,如果韩老继续袒护他,那就太有失偏颇,肯定无法服众。

余海旧部虽然对这个审判结果不满意,但是也没有别的办法了。

乔瑞都面色很平静,他道:"禅者之心是我的家,我从来没想过离开,我选第二个。"

这个答案也是众人都能料到的。

至此,这个众多玩家都在关注的禅者之心"内乱"事件,算是暂时告一段落了,反而经此一事,禅者之心已经风云变幻,再也回不到从前。

余海已死,乔瑞都被"打入冷宫",韩老平素深居简出,几乎不管事,余海旧部无容身之所,马上就会离开自立门户,这个游戏第一个公会,实权已经落入了杨泰林手里。

回想整个事件,所有人都不得不为杨泰林心机之深、算计之狠而震撼。他利用邹一刀和余海的不共戴天之仇,派自己的徒弟,也是韩老最宠的晚辈乔瑞都,进狩猎模式帮助惊雷杀掉余海,又利用公会规矩制裁乔瑞都,一次除掉了两个心腹大患,最终坐拥整个禅者之心。想他隐忍了一年,几乎毫无保留地提携乔瑞都,又将他如棋子一般抛弃,这份心智,真叫人不寒而栗。

审判结束后,以何凯文为首的余海旧部,果然提出了脱离公会,一共有一百多号人,余海生前的势力其实培植得不错,游戏也不过六七千人,这些人已经是中型公会的规模了。

韩老给了他们不少东西,也算仁至义尽。

自立门户后,要做的第一件事肯定就是标记一个属于自己的城市,而现在所有的城市都已经被标记了,可以预见很快就会有一场战斗要爆发。

何凯文带着人离开了,乔瑞都得留在自己的住所,打算平静几天。

不过乔惊霆临走前,乔瑞都毫不客气地说:"我要去跟你们一起刷怪,过几天就去。"

乔惊霆忍不住骂道："你脸皮够厚啊，蹭我们积分你不害臊啊。"

"蹭个屁，我不出力吗？"乔瑞都一点都不害臊，"本来少爷我在禅者之心要什么有什么，半年时间都够我再打出一块顶级符石了，我混成这样，全都是因为你们，还用我多重复几遍吗？"

邹一刀搓了搓脸，打圆场道："哎，这小子说得是，我们也不能过河拆桥，算了吧，让他来吧。"

沈悟非笑道："我们也需要你对抗更强大的敌人，所以，随时欢迎。"

白迩冷哼一声，扭过了脸去，眼中满是愤懑和厌恶。

"你们问过会长的意见吗？"乔惊霆虽然知道他们确实"有义务"接收乔瑞都，但他更喜欢看乔瑞都落魄的样子，简直能下饭。

"会长向来没意见。"邹一刀哈哈笑道，"你不都听悟非的吗？"

乔惊霆有点憋气，但也是事实。

"对了，"舒艾想起了什么，"禅者之心的高幸运的人，我们是不是也借不到了？"

乔瑞都耸耸肩："当然借不到了，那也是禅者之心的重要财产，一般只在需要刷特别重要的东西的时候才去。"

乔惊霆不甘心地说："高幸运的这么金贵，我当初怎么就没想到呢。"

"你现在养也来不及了。"沈悟非也挺郁闷。

乔惊霆又打起了韩开予的主意："要不我们把赌徒绑过来吧。"

"哪儿那么容易，那小子看着吊儿郎当的，其实很厉害。"邹一刀道，"回去吧，我们好好想想办法。"

回到禅者之心，舒艾好像终于能喘上一口气似的："在禅者之心总有种被关在笼子里的感觉，非常不自由。"

"为什么？什么意思？"

"因为陈念颜。"舒艾叹道,"她的能力恐怕不比蔓夫人差多少,厉害的国仕是可以侵入别的国仕的沟通网的,当然也可以阻断,我在她面前总有种……总有种什么都被看穿了的感觉。"

"陈念颜自然是很厉害的,你看乔瑞都,一个新人,倾一个工会的力量,很短时间就变得这么厉害,何况陈念颜是内务总管。"邹一刀摸着下巴,"这个女人不显山不露水,看上去温柔无害,跟兰蔓截然不同,但是啊,这个游戏里千万不能小瞧了女人。"

沈悟非点点头:"国仕能办到这些的话,那我们以后真的要小心了,在厉害的国仕面前,尽量不要用沟通网,上次蔓夫人测试机械蜘蛛性能的时候,就把我一个人跟你们隔绝开了,我领教过,确实可怕。"

"她们能办到,那就说明舒艾有一天也能办到。"乔惊霆豪气地说,"舒艾,你放心,我们会努力给你供积分的。"

舒艾展颜笑道:"嗯,我知道。"

"昨天韩老说的话,你们有什么看法?"沈悟非问道。

"你说的哪部分?"乔惊霆跷着二郎腿,"你要是说什么藏象系统、量子物理学那些,我没什么看法。"

"我知道你没听懂。"

"我听懂了。"乔惊霆白了沈悟非一眼,"只是不懂的更多了。"

"那就对了,不过我问的不是这个,是韩老说 King 想把那个小鬼带走的事。"

"哟,养小鬼养出感情了。"邹一刀咧嘴一笑,"我现在有点相信韩开予的话了,King 说不定真的会成为第二个徐老大。"

"可那个小鬼,叫天祟是吧?他却未必是贝觉明那样的神经病啊,说不定他们真的是情谊深厚。"乔惊霆道,"我还想把你们都带出去呢。"

沈悟非切入了核心:"他们是不是真的情谊深厚,跟我们没关系,对我们来说,这个信息意味着 King 不会放过尖峰的两个 Jack。"

"那么……"

"你们发现了吗，其实现在所有的矛头，都在指向尖峰。"沈悟非敲了敲桌子，"他们不灭，有点说不过去啊。"

乔惊霆没好气地说：“知道这个又有什么用，赵墨浓把目标指向蔓夫人，禅者之心一直中立，我们不可能靠自己干掉尖峰吧？"

沈悟非道：“这段时间，我已经把游戏里10级玩家的资料买来了，不算很全但足够，可我现在觉得没什么用了，我们越深入，就越发现尖峰醉翁之意不在酒，我们不该因为方道的威胁，就去顺他的意，这样可能会给我们带来更大的后患。"

"我一开始就说了，不能按他说的做。"乔惊霆耸了耸肩，"我觉得当务之急，还是拿到符石，提升我们自己，这样尖峰一时也不能把我们怎么样。"

白迩道：“没错，进攻是最好的防御。"

"关于符石，我做了个概率分析，如果没有高幸运的人组队，我们打到狂战士的平均时间约为七个月，这个数据还会浮动，因为需要实践，才能得知我们刷一次怪的时间。"

"七个月？"邹一刀烦躁道，"我去他妈的，七个月时间我们把所有刷怪得到的积分攒在一起，也能买一块了吧。"

"那我们不是白忙活了七个月。"舒艾苦笑道，"如果有高幸运的人组队呢？"

"至少可以缩短三分之二，也就是两个月以内，这个还要将对方的幸运数值考虑进去。"

乔惊霆握了握拳头：“没什么好说的了，我们去绑架韩开予吧。"

沈悟非干笑道：“别冲动，他必须得自愿，不然临渊之国那么危险，他随便捅一刀我们都受不了。"

"那怎么办？"

"我要见一见兰蔓,让她去说服韩开予。"

"蔓夫人根本不见我们。"舒艾闷闷地说。

"那是因为她觉得我们没用了,还会给她惹来麻烦,我们要让她知道,放眼整个深渊游戏,除了我们,没有人可以和她合作。"沈悟非微微一笑,"实际上也确实是这样,三大公会跟她不是敌人就是路人,King 保她是为了养肥,我们要让她更清楚地认识到,只有我们能跟她合作,而且有动机跟她合作,然后,就像我一开始说的那样,让她主动来找我们。"

"我们怎么做?"

"首先我们已经做了第一步了,告诉韩开予,贝觉明要成为 Queen,韩开予是一定会告诉兰蔓的,兰蔓知道假面要灭她,现在肯定焦头烂额。"

邹一刀偏头琢磨着:"嗯,韩开予看上去对兰蔓还是挺有情的,就是不知道能有几分。"

"那第二步呢?"

"第二步,让兰蔓知道,赵墨浓想拉拢我们,她肯定会坐不住凳子。这个也简单,只要放出赵墨浓频繁来过斗木獬的风声就行了。"

乔惊霆一击掌:"这样她就会来找我们了。"

"不,还不够,兰蔓生性多疑,现在我们给了她要跟我们合作的理由,我们还要给她一个,我们也必须跟她合作的理由,这样她才觉得我们一样走投无路,才靠得住。"

"要怎么做?"

沈悟非深吸一口气,挺直了身板,郑重地说:"正式向尖峰宣战。"

乔惊霆吹了声口哨,咧嘴笑道:"好啊,玩儿真的啊。"

"真的。"沈悟非叹了口气,"其实我们长期以来,跟尖峰早就是完全敌对的,只不过我们一直非常被动,现在要主动宣战:第一是拒绝尖峰的要挟;第二是向游戏中的其他玩家传递我们的立场,尤其是几大公会。"

舒艾担忧道:"这样就是公然挑衅尖峰的权威,万一他们真的来灭我们怎么办？"

"在第二个 Queen 产生之前，尖峰的弦一直都绷着，他们是不敢随便浪费人力在我们身上的，因为他们可能需要对付假面。退一万步说，他们若真的来了，那也不过是我们几个月以来一直防备的最大危机成真了而已，我们早已经为此做了充足的准备，我们可以躲进海妖王号。跟现在的生活没多大差别。"

白迩冷哼一声："他们若真来了，有个了断也好。"

乔惊霆搂住白迩，轻捏着他的下巴，嬉笑道："咱们公会的爷们儿都是好样的。"

邹一刀嗤笑一声："大概是被你传染了胸大无脑和不怕死。"

乔惊霆踹了他一脚："别的我就不说了，胸大也能传染？你传一个给我看看。"

"嘿嘿，也是，不然你应该先传染舒艾。"

舒艾斜睨着邹一刀："下次别指望我给你疗伤。"

"女神我错了……"

沈悟非汗颜道："你们正经一点好不好，我们在商量生死大业。"

乔惊霆清了清嗓子："你接着说。"

"总之，做完这三步之后，兰蔓一定会主动找我们，这个时候我们就可以提要求了。"

"那赵墨浓那边儿怎么办？我们不是等于诓了他？"

"我们本来也没答应他，而且，我们向尖峰宣战对他也有好处，至于蕫夫人那边，合作肯定是秘密进行的，就算被赵墨浓知道了也没什么，假面更无暇管我们。"

舒艾点点头："对，我们现在最重要的是拿到符石，假面自己都腹背受敌呢，哪儿有空管我们。"

"这件事，刀哥你去做吧，去赏金之城放出正式的消息就行。"

"我明白。"邹一刀"啧"了一声,"游戏中有不少对尖峰不满的玩家,我们是不是应该招兵买马呢?"

"现在恐怕不行。"沈悟非摇摇头,"本来很多玩家就忌讳跟我们扯上关系,我们向尖峰宣战,是把我们的处境变得更加劣势,在我们没有展现出能自保的实力之前,谁会跑来跟我们一起找死呢。"

邹一刀笑了笑:"这你就不了解了,游戏里神经病可多着呢。"

"真有那么不怕死的,我们也不敢要,谁知道他是不是间谍。"

乔惊霆轻哼了一声:"早晚有一天,会有一堆人跑到斗木獬,求着我们要加入惊雷公会,到时候我们就有一帮小弟了。"乔惊霆一想到大公会领导者那奢靡的生活,就心痒难耐,到时候就不用他们苦哈哈地四处赚积分了吧。

舒艾笑道:"会有的。"

"我不喜欢太多人。"白迩道,"蠢货太多,麻烦。"

"其实我也觉得人不在多,而在精,不过,吸收一批人是有必要的,可以大大提高我们的积分和物品储备。"沈悟非道,"但这也是后话了,我们不解决尖峰,没人敢跟我们的。"

"既然决定了,那就早点行动吧。"邹一刀站起身,"我现在就去赏金之城。"

"你一个人没问题吧?"

"白迩跟我一起吧。"邹一刀点了点白迩,"太阳落山之后就去。"

"好。"

邹一刀摸了摸下巴,想到了什么:"可是,万一兰蔓也请不动韩开予呢?"

"那只能另想办法了,不过跟蔓夫人合作是我们一开始就商定好的,这一步怎么都要走。"沈悟非沉吟道,"但我觉得韩开予有八成的概率会答应她,不管是出于情,还是出于利,刚好这两样,兰蔓都能给。"

"韩开予可不傻，蔓夫人也给得起好东西。"舒艾点点头，"我也觉得希望很大。"

"如果真的不成，我们还有最后一招。"

"什么最后一招？"

沈悟非讪笑道："损了点儿，不过应该有效。"

邹一刀一脸坏笑："我猜到了。"

"什么呀？"乔惊霆不耐烦道。

"韩开予最怕的，就是贝觉明想起他这个红城旧人，会透露自己以前的旧事，如果韩开予被贝觉明盯上的话……"沈悟非摊了摊手，"他就当不成自由人了，就只能去投靠蔓夫人，或者我们，无论是哪个，结果都是一样的，他要跟我们组队。"

乔惊霆哈哈笑道："这招真的够损，希望他别让我们用上。"

"韩开予自己能想到这个把柄还握在我们手里，希望他像他表现出来的那么聪明，老实答应兰蔓。"

舒艾顺了顺头发，脸上带着几分薄愁："你们都担心韩开予不来组队，怎么不担心很多人有去无回的临渊之国呢？"

"难题要一个一个解决。"沈悟非苦笑道，"相信我，我比你还害怕，我每做一个大胆的决定，都很害怕，但害怕也得求生。"

"说得好。"乔惊霆笑道，"其实谁能真的不怕呢，就算是King，也会害怕自己稍有不慎，功亏一篑吧。害怕也得求生，所以无论什么险境，我们都得往前走。"

众人齐齐点头，眼中迸射出旺盛的求生欲。

大干一场吧，毕竟没人知道，自己能不能活过明天。

在这个封闭的小世界里，跑得最快的就是消息。他们正式跟尖峰敌对的消息，在邹一刀的有意散播之下，瞬间就在游戏中爆炸式地传播开了。

正式敌对,就像尖峰和假面的关系那样,意味着这两个公会的玩家不能出现在一个怪点,随时可以进行打打杀杀、互相掠夺。

对于惊雷这个仅仅有五个人的、处于冷门偏远小城的小公会的频创壮举,游戏内的玩家本来应该已经麻木了,可这一次又被他们的找死给深深地震撼住了。以五人之力挑衅两个列席者带领的四百人的大公会,这不是疯了是什么?

很多人都觉得,惊雷是被一次接着一次的胜利冲昏了头脑,不知天高地厚了。游戏中再也找不到比他们更胆大妄为、悍不畏死,制造了一个个意外的团队,但在尖峰面前,他们还是太渺小了,众人抱着看戏的心态,期待着惊雷的最终下场。

同一时间,赵墨浓意图拉拢惊雷的消息,也已经通过秘密渠道,传递到了兰蔓的耳朵里。沈悟非跟众多情报贩子有联络,知道怎么神不知鬼不觉地把消息混入他们的情报网,而各大公会对情报都是最看重的,这么重磅的消息,兰蔓必然马上知晓。

沈悟非选择在同一时间做这件事,也是为了混淆时间差,让兰蔓不能确定,是他们对尖峰宣战在先,还是赵墨浓拉拢他们在先,而造成的结果是一样的——兰蔓不能忍受赵墨浓联手惊雷对付自己。

接下去,就是等待。

消息流走的当天下午,赵墨浓让假面的国仕给沈悟非发了私聊,问他们是什么意思,沈悟非回了一条:为求自保,无奈之举。

赵墨浓再没有消息,估计也在消化他们的突发奇招。

而乔瑞都也在落日前——他们出发去刷怪之前,回到了斗木獬,他进出沈悟非的家,俨然犹如自己的寝宫,一点都不客气,一屁股坐下后,拿起桌上的杏仁往嘴里扔:"你们这招够作死啊,不过我一点都不意外。"

"是吗?"沈悟非笑了笑,"你觉得我们为什么这么做?"

"当然是为了忽悠兰蔓,再让兰蔓去忽悠韩开予。"乔瑞都勾唇一笑,

"现在惊雷也算游戏中的一个'大'公会了——脸大、心大、胆大。"说完自顾自地笑了起来。

几人都被这三个形容词弄得有些尴尬，因为太精准了。

乔惊霆不怒反笑："怕了吗？怕你别来啊。"

"我怕过什么？"乔瑞都一副跃跃欲试的样子，"我在禅者之心的时候，几乎没碰到过什么危险，在轮回镇是我进入游戏这么久，第一次濒临死亡。我觉得越来越有趣了，我反而想看看尖峰是什么表现。"

"那你真是进来度假的。"邹一刀讽刺道，"跟着我们吧，哪一次都让你死去活来。"

乔瑞都扬了扬下巴："奉陪到底。"

乔惊霆看了看天色，太阳已经落山了："走吧，去刷怪吧。"

"你们去吧，我想去找蚕，继续研究我的机器人。"沈悟非揉了揉眉心，"去临渊之国必定是九死一生，我得多做些准备。"

两天之后，兰蔓手下的女将军林锦来到了斗木獬——上次也是她送来了巨人之怒符石和一堆卷轴。

沈悟非一副很惊讶的样子："林将军怎么来了？"

林锦跟往常一样面无表情："我来代传我们夫人的话。"

乔惊霆不客气地说："传个屁的话，一群过河拆桥的浑蛋，滚出去。"

林锦的脸立刻就黑了："说话注意点。"

乔惊霆冷声道："说话该注意的是你吧，你现在在我的地盘上，如果我们想，你走得出这个房间吗？"

"哎，不要对女士这么粗暴嘛。"邹一刀出来打圆场，"林将军，我们不会对你不敬，但是你也确实不该来这里，请你回去吧。"

"完成夫人交给我的任务，我自然会回去。"

"我们对你夫人说了什么屁话不感兴趣。"白迩寒声道，"回去告诉她，井木犴我们不会去,也不稀罕她的庇护,就当她花了一个巨人之怒的代价雇我们杀人,我们两清了。"

舒艾在沟通网内笑着说:"白迩演技不错嘛。"

白迩顿时有些不自在地低下了头去。

林锦有些恼火,但她也不可能真的在这里打起来,否则她确实不可能离开这里,她硬声道:"我只是传话,话说完了我就走。"

沈悟非轻叹一声:"林将军,我们无意为难你,但是在我们千辛万苦、九死一生地杀了余海,回到游戏里四面楚歌的时候,蔓夫人非但食言不兑现承诺,反而摆明了跟我们划清界限,这实在令人寒心。所以,无论你说什么,我们都不想听,如果她真的有话想说,让她亲自来斗木獬。"

"你好大的胆子!"林锦怒道,"让我们夫人亲自来?"

"你们夫人多高贵啊?啊?这里怎么了,会吃了她吗?"乔惊霆恶声恶气地抽出了惊红铜,"哐当"一声钉在了地上,"要么她亲自来,把事情解释清楚,要么我们老死不相往来,现在你可以走了,你不走,我们只有请你走了。"

乔瑞都在一旁事不关己地笑着:"姐姐呀,别怪他们态度差,确实是你们夫人过河拆桥做得太不地道,如果她真的有事要找,亲自来才有诚意。"

"你……"林锦气得浑身直抖,她迟疑了一下,还是转身摔门而去。

林锦走后,几人互相做了个鬼脸。

邹一刀有些担忧地说:"我们会不会演过了呀,万一兰蔓拉不下脸来,真的不来怎么办?"

"不可能。"沈悟非颇有自信的样子,"面子这种东西,从来都不在她的计算范围内,她就是个为达目的不择手段的人,可以运用一切资源,包括自己的女谋略家,她一定会来的。"

"这个女人比方道还让我不舒服。"乔惊霆皱眉道。

"不舒服?"舒艾轻笑一声,"当时不知道谁看见她就脸红。"

乔惊霆尴尬道："那是男人的正常反应，不代表什么。"

"那说明你见识短。"乔瑞都嘲弄道。

"滚。"

正如沈悟非所料，兰蔓在第二天亲临了斗木獬，为了不弄出太大的动静，她只带了林锦来。只要没有外人来斗木獬，她们也不主动在降魔榜上显示自己所处的位置，就不会有别人知道她们来过。

一见到他们，兰蔓就露出了温柔又疲倦的笑容，那双春水般动人的眼睛里，写满了欲说还休的无奈和伤感，只这一个眼神，就好像道尽了无数的苦衷。本来他们准备好了一堆拿乔的词儿，此时对着这张脸，都有些说不出口了。

兰蔓苦笑一声："我知道你们心里是怎么想我的，跟游戏里所有男人都一样，不过这不怪你们，都是为了求生罢了。"一席话说得凄凉，却又紧绷着一丝倔强矜持，反倒显得更加楚楚可怜。

乔惊霆给邹一刀使了个眼色，意思是让他上，邹一刀白了他一眼。

沈悟非张了张嘴，"呃……呃……"了两声，刚要开口，就被白迩一把推开，不客气地说："有话快说，少装腔作势。"

众人异口同声地在沟通网内给白迩叫好。

林锦怒道："你这个……"

兰蔓制止了林锦，她微微一笑："说这些确实没什么意义，但我今天来，还是想为自己辩解两句。"

沈悟非轻咳一声．"请说。"

"我当时并非过河拆桥，也并非拒绝你们入城，我回复舒小姐的话，是'时候未到'，当时，确实不是时候，对你们、对我，都没有好处。"

"这话怎么说？"

"你们杀了余海的消息在游戏中传开之后，禅者之心就进入了非常紧张的状态,主要是因为你们的队伍里有一个禅者之心的人。"兰蔓看了乔瑞都一眼,"这一点也是我事先不知情的。原本余海死了,禅者之心要遵守规矩,不找你们麻烦,这事才算做得圆。可是因为他,形势变得很复杂,这个时候我让你们搬到井木犴,禅者之心就会怀疑我们之间有交易,可能还会引发不必要的矛盾。你们说,是吗?"

几人没有说话,都默默看着她。

兰蔓继续道:"而且,这时候让你们来井木犴,对你们也没有任何好处,我只承诺在井木犴城内保证你们的安全,如果禅者之心因为这个而坚持要拿你们回去审判,难道你们一辈子不出城吗?所以,我说时候未到,是真的时候未到,这时候让你们来井木犴,反而会陷我、陷你们于更危险的境地。"

几人都忍不住想给她鼓掌了,这女人竟然能把过河拆桥、用完就弃说得如此合情合理,果真了得。

沈悟非叹了口气,顺着她的话说道:"蔓夫人说的不是没有道理,但是我们……我们刚经历生死之战,又屈于尖峰、禅者之心的双重高压之下,结果你不但不闻不问,还拒绝我们入城,实在让人挺寒心的,你现在解释再多,我们也就当个心理安慰吧,没有别的意义了。"

"我很明白你们的感受。"兰蔓落寞一笑,"我在游戏里时间不短了,被利用、背叛、抛弃、陷害,我全都经历过,原本在现实世界里,我也只是个普普通通的女人,如今背上蛇蝎之名,难道我愿意吗?我们彼此都是身不由己罢了。我不想说什么抱歉之类虚伪的话,我今天来,只是想告诉你们,我从来没有真的放弃过你们,只是想等事态缓和一点了,再让你们入城,这是真的,我可以发誓。"

几人对视一眼,目光都有些迟疑。

兰蔓再接再厉:"如果我真的放弃了你们,我根本就不会回复舒小姐的私聊,今天更不会来找你们。你们公开跟尖峰敌对,为这件事,我两个晚上没睡好了,担心你们,也担心我自己。"

邹一刀点了根烟,痞笑一声:"蔓夫人今天来,肯定不只是为我们,有话就直说吧。"

"当初我让你们来井木犴,就是有意要和你们联手,因为禅者之心和余海的事,暂时搁浅了,现在余海的事已经过去了,我觉得是时候,我们该谈谈真正的合作了。"

"合作?"乔惊霆嗤笑一声,"蔓夫人真看得起我们啊,我们现在可是四面楚歌,你这么会明哲保身,怎么会主动给自己惹麻烦呢?"

兰蔓摇摇头:"我以前一直以退为进,过得战战兢兢,生怕惹恼任何一方势力,给自己招来杀身之祸,可局势的发展就像江河入海,根本挡也挡不住。我现在明白,一味地退根本不能保护自己,我得主动出击才有一线生机。"

"蔓夫人能明白这个道理,看来是做好准备了。"沈悟非点点头,"其实我们跟你的想法是一样的。自打离开新手村,我们一直处于绝境之中,东躲西藏,根本没想过进,只能一直退,不过我们比你还惨,我们现在是退到悬崖边儿上,无路可退了,不得已只能反抗,所以才向尖峰宣战。你准备反击,是万事俱备;我们准备反击,是破釜沉舟。"

"既然如此,我们就更有理由合作了。"兰蔓妩媚一笑,"我在你们身上看到了勇气,那是我最欠缺的东西,是你们用自己顽强的生命力和无畏的精神鼓励了我。"

沈悟非笑道:"不知道蔓夫人想怎么合作?我们两个公会联合起来,也不可能打得过尖峰。"

"如果我们能联合更多公会呢?"蔓夫人笑道,"比如假面。"

这个女人,终于说出自己的真正目的了。

沈悟非做出惊讶的表情,他快速看了其他人一眼,好像在征询意见,然后,又望向兰蔓:"蔓夫人,假面,怕是不可能的。"

"为什么？"兰蔓用那素白柔荑支着下巴，目不转睛地看着沈悟非。

沈悟非沉默了一下："告诉你也没关系，我们之前已经联络过赵墨浓，想跟他一起抗击尖峰，毕竟他们和尖峰也是对立关系，但是他拒绝了。"

兰蔓微笑道："因为他想对付我，是吗？"

邹一刀"呔"了一声："韩开予那小子果然靠不住。"

兰蔓低笑道："他是靠得住的，只是不让你们靠而已。"

"没错，赵墨浓不但拒绝跟我们合作对抗尖峰，反而拉拢我们一起来对抗你。"乔惊霆冷哼一声，"不过，既然我们敢说出来，就证明我们没答应，你不用担心，也不用来这里惺惺作态。"

"我不是惺惺作态，我刚才说的话，都是真的。"兰蔓道，"哦，当然，说要联手假面，确实是对你们的试探。比起尖峰，假面觉得我更容易对付，这个我理解，但无论是从我自身的角度，还是从大局考虑，我都更赞成你们的决定，尖峰才是我们目前最大的敌人，对于假面，对于我，对于禅者之心，都是一样的，尖峰的实力已经远远超过任何一个公会，就是King也难奈何他们。"

乔瑞都沉声道："没错，尽管现在对付他们很难，但是一天只会比一天更难，如果我们放任下去，尖峰就会像滚雪球一样变得越来越大。直到有一天，他们可能掌控整个游戏，那时候再反抗，只会比现在难上几倍甚至几十倍。"

"我正是这样想的。"兰蔓的美眸扫过众人，"所以我才来找你们，你们就算不相信我这个人，也可以相信我的立场，想要活下去，尖峰必须要除。"

沈悟非站起身，在房间里踱了几步，而后回过身："蔓夫人，说实话，我们单纯地跟尖峰对立，尖峰多半是不会搭理我们的，至少在这个节骨眼儿上，他们有更重要的事要做，我们这么做，只是告诉他们我们拒绝听从他们的威胁罢了。可如果我们联手了，就会引起他们的重视，事情就没这么简单了。"

"这个我自然明白,所以一切都得隐于水下,假面也一样不该知道。"

沈悟非点点头,但他的表情还是很犹豫:"蔓夫人,老实说,这些天我们一直在犹豫要不要同意赵墨浓的邀请,跟假面合作,我们的安全多一些,一起对付你,胜算也大一些。但我们最大的忧患,始终是尖峰,在这一点上我们和假面无法达成共识,这也是我们的谈判僵持的原因。"

兰蔓微微一笑,眼眸含着几分冷意。

"能跟你合作对付尖峰,对我们来说确实是极好的选择,但是,第一,我们现在无法信任你;第二,其实我们还没做好准备,我们需要时间去强化、装备自己。"

兰蔓咯咯笑了起来:"你们又想找我要什么?说吧,就当我的诚意了。"

邹一刀也不客气:"狂战士符石。"

林锦脸色有些扭曲,那眼神就好像在骂他们不要脸。

兰蔓也表现出犹豫:"这个,我确实没有,而且,这个'诚意'我有点难以消受了。"

"不用你给,但真要说诚意,还是我们来决定什么是诚意吧。"乔惊霆坏笑道,"蔓夫人,你把韩开予借给我们两个月,跟我们去打狂战士符石。"

兰蔓皱起了眉,大概太过震惊于他们的厚颜,她的表情一时都没掩饰住。

林锦忍不住破口大骂:"你们简直得寸进尺!"

兰蔓按住了林锦的手,她脸色也不太好:"开予是自由人,并不是我们的人,我怎么能把他'借给'你们呢?"

"韩开予怎么不是蔓夫人的人呢?"邹一刀笑得暧昧,"我不相信你说不动他。"兰蔓的公会就叫蔓夫人,这话一语双关,很是犀利。

兰蔓沉默了一下:"即便有一个高幸运的人,你们就能打到狂战士吗？临渊之国凶险万分，何况狂战士符石在众帝之台，是 King 常驻的地方。"

"我们只是去打符石，跟其他人一样，King 并没有禁止玩家去打众帝之台的任何一个怪点。至于能不能打得下来，就看我们自己，如果我们连第一轮都打不下来，那就证明我们没那个能耐吃这块石头，自然会放弃。"

兰蔓无奈道："该说你们胆大妄为好呢，还是自不量力好呢？"

"不如说我们无所畏惧。"乔惊霆哼笑道。

"蔓夫人。"沈悟非重新坐回沙发，凝望着兰蔓，"狂战士符石，是我们现在最紧迫的需求，无论你今天来不来找我们，我们都会去找韩开予，只是你去找他，成功率更大一些。团队里的主战人员，只有惊霆还一枚符石都没吃过，以这样的配置去对抗尖峰，就是以卵击石。既然你提出合作，希望你能帮我们提升战斗力。"

兰蔓轻叹一声："我会去试试，但是不能保证，而且，他一定会提出相应的要求，可能会很苛刻。"

"没问题，我们有准备。"

兰蔓最后看了他们一眼："我看了太多为打顶级符石而有去无回的例子，我建议你们攒够积分去买一块，更稳妥也更靠谱。"

乔惊霆摇摇手指："我是绝对不会花 20 万积分买一块石头的，何况那要攒到猴年马月？"

"既然你们坚持，我尽量帮你们。"

"还有一件事。"沈悟非道，"蔓夫人，我想知道，惊霆和厉决决战那天，在昴日鸡，你们集体的集会，说了什么。"

兰蔓眼神一暗："你为什么会知道这个集会？"

"我猜的，所有大公会领袖和列席者会聚一堂，应该不会只是为了看一场无关紧要的决斗吧，这场决斗的价值还没有余海的列席者之战高。"

兰蔓的神色有些凝重："那次集会的内容事关重大，我需要时间考虑能不能透露给你们。"

"好。"

兰蔓站起身,林锦也赶紧站了起来,一副忠诚护卫的姿态。

"我不能在这里待太久,有消息,我会通过舒小姐联络你们。"兰蔓走过舒艾身边时,轻轻摸了摸她的脸,柔声道,"辛苦你了,舒小姐。"

舒艾竟觉得有些面皮发烫,她在那一瞬间明白了男人们的感受,来自兰蔓身上那潮水一般汹涌的荷尔蒙,确实让人难以招架。

兰蔓离开后,众人才重重松了一口气,乔惊霆直接瘫在了沙发上:"演戏太累了,以后别让我干这种活儿了。"

"一搭一唱才能出效果,不然能忽悠住她吗?"沈悟非一下一下顺着胸口,"其实我也挺紧张的,这个女人太聪明了,我真怕被她拆穿,说不定她回去想一想,也能想明白中了我们的套。"

"那怎么办?"

"不能怎么办,从她主动来找我们的那一刻起,她已经落了下风了,只能顺着走下去。"乔瑞都笑道,"何况,她确实需要我们。"

邹一刀吐了口烟圈,眯着眼睛说道:"对,因为不是她,就是假面,我们不可能孤军奋战,我希望是她,因为我不想杀女人。"

乔瑞都懒洋洋地说:"等她的消息吧,这个游戏里,如果有人可以搞定韩开予,那只可能是她了。实在不行,她们公会里肯定也有幸运比较高的人,但最好是韩开予,因为韩开予的幸运是出了名的高。我们打的可是临渊之国的怪物,每次刷都有生命危险,最好能速战速决。"

"韩开予的幸运跟天崇比怎么样?"

"跟天崇比肯定差了一大截,韩开予的积分毕竟还要用到其他强化上,天崇可是全都加了幸运。"

"就是这样,King 都要花一年多的时间找涅槃符石,这石头真是够金贵。"

"平台里买不到的东西,都很金贵,涅槃就别想了,狂战士,我还是很有信心的。"沈悟非道,"我觉得无论临渊之国里的怪物有多可怕,以我们六人之力,应该没有问题。"

"临渊之国里也不是所有怪都可怕,普通怪就跟其他城市的顶级怪差不多,关键是你要好东西,就只能去打临渊之国里的顶级怪。"乔瑞都道,"这里只有我真的刷过临渊之国的顶级怪,你们不要太天真了。"

"有多难?"

"打一次能耗掉几十个治愈卷轴和能量防护罩,基本等于我们刷一次轮回镇副本。"乔瑞都耸耸肩,"但比轮回镇好逃跑一点,不过逃跑就前功尽弃了,总之,去体验一下你们就懂了。"

众人各怀着疑虑,散了。

没想到第二天兰蔓就给了回复,当舒艾兴奋地说出来的时候,他们很是意外,还以为韩开予怎么也得说服上几天呢。

"蔓夫人说什么?"

舒艾止不住语气里的喜悦:"她说韩开予答应了。"

"答应了?这就答应了?"邹一刀摸了摸下巴,"过了一晚上就答应了,兰蔓昨晚在床上放什么大招了?"

舒艾还没来得及揍他,就怔了怔,接着整个人都蔫儿了。

乔瑞都嗤笑一声:"那小子提了很贱的条件吧?"

舒艾点了点头。

"什么条件?"

"他要求……每天 1000 积分的雇佣费,以及,其间所得除狂战士符石以外的所有物品都归他。"

乔惊霆差点儿掀桌子:"狮子大开口啊!"

其他人脸色也不太好。

一天 1000 积分已经是很大一笔数目了,何况他们都知道,怪的等级越高，掉落的物品越好，韩开予要求所有物品都归他，着实有些让人心疼。

邹一刀"啧"了一声："还行吧，有点苛刻，但勉强还能接受，毕竟是我们有求于他，他不趁机捞一笔，也说不过去。"

沈悟非苦笑道："确实是这样，而且这属于高危行动，他多要点也正常。"

乔惊霆不爽地撇了撇嘴："好吧，这小子……"

"那我怎么回复兰蔓？"舒艾道，"同意？"

"对，然后让韩开予来斗木獬见我们。"

白迩露出一抹淡淡的笑容："终于，可以去临渊之国了。"他的语气里带着一丝亢奋。

提到临渊之国，众人都体会到了一阵电流划过皮肤的刺激，又恐惧，又兴奋。

The Abyss Part One

Game

Part 5：临渊之国

狂石王用手去拍打那些酸浆,但酸浆太过分散,根本无法完全摆脱,同时邹一刀趁住一拳接着一拳地往它身上招呼,它很快就无暇顾及,愤怒地将邹一刀扑倒在地,七八只拳头轮番砸向邹一刀。

深渊游戏Ⅲ·轮回镇

韩开予再次造访的时候，脸上带着虚伪的假笑。上一次他喝多了酒，又被胁迫，多少浮躁了些，这一次衣衫整洁得体，眼含风流，又不失风度。

"韩先生，请坐。"舒艾微笑着上去接待他。

这是沈悟非指使的，韩开予一进门先看到美女，自然就不好摆脸色了。

果然，他老实地被带到了起居室，其他人都在那里等他。

一打照面，韩开予就轻轻挑了挑眉，开门见山地说："你们从什么时候开始打我主意的？"

沈悟非不好意思地笑笑："就算一开始好了。"

韩开予冷笑一声，大刺刺地往沙发上一坐："让我猜猜，如果兰蔓都请不动我，你们是不是打算用贝觉明威胁我？"

"不至于。"沈悟非连连摆手，"合作不成情谊在，我们把韩先生当朋友。"

"我不交你们这样的朋友。"韩开予毫不客气地说。

沈悟非干笑两声。

邹一刀呵呵一笑："我们也不是来谈朋友的，我们谈合作吧。"

"在这之前，我要你们集体发誓。"韩开予身体微微前倾，犀利的目光扫过在场每一个人，"两个月内，无论你们能不能打得到狂战士符石，都不准再来骚扰我，也不准用任何理由胁迫我，用你们的一切发誓。"

乔惊霆干脆地说："好，我发誓，如违誓言我不得好死。"

众人纷纷附和。

他们也知道这么做非常不地道，要不是别无办法，谁也不想绑着一个不情不愿甚至心存埋怨的人一起去那么危险的地方，但是对狂战士符石的迫切渴望，让他们必须铤而走险。等打到了那块石头，再让他们去骚扰韩开予，他们也不好意思了。

韩开予的背部靠回了椅子里，他深吸一口气："我的条件，昨天已经说清楚了，你们都同意吧？"

"每天1000积分佣金，打符石期间除狂战士外所得所有物品都归你所有，同意。"

"我还要附加一个条件。"

"你说。"

"我打过狂战士，虽然最后没成功，但是对那个怪，还是有一点了解的，所以前期一定要听我的安排，除非我发现你们真的有实力刷下那个怪点。"

"没问题，我们也需要你的信息。"

"我来之前，已经搜集了一些资料，我们要根据资料事先商量一下战略。"

乔惊霆耸了耸肩，没说什么，他觉得让他在众帝之台的虚拟系统里待上几个小时，会比什么资料都有用，但不知道能不能找到这样的机会。

其他人也在想着一样的事，但表面都不动声色。

"掉落狂战士符石的怪，叫'狂石怪'。"沈悟非道，"高约三米，全身覆盖岩石，力大无穷，动作迅猛。"他把平台里的3D图拽到了众人面前，图像上是一个面目像蛤蟆的石头怪，岩石附着在它的骨骼上，看上去坚硬而充满了力量，但并不显得多么厉害，众人多少有些失望。

韩开予看众人的表情，就知道他们在想什么，他嗤笑一声："怎么，觉得看起来不够凶恶？"

"比我想象中差一点。"乔惊霆"啧"了一声，"我还以为会是个大怪物。"

"这东西的速度可不比你差，力量远在你之上，而且普通武器连它的皮毛都伤不了，单体实力差不多等于一个普通的9、10级玩家。"韩开予冷冷说道，"它们唯一的弱点就是关节。"

"看出来了，这石头和石头之间的衔接看上去挺紧密的，但是一定有破绽。"

"还有，它们有一个杀招。"

"杀招？"

韩开予眼中浮现一丝惧意，显然是回忆起了什么："每二十四小时会随机出现一次'狂化'。"

"怎么……狂化？"舒艾小心翼翼地问道。

"两种情况：一是普通狂石怪汇聚成一个狂石王；二是普通狂石怪突然整体实力大幅度飙升，变身超级狂石怪。前一种时限是十分钟，后一种时限是五分钟。狂石王掉落狂战士符石的概率比普通狂石怪高三倍，超级狂石怪则是二倍。"

"哦，那我们应该蹲守狂石王啊。"乔惊霆有些高兴。

韩开予瞥了他一眼："大言不惭。狂石王出现的时间只有十分钟，我们能在十分钟内杀死它的可能性，基本上为零，能活过这十分钟都不错了，超级狂石怪我是遇到过的，我们死了一半人才逃出来。"

"这么可怕……"沈悟非皱眉道，"而且出现时间还是随机的，如果知道时间，还能提前防备一下。"

"不能，随时可能出现，如果出现在我们被打得奄奄一息的时候，逃跑都很困难，所以我们要提前做好准备。如果把全盛时的生命力状态比作十，那我们的生命力下降到四的时候，就要准备逃跑，否则一旦狂化，我们可能团灭。"

邹一刀摸了摸下巴："四就逃跑？下降到那个程度的时候，我们也快赢了吧。"

"逃跑不用消耗生命力吗？"韩开予白了他一眼，"而且，除了预防狂石怪狂化，我们还要预防一种同样致命的情况。"

"什么？"

"其他玩家。"乔瑞都阴沉地说。

"没错，我们有不低的概率碰到截和的垃圾。"韩开予脸上浮现厌恶，

"有这么一群人,专门蹲守在有人在刷的怪点,等着怪物狂化,爆掉落概率,等到正在刷怪的人和怪都元气大伤的时候,出来双收,这种情况下更危险。"

"这么下作。"乔惊霆愤愤道。

"非常下作,这种行为在临渊之国是禁止的,但只是口头上的禁止,没有人实际去执行惩戒,所以根本禁不住。"

"临渊之国不是也被几大公会控制了吗?"

"是,但是,能进入临渊之国且畅行自由的人,本身就很少。普通的城市,到处都是安全地带,城市之内、怪点与怪点之间,甚至哪怕你在刷怪,只要跑出怪的攻击范围,你都安全了。但是临渊之国不一样,那里没有城市,只有生命树周围是安全地带,出了那个范围,随时可能窜出来一个厉害的怪,如果你想逃跑,就算你躲开这个,在逃跑过程中还可能碰到别的,等于到处是地雷。在这种情况下,不可能有人去各大怪点巡逻、监视有没有人截和,除非列席者刚好碰到了,还有那个心情,才会实施惩戒。"韩开予沉沉说道,"临渊之国的凶险,在怪物,也在人。"

众人面色都凝重了起来。他们单想到了刷怪的艰难,完全没想到还有人要防备,也是,这游戏中处处要防的,首当其冲的一直是人,怪尚且可以互不相犯,人……人只有你死我活,毕竟这就是深渊游戏的奥义。

韩开予一拍大腿,高声道:"所以我要的那些东西,一点都不过分,换作别人,还不愿意跟你们去送命呢。"

"不过分,不过分。"沈悟非连连摆手,面有愧色,"韩先生……我们真是万不得已,不然也不想这么逼你,谢谢你了。"

韩开予嘲弄一笑:"不用谢我,谢兰蔓吧。"

白迩不咸不淡地说:"兰蔓也会谢我们的。"

韩开予微眯了眯眼睛,没说什么。

"那我们什么时候出发?"

"等等,我还有一句丑话要说在前头。"韩开予道。

"你说。"

"我不管你们怎么想,我的命只有我自己心疼,碰到危险,我是不会管你们的。"

"知道了,但是我们会管你。"乔惊霆霸气地说,"只要我们活着,你一定活着。"

韩开予耸了耸肩,根本不相信。

"出发之前,我们要做点准备:第一,你们每人贡献1000积分给我,2000积分给舒艾,剩下的积分用于强化自己。第二,趁着现在积分多,没有好防具的,一定买一件好的防具,至少要S级的。另外治愈卷轴、'旅行卷轴'、能量防护罩这些东西不用提醒了,尽量多买。"

几人点头。他们从轮回镇回来的积分都还存着,这期间又刷了好多天的怪,每个人都有上万的积分,确实是最富裕的时候。

舒艾有些不好意思地说:"每人2000,会不会太多了……"

"不多,国仕养得越好,我们的存活概率才越高。"乔瑞都冲她眨了眨眼睛,"给艾姐姐的,多少我都愿意。"

"那你都给啊。"乔惊霆冷冷说道。

乔瑞都白了他一眼:"你给我就给。"

舒艾忙道:"你们别打嘴仗了,已经足够了。"

乔瑞都道:"艾姐姐,拿到积分后,你要把召唤技能唤醒,这样在逃跑的时候,我们保护你一个人先跑,你才能把我们都召唤走。"

舒艾点点头。

韩开予捂住了眼睛:"你们的国仕居然连召唤技能都没有。"他越发觉得自己这一趟要有去无回了。

"自然比不上蔓夫人厉害,不过她也不弱。"邹一刀拍了拍舒艾的肩膀,给了她一个肯定的眼神。

舒艾抿唇一笑,眉宇间还是有些惭愧。

"每人1000积分，你够吗？"乔惊霆问沈悟非。

沈悟非转着眼珠子算了算："要不……1500吧。"

"2000。"白迩不容置喙道，"多造点蜘蛛。"

沈悟非喜笑颜开："谢谢大家。"

"这种狂石怪皮糙肉厚，必须上重武器，所以机械蜘蛛可能成为主要战斗力，同时战损肯定也高，确实要多造点。"邹一刀道，"我也打算买一把更好的重武器。"

"这么一算积分也剩不下多少嘛。"乔惊霆苦笑一声，"算了，我马上就要有狂战士了。"

韩开予忍不住讽刺道："你真是有着令人惊讶的自信。"他都难以想象，一个这么缺心眼儿的公会会长，带着这么一帮也没有多厉害还特别穷酸的玩家，是怎么在游戏里打败一个又一个强敌，声名大噪的？甚至能让兰蔓屈尊来求他。

乔惊霆对他的讽刺充耳不闻，他从来不需要解释他的自信是从哪儿来的，他也不知道，他只知道他面对那么多厉害的敌人，就是活下来了。

"我的新的一批机械蜘蛛，还需要两天才能完工，所以出发时间就定在三天之后吧。"沈悟非站起身，"这几天我都会在机械城里，你们各忙各的，不要乱跑。"

"我们抓紧时间赚积分吧。"乔瑞都道。

"嗯。"乔惊霆有些心不在焉，他算计着要趁休息的独处时间，去众帝之台一趟。既然生命树周围是安全地带，那么他就留在那个安全地带，进入虚拟系统，他一定要在他们出发前，熟悉狂石怪，为他们增加生存概率。

白迩看穿了他的想法，拍了拍他的肩膀，轻声说："我跟你去。"

韩开予回去做准备去了，沈悟非也去机械城找他的好朋友蚕，剩下几人就是没日没夜地刷西伯利亚虎。

当然，再怎么没日没夜，他们也需要休息，乔惊霆终于找到一次休息的空当儿，打算去众帝之台。

M级的旅行卷轴只能在本城范围内旅行，城市间的移动要去触摸生命树，为了防止出门被乔瑞都发现，乔惊霆和白迩用了S级的旅行卷轴——可以直接跨城市移动——直接在房间里传送去了众帝之台。

第一次来临渊之国，两人都是紧张兴奋各半，听了太多关于这个凶险之地的传闻，他们非常好奇它究竟长什么样子。

四个临渊之国分属四个大陆，所以气候也随着大陆气候走，众帝之台在西部大陆，他们特意挑了太阳落山之后去，不然白迩受不了。

时空扭转，眼前的画面清晰起来，两人睁大眼睛，一时都呆住了。

他们背靠着众帝之台的生命树，看着一望无际的沙漠和被风沙腐蚀的残垣断壁，有一种降临到覆灭的古城的错觉。临渊之国果然是没有城的——没有围墙、没有房屋、没有NPC，其他城市无论规模大小、富饶与否，这些东西都一样俱全。

白迩推了推乔惊霆，指向他们身后。

乔惊霆转过身去，终于在不远处发现了一栋完整的房子，孤零零地矗立在沙漠之上，在周围一片破败、腐朽的古旧残城包围下，它简直是异军突起。

"这是King的房子吗？"

"应该是吧。"乔惊霆的背部还贴着生命树，他不知道所谓的安全范围，究竟有多大，反正他不想冒无谓的风险。他还特意打开降魔榜看了看，目前众帝之台里有九个人，King和他的小鬼都在。

白迩环视四周，虽然这里什么都没有，但他还是感觉到一种诡异的危险气息："我们抓紧时间吧，不要离开生命树周围，有情况我会马上叫醒你。"

"好。"乔惊霆的身体往右靠了靠，这样粗壮的树干能完全遮挡住他们,正好是那栋房子的视线死角,不管 King 在不在家,他们都觉得有些瘆得慌。

乔惊霆刚要将银冰装置跟自己分离,就听着侧后方传来一阵响动,是重物在沙地上拖行的声音。

两人心里一惊,回头一看,就见一只巨型蝎子不知何时出现在了那里,正一挪一挪地朝他们爬过来。

那蝎子身长五米有余,黄褐色带浅黄斑纹,跟沙子的颜色极为接近,尾巴在身后耀武扬威地翘起,又长又锋利的毒刺正对着他们。

在它的头顶,写着它的名字和等级:沙漠毒蝎,T 级。

这是他们游戏生涯中第一次面对 T 级怪,其实单论外形之丑陋凶恶,跟其他地方的怪不相上下,凭这个他们也判断不出这玩意儿有多厉害,但临渊之国的传说加上它的等级,着实让两人捏了一把汗,他们不自觉地把背部往生命树的树干又贴了贴——其实本来就是贴着的。

"我们是安全的吧,是不是要爬上树比较好?"乔惊霆平时胆儿很肥,但是他马上就要进入任人宰割的休眠状态了,这种时候任何一丁点的危险都能让他担忧,何况还是这么大个怪物。

"观察一下。"白迩道。

那毒蝎爬到了他们附近,两人眼看着这庞然大物逼近,武器都已经持在了手中,随时准备发难。当毒蝎靠近他们大约三米的时候,两人都有些绷不住了,这距离实在太近了,毒蝎一钳子就能夹断他们的脖子,如果它速度足够快的话。总之,已经超过了他们的防御距离,这时候再不动手,就失了先机了。

乔惊霆是个急性子,就要起身,白迩按住了他:"再等等。"他额上也冒出了细汗。

终于,毒蝎子在距离他们不过两米远的地方停了下来,巨大的钳子在他们面前挥舞,但没有进一步的动作了。

两人松了口气，看来这两米就是安全范围了。

白迩催促道："抓紧时间吧。"

乔惊霆对着毒蝎子深吸了一口气，进入了虚拟系统。

他已经好久不曾在虚拟系统里体会到探索的感觉了，在斗木獬的虚拟系统里，他能很轻易地找到他要找的怪，而在其他城市，他只要以最快的速度拿走里面的东西就行了。现在他要做的，却是在这个全然陌生的地方，寻找一个特定的怪，他不知道自己能不能找到，即便找到了，如果白迩把他叫醒了，下一次他还得从头找起，所以情况并不乐观。

沈悟非给他做的脑波增强装置，他开启到了能承受的最大强度，然后飞速在虚拟系统里移动，时间逐渐流逝，他的眼前闪过了一些怪和物品，但始终没找到狂石怪。

乔惊霆越来越心急，甚至后悔没把脑波增强装置再开大一点，头晕呕吐算什么，比起他们要面对的差远了。

眼前再次出现一抹光团，乔惊霆抱着期待冲了过去，那光团中出现了一个模糊的类人形怪，但脑袋奇小，长着四只胳膊，乔惊霆大喜，飞速扑了过去，光团散去，可不就是浑身覆盖岩石的狂石怪！

乔惊霆不敢耽搁时间，抽出惊红铜就攻了过去。

狂石怪张开两只胳膊，一左一右想要将他夹住，另外两只胳膊则从下方攻向他，速度快得让他几乎难以思考，他一铜击中狂石怪的一条胳膊，却被另外两只胳膊打中，从身体中间穿了过去。

乔惊霆心中震撼，如果这两下打实了，肯定能让他下身瘫痪，不愧是U级怪，交手第一招就给了他一个下马威。

乔惊霆跳回原位，握紧了惊红铜，咬牙道："来吧，让我看看你有多少能耐。"

一人一怪，在虚拟系统里疯狂交战，乔惊霆挑选各种刁钻角度进攻，试图在最短的时间内摸清楚狂石怪的所有反应，熟悉它的速度、攻击习惯，并找到它的弱点，但虚拟系统和现实毕竟是有很大差异的，这里感受不到狂石怪的力量，而且仅有一只，现实中他们要同时对付三到四只，等于他现在体会到的，只有真实情况的两三成的难度。

以往每一次在虚拟系统里跟怪物对战，都是越打越自信，唯独这次，乔惊霆越打越忧心，他觉得以他们的配置，被这种程度的怪围攻，不仅赢不了，还可能出现伤亡。

不过他还不知道韩开予的实力，而他们强化过后，也会有所提升，也许他们还有机会，只有试过才知道。

乔惊霆正打得忘乎所以，眼前突然闪现了熟悉的白光，他忍不住咒骂了一句，接着人就被唤醒了。

眼前出现了白迩的妖色异瞳，乔惊霆郁闷道："这么快就到时间了？"

"嗯，找到了吗？"

"找到是找到了，但是没打多久就醒了。"

"怎么样？"

"太厉害了，如果比照我们轮回镇里的实力，我们就算能刷过一波，肯定也是惨胜。"乔惊霆担忧道，"如果出现截和的，我们就完蛋了。"

白迩也皱起眉："这确实有些麻烦。"

"先回去吧，跟他们商量商量。"

他们回到斗木獬，乔瑞都正不耐烦地等着他们去刷西伯利亚虎，一见乔惊霆就出言讽刺："不过连刷了一天一夜，至于累得起不来床吗？"

乔惊霆白了他一眼："睡过头了。"

乔瑞都眯起眼睛，看了看白迩："两个人一起睡过头？"

"关你屁事。"乔惊霆道，"走不走？"

邹一刀站起身："走吧。"

"悟非回来了吗？"

"没有，他不是说他会一直待在机械城吗？"

乔惊霆神色有些凝重:"算了,先去赚积分吧。"

从西伯利亚虎的怪点回来,已经是第二天了,他们照常有几个小时的休息时间,这一次是白天,乔惊霆让邹一刀陪他再去了一次众帝之台,他需要更长的时间跟狂石怪对战。

进入虚拟系统后,他照例找了很久才找到狂石怪,幸而这次留给他的时间也很长,他一遍一遍地围着狂石怪攻击,用这辈子最大的专注去熟悉这丑陋凶恶的敌人,直到他能躲开至少八成的攻击,预测狂石怪行动的准确率也超过了一半,这已经是很了不起的进步。

临行前一天,他们回到各自房间休息,等着沈悟非回来的期间,各自进入平台,准备强化。

乔惊霆看了看自己的积分,在轮回镇得到的积分有近1.5万,卖一些从虚拟系统里得来的东西,加上这些天断断续续地刷西伯利亚虎,除去给沈悟非和舒艾的共4000积分,他目前总共有1.9万的积分!

他从来没积攒过这么多的积分,看着那数字都兴奋得小心脏直跳,他挺直了胸膛,得意地对双胞胎说:"看,本来有2万多的,给了队友一些。"

小渊嬉笑着说:"好厉害哦,终于脱贫了。"

小深道:"打算怎么用?"

"我们接着要去众帝之台刷狂战士符石,你们有什么建议吗?"

小深冷冷一笑:"建议你别去。"

乔惊霆翻了个白眼儿。

小渊点点头:"真的呢,多半会死呢。"

"算了,别烦我了。"乔惊霆搓了搓手,打算好好享受强化的时光。

乔惊霆查看了一下自己的神执技能,他现在只开启了两项:操控和蓄存,第三项是他一直很想要的技能——电伏。

他的雷电起始伏特值是1000左右,电死普通人不成问题,但是游戏里的玩家都是强化过的，如果要致死，必须保证通过心脏的电流足够强，因此就需要更精准地打击。这种时机在实战中太难把握，且这个电伏对付更强大的玩家或怪，只能暂时束缚他们的行动，不能造成更大的伤害，所以提升电伏非常重要。

但只有操控强化到30、蓄存强化到40，他才能解锁电伏技能，然后再花3000积分兑换这个技能。目前前两项的点数都是30，30后每加一点是500积分，35之后是1000积分。他算了一下，开启了电伏技能，他的积分就掉了一多半。

乔惊霆咬了咬牙，花7500积分将蓄存技能强化到了40，那个一直是灰色的新技能区域被点亮了，他感到一阵难言的兴奋，迫不及待地开启了"电伏"。

电伏的起始点数为10，现在只要100积分1点，20之后则是200积分1点，25之后是300，乔惊霆花3500积分，一口气加到了30。加完后他再看自己的伏特值，已经变成了5000！

乔惊霆亢奋了起来，他简直现在就想试试他的雷电能造成多大的伤害！

小渊却适时地出来泼了一桶冷水："你只剩下5685点积分了，多买点治愈卷轴和能量防护罩，别死了呀。"

乔惊霆撇了撇嘴，没理熊孩子，他其实很想加一点体能或速度，但是现在1000积分1点，实在加不起了，犹豫过后，他还是打开了道具栏。

装配了一大堆治愈卷轴、能量防护罩、旅行卷轴、子弹、炮弹、蓄电池等必需品后，他只剩下了600多积分留着备用。

离开平台后，他很失落地在沟通网内说："我的积分全嗨瑟光了。"

片刻之间，他收到了好几声同样失落的"我也是"。

乔惊霆扑哧一笑，想着他们反反复复打怪、赚积分、花积分、打怪，这日子过得又危险又可悲，最让人不安的是，他们无法确定他们所做的一切，是不是真的让自身变得强大了，或许他们只是操线布偶，所有这个游戏赋予他们的一切，都可以被瞬间收走，就像给他们时那样快速。

如果真有那一天，那些厉害的列席者，可能一夕之间就变回了普通人，再也没有了凌驾于人的力量，就像游戏高手回到现实中，也可能只是个平庸的学生、上班族，他们所做的一切，都会变得毫无意义。正因为一切建立于虚幻，所以他们永远怀疑力量是否掌握在自己手中。

乔惊霆仰躺在床上，用指腹的力量用力按了按脑袋，智力提高了就是会有这种烦恼——老是胡思乱想。走一步算百步是沈悟非要做的事，他只要把眼前的事做好就行了。他自嘲一笑，深吸一口气，闭上了眼睛。

能为狂战士符石所做的准备，他都已经做了，强化、准备，以及最重要的——和狂石怪对战，尽管他仍然对打败狂石怪没有太多的信心，但至少比两眼抓瞎的时候好上太多，剩下的，就是拼命吧。

一行七人，共同出现在了众帝之台。

太阳刚刚落山，但余热未退，他们所做的第一件事，就是把从斗木獬穿来的大衣收进了仓库，然后纷纷开始环顾四周。

"那是 King 的房子吧？"舒艾的语气里不自觉地带了些谨慎。

"嗯，不过……"韩开予看了看降魔榜，"他和天崇现在都不在众帝之台。"

"在也没什么，他不会管我们的。"乔瑞都的神色也有一丝紧张，毕竟这里是临渊之国，只要走出生命树外，他们就暴露在危险之中了。

这其中最害怕的是沈悟非，他的后背紧贴着树干，颤声道："我们现在就去吗？要不要缓一缓？"

"缓什么缓，又不是来度假的，还要调时差啊？"邬一刀拎着他的领子，强迫他站直了。

"我们直接传送过去吧。"韩开予笑了笑，"打个赌吧，赌太阳升起之前，我们能不能打赢一轮。"

"赌什么？"

"赌我今天的佣金，我要是输了，今天的1000积分我就不要了。"

"好，你押哪个？"

韩开予摊了摊手："肯定打不过。"

乔惊霆不服气："一轮都打不过？离天亮还有十个小时呢，适应好了肯定能赢一次。"他不相信他在虚拟平台里耗了那么久，会让他们一轮都打不过。

"那就赌赌看吧。"韩开予打了个哈欠，"我要是知道你们有个人不能晒太阳，必须晚上行动，佣金我肯定要提高，又累，视线又不好。"

邹一刀哈哈笑道："见识过他的能力后，你会喜欢晚上行动的。"

白迩双目透亮，炯炯有神，黑夜对他来说，才是最自在，也是最自信的时候。

"晚上行动也能减少碰到截和的人的概率。"沈悟非道，"我已经准备了无人机在天上巡逻，狂石怪的窝周围有很多石头，很容易藏人，无人机基本上都能巡视到，就担心他们是突然传送过来的，那就没办法了。"

"一般都是藏在周围，不然不好监控，有无人机的话应该能观测到，截和的毕竟是少数，而且也是高危险的行为，我们不会很容易碰到的。"韩开予舒展了一下胳膊，显然已经做好了大干一场的准备。

"但碰到一次就很致命。"乔瑞都深吸一口气，"出发吧。"

他们用旅行卷轴直接传送去了狂石怪的窝。

此时还有些许天光，白日里金黄刺眼的沙漠此时显得沉稳而静谧，沙丘此起彼伏地绵延至无尽的远方，让人仿佛置身于被世界遗忘的荒野，哪里都看不到头，唯有眼前这庞大的怪石群，是这景象里唯一的真实。

"这……这么大……"沈悟非有些呆了，这比韩开予描述的要大得多，比整个斗木獬都大，到处怪石嶙峋，且分布得毫无规律，有的密集到人都无法穿过,有的却有巨大的洞,在这种地方藏几个人简直太容易了,对于无人机来说遍地都是死角。

"不用太担心,除非截和的集体会隐身,不然想藏在石头里也不容易,会被怪发现的。"韩开予反倒安慰起沈悟非来。

"那……那就是狂石怪吧?"舒艾的目光移向了一个正朝着他们移动而来的石块。

尽管他们已经见过狂石怪的3D影像,但是真实面对这高大而坚硬的四臂怪物,还是给人以很强烈的心理冲击。狂石怪的体形并不算很大,只有三米左右,跟邹一刀的异种型差不多,但是全身由石头打造,看上去就像个巨石战车,毫无破绽,且移动速度非常快,眨眼间就要到他们面前了,身后还有几只狂石怪接踵而来。

狂石怪是主动群攻型怪,他们一次遭到的攻击,大约是四到五只,现在情况比较不乐观,是五只。

"这……这就要开打了?"沈悟非颤声道,"我还没准备好啊。"

"先适应一把,不行就跑,我们在体力充足的情况下,逃跑不算很难。"

乔惊霆看向韩开予:"你的能力是什么?"

韩开予挑眉一笑:"你马上就能知道了,但是在那之前,我想先看看你们的本事,看看你们是不是真的像兰蔓说的那样靠谱。"

乔惊霆大笑了两声,顺手抽出了惊红铜,目光如炬,死死盯着已经快要冲到他面前的狂石怪,斗志在刹那间如电流般袭向了全身:"那就让你见识一下!"

狂石怪冲到近前,上双臂夹击,下双臂抽击,攻向了乔惊霆。

乔惊霆高喝一声,飞身而起,这一击他已见识了无数遍,最开始怎么都躲不过去,但现在……如果跟一只狂石怪单挑,他有自信打赢。

他一脚踩住了狂石怪的右上臂,身体在空中前翻,一脚踩在了狂石怪的肩颈上,惊红铜朝着狂石怪的脑袋抽了过去。

来吧,让我感受一下在虚拟系统里感受不到的你的力量和防御力。

惊红铜精准地砸在了狂石怪的脸侧,只听一阵闷响,乔惊霆感觉自己——不,不是感觉——他确实一铜打在了石头上,那回弹的作用力一如他敲击的力量,大且惊人,他的手臂顿时就麻了,心脏都在为之颤抖。

而狂石怪被打得脑袋和身体的重心都往后偏去,它跟跄好几步,勉强稳住没有摔倒,它甩了甩脑袋,那一击,并未造成很大影响。

乔惊霆跳回了地面,甩了甩胳膊,心情有些沉重,其他几人脸色也非常难看。

正中乔惊霆一铜而安然无恙的,他们这是第一次见到。

"别愣着了,上吧。"邹一刀肩膀上出现了他的肩扛火箭炮,他毫不迟疑地对着迎面跑来的一只狂石怪发射了一枚炮弹。那狂石怪反应迅速地朝一旁扑倒,炮弹的威力将它掀翻了好几个跟头,也松动了它的石头关节,但它还是很快爬了起来。邹一刀指挥道:"悟非,让机械蜘蛛上那个沙丘,从远处炮击最后一只。"

沈悟非马上释放出三只机械蜘蛛,快速地朝高处的沙丘爬去,同时它们的身体里伸出了长炮筒,对准落在最后的一只狂石怪,发起了炮火攻击。

对付这些石头怪,始终是重武器最有效果——前提是它们还没有近身。

那只狂石怪被机械蜘蛛的猛烈炮火打得左右闪躲,碎石噼里啪啦地从身上往下掉,一只手腕也被炸断了,暂时封住了它前进的路,可另外四只已经冲到了他们面前。

白迩的身体一闪,消失在了暗淡的光线里,风一般飘向了一只狂石怪,两手修长的手指之间,夹着与寻常的袖珍匕首完全不同的东西——袖珍手雷,他当然不会用匕首去砍石头。

大批的机械蜘蛛围向另一只狂石怪,武器切换成了适合近战的刀腿,这批新型的机械蜘蛛的刀腿都是高强度合金制造,砍个石头不在话下。

乔瑞都释放出酸浆交织而成的网,铺天盖地地朝一只狂石怪袭去,那酸浆低空飘过沙土,留下了一道道如烤灼般被腐蚀的痕迹,他的酸浆浓度显然又提高了。

舒艾知道这里没有她能插手的,加完集体祝福后,她就开启防护结界,退到了后方,她最重要的工作其实是保护好自己。

战斗已然打响,韩开予却退到了舒艾身边,饶有兴致地看着一群人和狂石怪 PK。

舒艾看了他一眼,迟疑道:"你不去吗?"

"我们打个赌吧。"韩开予笑道。

"我们现在不就在打赌吗?"

"再打一个,我俩之间的。"韩开予朝舒艾轻佻地眨了眨眼睛。

舒艾微微蹙眉:"赌你什么时候下场干活儿?"

韩开予大笑了两声:"不急,赌谁能先干掉第一只狂石怪。"

舒艾还真的来了兴致。她纵观全场,刚好是五只狂石怪 vs 五个人,目前看来,被机械蜘蛛攻击的那一只状况最差,其次是跟邹一刀对战的那一只,乔瑞都的酸浆对狂石怪似乎效用不大,两方还在僵持,白迩不停地在隐形状态下纠缠一只狂石怪,那狂石怪真的好像要抓狂了,而乔惊霆,也正打得不可开交。她想了想:"刀哥或者悟非吧,如果刀哥巨人化的话,那就是刀哥。"

"选好了?"韩开予勾唇一笑,"如果你赢了,我就送你枚加恢复力的戒指。"

"你选谁?"舒艾好奇道。

韩开予伸出大拇指,指了指自己,然后咧嘴笑了起来。

那风流不羁的笑容竟把舒艾看愣了。她眨了眨眼睛,感到双颊有些发烫,她不是什么不经世事的小女孩儿,乔瑞都那样巧舌如簧,她都没往心里去,但眼前这个男人,总是散发出一种格外令人心悸的气息,也难怪会成为兰蔓的"榻上宾",游戏中也有诸多女玩家对他属意不已。

舒艾轻咳一声:"你押自己是什么意思?"

"你选一只狂石怪,然后我来证明,第一个杀死它的,一定是我。"

舒艾挑了挑眉:"好,那就……白迩对打的那只吧。"

白迩一直在隐身和显形之间切换,试图把狂石怪绕晕,找到机会将袖珍手雷塞到它身上,其实白迩非常不擅长对付这种类型的怪,他是四两拨千斤型的战士,眼前这个怪物还不止千斤。

"OK。"韩开予脱下外套,眼神亮了亮,突然箭一般射向了一只狂石怪。

舒艾瞪大眼睛,她被韩开予的速度惊到了,这速度怕是仅在白迩之下了,难道韩开予的超体能力也是速度?

其他人也很是惊讶,韩开予的能力算是半个秘密,传说他各项全能,可都不精,但也没什么人能打倒他。因为他非常善于逃脱,加之高幸运这个身份,一般没人想要他的命。带他组队刷怪,他多半是不出力的,久而久之,见过他战斗的人越来越少,他的能力也就成了个谜。

韩开予眨眼间已经冲到了一只狂石怪面前,挥起了拳头,那拳头在瞬间如滚雪球一般涨大,一下子就变得比他的身体还要大,连带着胳膊也粗壮到难以想象,衣服都被一一撑破,可他的身体却没有很明显的变化,简直畸形。那一拳狠狠地砸在了狂石怪的胸口,将狂石怪一拳轰飞了出去!

众人都看呆了。

那一拳的威力,竟然堪比火箭炮!邹一刀巨人形态时的力量,差不多也就是这样了,韩开予居然能依靠改变手臂肌肉的大小而获取这样的力量?这非常不合理,因为力量的爆发,应该是全身协同作用下的产物,巨大化肢体能让人变得力气大一些,但也就是一些而已。就像邹一刀要庞大的力量,就需要把自己整体巨大化,让身体可以提供足够的能量来负荷与之匹配的消耗,这也是沈悟非不赞同白迩连吃两枚加速度符石的原因,让一个低配的身体去带动高配的力量,对身体是一种极度的损耗。

如果说韩开予本身的超体能力就是力量，那么也许他可以有这样的力量，但是解释不了他局部巨大化和那惊人的速度，因为力量和速度所运用到的肌肉有部分是相悖的，两样难以兼得。

于是众人更好奇他的能力到底是什么了。

韩开予的手臂和拳头马上恢复了原样，他甩了甩胳膊，额上冒出些许细汗，但神情很亢奋："好久没活动活动了。"

沈悟非一边操控着机械蜘蛛，一边叫道："你这是什么能力？"

"你不是天才吗？猜啊。"韩开予笑着说，"打个赌吧，猜对了，我明天的佣金也可以不要。"

"怎么这么喜欢打赌……"舒艾嘀咕道。

被韩开予打倒的狂石怪从地上爬了起来，朝韩开予冲了过来。

白迩毫无预兆地出现在韩开予身侧，把韩开予吓了一跳，白迩将袖珍手雷塞进了他手里，然后又消失了，他隐身的速度较之一开始已不可同日而语，以普通人的动态视觉，几乎捕捉不到了。

韩开予乐了："这小子有点意思啊。"

乔惊霆很不服气，明明他才是最熟悉狂石怪的那一个，却被韩开予抢了风头。他这十多分钟并没有认真去打，而是在适应和积累经验，将在虚拟系统里的经验和实战经验结合起来，才能更快地摸清楚狂石怪的攻击模式，就像他摸清楚以往的那些怪一样，这东西再厉害，毕竟也只是个程序，也充满了弱点。不过这个积累经验的过程，看起来就像被狂石怪追打得到处跑，确实不够帅气。

邹一刀勉强能抵挡住狂石怪的猛攻，却一直处于被动，被近身之后无法使用重武器，就很难对狂石怪造成实质的伤害，他终于忍不住巨大化，开始了反击。

沈悟非的机械蜘蛛已经被狂石怪砸烂了两只，他心疼得想哭，这才第一天而已，以现在车床的速度，一只的制作周期就至少要三天，如果要做细致的故障检测，那还需要更久。

乔瑞都也没好到哪儿去，酸浆的腐蚀能力碰上了不怕疼又坚硬的岩石，简直就是碰上了天敌，唯有腐蚀关节才有用，但那需要非常精准的操控力，而狂石怪节节逼近，他很难找到机会，只能一边打一边退。

跟狂石怪遭遇的第一回合，惊雷一直处于下风。

韩开予早就料到了这样的情况，他甩了甩胳膊，叫道："白迩，你来吸引它的注意力，我把手雷塞它嘴里。"

白迩的声音从半空中飘来："我速度比你快，还隐身，难道不该你来当饵吗？"

"我确实不会隐身，不过你速度比我快这一点……"韩开予笑了笑，"还是保留意见吧。"

白迩沉默了一下："让我看看。"

韩开予深吸了一口气，眼睛直勾勾地盯着疾奔而来的狂石怪。突然，一道白影闪过，一脚踹在了狂石怪的脑袋上，狂石怪伸手去抓，却抓了个空。白迩一只手撑住狂石怪的肩膀，侧翻而过，手中的袖珍手雷趁机扔进了狂石怪的嘴里。

那狂石怪反应也是了得，马上吐了出去，白迩一跃从它背后跳开，手雷在不远处爆炸，狂石怪被冲击波强行往后推了好几步。

韩开予眼神一变，身体刹那间消失在了原地，速度快到连残影都淡然于风中，他趁着狂石怪正在跟跄不稳，一跃飞身而起，双脚踩在了狂石怪的心口，狂石怪终于被这股加持的力蹬倒在了地上，头部自然地后仰开来，韩开予将袖珍手雷塞进了狂石怪的小脑袋和脖子之间的关节缝隙里，那缝隙极窄，刚好把手雷卡住，狂石怪还未反应过来，韩开予已经回到了原地。

由于韩开予的速度太快，加上狂石怪还处于摔倒的震动中，等它发现自己的脖子里被卡了一枚手雷时，它的第一反应不是伸手去拿，而是低头查看关节处到底有什么异样，这个动作导致手雷被死死卡住，它再去抠，已经来不及了……

　　这一切的发生不过两三秒，除了白迩之外，在场的人甚至没几个看清楚韩开予究竟干了什么，而白迩的脸上充满了不敢置信。他自洗神髓以来，放弃了恢复力、精神力、智力和幸运的强化，专门侧重速度，偶尔加一些体能，从不买装备、武器，几乎把九成的积分，都花在了提升速度上，不断地、不断地提升，因为他坚信"天下武功，唯快不破"，他在实战中也很多次证明了这一点。经历过这么长时间的强化，在游戏里他已经没有见过比他快的人或怪物了，一个都没有，可是今天，就在现在，他分明看到韩开予的极限速度超过了他。

　　这对白迩是一个不小的打击，他专注于提升速度，却输给了一个力量型的超体？

　　韩开予回到原位后，开始气喘，没等他喘完，袖珍手雷就爆炸了，袖珍手雷的威力不算很强，但还是成功地从关节处撕开了狂石怪那不成比例的小脑袋。

　　那小脑袋滚落到了一边，然后被迫收住了滚动的趋势，就像被什么东西固定住了一般，下一秒，白迩的身体显形，他的脚踩在狂石怪的脑袋上。

　　韩开予看着不再动弹的狂石怪的身体，笑了，他回身朝舒艾扬了扬下巴，一脸的得意。

　　而舒艾跟其他人一样震惊。

　　白迩的口气有些冰冷："你到底是什么能力？你的速度怎么可能超过我？"

　　韩开予笑道："做人要谦逊啊小朋友，游戏里速度比你快的人多着呢。"

　　"但你不可能同时强化力量和速度。"白迩厉声道。他知道游戏中肯定有人比他快，比如某些猛兽的异种，但是他不相信有人能够同时兼顾力量和速度，这太反常了。

　　韩开予大概觉得逗弄白迩很好玩儿："慢慢猜吧，如果你猜对了，我给你奖励。"

其他人也大受刺激,邹一刀的巨人形态本已经占了上风,此时更是发狠地攻击狂石怪,誓要尽快将它打败,挽回惊雷战队的尊严。他们怎么都没想到,第一个杀死狂石怪的会是他们请来提高幸运概率的外援,而且是这么一个平素看来放浪形骸、除了赌博泡妞什么都不感兴趣的花花公子。

沈悟非却开始顶不住了,因为狂石怪已经砸坏了四只机械蜘蛛,本来他们今天的目的就不是杀怪,而是熟悉它们。尤其是让乔惊霆熟悉它们,而他也要搜集更多的数据来为之后的战略做准备,他太心疼他的机械蜘蛛了,忍不住叫嚷道:"我们撤吧,我已经折了四只蜘蛛了。"真是一天折四只他也认了,这才一个小时不到呢!

乔瑞都也是撑得苦不堪言:"先撤吧,拟好作战计划再来。"

邹一刀却不肯:"这只我快干死了!"他一拳接着一拳地砸向狂石怪。

乔惊霆也刚刚找到了感觉,不舍得现在放弃。

韩开予道:"听你们军师的,撤吧,杀死一只每人也分不了多少积分,你们现在完全没有配合,一人一只单挑,永远都不会赢!"

邹一刀颇为可惜地变回了人形,其他人也跟着纷纷撤退——也就是逃跑。

沈悟非让机械蜘蛛在沙丘上连放了几枚小型导弹,打得狂石怪暂时无法追他们,他们快速撤出了好几公里。

找到了一个视线开阔的地带,如果这里有怪物出现,他们能马上发现。

几人坐在地上,神情都很复杂。他们大多没怎么受伤,或者是轻伤,舒艾很快就修复了,但这第一轮却给他们心理上不小的冲击,这冲击来自狂石怪,也来自韩开予。

韩开予大刺刺地躺在沙子上,跷着二郎腿,嘴里哼着歌,闭着眼睛假寐,显然是开心于自己赌赢了。

"你的能力……"白迩张了嘴,又憋了回去,韩开予显然不打算告诉他，故意在吊他们胃口，他只好把目光移向了沈悟非，期望沈悟非能猜出来。

沈悟非还在心疼他的机械蜘蛛，情绪很低落。

乔惊霆踹了沈悟非一脚："别心疼了，快来分析分析，有什么作战计划没有？"

"嗯。"沈悟非点点头，"你也熟悉它们了吧？我的作战计划要结合所有人的经验，尤其是你的。"

"当然了。"乔惊霆看了乔瑞都一眼，"我早说过，只要给我时间，任何怪我都能适应。"

乔瑞都挑了挑眉："才打了几十分钟你就适应了？"

乔惊霆扬了扬下巴："佩服吗？"

乔瑞都嗤笑一声："你说说看。"

"等等。"白迩指着韩开予，"我要先知道，他的能力。"

韩开予睁开了眼睛，眸中笑意正浓，他偏头看向沈悟非："你猜出来了吗？"

"打个赌吧。"沈悟非学着韩开予的口气说，"哦，我们确实在打赌，我猜对了，你明天的佣金就不要了，这是你自己说的吧。"

"没错。"韩开予嬉笑道，"说吧。"

"我已经猜到了。"

众人都屏息看向了沈悟非。

沈悟非轻咳一声，有点想卖关子，毕竟只有在这种时候他才能稍微耍耍威风。

邹一刀一下子就识破了他的意图："警告你啊，别再卖关了，天天说话跟猜谜游戏一样，小心我揍你。"

沈悟非有些不服气："我只是说话讲究逻辑。"

"快说。"

"我猜到你的能力，基于三点。"沈悟非特别有条理地说，"第一，你无论是力量还是速度，都是瞬间爆发型的，虽然爆发的时候挺厉害，但是似乎持续时间不长，从你的疲倦就能看出来。"

韩开予耸耸肩："继续。"

"第二，力量和速度难以兼得，这点大家都知道，任何一个超体都只能追求一种身体素质的无限放大，King 也不例外，如果你能同时兼顾力量与速度这两种在某些时候相悖的素质，那我想你本身并不是通过寻常的途径去获取它们的。"

"那是通过什么途径？"白迩禁不住好奇。他今天说的话可能比平时一个月加起来都多，他迫切地想知道他为什么会输给韩开予，以及怎么才能不断地提升速度。

"别急，我要说第三点了。"

"又开始个人表演了。"邹一刀翻了个白眼儿。

沈悟非撇了撇嘴，没理他，继续道："第三，你们不觉得韩开予特别有魅力吗？"

几人一脸疑惑，都被这个问题干蒙了。

韩开予则哈哈大笑起来，恨不得在沙子上打滚。

"什么玩意儿？什么魅力？"乔惊霆眉头拧了起来，"他长得比我帅吗？有吗？"

乔瑞都做出一个恍然的表情："原来如此，我懂你的意思了。"

"你们两个成天一唱一和的有意思吗？显摆自己智力加得高是吗？"邹一刀不耐烦道，"别磨叽了赶紧说，一会儿把怪等来了。"

"我智力没加多少。"乔瑞都笑了笑，"我是本来就聪明。"

"我也是……"沈悟非小声说。

邹一刀抬起手，作势要揍他。

沈悟非下意识地闭上眼睛，大叫道："激素！韩开予的能力是控制激素！"

这个答案确实意外，众人面上都流露出了惊讶。

韩开予打了个响指："不错，就是激素。"

乔惊霆仔细回想沈悟非刚才说的三点，瞬间全都明白了。

"激素……"白迩口中喃喃道，他心里突然释怀了不少，这至少证明他没有落于人后。

"激素分很多种，人体所有功能的运作，都离不开各种各样的激素，比如突然巨大化的手臂和强大的力量，只要过剩且快速地分泌生长激素、固醇类激素就能做到。速度跟下丘脑分泌的一系列肽类激素以及应激激素、肾上腺激素都有关系。"沈悟非看了韩开予一眼，"还有，他可以通过分泌雄激素、性激素来增加自己的魅力。"

"这不是作弊吗？"邹一刀嫉妒不已，"怪不得你小子能泡那么多妞，你要不要脸。"

韩开予得意扬扬地说："你搞清楚，我这脸可是天生的，没有激素我照样能泡妞。"

舒艾顿时明白了韩开予那种格外撩人的气质是从哪儿来的了，她无奈地小声说："我也觉得是作弊……"

乔瑞都也不无羡慕地说："所以才能泡上兰蔓啊，佩服。"

提到兰蔓，韩开予表情顿了顿，随即又恢复常态，风流一笑："羡慕吧，这个能力太适合我了。"

沈悟非却不像其他人那般乐观："你通过分泌激素刺激身体去逼近某种能力的极限，虽然能在短时间内获得很强大的力量，可是对身体损耗太大了。"

韩开予点点头："是啊，所以持续时间很短，如果我强迫自己长时间处于亢奋状态下，身体就会崩坏。"他咧嘴一笑，"不过，这招用来逃跑，目前还没人能追得上我。"

"而且耍上两手就能把所有人唬住。"乔惊霆嘲讽道，"你根本就是个花架子嘛。"

韩开予微眯起眼睛:"我是不是花架子,我随时可以让你知道,就算我的能力只能维持几秒钟,我也可以在这几秒钟的时间里,取你的小命。"

乔惊霆挑眉道:"不如试试?"

"哎哎哎,我们现在可是队友,别闹。"邹一刀把乔惊霆的脑袋推到了一边儿去,有些期待地问,"你能控制别人的激素吗?"

"不能。"韩开予斩钉截铁地说。

邹一刀顿时失望了起来。

"不过我可以感受到一些,尤其是别人的情绪波动,都跟激素有着密切关系。"

"所以你赌博的时候能拿捏对方的情绪。"沈悟非摇头叹气,"你真的到处在作弊。"

韩开予不以为然:"难道我有这能力还不用吗?多好玩儿啊。"

白迩突然想到了什么:"你怎么这么轻易就把底牌都透露给我们了?"

"谁叫你们猜到了呢?"韩开予笑了笑,"其他玩家可没猜得这么准过,我还要跟你们一起行动很长一段时间,难道我还能抵赖?"

沈悟非不免有些得意:"放心吧,我们不会泄露出去的。"

"最好是。"韩开予的眼神中透出冷意,"你们得罪我的地方已经够多了。"

"往好处想,我们会根据你的能力避免让你处于危险。"沈悟非的手指头在沙地上来回划拉,"否则就你那几秒钟表现出来的能力,你就要变成主力了。"

"我是看你们太菜了,没办法才自己上的,平时跟人组队,我根本不用动手,在旁边看着就行。"

"这样就能赚积分,简直了……"乔惊霆很是不甘心地嘀咕着。

"谁叫我幸运高呢。"韩开予嬉笑着说,显然非常得意于这一点,"说起来，我也是从贝觉明身上得到的灵感，本身我的起始幸运就挺高的，我意识到大家都会需要高幸运的人来组队，简直是坐着发财。"

邹一刀"啧"了一声："你的意思是，在你组队的那些人里，我们是最菜的？哄谁呢，除非你以前组队的都是9级、10级的，我们虽然不是最厉害的，但也不可能是最差的。"

"你们不差，只是很少有人带我来临渊之国，刷U级怪的更是凤毛麟角，在U级怪面前，只有列席者能显得从容一些。"

"很快就不止他们了。"乔惊霆伸了个懒腰，"来吧，我们做战略计划吧。"

沈悟非点点头："既然现在所有人的能力我们都知晓了，那么接下来，就像韩开予说的，我们不可能跟狂石怪一对一单挑，从现在开始要团队合作，我有信心打败它们。"

"我也有信心。"舒艾笑了笑，"它们也没我们想得那么吓人，至少是能被杀死的。"她看向韩开予，突然愣了一下。她在那一瞬间明白了这个男人为什么要爆发，去杀死一只狂石怪，是看他们打得太费劲，唯恐他们失去信心吗？她突然对这个男人有所改观了。

"首先是引怪。"沈悟非用手指在地上画一个大圈，代表狂石怪的窝，然后在外围按下一个拳印，"由白迹将狂石怪引到一个指定的地点，这个地点必须处于沙丘的低洼地带，我会在沙丘周围布置好机械蜘蛛，第一轮，就进行最猛烈的炮火打击。等它们近身之后，我会把机械蜘蛛收起来，因为机械蜘蛛不适合跟它们近身搏斗，只会上一只毁一只，最好让它们处于高处，随时进行火力支援。"

"对，那玩意儿太贵了，还是省着用吧。"

"等狂石怪近身之后，炮火攻击停止，乔瑞都上酸浆，拖延它们的行动，然后近战部队上，你们的防酸鞋都买了吧？"

"买了。"

"近战部队的作用是尽可能削弱它们,尤其是针对它们的关节。惊霆、白迩,你们是最有可能破坏它们的关节的人选。"

两人点头。

"然后,刀哥和韩开予要给它们致命打击。由于刀哥的巨人化和韩开予的能力都有时间限制,尤其是韩开予,所以你要瞅准了一击毙命的时机再行动,而刀哥则作为主攻力量,让惊霆、瑞都和白迩辅助你进行致命打击。"

邹一刀"嗯哼"了一声:"只要有力气,我就可以维持巨人化,舒艾,这就交给你了。"

"放心吧。"

"巨人化太消耗体力,光靠舒艾是不可能补得上的,你现在巨人化的时间有多久?半个小时?"

"差不多吧。"

"我们每次刷怪要刷一个晚上,你必须留存体力,等待最好的时机,所以这个能力也不要滥用。"

"嗯,明白。"

"接下来……"沈悟非看向乔惊霆,"你来说说你的发现吧。"

乔惊霆清了清嗓子:"根据这次的对战,我总结了一些狂石怪的战斗模式,你们如果记住它们的这些固定行动套路,就能闪避至少一半的攻击,并且找到更多机会还击。"他顿了顿,"哦,前提是你们速度要够快。"

"你真的能通过这么短时间的战斗,就熟悉它们的战斗模式?"韩开予饶有兴致地说,"这个能力挺厉害啊。"

乔惊霆耸耸肩:"撒手锏,一般人还不告诉他呢。"

在虚拟系统里通过和怪物的对战提前熟悉它们的攻击模式,确实是乔惊霆的一个撒手锏,而且整个惊雷战队都因此受益,他们刷怪的速度比大部分战队快了至少三分之一。尤其是对于狂石怪这种 U 级战斗机器,极少有人有机会去熟悉它们，绝大多数人甚至无法从它们手下生还。而乔惊霆，已经能够对它们做出有效的分析。

当乔惊霆把他所有的分析铺开来讲了一遍后，乔瑞都和韩开予看他的眼神更加狐疑了，显然无法相信一个人能通过不足一小时的战斗，就把对手摸了个七七八八，游戏里似乎没有这样的技能，唯一有联系的，大概就是通过加智力提高记忆力，但乔惊霆显然没有表现出智力特别高的样子。

韩开予拍了拍手："厉害啊小子，这是天分啊。"

乔惊霆不免得意。由于长时间进行这种强迫自己一边打一边记忆的训练，他现在即便不在虚拟系统里，也能更快地熟悉对手，这是不是天分他也不知道，但他现在确实熟能生巧了。

乔瑞都点了点下巴："看来成天打架斗殴，也不是一点用处都没有嘛。"

"显然比你读那些狗屁不通的书有用。"

"只有蠢货才会这么想。"

韩开予乐了："你们这兄弟俩有意思啊。"

乔家两兄弟冷哼一声，扭过了头去。

"总之，惊霆的分析大家要牢记住。"沈悟非已经把乔惊霆口述的内容整理了出来，手指一划，发光的投影显示在空气中，然后分别存入每个人的仓库，供他们随时查阅。

"还是实际打上几盘更能帮助记忆。"邹一刀摩拳擦掌，刚才没能杀死狂石怪，始终让他耿耿于怀。

"别急，大家都多看几遍。对了……"沈悟非问韩开予，"你的极限状态最多可以保持几秒，我们需要掌握这些，才更好配合。"

"你真的觉得我会告诉你我的极限时间？"韩开予笑笑，"你就当是五秒吧。"

"好吧，但是如果你不行了，一定要说话，我们随时会支援。"

"放心吧，大部分情况下，你们不用管我，我当然会优先照顾我自己。"

韩开予笑笑,"而且,幸运值高,在战斗中可不仅仅只能提高好东西的掉落概率而已。"

"还有什么好处?"舒艾好奇道。

"幸运值高,代表着跟我有关的任何事,都在概率上偏向对我有利的一面,这个范围可就广了,比如更高的命中率和更高的闪避率。反正,如果我需要,我不会客气的,但也用不着紧张我,我的存活概率比你们每个人都大。"

"好,那我们现在就回去试试我们的作战计划吧。"

"走!"

他们徒步跑回狂石怪的窝,为了躲避追击,他们足足跑出去了四公里,这段路程颇长,通常都会碰到一些游散的怪,比如现在就有一只野骆驼发现了他们,甩着蹄子冲了过来。

"T级怪,1300积分。"乔惊霆甩了甩手里的惊红锏,"开个张吧。"

"必须的。"

几人一拥而上。

乔瑞都大概是在狂石怪那里憋屈坏了,第一个冲了上去,酸浆铺天盖地,其他人都要穿着特制的防酸鞋才能待在他身边。

那野骆驼厉害是厉害,但毕竟单枪匹马,而且这群人刚吃了瘪,此时都斗志昂扬,几分钟就把它干掉了。

野骆驼死后,竟然掉落了一颗符石。

"'猛兽之魂'。"沈悟非跑过去捡了起来,"这么一个野怪居然能掉落S级符石。"

"猛兽之魂?那不是异种的符石吗?"邹一刀查了一下图鉴。

"嗯,虽然只是S级的,但也能卖上2000积分呢。"沈悟非兴奋地看向韩开予,"不会是因为你吧?"

他们平时刷怪,掉落物品的概率很小,而且诸如西伯利亚虎这种等级的怪，也掉不了什么太好的东西，没想到随便碰上一个游散的怪，居然就掉了一颗并不鸡肋的S级符石。

韩开予不以为然："这种等级的东西，只要有我在，很容易捡到，你们习惯就好了。"

"那这颗……"沈悟非看着韩开予，不知道要不要给他，毕竟他们的约定是刷狂石怪时的所得物品都归韩开予所有，那这个野骆驼掉的……

乔瑞都觉得有点丢脸："你们能不能不要随时都表现得这么穷酸？"

乔瑞都嘴毒，大家都习以为常了，韩开予看着沈悟非亮晶晶的眼睛，反而有些尴尬，他挥挥手："你留着吧。"

"谢啦。"沈悟非高兴地把符石收进了仓库里。

这颗符石令他们兴致大增，以更快的速度返回了狂石怪的窝，然后开始各司其职。

白迩隐身潜入怪石堆，沈悟非在沙丘后面布置好了机械蜘蛛，然后让机械蜘蛛趴下，隐藏身体，其他人在一旁待命。

很快地，白迩就领着几只狂石怪跑出来了，他的速度刚好控制在可以引领狂石怪但不至于被它们追上——其实他可以更快。等狂石怪进入他们选定的区域时，白迩的身体突然消失了。

狂石怪因为惯性往前俯冲了几大步，才愣怔着停了下来，开始左顾右盼。

众人的心跳有点快，他们在等白迩进入安全区的信号。

几乎不超过三秒钟，白迩的声音在沟通网内响起："打。"

4只机械蜘蛛那锋利的32只刀腿从折叠状态瞬间打开、伸直，并发出机械的咔嚓声，那冷硬、统一、充满金属质感的声音，竟有一种难言的浪漫。

机械蜘蛛身体里伸出来的细长炮筒，纷纷对准了狂石怪，射出的炮弹顿时辉耀了夜空。

狂石怪被炸得左躲右闪，很快发现了沙丘后的猫腻，开始迂回着从侧方往沙丘上冲,它们并不是死板的机器人,而是有一定思考和应变能力的人工智能,知道拉开距离来分散火力,尽管有两个已经被炸断了胳膊,但最终还是都爬上了沙丘。

沈悟非马上将机械蜘蛛全都收了回来。

乔瑞都上场,铺开大面积的酸浆,包裹住了它们的脚,那些酸浆腐蚀岩石的速度有些缓慢,但并非没有用处,还是拖延了它们的速度。

紧接着,乔惊霆、邹一刀和白迩上阵了。

乔惊霆挥舞着惊红锏,直取狂石怪的关节,狂石怪的速度仅仅略逊于他,但在战场上,这微妙的差距就能决定很多东西,何况他对它们已经很熟悉,他心中默念着狂石怪的攻击模式,有时候能猜中,就顺势而上,一时跟狂石怪打了个平手。

邹一刀跳跃在开阔的沙地上,机械臂内置的枪膛机栝不停地旋转,喷射出大口径子弹,同样攻击狂石怪的关节衔接处,在这样高速移动、打斗的情况下做精准射击是非常高难度的,邹一刀的命中概率也不高,但他灵活地穿梭于狂石怪之间,瞅准机会就射,很快就废了一只石头胳膊,小有成效。

白迩知道他很难攻破狂石怪的防护,就在一旁辅助他们,扰乱狂石怪,时不时偷袭。

四人合作多次,默契十足,虽然被四只狂石怪围攻,却也不像第一次那般慌乱,反而渐渐掌握了主动的节奏。

韩开予欣慰了不少,他这次应该能保命了吧。

舒艾也喜道:"我怎么觉得他们四个就能搞定了?"

沈悟非也很高兴:"说不定……"

他话音未落,就怔住了,因为他看到远处又有两只狂石怪跑了过来。

韩开予也发现了:"怎么回事?难道有其他队伍?"

"不会吧,无人机观测没有人啊。"沈悟非也紧张了起来。

按照韩开予的说法，狂石怪一次出现四到五只，这怎么又来了两只？

舒艾脸色微变："真的是冲着我们来的。"

沈悟非咬了咬牙："我明白了，可能是我们表现出来的能力，让系统调高难度了。"

"好像确实有这个说法。"韩开予皱眉道，"我当时跟的那支队伍，一直没超过五只。"

说话间，那两只狂石怪已经到了近前，它们冲入战局，瞬间打乱了几人好不容易建立起的微妙优势，一只狂石怪一掌就把来不及隐身的白迩拍飞了。

白迩被扔出去十几米远，狼狈地顺着沙丘往下滚，沿路都有他吐出来的血，这还是在有能量防护罩加持的情况下。一味追求速度的结果，就是他的体能自离开新手村以来，一直没有太大的提升，也因此防御力较弱。

舒艾马上跑过去给他疗伤。

那两只狂石怪不知道是不是商量好了，打飞了白迩，又一起去攻击乔瑞都，乔瑞都在身前筑起酸浆墙，这堵墙不晓得能让多少血肉生物望而却步，因为但凡凑了上去，就会被腐蚀得尸骨无存，可是，他们现在的对手是石头。

即便是固态化的酸浆墙，其坚硬程度也不过尔尔，被狂石怪一举撞破，直取乔瑞都的脑袋。

乔瑞都升起一道酸浆柱子，将他直接送上了高空。在柱子被狂石怪打碎的同时，他两手撑开巨大的酸浆网，打算给这群臭石头下一场酸雨，他口中喊道："舒艾，给他们加防护罩！"

"舒艾不在！"沈悟非急叫道。

乔瑞都咒骂了一句，只能放弃这个计划，不然乔惊霆和邹一刀也要跟着见骨了。

眼看着乔瑞都要落地，狂石怪的石拳已经准备好要将他的胸口来个对穿，乔瑞都的四肢开始变成酸浆，打算用元素化躲过这一击，这是他最不爱用的一招，因为用完就光屁股。

一道黑影闪过，抓住乔瑞都的衣服，将他扔了出去，直落到了远处的沙地上。

乔瑞都抬头一看，原来是韩开予。

韩开予"啧"了一声："真麻烦，居然增加难度了。"

顿时，乔惊霆和邹一刀要同时应付六只狂石怪，他们根本挡不住，被打得四处逃窜。

沈悟非叹了口气，无奈道："撤吧。"

"老子今天就不能干掉一只吗！"邹一刀不服气地大吼道。

"你省省力气吧。"韩开予道，"撤！"

乔惊霆也快要气吐血了，又生气，又窝囊，却无可奈何，这突然增加的两只，彻底把他们打蒙了。

白迩和舒艾跑了回来，白迩脸色有些苍白："我还能打，这就放弃了？"

沈悟非摇摇头："我们拼命应该能赢，但是如果每一次都拼命，那就没法打了。再继续下去也是浪费精力，撤吧。"

众人只能灰头土脸地逃跑——再一次。

这一次狂石怪追得格外久，足足追出去了六七公里，跑得他们都快要吐血了，才逐渐甩开了那些要命的东西。

他们气喘吁吁地倒在沙子上，乔惊霆皱着脸："我说，我们就不能买点交通工具吗？"

沈悟非想了想："沙地皮卡？沙地摩托？长时间肯定能拉开距离，但是短途可能会被追上，沙地上什么东西都跑不快的。"

"气死我了。"乔瑞都一脚踢了过去，扬起漫天沙子。他的能力以前几乎无往不利，这还是第一次这么憋屈。

"冷静点，只是增加了数量而已，它们的本质没有变，我们只需要稍微调整一下战略。"

"真的吗?"邹一刀狠狠抽了一口气,"它们每一只都很厉害,增加一只就是非常大的负担,我不知道刚才那一套还能不能奏效。"

"关键是不知道它们增加了几只,刚才起始是四只,后来又来了两只,如果起始是五只呢?"韩开予道,"我得去问问系统精灵,给个准信儿,如果我们把六七只也打败了,会不会数量继续往上升,那就没个头了。"

"赶紧问问。"乔惊霆烦躁地搓了搓头发。这是他们在游戏中碰到过的一次非常大的挫败,以往不管是去刷普通怪,还是进狩猎模式,从来没体会过这么多的失败。这不过是他们到临渊之国的第一天而已,他们心心念念的狂战士符石,果然是……任重道远啊。

沈悟非果真去平台找了系统精灵,得到的回复是,狂石怪一次出现的数量上限,是比他们的总人数多一只,也就是说:八只。

"八只……"

众人沉默了一会儿。

"对,数量会根据我们的实力来调整,比如我们用了新的战略,它就增加了数量,但上限就是比我们的总人数多一只。"

舒艾道:"我想起来了,平时刷群攻型怪时,单次数量也会这样调整,只是日常的那些怪比较容易打,我们没有在意而已。"

乔惊霆回忆了一下,确实如此,有时候他们人数不一样,怪出现的数量也不一样:"多,数量增加了我们反而高兴,可以多赚积分。"

"好吧,起码心里有个底。"沈悟非抓了抓头发,一脸的苦恼,"但是,八只只是正常情况下的上限,我们还可能碰到狂化情况……"

韩开予道."至少前半个月,你们就不要想着能打败狂化的狂石怪了,碰上了就跑,反正你们只有晚上行动。"

乔惊霆大字形仰躺在沙子上,叹了口气:"确实比我想象的难一些。"

"难多了,如果不是碰上余海这种等级的玩家,轮回镇都未必比这个难。"乔瑞都憋了一肚子的火，语气比往日里更刻薄。

乔惊霆横竖看不惯他："你矫情够了没？我的能力不是一样使不上，也照样在打，你太依赖神执能力了。"他冲着石头放电有个屁用，还好他还有惊红铜。

"你懂个屁，我惯用的武器也是酸浆化成的，砍人可以，砍不动石头。"乔瑞都并没有因为神执能力而放弃过体术，但是确实在很多时候，因为酸浆的威力太大，他几乎不需要活动筋骨，这次的经历，也算是给他一个警示，因为没人知道，他们碰到的下一个敌人是谁。

"那就换一把武器。"邹一刀道，"你的身体素质很好，惊霆说得对，不要太过依赖神执能力了。"

乔瑞都点点头："我回去挑一把武器。"

"其实你的能力对狂石怪未必没用。"沈悟非思索道，"并不是所有岩石都是绝缘体，有些岩石金属成分含量高，就是半导体，游戏里所有的怪，不管外表是什么材质构成的，内里都有机械芯。如果狂石怪的材料刚好可以导电，那也许能造成一点影响。"

"我会试试的。"

沈悟非叹道："狂石怪的数量增加了，我们前期重武器打击的度也要增加，不过这样刷怪的成本也忒高了。"重武器的弹药消耗是一笔不小的开支，甚至有些大规模杀伤性武器在很多地方是禁止使用的。

"开支有多大？"

"就刚才那短短一分钟时间，就消耗了近千积分。"

"这么多？"邹一刀深深皱起眉，"但这是最奏效的方法。"

"是啊，前期不削弱它们，就没法打。回去之后，我要开一条流水线专门做弹药了，实在是打不起了。"

"我们打死一只狂石怪也才 500 积分，这么一波下去，两只就白杀了。"乔惊霆发愁地说，"而且增加了数量，前期打击力度还得增加，还有道具的消耗、时间的消耗，还要每天付 1000 积分佣金……那我们还能剩下什么？"这账简直越算越吐血。

韩开予嗤笑一声："你们啊，就别想着靠这个赚积分了，能达到收支平衡就不错了。"

"怎么可能收支平衡，我们浪费的时间不都是积分？"舒艾笑了笑，"不过，既然已经决定无论如何都要拿到狂战士符石，就不要计算这些了，只要最后打到了，我们就成功了。"

"没错，只要能打到符石。"乔惊霆一个鲤鱼打挺，从地上跳了起来，"走吧，再来一轮。"

"也就能来一轮了，天都快亮了。"韩开予咧嘴一笑，"别忘了我们的赌局。"

"哼，太阳还没升起来呢，别得意得太早。"

他们重新返回了狂战士的窝，沈悟非把机械蜘蛛增加到了六只，准备第一轮就把狂石怪打个半残废。

照例是白迩去引怪，他们躲在沙丘后面。

沈悟非悄声说："不用急于一定要赢，我们前期主要以积累经验为主。"

"知道了。"

白迩给了他们开火的指示，机械蜘蛛齐刷刷地站了起来，炮筒对准了石头怪们，开始了猛攻。

这一轮打击沈悟非是下了血本儿，打得七只狂石怪四处逃窜，有两只被炸断了手脚，其余的也都有损伤。

"集火，集火那只！"邹一刀扯着沈悟非吼道。

有一只狂石怪受伤尤为严重，而其他狂石怪已经散开躲避了。

机械蜘蛛们齐转炮筒，对准那只被炸断了腿的狂石怪狂轰滥炸，很快地，那只狂石怪就被炮火撕碎了。

"哈哈哈哈，干掉一只！"邹一刀从地上跳了起来，机械臂的机栝咔嚓咔嚓地旋转，切换出了重火力机关枪，他朝着一只狂石怪奔去。

这轮秒杀一只的胜利开头，多少给众人填补了一些信心，他们一拥而上。

战略跟上一局差不多，不过把打击力量侧重在受伤的狂石怪身上。

乔惊霆跟狂石怪来往了几个回合，抓住一次他熟悉的攻击模式，一锏打开狂石怪伸过来的手臂，然后矮身从它胯下滑了过去，绕到背后，惊红锏抢向狂石怪的膝关节。

这一击中，狂石怪"扑通"一声就跪了下去，乔惊霆踏上它的后背，扬起惊红锏，锏头直对准颈椎，重重顶上。

狂石怪却猛地回身，长长的臂膀扫向了乔惊霆，乔惊霆只得跳开躲避，但速度稍慢，被那石头臂膀扫中了左臂，他痛叫一声，在半空连翻三圈，单膝着地。

狂石怪晃了晃右腿，膝关节发出石头摩擦的"嗤嗤"声，它站起来，扑向乔惊霆。

乔惊霆向左侧跳开，试图再次绕到狂石怪背后，狂石怪预测到了他的意图，长臂来回扫荡，封堵了他的前路。他一咬牙，干脆对准了狂石怪，狠狠劈下一道雷。

狂石怪大概没料到他还有这招，身体僵在原地，颤了颤。

乔惊霆不知道该喜该忧，喜的是狂石怪不是完全的绝缘体，电流对它有一点效果；忧的是也就一点，在对战中，他能一下子电死对方的机会不多，但是能让对方疼得死去活来全身麻痹，才是他最大的优势，可是石头不知道疼啊。

虽是如此，他也不会放过这难得的机会，他趁着狂石怪那短暂的僵硬，成功绕到了它的背后，再次原地跃起，惊红锏狠狠抽向了狂石怪的脖子。

这一击乔惊霆用了十成的力量，锏身与石头碰撞的瞬间，乔惊霆再次体会到了仿佛肌肉要被震碎一般的痛麻,他牙齿都要咬出血了,才勉强控制自己没有把惊红铜甩飞了出去。

狂石怪那四吨多重的身体,硬生生被打飞了出去,"轰"的一声落在了地上,扬沙无数,可是它那不成比例的、滑稽的小脑袋,却没有像乔惊霆想象的那样飞离身体,它僵硬地往前伸,但还好好地连着脖子。

乔惊霆大骂一声,心中充满了不甘。刚才那一击,水泥柱子都不知道能断几根了,居然打不掉那么一个小脑袋?!

邹一刀哈哈笑道:"别生气啊兄弟,你还是力量不够,所以我们才来打符石啊。"他一个失神,被狂石怪一拳打在了龟壳上,他的身体立刻缩了进去,以减缓压力,龟壳里发出阵阵抽气声。

他的身体在龟壳落地之前伸展出来,机械臂再次变换,变成了一个全金属包裹的拳头,比他异种时的拳头还要大上一圈,他吐出一口血:"比拳头是吧,石头孙子,让你尝尝你爷爷的拳头!"他大吼着冲了过去。

乔惊霆也跟着笑了起来,不过他很快就笑不出来了,那只狂石怪又爬了起来。

经过两轮战斗,乔瑞都的战况明显有所好转。他用酸浆捕捉狂石怪,只要狂石怪沾上一点,就迎风见长,快速地往它身上爬,从石块的缝隙处往关节里渗透,狂石怪的身体正一点点被酸浆包裹。

但是要通过这种方式腐蚀关节,需要时间,在那之前,狂石怪依旧是追得乔瑞都满地跑,乔瑞都一面用酸浆拖慢狂石怪的速度,一面绕着弯躲避,并加快酸浆的渗透、腐蚀。过了一会儿,狂石怪的速度开始有所下降,肢体也逐渐开始有些迟钝,乔瑞都喜出望外,终于奏效了。

沈悋非正试图用机械蜘蛛,将一只狂石怪引入自己的炮火区域,但狂石怪对机械蜘蛛有所忌惮,两个怪物都在迂回,舒艾看得心急,十脆亲自跑去引怪,她的速度比不上狂石怪,但是她对自己的防御能力有信心。

白迹和韩开予还想用第一次杀死狂石怪的方法,但不是每一次都那么顺利，因为现在数量增加了，他们的任务是尽量引开狂石怪，不增加主战人员的压力，因为这里没有任何一个人，能同时对付超过一只，他们也一样。所以两人也以闪避为主，寻找最佳时机，白迩倒是行动自如，韩开予本身不具备那样的速度，又不能随便放大招，几分钟之后就开始吃力。

一群人最开始还能相互有些配合，之后就越打越散，但战况仍然比前两次都好上一些。

邹一刀凭着对热武器的熟练操作和强大的力量，又杀死了一只狂石怪，乔瑞都也在狂石怪的关节崩坏时，用两颗手雷炸碎了它的脑袋。虽然连杀了两只，但两人都受了伤，且体力消耗相当大，就连舒艾都差点儿被狂石怪砸中。

眼看着天边已经开始泛白，太阳快要升起来了。

沈悟非纵观了一下局势："我们撤吧，这局已经很好了，回去总结经验，改进武器，下一次绝对能全灭了它们！"

韩开予粗喘着气："我……我同意。"

乔惊霆和白迩也没反对，强撑着打下去确实能赢，但现在不是赌气的时候，他们已经看到完杀的胜利就在不远处了，也就不急于一时。

"直接回城。"

没有处于战斗情况下的，直接用卷轴回了斗木獬，其他人则跑出去了一段距离，才纷纷传送了回去。

回到斗木獬，他们又开了一次会，总结了三次刷狂石怪的经验，思路清晰了许多。

"好，今晚一定把它们拿下！"乔惊霆用力捶了捶胸口，"我要去西伯利亚虎那儿，谁跟我去？"

"我去。"

"我也去。"

众人纷纷应和，都想从西伯利亚虎那儿补回一些积分，靠刷狂石怪，他们会穷死的。

　　白迩的眼神有些黯然，他也不想浪费一整个白天，但是一晒到太阳，很快就会废掉。

　　韩开予打了个哈欠："我就不去了，睡觉去。"

　　"睡觉你怎么往外走？"沈悟非不解道。

　　韩开予扭头冲他们贱贱地一笑："自己睡多没意思。"说完风骚地一摆手，出城了。

　　"这小子真招人恨。"邹一刀羡慕不已。

　　"你也去啊。"舒艾调侃道。

　　邹一刀皱了皱鼻子，痞笑道："我啊，今天打怪太卖力了，不能一展雄风，改天吧。"

　　众人纷纷调笑了几句。其实他们心里都明白，邹一刀不管嘴上怎么乱跑火车，却从来没真的做过什么，在这个男人心中，恐怕一辈子也不能放下自己的妻子。

　　沈悟非拍了拍白迩的背："我知道你对自己的皮肤挺烦恼的，你有没有想过……治愈卷轴其实是可以治愈身体的所有问题的？"

　　白迩低声道："想过。"

　　"那你想试试吗？"

　　几人都看向了白迩。他们一开始看白迩很不习惯，那白到几乎透明的皮肤配上精致的五官，妖异得就像易碎的洋娃娃。当然，见识过白迩怎么杀人的，没人会真心觉得他"易碎"，现在他们完全看习惯了，一想到白迩有可能变回正常人，心里反而有些别扭。

　　白迩沉默了一会儿："也想过。"

　　"那你……"

　　"在我小时候，"白迩打断了他，"我每天都希望自己能是正常人，可以正常地在阳光下活动，不用关在漆黑的房间里做眼睛的特训。"

白迩难得在别人面前说自己的事,他们连呼吸都变得轻微,唯恐打断他。

"后来我慢慢长大,知道无色的皮肤是家族最高荣耀的象征,我就接受了,还因此有些优越。再后来……"白迩冷冷一笑,"我知道这不过是一种诅咒。"

乔惊霆对白迩的事同样知道得并不多,但已经算是所有人里最了解白迩的过去的人了,他完全明白白迩的意思,这样诡异的命运确实像一个诅咒。

乔惊霆拍了拍他的脑袋:"不如试试,结束这个诅咒。"

白迩苦笑了一下,然后摇了摇头:"我不会试的,如果我是正常人,过去的一切都不会发生在我身上。"他站起身,背对着众人,轻声道,"如果我现在变成了正常人,那我的过去,就毫无意义了。"他缓步离开了房间。

房间里沉默了一会儿,邹一刀才道:"我听浩鹰说过,白氏的无色人都拥有巨大的财力和权势,但都活得挺惨的。"

乔惊霆叹了口气,对白迩又多了几分担忧。

"白迩这个问题,是该好好解决一下了。"沈悟非琢磨道,"他不肯治愈这个基因缺陷,我完全理解,那我就想办法让他不那么怕太阳吧。"

"有什么办法?"

"最简单的办法,就是让他穿上能最大程度抵御紫外线的衣服了,这个能缓解不少症状。"

乔惊霆插嘴道:"他的皮肤只是一方面,还有眼睛,他的眼睛见不了强光。"

"眼睛可以戴眼镜,相对来说皮肤面积更大,更难解决一些。"沈悟非拍了拍大腿,"我怎么没早点想到呢,如果他能在白天,哪怕是太阳不那么晒的正午前后行动,也能少浪费不少时间。"

舒艾担忧道:"不知道他自己愿不愿意,对他来说,暴露在太阳底下,应该挺难受的吧。"

"比起这个,浪费一整个白天他显然更难受。"乔瑞都凉凉道,"都是争分夺秒的时候,我不信他心里不着急。"

"肯定着急,你做吧。"邹一刀抽了口烟,"刷怪的时候没有这个小朋友,效率多少会降低。"

"好,我也会和他沟通一下的,那你们去吧,我还有很多东西要忙活。"沈悟非焦躁地抓了抓头发,"必须得自己造武器了,实在消耗不起了,哎呀,我要去找蚕。"

分组忙活了一个白天,太阳落山后,他们重新回到了狂石怪的窝,带着稍微升级了的装备和更成熟的作战计划。

邹一刀给自己的机械臂下挂了榴弹发射器,他抛了抛手里的榴弹,邪笑道:"快,都来看看我的弹。"

乔惊霆嗤笑道:"你就一个弹啊。"

"哥哥我多得是。"邹一刀得意地说,"告诉你们啊,这是一颗100积分的高级货,聚能火焰弹,我买了十颗,一直没舍得用,今天就让这些石头孙子尝尝鲜。"

沈悟非道:"每个怪点对大规模杀伤性武器都是有不同的限制的,你这个没超过限制吧?"

"没有,放心吧。"

"那你现在就可以试了。"乔瑞都从沙丘后探了探头,"白迩把怪引过来了。"

邹一刀摩拳擦掌,等着狂石怪凑近了,他一个空翻跳上沙丘,朝着狂石怪就放了一颗聚能火焰弹。

那火焰弹在空气中轰然起爆,聚起的一大团火光顿时将夜空辉耀得明如白昼,那火焰先是大肆地向四周扩散,然后又猛地往内聚缩,两只来不及躲闪的狂石怪被卷入了火焰中心。

几人目不转睛地盯着,这火焰的效果真是够酷炫的,就是不知道杀伤力如何。

半晌,两只狂石怪都冲出了火海,它们身上还在着火,身体表面有些地方已经焦黑,它们就地打滚,沙子的灭火效用很好,很快火焰就要被扑灭了。

"蜘蛛啊,上啊！"乔惊霆踹了一脚沈悟非的屁股。

"哦,哦！"沈悟非已然看呆了,赶紧指挥机械蜘蛛袭击。

七只狂石怪更加分散开来,躲避火力,两只着火的却是无暇躲闪,挣扎着爬起来又被一波集中火力给干倒了。

"哈哈哈哈——"邹一刀狂笑不止,"这个弹好,非常好,这钱花得值。"

几只狂石怪绕过沙丘,朝他们凶猛地冲了过来。

乔惊霆大喊一声："杀——"他扛着惊红铜疾驰而去,今天不削掉一颗狂石怪的小脑袋,他就跟乔瑞都姓！

经过了一天的锤炼,他们的进步非常明显,每个人都憋着一股旺盛的斗志,咆哮着大杀四方。新加入的韩开予逐渐适应,他们的配合也越发默契起来。

第一波几乎干掉两只狂石怪,邹一刀和韩开予协作给了它们最后一击,乔瑞都一次拖住了三只狂石怪,白迩和乔惊霆一个扰乱视线,一个定向打击。他发现,以他的力量,虽然很难打断狂石怪的脖子,但是对付手脚的关节还是足够了,他们把所有的重心都放在了对付关节上,而不再像昨天那样尝试硬碰硬,只要能够封锁它们的高速行动,最后就能用炸药解决它们。

沈悟非也在一旁随时准备放冷枪和炮弹,舒艾则纵观全场,做后勤支援,今天他们的战况,才真正像一个团队。

在经历了一个多小时的顽战后,他们终于把七只狂石怪全都干掉了。

虽然这七只狂石怪身上什么都没掉落,而且他们多少都挂了些彩,但他们还是兴奋得直吼。

终于有一次全灭了,预计为期至少一个月的刷符石之旅,他们踏出了胜利的第一步!

"哈哈哈哈哈——"乔惊霆的笑声回荡在空旷的沙漠上,"今天终于痛快了,我就说我们一定能行,哎,用了多长时间?"

"七十三分钟。"沈悟非微笑道,"还不错。刷完一波,我们有三分钟的休息时间,下一波就会来,如果想要疗伤,就得走远一点。"

"这点伤,还好吧,接着来吧。"乔惊霆晃了晃胳膊,看着不远处的狂石怪的窝,目光如炬,"时间还是太长了,我们要杀得更快、更多才行,只有早一点拿到符石,我们才不用在这里浪费时间。"

"没错,所以我已经很舍得花弹药钱了,反正你们的积分,都留着买弹药吧。"

"没问题。"乔瑞都一雪前耻,脸上又带了那贵气之余掩不住优越感的欠揍的笑容,"我觉得越来越有趣了。"

白迹的身体消失在了原地,空气中留下他清冷的声音:"下一波,开始。"

自第一次顺利杀完狂石怪后,他们以平均八十分钟一波的速度刷了起来,而且没再失败过。

一个晚上之后,狂石怪的数量上调到了一次八只,那是迄今为止最危险的一局,乔惊霆的胳膊险些被狂石怪拧断了,白迹的脑袋险些被打碎,就连沈悟非都被狂石怪抓住,千钧一发之际被韩开予救了下来。最后他们虽然赢了,但是损伤惨重,提前收了工。

尽管他们有了战略和经验,但面对狂石怪时,还是凶险万分,因为它们实在太强了,稍有不慎都可能致命,所以片刻都不敢大意。最重要的是,他们还没有碰到狂石怪的狂化状态,那才是他们真正的挑战。

不知道是不是韩开予加入的原因，他们的运气确实变得很好，头三天都没有撞上狂石怪狂化，而且每天都能捡到一两样物品，虽然都被韩开予拿走了，但是掉落东西有种开宝箱的感觉，让人很有幸福感。

不过，狂石怪随机性的狂化，不可能永远只出现在白天。在他们来这里的第四天，狂石怪被杀得只剩下最后四只的时候，它们的身体突然开始僵硬而机械化地舒展，就跟触电了一样，四只狂石怪快速聚集到一起，而后开始彼此相融、吞噬，逐渐合四为一。

"狂化了狂化了！"韩开予大吼道，"撤撤撤撤撤——"

通过这些天的相处，他们发现韩开予真是相当惜命，绝不给自己陷入危险的机会，一有什么不对劲儿，跑得贼快。也许不是贝觉明不想干掉他，而是真的抓不着。

邹一刀一把逮住了韩开予，防止他跑："大哥，难得狂化一回，暂时试试它的实力不行吗？"

"实力就是你们绝对不可能在十分钟之内打败它。"

那狂化的狂石怪最终成形，变成了一个四蹄着地、背生十二只手臂、四方各一个脑袋的超级大怪物——狂石王，它晃了晃面冲着他们的那颗畸形的小脑袋，突然张开了嘴。

邹一刀惊奇道："这丫有嘴啊！"

狂石怪虽然能发出沉闷的声音，但是从来没张过嘴，他们以为脸上那道缝隙就是摆设呢。

突然，那张嘴里伸出一截短小的炮筒。

众人脸色一变，韩开予吼道："跑啊！"

小炮筒里咚咚咚地开始往外喷——鹅蛋大的石头，虽然比他们想象中的火药好一点，但也只是一点而已，那么大的石头以这样的射速射出来，打在身上可不是好玩儿的。

巨型狂石王的颈部开始快速旋转，四颗小脑袋像机关枪一样，突突突突地往各个方向喷射石头,打得一群人抱头鼠窜,被击中的虽然有能量防护罩挡着,没有造成太大的伤害,但都疼得嗷嗷叫。

喷了一轮石头,狂石王就像个石头战车一样冲了过来,脚下的沙地都在随着它的动作颤抖。最可怕的是,体形突变了四倍,它的速度却还是那么快,眨眼间就冲到了沈悟非面前,石头臂高高举起,重重落下,一击就把挡在面前的机械蜘蛛从中间砸裂了。

沈悟非大叫一声,连滚带爬地往后跑。韩开予更是早就没了人影。

乔惊霆咬牙道:"舒艾和悟非退后,咱们上去试试!"

"试试就试试。"乔瑞都本来也想跑,但他不能忍受被乔惊霆瞧不起。

邹一刀瞬间巨大化,狠狠挥了挥拳头,朝狂化怪扑了过去。

作为刷狂石怪的主力,邹一刀这些天只有在关键时刻才会巨大化,以节省体力,他节省的体力,就是为了这一刻。

两个巨人碰撞到一起,发出一声重响,一时漫天扬沙迷人眼,其他人都没法靠近了。

乔惊霆叫道:"白迩,你去它背后,小心它喷石头;乔瑞都,用酸浆堵住它的嘴!"

"少指挥我。"乔瑞都嘴上虽是不服,但还是照办了,浓稠的酸浆化作胶状物,分成好几股,从各个方向涌上狂石王的身体。

狂石王用手去拍打那些酸浆,但酸浆太过分散,根本无法完全摆脱,同时邹一刀还在一拳接着一拳地往它身上招呼,它很快就无暇顾及,愤怒地将邹一刀扑倒在地,七八只拳头轮番砸向邹一刀。

乔惊霆飞身而至,踩着邹一刀的额头跳了起来,一铜打开那正冲着他的脸砸下来的石拳。

邹一刀骂道:"不要踩老子英俊的脸!"

"你早说啊,我让它砸烂了多好!"

邹一刀抓住乔惊霆的腰,将人扔上了高空,躲过狂石怪的扫臂。他往左边滚了两圈，腰身一挺，蹲了起来，在狂石王扑来的时候，双手拄地，后翻而起，长腿像两条钢筋一样砸向了狂石王。

这一记重击，正中狂石王的肩颈，它两条前腿不堪重力跪地，上身整个趴在了沙地上。

白迩趁机在狂石王身上留下一排小手雷，然后飞速撤离。

狂石王感觉到了什么，用力挣扎着爬了起来，手臂乱七八糟地抓起身上的手雷往远处抛去，但仍然有两个来不及抛出，在它身上引爆。

手雷本身的威力对于它来说并不致命，除非放在了致命的位置。它被炸断了三条石臂，身上的酸浆也快要爬到它嘴里。

狂石王从地上跳了起来，再次张开嘴，朝着邹一刀和乔瑞都就喷。

乔惊霆从天而降，直直落在了狂石怪脑袋的正上方，刚好是它喷射的死角，他举起惊红铜，用尽十成力气，对准了一颗小脑袋，狠狠地砸了下去。

合体之后的狂石王，由于颈部变成了能够旋转的活动机关枪，支撑力明显不如单个的时候强，被乔惊霆一铜就砸飞了一颗脑袋。

狂石王也反应过劲儿来，四只石臂齐齐袭向乔惊霆，乔惊霆足下一蹬，拼尽全力跳了出去，却还是被一只手臂抡了一拳。

邹一刀一只手接住乔惊霆的身体，扔到了一边："咱们应该能干掉它。"

"能是能，但是时间不够。"白迩冷静地说。

酸浆已经流入了狂石怪的嘴里，很快就腐蚀了里面的机栝，石头再也射不出来了，乔瑞都喜道："快上！"

邹一刀站起身往上冲，乔惊霆一边吃治愈卷轴，一边从地上爬了起来。

巨型狂石王依旧像个大战车，四处冲撞，几番争斗，它逐渐落入下风。可就在胜利在望的时候，它的身体开始分解，十分钟的时间到了。

"别别别——"乔惊霆气得一拳打在沙地上。

只要再给他们一点时间，也许只要再有几分钟，他们就能杀掉这只狂石王，而它掉落狂战士符石的概率是普通狂石怪的三倍！杀得这么辛苦却要错失良机，实在让人愤怒。

巨型狂石怪解体后，又变回了之前的四只，它们伤痕累累，很快就被几人干掉了，但这一轮他们什么东西都没捡到，还把邹一刀累得够呛。

韩开予回来后，摊了摊手："早跟你们说过，十分钟是杀不死它的。"

乔瑞都瞪着他："你如果留在这里，也许十分钟能搞定。"

"我为什么要冒险留在这里？"韩开予理所当然地说，"我根本不相信你们能保证我的安全，就算你们心里是这样想的，也得有那个能耐。"

乔惊霆也有些恼火："你……"

"算了算了。"沈悟非打圆场道，"这是一开始就说好的，韩先生确实没有义务听我们的作战指挥安排。"

韩开予撇了撇嘴，看着乔瑞都，讽刺道："你也是有意思，在这里又赚不到什么积分，石头打到了又不会给你，你这么卖力干什么呀？"

乔瑞都也不恼，只是皮笑肉不笑地说："我无私奉献，这个答案你满意吗？"

大家心里都清楚，乔瑞都之所以在这里，是因为哪怕跟他们刷这么变态的怪物，也比他一个人在任何地方安全，毕竟有一个新崛起的、以余海旧部为主干的一百多人的公会，恨不得生剁了他。

沈悟非看了看天色："好了，今天时间也差不多了，大家都挺累了，我们回去吧。"

"还可以再来一轮。"白迩道。

沈悟非道："别急，你的防晒服做好了，以后太阳不太晒的时候，你也可以出来活动。"

白迩眼前一亮："真的？"

"我用的是蚕推荐的面料。"沈悟非略显兴奋地快速说着，"是纳米密织记忆棉加上热反射涂胶，透气性和弹性都非常好，也能很好地隔热和阻挡紫外线。蚕说，在保证你的灵活度的前提下，综合下来它是最好的，蚕还说……"

"蚕蚕蚕蚕蚕,你现在三句话都离不开你的机器人小兄弟,哦,或者是小情人。"邹一刀耸耸肩,"鬼知道他是男是女。我们要回去就现在走,下一拨狂石怪马上就要来了。"

"哦。"沈悟非一提到自己的东西,就容易过度专注而忘了周围的事,"赶紧回去吧。"

回到斗木獬,沈悟非迫不及待地把那件防晒衣拿了出来。

那是一件纯白色的紧身衣,从脖子包裹到手腕和脚踝,拿在手里又轻又软,仿若无物,它的质感介于棉和胶之间,很难形容,颇有几分未来感。

"这件衣服可以隔绝98%的紫外线,也能隔绝大部分热量,你穿在衣服里面,只要适应了,应该不影响行动。"

白迩拿上衣服:"我去换上试试。"

乔惊霆道:"那他脸上怎么办?尤其是眼睛。"

"我问过白迩,脸上皮肤面积不大,只要遮住身体,就能缓解很多,他最难以忍受阳光的是眼睛。所以,帽子和口罩我都准备了,看他习惯戴哪个,然后,就是这个墨镜。"沈悟非献宝般一一拿出来。

白迩换上防晒服出来了,他常年都穿长衣长裤,所以穿了也根本看不出来,他掀起袖口,才能看到防晒服的边角。

"怎么样,难受吗?"

"可以适应。"白迩道,"我刚才试了一下速度,没什么影响。"

沈悟非打了个响指,高兴地说:"蚕真是太厉害了。"

"把那几样给白迩试试。"

白迩接过帽子、口罩和墨镜,在手上摆弄了一下,他先套上帽子,大概觉得有些蠢,还是摘了下来,戴上了口罩。

乔惊霆道:"帽子行动中容易掉,口罩更好一点吧。"

白迩点点头:"口罩足够了。"他又戴上了墨镜。

　　"这个墨镜的制作过程比衣服复杂多了,既要保证尽可能地隔绝紫外线,又要清透、色差小,镜架的设计还要完全贴合白迩的头型,防止晃动。"

　　白迩道:"好像还不错,比我自己的眼镜舒服一些。"

　　"白天的时候你可以出去试试,这些东西虽然也不能让你长时间暴露在太阳之下,但是在太阳不太烈的时候,应该能起很大的作用。"

　　"能把我在外活动的时间延长几个小时,已经很好了。"

　　舒艾拍了拍手说:"我们一起吃个早饭吧,吃完饭,天也大亮了,白迩就可以出去试试他的新装备了。"

　　"来来来,都饿了。"

　　"嗯,正好趁这时间,我们总结一下打巨型狂石怪的经验……"

　　乔惊霆哼了一声:"打的时候少一个人,怎么总结经验?"

　　韩开予毫无愧疚:"早说了,不要指望我,我愿意下场帮忙,你们就该高兴了。"

　　"好歹你也拿着佣金……"

　　"佣金还你,我现在撤行不行啊?"

　　"好了好了,不要吵。"邹一刀拍着乔惊霆的肩膀,"人都说了不要指望他,他也不是我们的公会成员,这个是你要求太多了。"

　　乔惊霆不太服气,但还是忍了下来,毕竟,他们需要的,是韩开予的幸运值。只是在他直来直往的认知里,一起出生入死的都算朋友,韩开予却这么没"义气",让他挺不痛快。

　　白迩在早晨的阳光底下实验了一下自己的新装备,确实比"裸着"的时候好上很多,不过墨镜多少有些影响视线,在太阳底下活动,始终不如黑夜里那般自如。而且,即便是全副武装,他也难以克服伴随他一生的对阳光的排斥和畏惧。

最后，白迩发现在早上九点前和下午四点以后，日照较弱的时候，他可以出来活动，如果赶上阴天和冬天，这个时间还能延长，这已经是非常大的进步了。

那天他们就在太阳落山前赶到了狂石怪的窝，让白迩适应光线。对于普通人来说视线更好、行动更敏捷的白天，白迩适应起来却颇为困难，速度也比往日迟钝了些许。反观其他人，都不需要额外的照明了，行动力明显有所提升，整体下来，刷一拨怪的速度比夜晚快了些许。

几日下来，他们撞上三次狂石怪的狂化，频率大概是三天一次，但每次都是融合成巨型狂石王，还没碰到韩开予说过的超级狂石怪——当然，他们也从来没能在十分钟内杀死过任何一只。

拜韩开予所赐，他们每天都能捡到一点东西，大部分都是鸡肋，但也有好的，比如一个恢复力提升5%的胸针，平台里卖4000积分，韩开予很大方地转手送给了舒艾。

随着刷怪速率的提升和战损的下降，他们变得越发自信，警戒心也逐渐有些松懈。按照现在的速度，他们每天能杀死五六十只狂石怪，除去弹药和物品的消耗，以及给韩开予的佣金，他们每人每天都能得到近千的积分，虽然比不上在斗木獬的日常所得，但也并不算少。

能够一边刷符石，一边不怎么耽误他们赚积分，是最令人欣慰的，就连韩开予也对他们的成长速度惊诧不已，一开始他觉得这帮人能达到收支平衡就不错了。

不过他们赚的积分，都被沈悟非要求保留，用作更多用途了。

在连续刷了半个月后，他们的耐心开始一点点消融了，每天机械式地重复着一样的活动，是一件令人非常厌烦的事，他们开始烦躁地、反复地想着同样一个问题：到底什么时候才能捡到狂战士符石。

很快地，已经在他们心里失去了威吓力的狂石怪，突然玩了一票大的，让他们彻底清醒了过来——它们狂化了，而且是头一次碰到的变身超级狂石怪——七只一起。

当韩开予感觉到熟悉的气息时，他怔了几秒，而后大吼道："狂化了，小心！"

"难道这次要七只融合吗？！"乔惊霆的语气有些恼怒。

他们上一次差点儿在十分钟内杀死一只五只融合的巨型狂石王，最后功败垂成，令人扼腕不已，若是七只的话，估计也没什么可打的了。

"不，这次是超级狂石怪。"韩开予声音有些发颤，"赶紧撤，趁现在还来得及。"

"来不及了。"邹一刀的脸色变得有些凝重，"我觉得，它们可能会比狂石王难对付。"

他们分明看到一只超级狂石怪扑向白迩，它的石臂差一点就能把白迩砸飞出去，平日里它是追不上白迩的速度的，可现在它就差那么一点而已。

若以这样的速度，那么这里可能只有白迩和韩开予逃得掉。

"跑还是打？它们只会狂化十分钟，不如扛一把试试。"乔瑞都的语气是跃跃欲试。

"打不过再跑。"乔惊霆低喝一声，身上雷电大作，劈头盖脸地朝着两只离他最近的超级狂石怪袭去。

两只狂石怪在狂化之后，身体素质至少提升了三分之一，比往日里更不惧雷电，稍作迟缓，就继续往前冲，乔惊霆举铜砸了过去。

乔瑞都展开双臂，大量的酸浆像一条条白色的灵蛇，互相攀比速度一般，一股一股地朝着超级狂石怪爬去，所到之处，沙地发出被腐蚀的嘶嘶声。

邹一刀瞬间巨大化，四肢猛缩进龟壳，巨大的龟壳在半空中高速旋转，就像一个大石块，毫不留情地撞向几只狂石怪。一声巨响，邹一刀一举将四只超级狂石怪撞倒在地。

一只超级狂石怪冲向了沈悟非和舒艾。

沈悟非也顾不上心疼他的机械蜘蛛，一下子召唤出了七八只，保护自己和舒艾。

白迩险些逃脱狂石怪的追捕，韩开予手握手雷，在白迩之后借力冲向一只狂石怪，以极速绕到它背后，试图找机会扔手雷。

但那狂石怪的反应力提升了太多，突然就地一滚，躲开了韩开予。

韩开予再次追来，又扑了一个空，他气喘不已，只好回到了安全地带，一边拨弄头发一边说："你们说这些石头怪是男的还是女的，我色诱有效吗？"

"滚！"

舒艾叫道："这样根本顶不住十分钟，我们撤吧。"

"这个速度我们跑不掉的。"邹一刀吼道。

"你们掩护我先走，我来召唤你们。"

国仕的召唤技能比旅行卷轴的限制少，旅行卷轴不仅有地域限制，而且要求玩家必须在非战斗状态下使用，也就是说他们必须和狂石怪拉开一定的距离，目前来说是个挑战。而召唤技能则可以发生在战斗之中，只要你有本事不在被召唤的过程中被杀了，就能逃走。

当然，召唤技能也有其他弊端，比如：第一，它要求国仕必须处于非战斗状态；第二，若是召唤团队，谁先走、谁后走是个问题；第三，国仕的技能都可以互相制约，召唤也能被别的国仕打断。

但目前来看，唯有召唤一途能让他们及时止损，逃离现场。

沈悟非当机立断："护送舒艾先走！"

白迩和韩开予跑开抵挡超级狂石怪，舒艾跳上一只机械蜘蛛的背，那机械蜘蛛开启最高速度，往远处奔跑。

超级狂石怪追了几米，就被两人和其他机械蜘蛛缠住，它愤怒地砸烂了一只机械蜘蛛，但舒艾已经成功跑远了。

舒艾叫道:"我现在就回城,先带悟非……"

话音未落,舒艾的身体突然像被一只无形之手揪住一般,从机械蜘蛛身上摔了下来,单薄的身体狠狠地落在了地上。

而那只还在往前冲的机械蜘蛛,身体突然从中间裂开,因着惯性往前倾,最后无情地摔落在了沙地里,彻底变成了两瓣!

这突如其来的变故让毫无准备的几人都怔住了。

由于天色很暗,舒艾已经跑出了他们的照明范围,除了白迩之外,没人看清具体发生了什么,只听得空气中传来了舒艾的惨叫声。

白迩瞪大了眼睛,寒声道:"有人偷袭,也吃了变色龙!"他撇下那只超级狂石怪,飞一般冲向了舒艾。

众人汗毛倒竖,纷纷掉头冲向舒艾,奈何那些狂石怪怎么会放过他们,凶狠纠缠。

"舒艾——"乔惊霆拼尽全力打退一只,转身冲向舒艾,狂石怪紧追其后。

"救……我……"舒艾发出微弱的声音。

白迩和韩开予几乎同步抵达,舒艾被一只无形之手掐着脖子按在地上,胸口插着一把长匕首,正在潺潺冒血。而伤口处也在闪烁着浓浓的绿光,显然是舒艾在用自己的治愈能力跟对方抢夺自己的命。

他们甚至不知道那披着"变色龙外衣"的杀手究竟是谁!

白迩一刻没有迟疑地冲了上去,却被一脚踹中胸口,倒飞出去数米。

韩开予手中的长刀狠狠劈了过去,那隐形杀手终于被迫放开了舒艾。他刚要过去拉舒艾, 一道黑影袭来,狠狠撞在了他的身上。

白迩从地上爬起来,满脸的不敢置信,那隐形杀手的速度竟然如此之快,而且那一脚踹得极有修为,绝不是泛泛之辈。他眼神凶狠,马上也隐藏了自己的身形。

撞开韩开予的黑影现了身,是一只壮硕的猩猩异种,长臂长腿,孔武有力。

接着，不断有人现身，竟然出现了一支队伍。

众人立刻意识到，他们真的碰上截和的了。

舒艾挣扎着拔掉了胸口的匕首，却再次被那隐形杀手从地上拎了起来。

"放开她！"乔惊霆瞪目欲裂，"畜生，敢不敢出来见人？！"

那叫作费朗的猩猩人坏笑道："我们大哥就是不喜欢见人，你们的国仕小妞这么漂亮，送给我们吧。"

邹一刀和乔瑞都还在跟狂石怪纠缠不休，根本无法脱身，沈悟非又召唤出了好几只机械蜘蛛增援，否则邹一刀和乔瑞都就要扛不住了。

韩开予吐掉了嘴里的血："你们想要石头吗？我们也没打到，你们来早了。"

"杀。"隐形人发出了低沉的声音，是个中年男子，他把舒艾抛给了费朗。

下一秒，白迩感觉到了有人欺近的气息，他意识到，这个隐形人的速度和隐形能力都比他强，他的身体也瞬间消失在了空气里。两人凭着对方的身体在空气中移动带起的微弱的气息，判断彼此的位置，沉默地交战起来。

那一定是一场最诡异的战斗，因为他们几乎都看不见对方，外人更是看不见。

费朗沉声道："没听到吗？杀！"他一把揪住了舒艾的脖子，打算把她活活掐死。他的手下也纷纷袭来。

乔惊霆不顾一切地冲了上去，韩开予目露凶光，身形一晃，以他所能达到的急速，冲向了费朗，用肩膀狠狠撞进了费朗的前胸。他把速度和力量都提升到了极致，此时的他就像一颗大型子弹，在他冲撞的瞬间，费朗的胸骨根根折断，内脏受到了巨大的压迫，他口吐鲜血，身体倒飞了出去。

乔惊霆趁机接下了舒艾。

舒艾的胸口还在冒血，脸色惨白如纸，她一把搂住乔惊霆，过度的惊讶和恐惧让她浑身都在颤抖。

乔惊霆咬牙道："舒艾，别怕。"

费朗倒在地上，两眼翻白，竟是一击就去了大半条命，韩开予半跪在地，喘得好像下一秒就要晕厥过去，甚至无法站起来给费朗补一刀。

这帮人太危险，以舒艾此时体力的流失，肯定开不了防护结界了，他只能把人护在身后，面冲着其他敌人。

"你们这帮下三滥的截和的……"韩开予咬牙骂道。

"不要说得这么难听嘛。"一个女蛊师怪笑道，"我们是'收割者'，又不是只有临渊之国才有。"

"别废话，快杀了他们，狂石怪的狂化马上就要结束了。"他们的国仕叫道。

五个收割者一拥而上，齐齐扑向乔惊霆、舒艾和韩开予。

白迩的身体突然显形，因为他隐不隐形已经毫无意义，他身上全是血，最深的一条刀口横贯前胸，触目惊心，神情则是又狼狈又震惊，他忍不住吼道："你是谁？！"声音竟是有几分崩溃。因为他至今都没有看到完虐他的敌人究竟长什么样子，自进入游戏以来，他从未如此挫败过。

巨人化的邹一刀被四只狂石怪扑倒在地，被迫缩进龟壳躲避攻击，乔瑞都则被追得上天入地；沈悟非必须不断地牺牲机械蜘蛛保护自己的安全。

韩开予为了救舒艾，身体超负荷运转，此时已经快要力竭；舒艾受重伤，动弹不得；乔惊霆是现场唯一一个勉强算完好的，可他要怎么一边保护舒艾和韩开予，一边对付五个玩家？

所有人都没有料到，形势会在几分钟之内急转直下，直逼绝望的深渊。

乔惊霆大吼一声，天降数道雷电，劈向收割者，速度快得几乎都躲开了，那蛊师正被劈中，发出刺耳的尖叫。

一个超体的长刀就要落向韩开予的脖子。

乔惊霆鞭长莫及，胸口快要炸开了，他承诺过一定会保护韩开予！

韩开予双目圆瞪，被迫再次分泌肾上腺素，快速闪躲。等他出现在不远处的时候，他的面容在一瞬间老了十多岁，头发都掺了白，双颊凹陷，眼圈青黑，一副垂死之容，令人毫不怀疑，再来一次，他可能会血管爆裂、内脏衰竭而死。

那蛊师从电击中缓过神来，愤怒至极，一举召唤出了二十多只美洲狮，张着血盆大口，扑向了乔惊霆和舒艾。

乔惊霆曾无数次幻想自己会怎么死，但他决计没有想到有可能在今天，他们度过了那么多次的生死，什么大公会讨伐、狩猎副本、擂台决战，至少那些他们事先都有心理准备。而这一场战斗忽如其来，真让人难以接受，也以最快的速度，击溃了他们生理和心理的双重防线。

难怪"截和"如此致命，若不是在这种特殊情况下，他们何至沦落到这般地步！

就在千钧一发之时，天上突然降下了一颗闪光弹，在黑夜之中炸响，顿时将整个夜空辉耀得明如白昼。

众人纷纷捂住眼睛，白迩更是捂住剧痛的眼睛滚倒在地，闪光弹的强光对普通人来说都能致盲，对他来说简直致命，那隐身于虚空之中的杀手，也同样闷叫了一声。

这枚闪光弹的突然造访，暂时驱散了紧迫的杀意。

乔惊霆揉了揉眼睛，抬头一看，只见一个白净秀美的、面无表情的小男孩儿，光着脚，正无视重力地悬浮在天上。

他是！他是 King 养的小鬼——天崇。

天崇的突然出现让整个战场都安静了，除了还在不依不饶攻击着的超级狂石怪。

费朗在他们国仕的搀扶下，从地上爬了起来，他看着天崇，眼神有几分畏惧，一动也不敢动。

天崇的目光扫视全场，最后，他用细白的手指指了指远方，那意思很明显——滚。

费朗颤声道："老……老大……怎么办？"

那隐形杀手没有说话，又或者他在他们的沟通网内下了指令，下一秒，所有收割者都用旅行卷轴在瞬间撤了个干干净净。

沙漠里吹来一阵寒凉的风，一切都恢复到了几分钟之前，除了地上触目惊心的血液，能证明刚才确实有致命的杀手曾经来过。

白迩的眼睛已经看不见了，只能徒劳地挥舞着袖珍匕首，防御着已然不存在的敌人。

韩开予心弦一松，瘫软在了地上。

天崇冷漠地看了他一眼，转身就要飘走。

"喂，小孩儿。"乔惊霆重重吁出一口气，"谢谢你啊！"

天崇头也没回，一下子就消失了。

白迩颤声道："发生什么事了？"

"King 的……我先去帮刀哥他们。"乔惊霆顾不上多言，把正在自愈的舒艾平放在沙地上，转身冲向狂石怪。

超级狂石怪也在这时结束了狂化，恢复成了原样，而他们竟然一只都没能杀死，但是恢复原样的狂石怪均伤痕累累，几人开始反扑，很快就反败为胜。

这场战斗结束后，他们既无心、无力，也无胆继续留在这里，甚至等不及疗伤，狼狈地逃回了斗木獬。

乔惊霆小心地把舒艾平放在了沙发上，摸了摸她被汗浸湿的额头，轻声道："好点没有？"

舒艾有气无力地点点头："没事了，正在修复呢。"她的胸口不断散发出绿芒，修复着破损的脏器和皮肉。

乔惊霆握紧了拳头，转头看到浑身是血的白迩，脸色更加阴沉。

他们太大意了，明明韩开予已经事先提醒过这种危机，他们却放松了警惕，以至于差点儿要了舒艾的命。可如果当时不是舒艾，而是换成别人，说不定早就没命了。

那个隐形杀手太可怕了，简直是白迩的升级版，因为白迩是他们的人，所以他们从未体会过潜藏于黑暗中的刺客的可怖之处，今天只领教了一回，就叫他们终生难忘。

白迩吞了好几个治愈卷轴，脸色才稍微缓了过来，他仰躺在沙发上，一双妖瞳直勾勾地盯着天花板，不知道在想什么，只是眼神专注到有些吓人。

韩开予也在"吃"治愈卷轴，他衰老的容貌以肉眼可见的速度恢复了起来，他眼神冰冷，声音更是充满了怒意："我一开始说过什么？碰上狂化时，我们要在剩余四成生命力的时候撤退，结果几乎每一次，你们都拼到最后！"

屋内一片沉默。

"你们觉得自己无所畏惧，觉得只要多打几次，就能杀掉狂化的狂石怪，爆一把掉落概率，结果差点儿把命都爆没了，这下爽了吧？"

"……是我的错。"乔惊霆低着头，沉沉说道，"每次都是我要求留下来。"是他争强好胜、急于求成，每一次都甘冒风险去硬扛。以前没碰上过收割者，最多受些小伤，最终还是能杀死狂石怪，所以就抱着侥幸心理，一次又一次犯险……

谁也没料到，这次栽得这么狠，如果不是天崇及时出现，他们绝对不可能全身而退。

邹一刀烦躁地抽了口烟："我也不舍得撤，不是你一个人的问题。"谁都不愿意放弃打了一半的成果，因为他们时时都抱着一个简单的想法：狂战士符石会不会在这只怪的身上。只要一想到这个可能，他们就不愿意错过任何一只。

沈悟非叹了口气:"能反省是好的,其实大家都有点侥幸心理了,以为不会碰上收割者……这次也是一个警示,以后我们必须及时撤退。"

韩开予冷冷说道:"从今往后,必须按照我说的原则撤退,哪怕再拖延一次,我们就拆伙,我不会再让自己陷入今天这样的危险。"他看了乔惊霆一眼,讽刺道,"你连自己都保不住,还说要保我安全。"

乔惊霆脸上燥热,一句话都反驳不了。

沉默良久的乔瑞都道:"天崇为什么会突然出现,而且还帮了我们?"

乔惊霆摇摇头:"我不知道,但不像是碰巧路过。"

他们半夜刷怪是事出有因,正常人很少会选择半夜三四点来"路过"怪点吧,何况,King 并没有出现,凭天崇那么一个小孩儿,不可能刷得了临渊之国的怪。

"那么他就是特意来帮我们的了。"沈悟非沉吟道,"为什么呢?他是怎么知道我们处于危险的,又是为什么选择帮我们的?"

邹一刀缓缓说道:"那帮收割者肯定不是第一次作案,只要查一下降魔榜,就能知道他们在众帝之台,但是众帝之台有二十多个怪点,即便 King 是为了惩恶扬善驱逐收割者好了,他是怎么知道我们在狂石怪这里的?"

"不知道,我们也不知道,天崇来帮我们,究竟是不是来自 King 的授意。"

乔惊霆惊讶地看向沈悟非:"你的意思是说,天崇也有可能是自己跑来帮我们的?"

"有这个可能,但是还是 King 想要留我们一命这个理由更靠谱一些。"沈悟非分析道,"韩开予来到我们团队,就证明我们和蔓夫人有某种程度上的合作,King 也许是想帮蔓夫人。"

"也许只是想帮我们呢?"乔瑞都的目光巡视众人,"就像赵墨浓说的那样，惊雷现在是一把好剑，谁都能用两下，留下我们，对于King对局势的制衡也有用处，King最忌惮的，就是尖峰的两个列席者，而我们刚好在跟他们公开对立。"

"有道理，所以我们的行动，其实一直在King的掌握之下。"沈悟非忍不住抖了抖肩膀，他感到一阵毛骨悚然。

韩开予轻轻咬着手指，眼神中显出几分焦躁，不知道在想什么。

"那帮收割者，还会再回来吗？"乔惊霆目露寒芒，"这个仇必须报！"

"来日方长，他们的名字我都记住了。"邹一刀恶狠狠地说。

"还有一个……"白迩勉强撑起了身体，轻喘着说，"那个隐形的，叫什么名字？"

这个问题把所有人都问愣住了。

在游戏中，所有他们能看到的玩家，头顶上都会直接显示以下三个信息：姓名、等级、职业，而在降魔榜里，还能看到年龄、性别和所属公会，或者在玩家愿意透露的前提下，显示玩家所在城市。但那个隐形人从头到尾都没有现身，只有在当时打开降魔榜，查询所有在众帝之台的玩家，才能知道那个人的名字。

只是彼时情况危急，随时都可能送命，谁有心思去打开降魔榜查一个人的名字？

白迩把所有人的表情收入眼底，他失望地吁出一口气，居然没有人看到那个人的名字，可是，那种感觉……

邹一刀问出了一个关键的问题："白迩，我进入游戏这么长时间，第一次见到能打败你的人，不是那种打败，而是……怎么说呢，游戏里有很多人比你强，但是强得各有千秋，可没有一个人是跟你有类似的能力，却更胜你一筹的。"

当时情况很混乱，但是他们还是从白迩一身的伤和复杂的神情，看出了那个同样可以隐形、同样速度极快、同样体术高强的人，比白迩厉害。

乔惊霆看向白迩,跟着点了点头:"刀哥说得对,那个人,跟你的能力好像啊,简直就是个幽灵刺客。"

突然之间,毫无征兆地出现在他们周围,一击差点儿要了舒艾的命,把白迩打得疲于招架。游戏中竟然有这样厉害的人存在,而他们甚至从未听说过,光是想想就叫人背脊发寒。

白迩闭上了眼睛,心脏一下接着一下用力地跳动着,他心里隐隐有了猜测,但是不敢确认,他道:"给我一点时间。"

"你要做什么?"

白迩没有说话,而是默默打开了降魔榜。降魔榜内涵盖游戏中的所有玩家,默认按照等级排序,也可以自己选择排列类目,而且可以筛选、搜索,目前总人数为9373。

他在搜索框里,输入了一个"白"字,顿时,降魔榜列出了游戏中所有姓白的人的信息。

众人都不解地看着白迩,白迩闭着眼睛,一动不动地坐着,不知道在干什么。

乔惊霆刚想问,沈悟非做了一个嘘声的动作。

半响,白迩猛地睁开了眼睛,他的胸膛用力起伏着,眸中含杂着迷茫、惊恐、震撼,以及浓浓的恨意。

"白迩,你怎么了?"乔惊霆有些担忧地看着白迩。

白迩一跃从沙发上跳了起来,双拳握得死紧,玉一般臻白的脸逐渐显出狰狞的神色,他的牙齿在轻轻打着架,唇间碰撞出几个含糊的字:"是他……怎么会……真的是他……"

乔惊霆一把按住了白迩的肩膀,使劲晃了晃,严肃地看着白迩:"白迩,你怎么了?!"

白迩似乎找回一丝神志,他看向乔惊霆,轻声说:"他进来了,他进来游戏了。"

"谁？你到底在说谁？"在场所有人都没有见过白迩恐惧的样子，白迩是不惧生死的，一个强大而不惧生死的人，自然也就无所畏惧。

可是现在，白迩毫不掩饰地在害怕，他们原本以为那帮人就是趁火打劫的收割者，现在看来，远不止那么简单。

白迩用力深吸了一口气，再缓缓呼出，他反手抓住了乔惊霆的手臂，眼圈内拉满血丝，一字一顿地说："那个人，是白家的人，我的……叔叔。"

白迩的……叔叔？

又一个三天子都白氏的刺客？！

"怪不得他速度那么快、体术那么强。"邹一刀面色凝重道，"他也是无色人吗？"

"不，他是正常人。"白迩微垂下头，他已经恢复了惯常的冷静，但眼神依旧深不见底。

"正常人？但闪光弹对他好像也挺有用的。"

"白氏之人的眼睛，从小接受特训，除了在黑暗中视物，还有多种动态视觉和各种刁钻的视物方式，就算不是无色人，视力也比普通人强上很多倍，所以也害怕强光。不过受基因限制，他们的眼睛无论怎么训练，都比不上无色人。"白迩沉声道，"这也是非无色人不能继承家主之位这个家规的由来。"白迩说着，揉了揉眼睛，他被闪光弹刺激得几乎瞎了，刚才用治愈卷轴修复了一些，还没完全缓过来。

乔瑞都道："古时候照明不发达，夜能视物是顶级刺客的看家本事，可是到了现代……这个家规有点过时了吧？"

白迩轻声道："对，但家规就是家规。"

舒艾问出了所有人心中最大的疑问："既然是你叔叔，为什么对你……"

白迩那一身的血可不是开玩笑的，那个人，对白迩充满了敌意。

白迩沉默了片刻："他想杀了我。"

"你在游戏中成名已久，他不可能是第一天听说，应该是早就知道你的存在，这次的偷袭，也应该是预谋好的。"沈悟非一副头痛的表情，"这么看来，他还会回来找你。"

"不，我会去找他。"白迩抬起下巴，青中带赤的妖瞳盈满了比刀锋还要冰冷的憎恨与杀气，"我会杀了他。"

韩开予挑了挑眉，泼了桶冷水："白迩小弟弟，他明显比你厉害啊。"

"他可能吃了速度类的符石。"邹一刀道，"白迩的速度在游戏中排个前二十不成问题，比他再快的，要么是本身速度非常快的动物，要么就是积分多的老玩家，真的花了大价钱在提高速度上。"

"他是异种。"白迩道。

"哦，那也有可能是猎豹啊、羚羊啊、鸵鸟啊之类的。"邹一刀道，"我洗神髓的时候，也有鸵鸟这个选项，但我觉得那玩意儿长得太二了，还是忍者神龟帅。"

沈悟非点点头："既然如此，我们就得好好了解一下这帮收割者了。"

白迩站起身："我想一个人待一会儿。"

"白迩。"乔惊霆道，"你答应我，不管怎么样，不准单独行动。"

白迩扭过头，静静地看着乔惊霆，眼中的思绪叫人摸不透。

"你答应霆哥。"乔惊霆正色道。

白迩最终点点头："我答应你。"

乔惊霆松了口气："去吧，好好睡一觉，养养眼睛。"

白迩转身上了楼。

经历过刀哥的事，他们已经有了"你不说，我不问"的默契，白迩的过去必定是一段传奇，白氏的存在本身就是个传奇，只是传奇大多是悲剧。

白迩走后，脑中思绪万千的沈悟非，眉头已经快要拧到一起了。

"我们要去报仇吗？"乔惊霆道，"这伙人不灭，以后还有可能偷袭，太危险了。"

"也要找得到他们才行。"乔瑞都摇了摇头，"但凡收割者，多是居无定所的,很难找得到。"

"再怎么居无定所,也肯定会在某个地方吧,难道像我们一样躲在狩猎副本里?"

"也许会像我们一样,在某个偏远小城,也有可能在四大自由集市活动。"沈悟非道,"总之,确实不好找。"

舒艾不解道:"他们做这种缺德的勾当,仇家肯定很多,应该很容易就能打听到才对。"

"不,恰恰相反。"邹一刀道,"我们都知道游戏中有一些收割者,但是这些人通常没人知道是谁,因为他们几乎留不下活口。"

舒艾哑然。

"对,收割者多是趁着玩家打怪受伤的时候动手截和,一般玩家在双重夹击之下,很难活着离开。"韩开予道,"而且,很多收割者,不是一个固定的团队,我几乎没听说过有什么团队是靠收割为生的,那不现实,收割的最大目的,通常不是收人头,而是收东西。收割者在游戏中可能有一个对外的身份,比如某个公会的会员,只有当他们要收割的时候,才会聚集到一起,他们的行动很隐秘,出手一次,就要力求全灭,这样才不会暴露身份,所以,干这个的也多是高手。"

乔瑞都续了一句:"而敢在临渊之国收割的,是高手中的高手。"

"我倒不觉得那伙人多强,除了那个白氏之人。"乔惊霆冷哼一声,"只是他们偷袭,而且在我们被超级狂石怪缠住的时候,若是正常情况下,我们未必会输。"

"当然,所以收割者可恨又可怕啊,他们专门偷袭。"

"这件事也给了我一个很大的警示。"沈悟非叹道,"还是经验不足啊,忽略了有人可能会像白迩一样隐形,我的无人机应该加上热源探测器。"

舒艾抱住了胳膊,面上是挥之不去的恐惧的阴霾:"真不知道那个人,在我们周围隐形了多久……"

一想到有一个人潜行在周围，默默观察着他们，只等他们陷入困境，就召唤同伴，将他们一网打尽，这份耐心和狠绝，真叫人毛骨悚然。

"再也不能发生这样的事了。"沈悟非咬了咬牙，"我还得带一个雷达过去，防止对方使用飞行侦测器监视我们，还有什么是对方可以远程偷窥我们的方法？一定还有，我一定要杜绝所有可能……"

邹一刀拍了拍沈悟非的肩膀："别慌，这不是你的错，我们这趟有惊无险，又提高了警觉，也算是因祸得福吧，以后不仅侦察要到位，也要严格遵守撤退原则，应该能杜绝被偷袭了。"

韩开予冷哼一声："反正你们再一意孤行，我一定走人。"他也站了起来，"我得去喝点酒，赌几把，压压惊。老子今天差点儿挂了，我还没享受够呢。"

韩开予走后，屋内的几人大眼瞪小眼。

沈悟非道："今天就休息一天吧，最近神经绷得够紧了，正好放松一下。"

"你又要去找蚕了，对吧？"

"嗯，它远比我聪明，能给我更好的建议。"

邹一刀嘿嘿一笑："你说，我们这样算不算也是一种作弊啊，一直让蚕辅助我们？"

"就算是作弊，也是系统认可的，系统开放狩猎副本，让完成副本的玩家可以随时进出，就是为了让我们在副本里有另一片天空。"乔瑞都说道，"我听说有蛊师专门去神怪类的副本里练蛊，去未来类的副本里买武器，或是去仙侠类的副本里拜师学武，副本里有很多宝藏，就看你会不会用。"

沈悟非笑道："是啊，我们不就发掘了一个吗，蚕本身就是一个巨人的宝藏。"

邹一刀笑骂道："快滚吧，再待下去你要给蚕朗诵诗歌了。"

沈悟非走人，几人也都散了，他们没心思干别的，都打算回去好好休息一番，压压惊。

乔惊霆走到自己房间门口，犹豫了一下，转身看向白迩房间紧闭的门扉，他要去找白迩聊一聊吗……

"你没听那小子说要一个人静一静吗？"乔瑞都刻薄的声音在背后响起。

乔惊霆翻了个白眼儿，打开门就要进屋。

"我有一个问题。"乔瑞都靠在墙上，斜睨着乔惊霆，"你要发誓你会说真话。"

"我连要不要听你的问题都在考虑。"乔惊霆讽刺地一笑，"我有什么义务对你说真话。"

"因为这个问题你早晚要问自己。"

乔惊霆眯起眼睛："什么问题？"

"如果你现在就可以离开游戏，你会走吗？"

乔惊霆皱起眉："这什么不着边际的问题，我现在能离开吗？"

乔瑞都犀利的目光一眨不眨地盯着乔惊霆："你什么时候离开不重要，重要的是，也许你能离开的时候，其他人却不能，你会把他们扔在游戏里，一个人离开吗？"

乔惊霆愣住了。一直以来，他都希望带着所有他在乎的人离开游戏，可是他却不敢往深了想。因为，所有人都离开游戏，听起来太过不现实，连他自己都未必有机会实现，他又凭什么带着其他人离开？金字塔尖上的人会越来越少，最接近"尊"之位的那个人，已经等了足足两年，他们这么多人，需要多少年？

如果不是外面还有亲人在等着他，那么不管发生任何事，他都会留下来，等所有人一起离开，可是……他的姥姥能等他那么久吗？

乔瑞都的话，利剑一般戳中了他的心脏，逼迫他直视这个一直以来他都在逃避的问题，他们现在所做的一切，最终都是为了将他们带到这个问题面前,然后做出最艰难的抉择。

多么讽刺,多么可怕。

乔瑞都见他久久不语,径自低笑了起来:"果然,忠孝两难全了吧?"

乔惊霆恶狠狠地瞪着乔瑞都:"我现在不需要思考那么远的事。"

"你是不敢思考,一旦想得太深,就连现在迈步子都会没有底气,对吧?"乔瑞都眼神冰冷,"你一直就这样,自以为重情重义,其实就是个软弱的蠢货,世上哪有那么多两全其美的事,你究竟是想尽快离开游戏,还是想让所有同伴活着,你自己都没想清楚,你没想清楚,这两件事本身就自相矛盾吗?!"

"你闭嘴!"乔惊霆低吼道,"这条路我们才走了不到一半,你凭什么认定我就做不到两全其美?"

乔瑞都冷冷一笑:"因为,不是所有人都像你这么蠢。"

乔惊霆寒声道:"别再说这些屁话挑拨离间,有这工夫,多杀几只怪吧。"他打开房门进了屋,重重地摔上了门。

乔瑞都的表情阴沉不已,他轻轻说道:"太蠢了……"

The Abyss Part One

Game

Part 6：决斗

沈悟非强迫自己正视方遒射过来的毒辣目光，他心中已经有了令他胆寒的猜测，他的声音控制不住地颤抖起来："你想……谁和谁决斗？"

方遒微微一笑："我和你。"

深渊游戏Ⅲ·轮回镇

乔惊霆被乔瑞都一番话弄得倦意全无，跑到虚拟系统里打了好几个小时的怪，可依旧心绪难平。

晚些时候，沈悟非从情报贩子那儿拿到了那帮收割者的资料。

"白妄，也就是白迩的叔叔，是他们的牵头人，没有加入任何公会，这个人进入游戏的时间不长，但是成长得特别快。"沈悟非缩了缩肩膀，"他在新手村干了件特别轰动的事。"

"什么事？"

"他一夜之间杀了上百人。"沈悟非偷偷看了白迩一眼，"如果不是受等级限制，他可能会屠村。"

众人不寒而栗。

白迩面色平静，毫无波澜："对他来说，不是什么难事。"

"这个人如此残暴……"舒艾又想起了被那无形之手用力扣住咽喉，一刀插进心口的恐惧，如果不是她有能量防护罩，如果不是她拼了命地跟失血的速度赛跑，修复自己的伤口，她早就没命了。

乔惊霆安抚地顺了顺她的头发，沉声道："这个白妄这么厉害？"

"他是上一辈里天赋最高的。"白迩深吸了一口气，"是白氏当代最厉害的刺客。"

"可他是个正常人。"

"对，正常人和无色人最大的区别，就是眼睛，但夜视能力在现代确实已经不如古代占优势，无色人反而会因为惧怕阳光和外形太容易受瞩目而成为短处。"白迩低声说道，"白氏就是否废除那个'非无色人不能当家'的家规，已经争斗了几代，到了我们这两代愈演愈烈，必须有一个结果了。"

"什么意思？"

"现在的当家人，是我父亲。"白迩垂下了眼帘，"我父亲的天赋远不如白妄，到了我这一代……天赋最高的，是我弟弟，他也是个正常人。"

"也就是说，白氏连续两代人，都是正常人的天赋超越了无色人，也难怪正常人要坐不住。"邹一刀深深地看着白迩，"所以，你应该就是白氏下一任的当家了？"

白迩闭上眼睛，藏住了情绪，轻轻点了点头。

"难怪他要杀你……"乔惊霆嗤笑一声，"结果你们却都进游戏了。"

"其他人呢？"乔瑞都问道。

"那个费朗是一个小公会的人，也有一个尖峰的人，其他大多是自由人。"

"所以他们真是临时组盘子啊。"邹一刀冷冷一笑，"可盘子一散，就很容易逐个击破。"

"对，但是要找到他们也不容易，如果要掌握这帮人的行踪，还得花一大笔钱，我觉得不是很值得。"沈悟非翻了翻资料，"我们真正需要找的，只有白妄一个。"

"他在哪儿？"白迩寒声道。

"还在找。"

白迩沉默了一下，摇摇头："他如果想隐匿行迹，就几乎不可能找到他，不过，他会来找我的。"

"这个人太危险了，如果他一直做一个收割者，倒是构不成什么威胁，可如果他加入了什么公会……"乔瑞都眯起眼睛，"尤其是跟我们敌对的，那就麻烦了。"

这种杀人于无形的刺客，就像抵在背后的一把刀，不知道什么时候就会在人毫无防备的时候捅进来，他们第一次体会到了白迩的恐怖。

"这次我做了十足的准备，他们很难再偷袭了，不过万事小心吧。"沈悟非道，"大家如果准备好了，我们就回众帝之台。"

韩开予站起身，抖了抖外套："那句话不用我再重复了吧？"

"知道了，我们会严格遵守撤退原则。"

"嗯哼，走吧。"

他们回到狂石怪的窝后，做的第一件事就是布设各种防偷袭的设备。

加装了热源探测器的无人机、能够检测到电子侦察装备的雷达,还在周围埋了压力感应单兵地雷。

这些工作都是沈悟非操控机械蜘蛛完成的,他疲倦地叹了一口气:"记好地雷的位置,别撤退的时候自己踩着了。"

邹一刀拍拍乔惊霆的肩膀:"听到没有,记好啊。"

"干吗特别提醒我?"乔惊霆甩开他的手,"什么意思你?"

邹一刀嘻嘻笑道:"我心眼儿好嘛。"

韩开予摸了摸下巴:"这些地雷不错,狂石怪追我们的时候,最好能踩上几枚。"

乔惊霆握了握白迩的脖子:"去引怪吧,小心点。"

白迩头也不回地冲向狂石怪的据点,身形飘忽之间就消失了。

舒艾感慨道:"以白迩的速度,再加上可以隐形,只要具备足够的力量,就能马上破坏能量防护罩,杀人于无形啊。"

"确实,白迩的短板就是力量不足。"沈悟非道,"我会劝他多加一些体能的,他太沉迷于追求极致的速度了。"

"这回他受了刺激,肯定不会听你的了。"乔惊霆有些头疼,白迩非常有自己的想法,也习惯了特立独行,他大概是唯一能够稍微劝阻这个孩子的人,但他也没多少把握,毕竟这回牵扯到的是白氏之人。

白迩很快就把怪引了过来,他们对这一套战略已经驾轻就熟,马上就开始干活儿,只是乔惊霆注意到,白迩比往日更加沉默了。

那天结束后,他们回去吃饭的时候,乔瑞都沉着脸说出了一个他最新得到的消息——从陈忿颜那里。

"什么?何凯文被尖峰吸纳了?!"邹一刀的音量瞬间拔高了,"何凯文至少带走了一百多号人吧。"

何凯文正是对余海非常忠心的旧部,乔瑞都的审判结束后,他从禅者之心带走了一百多人自立门户,他们前一次听到这个人的消息,据说是攻下了一个小公会，标记了属于自己的生命树，没想到这才不到一个月，就归顺尖峰了。

乔瑞都点点头："就是这两天的事，念颜姐姐刚得到消息，我刚才打开降魔榜看了，何凯文标记的那个城市，已经改成尖峰的子公会了。"

"这样一来，尖峰的人数就有六百多了，快要赶上禅者之心了。"

乔瑞都道："禅者之心人员流动性非常大，常住人口看上去很多，但是真正是公会会员的只占一部分，而且由于公会规矩随性，去留全凭自愿，所以实际上……如果真的打起来，禅者之心的人数肯定比不过尖峰。"

"对，禅者之心和假面的会员都有一个共同的问题，就是忠诚度低。不过他们忠诚度低的原因两极分化：一个是因为老实怕事的人太多，一出事就作鸟兽散；一个是因为好斗恶人太多，为了自己的利益什么都不在乎。"韩开予喝了口酒，侃侃而谈，"而忠诚度最高的公会，第一绝对是蔓夫人，只有她对女性玩家有这么强的凝聚力，而且是感情层面的；第二就是尖峰，尖峰在管理上非常有一套，赏罚分明，会员黏性很高。"

舒艾不服气："我们公会的黏性可比他们大多了。"

韩开予哈哈笑了起来："你们还叫公会啊，一只手数得过来的人数，谁在乎你们黏性大不大。"

乔惊霆不满道："我们怎么就不是个公会了，人数在精不在多。"

"等尖峰派大部队来灭你们的时候，你们再讨论精与多的优劣吧。"韩开予笑了笑，"何凯文和尖峰有着共同的敌人，你们、假面、禅者之心。当然，还有很多共同利益，他们联合不稀奇，不知道他们下一步打算做什么。"他的目光扫过在场的每一个人，"好歹同生共死了这么久，我也不是那么冷酷无情的人，给你们提个醒，尖峰现在势不可当，你们基本上是死定了。"

乔惊霆翻了他一眼："这还用你提醒？"

多次被他们卷了颜面、充斥着旧仇的六百多人的大公会，如果下定决心要弄死他们，他们好像是没多少活路了。

"别急,我还没说完。"韩开予修长的手指把玩着酒杯,"想要从外部硬碰硬地击破尖峰,除非其他三大公会联手,所以,也就是不可能的,你们想活命,就得想办法从内部击溃他们。"

沈悟非苦笑一声:"这个道理,我们当然懂。"

韩开予耸了耸肩,突然把酒杯倒扣在桌上,做出摇骰子的动作:"哎,要不要赌一把?"

"又赌什么?"

"赌你们和尖峰的一个月之期到的时候,尖峰会不会发大招灭了你们。"韩开予嘿嘿一笑,"我赌会。"

"去去去,狗嘴里吐不出象牙。"邹一刀抓过他的酒杯,给他满上酒,"不如赌今天你跟我,谁先倒下。"

韩开予挑了挑眉:"好啊,还是老规矩,输了我明天的佣金就不要了,可别忘了,至今你们还没赢过。"

"喝!"

那顿饭两人喝了不少酒,喝多了就开始吹牛放炮,其他人都早早去休息了,毕竟几个小时后,还得去恶战一场。

乔惊霆睡醒之后,下了楼,看到其他人都差不多到齐了,他打了个哈欠:"白迩呢?"他扯着嗓子喊道:"白迩,走啦。"

白迩本就是浅眠,平时从来不会是最后一个集合的,难道是心事太多,累得睡过头了?

乔惊霆就要转身上楼。

"别去了。"乔瑞都平静地说,"他出城了。"

乔惊霆的身体僵住了,他赶紧打开城市系统,白迩真的不在城内!森冷的寒意从脚跟直冲脑门儿,他感到头皮一阵发麻,不祥的预感瞬间遍布了全身,他几步冲到乔瑞都面前,一把拎起了他的领子,恶狠狠地说:"你什么时候发现的?!"

357

乔瑞都仰着下巴,面无表情地看着他:"刚刚。"

乔惊霆想从乔瑞都的眼睛里看出什么,但那双眼睛毫无破绽,他咬了咬牙,一把推开了乔瑞都。

舒艾急道:"糟了,白迩退出了沟通网!"

"这回麻烦了,他肯定是去找白妄了。"邹一刀脸色也变了,"不知道他用什么方法找到了白妄,或者……"

"应该是白妄找了他。"沈悟非用力揪着头发,神色慌张,"白妄可以找一个国仕给他发私聊,他……他就这么容易上钩?!"

"马上给他发私聊。"乔惊霆按住了舒艾的肩膀,急道,"问他在哪儿,让他马上回来。"

"我已经发了很多条了,他完全不回应!"舒艾咬着嘴唇,"怎么办,他根本打不过白妄啊。"

"这个兔崽子。"乔惊霆气得一脚踢翻了茶几,白迩去找白妄,能有什么好结果,那小子本来就不在乎生死,这一次,也许就是抱着赴死的念头去的……

"冷静,冷静。"沈悟非深吸几大口气,那两句"冷静"好像是给自己说的,"我要分析,想办法找到他……"

"我联系情报贩子。"邹一刀说着掏出了手机。

韩开予的目光巡视众人,仿佛欲言又止,他犹豫了片刻,才无奈地叹了口气:"算了,那小子打怪的时候还救过我,我良心发现一回,帮你们找他吧。"

"你能尽快找到他?"

韩开予也打开了手机,一边键入,一边说:"肯定比你们所有人都快。"

韩开予的情报网果然比邹一刀和沈悟非高级了许多,不到十分钟,他就得到了消息。"他和白妄都在决斗之城昴日鸡。"他加重了口气,"……的擂台上。"

几人二话不说就冲出了门,韩开予一副看好戏的表情,跟了上去。

Part 6 决斗

决斗之城昴日鸡,可能是他们来得最勤的城市了,每一次几乎都没什么好事儿,围观别人决斗是很痛快的,但自己或自己人决斗,那滋味儿真是烧心烧肺、坐立难安。

擂台周围已经聚集了一些人,但不多。一是因为现在是半夜;二是两人都不是什么大人物,白迩还算小有名气,白妄进入游戏时间太短,几乎没几个人知晓;第三个原因最奇葩,因为两人不停地隐形,就算不隐形的时候,速度快到重影,让人根本看不清他们干了什么,从来没有哪一场决斗这么乏味,看都看不清,所以围观的人本就不多,还在逐渐减少。

但是当乔惊霆和韩开予出现的时候,人群又聚拢了过来,围观惊雷战队的有之,期待韩开予组织赌局的有之,总之,有热闹的地方总不会缺人。

韩开予推开一个满身酒臭味儿的汉子:"今天不赌今天不赌,走开走开。"虽然他挺想赌的,但是他不敢说自己赌白迩输。

几人冲到擂台下,乔惊霆怒吼道:"白迩,你的脑子是不是进水了?!"

两道白影从空中分了开来,分别落在擂台两侧,并同时显出了身形。

一个是脸色惨白、身上带伤、已显疲态的白迩;另一个是身形劲瘦、相貌阴柔的俊美男子,他看上去和邹一刀差不多年纪,气质跟白迩相似,冷漠而阴沉,也是一身白衣,就连长相都跟白迩有几分神似,这个人无疑就是白迩的叔叔——白妄。

白妄轻声说:"这么快就搬救兵来了?"他音量低沉,却自带一股不容忽视的气场,直叩人心。

白迩抹掉眼角的血迹,一句辩解都没有,也没有看乔惊霆等人,直冲向了白妄。

"白迩!"乔惊霆气得就要上擂台。

擂台周围的NPC突然围了过来,将乔惊霆拦住:"玩家,在玩家自愿决斗之时,其他玩家不允许打断。"

"滚开。"乔惊霆推开了一个NPC。

那 NPC 马上掏出了枪来。

邹一刀一把架住乔惊霆，把他拖了回来："你别冲动。"

"白迩打不过他，你看不出来吗？"乔惊霆咬牙道。

"你听好了，第一，白迩未必会输。"邹一刀压低声音在他耳边道，"第二，就算白迩输了，我们要救他，也不是现在。我们还不知道这城里有多少 NPC，会受到多少阻拦，现场还有这么多玩家，不知道会不会趁火打劫。"

沈悟非走了过来，也轻声道："我们要从现在开始布局，才有可能把白迩带走，你现在跟 NPC 打起来，我们就一点机会都没有了。"

擂台上的两道白影再次分开，没人看清发生了什么，但白妄肩上多了一道伤，白迩终于看向台下，他平静地看着乔惊霆："不用管我，你们马上走，我今天会跟他分出一个胜负。"

"你想死吗？！"乔惊霆怒急攻心，"当初我们被尖峰追杀，也是因为你一意孤行杀了尖峰的人，你到底要任性妄为到什么时候？！"

白迩怔了怔，眼中闪过愧色。

"很好。"沈悟非在沟通网内说道，"继续说这类的话刺激他。"

乔惊霆原本是气急了才口不择言，但确实也只有这种话，白迩能听进去，否则这小子疯起来什么也不在乎。

白迩果然有了一丝迟疑，他最不愿意的就是拖累乔惊霆等人。

白妄闪电般出现在了白迩身后，一刀扎向他的背心，他狼狈闪躲，还是被划开了肩头。

白妄冷冷地说："这时候还敢分心，教过你的都忘光了吗？"

白迩滚落在地，又翻身而起，治愈卷轴的绿光集中在肩头闪烁，还是止不住鲜血往下流，他咬了咬牙，冲着乔惊霆喊道："我从来没要你们救我，你们赶紧走！"

邹一刀骂道："你说得轻巧，少了你谁引怪？你不走，我们不走，大家一起死在这儿吗？"

白妄轻蔑一笑，身体瞬间消失了。白迩两手握着袖珍匕首，不再理会那些声音,他目光沉静地巡视着四周,同时用耳朵和皮肤,去分辨那细微的空气流动产生的风压,来判断白妄的位置。

台下之人也纷纷屏住了呼吸,他们跟白迩一样好奇,白妄在哪里,这个神秘又厉害的男人,已经把白迩逼得节节败退,却至今连异种形态都没有使出来。

白迩眸中精光一闪,腰身猛地向右旋拧,双手的袖珍匕首对着虚无交叉划了下去,清透的血珠顿时飘荡在了空气中。白迩瞅准机会,快速攻了上去。

白妄很快显形,他左臂上多了两道伤口,他面色不改,稳稳地接下白迩的一招,轻巧拆除。

两道白影在擂台上无声地厮杀。他们的身形均是轻巧灵动,如幽冥一般飘忽,又如水一般多变,有些招式仿佛凌驾于重力之上,缥缈得不似凡人,把杀戮演绎得像一出美妙却残酷的舞蹈。当然,只有极少数人能有幸欣赏,大部分人只看到两条白影见了鬼似的在快速飘来飘去,根本看不清他们干了什么。

韩开予摇了摇头,小声说:"要输啊,完全不是对手。"

乔瑞都"啧啧"嘲弄道:"他都说了不用我们管了,还赖在这儿干吗?"

没有人有空回应他们,所有的目光都集中在擂台上,围观的人竟也逐渐多了起来。

唯有沈悟非无心比赛,他默默地分析着整个城市的布局、NPC数量、集结时间等,想着要怎么分布机械蜘蛛,才能最大限度地阻挡NPC和肯定会浑水摸鱼的其他玩家的攻击,让旅行卷轴有足够的时间读条。他计算了一圈,发现如果硬要破坏这个城市的规则带白迩离开,他可能要把所有机械蜘蛛都扔在这里,唯一避免这场巨大损失的方法,就是擂台上的两人停下,实在不行,一个人停下也好啊。

沈悟非把自己的分析结果在沟通网内快速说了一遍:"我花了很多心血和积分培育出这一批机械蜘蛛,如果它们折在这儿了,我们至少有十天时间不能去刷狂石怪，快想办法让白迩弃权，惊霆，他只听你的话。"

乔惊霆用力握了握拳头，朝着台上喊道："白迩，你现在不但自己找死，还连累我们跟你一起送死，你是想让我们被NPC活埋了吗？"决斗之城因为常年决斗不断，NPC的数量非常多，这也是他们不敢轻举妄动的最大原因。

"滚！"白迩气急败坏地喊道，"都给我滚！"

"你死在这儿有什么用？你弟弟呢？你不想回去见他了吗？"

一提到这个人，两个白氏之人脸色都为之一变，白妄扭过脸，看着乔惊霆，眸中寒光四射，白迩气喘吁吁地捂住腹部，鲜血顺着指缝往下流，治愈卷轴的治愈速度根本追不上损耗。

白妄寒声道："畜生，你泄露了多少白氏的秘密？"

白迩用无比毒辣的目光死死盯着白妄："有什么关系吗？反正我早就是个死人了。"他阴冷一笑，"你也未必能爬出这口大棺材。"

"我不需要爬出去，我只需要斩草除根。"白妄冷酷地说道，"我很高兴在这里遇见你，这样我才能确保你真的死了，死在我手里。"

"你就是杀掉所有无色人，还会有新的无色人出生，而你永远也别想成为白氏宗主。"

白妄轻轻一笑："但我的儿子可以。"

白迩面露狰狞，厉声吼道："你只会害死他！"他足下点地，极速冲向了白妄。

两道白影再次相交于半空，融入你死我活的血腥旋涡。

"怎么办？"乔惊霆拳头握得死紧，恨不能上台帮白迩干掉白妄，他原本以为他和乔瑞都的兄弟关系够糟糕了，但是跟这对叔侄一比，至少他们还没到要杀了对方的地步。

沈悟非叹了口气："如果白迩真的劝不动，那就只能按计划行事了。一会儿机械蜘蛛一出来，会先放烟幕弹，你们准备好护目镜，然后它们会逐渐缩小包围圈，把我们挡在中间，抵挡NPC。在此期间我们必须让白迩脱离战斗，带他离开……"他把计划从头到尾巨细无遗地说了一遍，最后，他道，"舒艾，把我们的计划告诉白迩，他要是不想我们都死在这儿，就必须配合。"

舒艾点了点头。

擂台上的白迩明显迟疑了一下，白妄冷笑道："想逃跑是吗？"

白迩咬紧牙关，挡住白妄挥过来的刀锋，长时间极速行动，他的身体已经快要到极限。多年以来，这个男人给予他的阴影从未消散，如今他重生于游戏之中，竟然还是无法摆脱！

白妄的声音仿若地狱幽冥："就像当初那样，一逃了之，留下自己的弟弟……"

"啊——"白迩厉吼一声，秀丽的五官被仇恨扭曲了，"白妄，是你！是你——"

白妄一脚踹在了白迩的心口："你太弱了，无论是身体，还是心，你根本不配成为白氏宗主。"

白迩重重摔倒在地，滚了数圈才停了下来，他勉力撑起身体，唇角溢出一股血，他眼圈通红，充满凌厉的杀意，可一身的狼狈让他像极了一头败走的兽，被逼到悬崖边缘，再没有了往日的沉静淡漠。

"我，从未想要成为宗主。"白迩的声音颤抖得不成样子，"这被诅咒的、被诅咒的身体，被诅咒的命，我巴不得让给你！"他翻身跪地，双臂一甩，十几把袖珍匕首长了眼睛般朝着白妄咬去。

白妄的身体轻盈地在空中连翻三圈，匕首擦着他的皮肉、衣袂划过，凶险万分。

白迩一手撑住膝盖，半跪于地，几乎没有力气站起身，两条腿的筋都在发狠地抽着，疼得他浑身直抖。

白妄潇洒地落回原地，把玩着手中的刀："白迩，你的天资太普通了，不配当大任，这一身恶心的白皮，确实是你的诅咒，没有人想要。有朝一日，我要让这毫无用处的劣等基因在白家绝迹！"

白迩吐掉口中的血,突然嘲弄地笑了起来:"白妄,其实你很嫉妒吧,无论是我,还是我父亲……你天资那么高,又怎么样呢?还不是备受冷落,这一身皮,是你这辈子最想要的吧!"

白妄脸色骤变,身形瞬移到了白迩面前,举起了手中的利刃。

"砰"的一声枪响,白妄的手腕正中一枪,能量防护罩挡下了那颗子弹的大部分威力,但由于狙击枪势能巨大,他的刀脱手而出,手腕骨也裂开了,在剧痛中垂了下来。

邹一刀闭着一只眼睛,从瞄准镜里看到了自己的成绩,高兴地吹了声口哨:"枪法没退步嘛。"

人群躁动起来,NPC也因为邹一刀违反了昴日鸡的公平决斗原则而被触发了,大拨地涌向了邹一刀。

沈悟非一下子召唤出了二十多只机械蜘蛛,快速分布在擂台周围,统一释放了烟幕弹。

韩开予以最快的速度冲上了擂台,乔惊霆紧随其后。

白妄反应过来,将白迩踹倒在地,左手抽出靴中匕首,还想再刺,韩开予已经近身,一脚将白妄踹开,抱起白迩回身就跑。

白妄追了上来,乔惊霆一锏劈向他的颅骨。烟幕弹的烟还未完全散去,白妄眼前模糊不清,只得后退闪避,乔惊霆也不恋战,逼退他之后,就跟着韩开予跑了。

他们集中在机械蜘蛛围起来的保护圈内,外围的NPC潮水一般涌来,更有玩家趁乱往包围圈内扔炸弹,一时之间,整个昴日鸡都陷入了极致的混乱之中。

沈悟非叫道:"快走啊!"

众人纷纷拿出旅行卷轴……

突然,空气中接连传来剧烈的爆炸声响,跟放烟花一样充满了残酷的节奏感,只是爆发出灿烂"烟火"的是沈悟非珍贵的机械蜘蛛,它们一只接着一只地被炸断刀腿或是核心组件,内部线路正火花四射。

"什么人？！"沈悟非惊恐地叫了一声，他心中已经有了猜测。

烟幕弹造成的白雾逐渐散去，周围的景象重新清晰地浮现在视野里。他们被机械蜘蛛围在中间，外围，已然站满了人，有NPC，有城内玩家，还有一帮空降的不速之客，瞬间抽空了他们的血液，让他们浑身都冷透了。

方遒！

似笑非笑地站在他们面前的，正是列席Jack之一、尖峰二把手的"魔术师"方遒，他还是那般浮夸的打扮，一张娃娃脸却充满了邪恶的气息。

方遒轻轻用手里的魔术杖点了点地，那节奏就像在拍手："不错，这场战斗很精彩，我已经看了一会儿了，你们都没发现我是吗？"

乔惊霆的目光从方遒身上移到了他身后，方遒带了十来个人，有几个还是熟悉的老冤家，比如被尖峰招了安的余海旧部何凯文，还有那日在斗木獬唯二活下来的尖峰玩家，一个异种鸟人，一个国仕，不比当时的狼狈，两人站在方遒身后，显然充满了安全感和自信，眸中跳跃着复仇的火焰。

邹一刀呵呵两声："谁知道你龟缩在哪个角落，否则就你那帽子，想不发现你也难。"

方遒冷笑一声："你们也就现在能过过嘴瘾了。"他的目光落到了白妄身上，"你做得很好。"

白妄面无表情地点了点头。

众人心中一惊，尤其是白迩，他看着白妄的眼神快要滴出血来。

这是圈套！

尖峰一定是顾忌他们在斗木獬又埋了什么上天入地的陷阱，所以让白妄利用白迩，把他们引到了这里来，他们就这么中了计，俨然已如瓮中之鳖！

众人脸色都难看至极，尤其是韩开予，对他来说简直是无妄之灾。

白迩闭上了眼睛，沉沉说道："……对不起。"

如果不是他的冲动，如果不是他的一意孤行，就不会让惊雷步入这个陷阱。

乔惊霆按了按他的脑袋，没说什么，只盯着方遒，拼命想着他们该怎么才能脱险。

他们躲了这么久、藏了这么久，终究还是被尖峰逮了个正着。也罢，其实这一天早晚都会来，只是在这个全然陌生的城市里，他们本就几乎没有胜算，现在简直要倒扣成负数了。

沈悟非在沟通网内道："舒艾，给赵墨浓、兰蔓和韩老发求救信息。"

舒艾道："好……他们会来吗？"

"我不知道，试试吧。"沈悟非脸色惨白，他一直非常惧怕方遒，因为方遒太针对他了。

没想到方遒这次没用眼刀子剜他，而是先把目光放到了白迩身上："小朋友，你当年刺了我一刀。"他下意识地用戴着白手套的手，摸了摸脖颈，那早就平整如新的皮肤，仿佛还对那险些要了他命的一刀有所记忆，"这个人就是我还你的，看来他帮我还了很多刀，哈哈哈哈哈。"

白迩用血红的眼睛瞪着他，身体疲倦到双腿在发抖，却也强撑着没有倒下。

白妄从擂台上跳了下来，走到了方遒身后。

白迩轻咳两声："白妄，你居然甘心做别人的狗，你简直是'白幽冥'的耻辱。"

白妄没有说话，只是用一种看死人的眼神看着他。

乔瑞都冷哼一声："方遒，你就想凭这个阵仗杀了我们？"

"你觉得不够吗？"何凯文阴阴一笑，露出一口烂糟糟的牙，"乔瑞都，别忘了，你现在是放逐期，没有了禅者之心的撑腰，你这个小白脸就是一坨屎！"

"是吗，你敢跟我上擂台吗？"乔瑞都眯起眼睛，"我们单挑，如果我赢了，你们就滚。"

何凯文愣了愣，他底气不足，一下子被堵得说不出话来，他没有自信赢乔瑞都，更不敢越过方遒答应这个挑战。

方遒斜了何凯文一眼，何凯文立刻低下了头，方遒懒懒说道："别想耍什么花招,知道我为什么选这里给你们挖坟吗?因为……"他清了清嗓子,"我要让深渊游戏的每一个玩家,都看到,胆敢对抗尖峰的人的下场!"他的声音不大,但是声波的能力却让这段话轻松扩散至昴日鸡的每一个角落,让城内所有人,都听得清清楚楚。

韩开予举了举手:"那个……我是他们雇来打怪的,跟他们不是一伙的,我现在走还来得及吗?"

方遒冰冷的目光扫过韩开予,韩开予耸了耸肩:"方先生,来日方长,说不定你还用得着我,放过我吧。"

方遒迟疑了两秒:"滚。"

韩开予笑着微微躬身:"谢谢谢谢。"他毫不犹豫地跳出了机械蜘蛛的包围圈,汇入了围观的人群,眨眼间就不见了。

惊雷等人根本无暇顾及他,他们都在想着怎么才能脱身。

方遒讽刺地一笑:"你们真是一群又可悲、又可怜的跳梁小丑。完成了几个副本,赢了几场战斗,就不知道天高地厚了,以为自己对大人物稍有利用价值,就有人撑腰了?哈哈哈哈哈,我倒要看看,今天谁会来救你们。"

乔瑞都勾唇一笑:"方遒,你又何尝不是可悲可怜,上面压着几座大山,夹缝中求生存,生存中求发展,常伴虎侧,战战兢兢、如履薄冰,一定觉都睡不好吧?"

方遒脸上闪过一丝狰狞:"乔瑞都,你成败就在这一张嘴了,你凭着这张嘴从韩老那儿哄骗来多少好处,又把禅者之心搅得天翻地覆,这儿可有人等着撕烂它呢。不过,我倒要感谢你,如果不是你,禅者之心又怎么会在短短数月间痛失一臂,实力锐减。"

乔瑞都哈哈大笑道:"你一直把禅者之心当作假想敌,可惜,无论是韩老,还是杨泰林,都从没将你放在眼里。"他的口气变得轻佻而嘲弄,"注意,我说的是你,不是江城。"

方遒死死握紧了魔术杖,魔术杖的一头更深地扎进了土里,泄露了他心头的怒火。

江城正是尖峰的老大，传说中唯一可以跟 King 抗衡的男人。

自沈悟非发现了方遒没有把他被自己的第二人格击退一事告诉江城，他就断定方遒跟江城之间定有嫌隙，乔瑞都这番话，正戳中方遒的心。

方遒恶狠狠地说道："你们这群……原本你们完成我交代的任务，我还可以让你们多活些时日，没想到你们居然敢公开挑衅尖峰、挑衅我！天底下就没有比你们更急着送死的白痴了！"

"别废话了。"乔惊霆晃了晃胳膊，"不就是要打吗？来吧。"他同时在沟通网内道："我和刀哥拖住他们，你们全部进海妖王副本。"只要进了海妖王副本，方遒一时半会儿也抓不着他们。

"要打一起打，要走一起走。"舒艾坚决地说道。

白迩咬牙道："这事因我而起，我拖住他们，你们全都给我走。"

邹一刀骂道："熊孩子闭嘴吧你。"

"我速度最快，你们走了，我还能逃！"白迩的伤势已经在舒艾和治愈卷轴的双重修复下，痊愈了大半，他知道自己宁愿死在白妄手里，也不希望同伴因他而死。

"听我说。"沈悟非道，"这次真的凶多吉少，但我们还有一个机会，那就是决斗之城的城规。这里允许私下或公开 PK，但不允许大面积斗殴，方遒要杀我们，就要先杀掉全城的 NPC，这对他来说也不是什么难事，但多少可以给我们争取点时间，我们能逃一个是一个。我会拿出所有的机械蜘蛛和蛊，尽量挡住他们，舒艾先走，然后召唤我们，刀哥和惊霆留下来保护我，我必须最后一个撤。"

乔惊霆道："你若留最后一个，就真的走不了了。"

"我有翼龙，最后能在天上争取几秒钟，就这么定了。"

舒艾急道："我恐怕不能召唤你们，对方的国仕是 10 级的，如果他的实力比我强，就可以打断我的召唤。"

"那我们就需要更多时间来使用旅行卷轴。"沈悟非叹道，"旅行卷轴要发挥作用，必须至少有五到七秒钟不被打断。"

方道冷笑道："商量够了吗？我知道你们打什么算盘呢，劝你们别白费力气了，你们一个都别想走，即便逃得了今天，也逃不过明天，胆敢跟尖峰为敌，下场只有一个'死'字。"

"当初在斗木獬，你也是这么想的吧。"乔惊霆咧嘴痞笑，"还不是灰头土脸地走了？"

方道眼冒寒芒，随即又阴恻恻地笑了："死到临头，就会嘴硬，不过，我还是打算给你们一次机会，让这件事变得好玩儿一点，也能符合决斗之城的决斗精神。"

乔惊霆微眯起眼睛："什么意思？"

"就像当初你们解决和假面的矛盾那样，我们来一场决斗吧。"方道抬起魔术杖，倨傲地点了点擂台，"就在擂台上。"

乔瑞都骂道："这个王八蛋没我想得那么蠢嘛，他也知道昴日鸡的城规会阻碍他的行动。"

沈悟非强迫自己正视方道射过来的毒辣目光，他心中已经有了令他胆寒的猜测，声音控制不住地颤抖起来："你想……谁和谁决斗？"

方道微微一笑："我和你。"

此言一出，全场哗然。

一个身为列席 Jack 的神执找一个 9 级的蛊师决斗？！不仅惊雷众人难以置信，围观的玩家也险些惊掉了下巴。

方道这样成名已久、极好面子的上位者，怎么会做出这么自扫颜面的事？众玩家心里除了一个大大的为什么，还有一个更大的、对准了沈悟非发出的疑问，那就是——他是谁？

邹一刀率先反应过来，他大声嘲弄道："方道，你是不是脑子进水了？你找他决斗，不如我们直接来个痛快的。"

其实方道为什么找沈悟非决斗，惊雷几人心知肚明，可是他们仍然疑惑，方道究竟想干什么，仅仅是为了报仇吗？那直接开杀就好了，为什么要冒着成为全游戏笑柄的风险，找一个比自己弱小那么多的人公开决斗？

乔瑞都疑惑的目光在几人之间逡巡,最后,他低声道:"方遒为什么找你决斗?"

沈悟非哪有空回答这个问题,他一头长发微微垂下,挡住了大半边的脸,也微微遮掩了从内迸发出来的情绪,可是他的恐惧,还是从颤抖的肩膀和惨白的脸色泄露无疑。

在场所有人都看得清清楚楚,这个蛊师吓傻了。

乔惊霆一把握住了沈悟非的肩膀,高声道:"方遒,我代他跟你决斗!"

方遒蔑视道:"你?不配。"

乔惊霆怒道:"你疯了!要杀要剐,咱们来个痛快的,你玩儿这一出有什么意思?"

"有什么意思,你们心里清楚。"方遒冷笑道,"我给你们两个选择:要么,我杀了你们所有人;要么,他跟我决斗,如果他赢了,你们今天就可以安全地离开昴日鸡。"

"你这个……"

"好。"沈悟非低低地说了一句。

众人惊讶地看向沈悟非,邹一刀压低声音道:"你别犯傻了,你怎么就有把握你的第二人格能赢呢?他杀了你,一样不会放过我们,我们反而没有人控制机械蜘蛛了。"

乔瑞都竖起耳朵,终于捕捉到了关键词。

第二人格?这个胆小畏缩得不像男人的沈悟非,有第二人格?

舒艾也急道:"悟非,你这么聪明,别中他的激将法,你不能答应啊。"

沈悟非缓缓抬起了头,嘴唇上都找不到一丝血色了,他抿了抿唇,看向方遒:"如果,我赢了,你让我们离开。"

"对。"方遒抬起手臂,拔高音量,"在场所有人为证,难道我方遒,会当众食言吗?"

围观的玩家都沸腾了,他们不知道方遒唱的是哪一出,也许这个看上去非常弱鸡的蛊师,真的是个隐藏高手,一下子召唤出一只上古神兽,把

Part 6　　　　　　　　　　　　　　　　　　　　　　　决斗

整个昴日鸡踏平，也未可知啊。

乔惊霆拽着沈悟非的胳膊，把他扯了过来："你疯了吗？你跟他决斗？你看到他都要吓哭了，决斗？"

沈悟非抬起头，定定地看着乔惊霆，低声道："惊霆，其实我也一直想知道，我的第二人格，究竟是怎么样的。每次他一出现，我就沉睡，如果我赢了，你们就可以告诉我了；如果我输了……我就再也不用好奇了。"

"你……"乔惊霆用力掐着他的手臂，"我觉得你现在极度不清醒，你醒一醒，你转一转你那个超高智力的脑袋，想想现在什么样的局面对我们是最有利的，别鲁莽行事！"

沈悟非拍了拍他的手背，目光由软弱变得坚定："我去决斗，对我们最有利，我拖住方道，你们就有时间逃跑，本质上，和我们的计划差不多。"

"悟非……"

沈悟非摇了摇头："就这么定了，继续……按计划行事。"

乔惊霆还想说什么，邹一刀拉开了他，沉声道："相信他的判断。"

乔惊霆咬牙松开了沈悟非的手，同时说道："无论输赢，我们决不会扔下你。"

沈悟非将所有机械蜘蛛收回了仓库，转身，冲向擂台。

白迩看着一步步走向擂台的沈悟非，愧疚地低下了头，他紧握双拳，指关节发出咯咯的声响。

方道轻巧地跃上擂台，居高临下地看着沈悟非。

沈悟非站在擂台边上，深吸一口气，也跳了上去。

乔瑞都一把扳过乔惊霆的肩膀，正色道："沈悟非有第二人格？"

乔惊霆推开他："现在没空跟你说这个。"

"你们一直瞒着我的，就是这件事吧？"乔瑞都突然想明白了，"当时在斗木獬，击退方道的不是白迩那一刀，而是沈悟非的第二人格，我猜得没错吧？！"

乔惊霆冷冷说道："我没有义务告诉你什么，你既不是惊雷的人，也

—— 371

不是我们的同伴，你只是……只是暂时跟我们在一艘船上而已，上了岸，我们各走各路。"

乔瑞都眼中涌现浓烈的怒火："说得好，可是乔惊霆，你给我记住，就算都在一艘船上，也不是所有人都能上岸的。"

乔惊霆瞥了他一眼，转头望向擂台。

沈悟非与方遒面对面站着，两道目光在空气中交会，一方犀利，一方怯懦。

方遒寒声道："别装了，露出你的真面目吧。"

沈悟非攥紧了拳头，颤巍巍地往后退了几步，他知道方遒的声波攻击是有距离限制的，他当然要保持一个安全距离。

然后，他有些无助地往擂台下看了看，目光搜寻着乔惊霆和邹一刀。这是他第一次单打独斗，过往无论碰到怎样凶险的局面，只要那两个人不倒，他都觉得不算山穷水尽，他从来没想过自己要独自面对一个列席者，一个列席者呀！

加入惊雷的这几个月里，他确实已经比以前勇敢了不少，可独自决斗一个列席者的恐惧，让他又被打回了原形。

沈悟非那惊恐的小眼神让惊雷众人都非常揪心，其实沈悟非的战斗力并不弱，在某些特定条件下，他的机械蜘蛛大军还是他们的重火力。只是这个人大多时候扮演军师的角色，这就好像敌方神将前来叫阵，他们派出军师去迎战一样，荒唐至极啊。

不仅是他们，围观的玩家也都好奇方遒到底在想什么，原本只是一场没几分看头的普通决斗——昂日鸡每天都能上演好几场，没想到事态突变，玩家一传十，十传百，短短十几分钟，围观玩家再次把擂台围得水泄不通，阵仗一点不输当年郑一隆和余海的列席者之战。

方遒傲慢地扬着下巴，缓步逼近："你还想装到什么时候？别让我看你这副窝囊样儿，让我看看你真正的模样！"

沈悟非吓得一激灵，一下子召唤出了六只机械蜘蛛，一字在自己面前排开。

方道轻蔑的目光扫过这些机械大怪物,根本没放在眼里:"你想凭这些东西赢我?"

"你……"沈悟非颤声道,"你的声波是有距离限制的。"

"没错,所以我只要走近点就好了。"方道又往前走了两步。

沈悟非下意识地跟着往后退,他回头看了一眼,尽管那被改造成擂台的大木桩非常巨大,但再这么退下去,也要到头了。

乔惊霆吼道:"悟非,别怕他,换上迫击炮轰死他!"游戏里没有什么能量防护罩,能真正抵挡得住热武器——只要火力足够凶猛。

沈悟非用力闭了一下眼睛,六只机械蜘蛛齐齐从腹腔伸出短炮筒,对准了方道。

擂台周围突然快速升起一道淡蓝色、近透明的屏障,就像一个大泡泡一样,把整个擂台笼罩了起来。

惊雷众人离擂台非常近,乔惊霆把手伸进大泡泡里,又抽了出来,仿若无物:"这是什么玩意儿?"

舒艾担忧地看着台上:"应该是跟我的防护结界差不多的东西,不过这个结界,是为了防止炮弹射出来吧。"

方道一跃而起,鞋底接连不断地响起细小的爆炸声,那爆炸产生的冲击波,将他送上了高空,他就像踩着什么透明的阶梯一般,凌空漫步,朝沈悟非冲去。

所有机械蜘蛛的炮筒齐齐抬高,朝着方道展开了炮击,顿时,迫击炮的巨响扩散至昂日鸡的每一个角落。

方道的声波雷达能够准确预测到每一枚炮弹的行动轨迹,在炮弹抵达前闪躲,但他毕竟不是体力型战士,速度不算很快,眼看一枚炮弹闪躲不及,他的魔术杖朝着虚空一指,顿时,一声巨响,那枚炮弹在半空中被冲击波拦截,两相冲撞,轰然爆炸,擂台上空火光冲天。

而那些射偏了的炮弹,撞上淡蓝色的防护结界,就像泥牛入海,瞬间就被消融掉了。

方道被那爆炸的威力波及，身体不受控制地飞了出去，那黑色高礼帽也掉在了地上。沈悟非也没好到哪儿去，那枚炮弹爆炸的地点离他更近，他身体被狠狠冲撞，倒飞出好几米，在擂台上滚了好几圈才停下，险些摔下去。

方道站起身，表情有几分意外："看不出来，你还有两下子嘛。"

沈悟非捂着剧痛的胸口，恐惧让他难以冷静地判断局势，他心一慌，把自己剩余的十几只机械蜘蛛全都召唤了出来，密不透风地挡在自己面前，恨不能筑起一道机械城墙，阻止索命的敌人来到自己面前。

方道眯起眼睛："你是不见棺材不掉泪吗？别再玩儿这些没用的，让我看看真正的你！"他朝着一只最靠前的机械蜘蛛打了个响指。

砰——

那机械蜘蛛被一股巨大的冲击力撕断了四条刀腿，半边身体损坏，电线电路像肠子一样掉了一地。

又是一个响指，第二只机械蜘蛛的脑袋被彻底掀飞，身体四仰八叉地躺在地上，八只刀腿不受控制地颤动着。

第三只、第四只、第五只……方道一口气将站在最前排的、沈悟非一开始召唤出来的六只机械蜘蛛，接连炸毁。

沈悟非眼圈发红，好像下一秒就会哭出来，他操控着机械蜘蛛，对准了方道疯狂地射击，一时炮弹、子弹、火焰枪齐发，如果眼前是一只狂石怪，肯定三秒钟都撑不过去。

方道踩着无色无形的细小冲击波，不住地往上"攀爬"，躲避了大部分的轰击。沈悟非的攻击暂时还是奏效的，至少面对那样密集的火力，方道一直没能欺近，也就无法用他的冲击波去炸沈悟非，但是，他的能耐显然也不止这一点，他手中魔术杖一挥，枪炮发出的剧烈声响，突然在一瞬间消失了。

没错，消失了，就像钢琴戛然而止，就像水流突然横断，就像整个世界被按下了暂停键，那些能远播十几里的爆炸声，居然消失了！

众人还未反应过劲儿来,爆炸声再次响起,虽然声音无色无形,但在场的每一个人,都清清楚楚地用耳朵听出了差别——那些声音改变了方位。

原本全都是冲着方遒去的声音,突然掉转方向,一股脑儿地袭向了沈悟非,沈悟非的鼓膜所承受的音量,在那一瞬间被放大了至少十倍,他尖叫一声,捂着耳朵跪在了地上,大脑剧痛,仿佛要从内部炸裂一般!

所有的机械蜘蛛都僵止于当下的状态——它们依靠沈悟非的精神力控制,可此时沈悟非正抱着脑袋痛苦不已,鼻腔不断地往外流血。

"悟非!"

乔惊霆瞠目欲裂,手中的惊红铜已然攥出了汗,他恨不能冲上擂台,代而受之。

乔瑞都深深皱起眉,他并不关心沈悟非死活,他只想早点看到沈悟非那所谓的第二人格,究竟是怎样一个狠角色,可以逼退这般厉害的方遒。

舒艾捂住了嘴,眼圈通红,已不忍看下去。

白迩两手握着袖珍匕首,眼珠子不停地巡视周围,计算着冲上擂台救人的时机。

邹一刀一口咬碎了嘴里的烟,胸膛剧烈起伏着。他们仍然被尖峰的人里外包围,如果他们破坏决斗,不只尖峰的人,满城的NPC也会把他们撕了。除非……除非像白迩和白妄那样,两个人都自愿放弃决斗。

可方遒不可能放弃,他是铁了心要逼出沈悟非的第二人格,或者,杀了沈悟非。

此时他们竟然别无他法,只能寄希望于,沈悟非的第二人格能够击退方遒,就像当日在斗木獬一样,再造奇迹。

沈悟非跪缩在地上,死死抱着脑袋,一头长发散了一身,整个人剧烈颤抖着,看上去可怜极了,他口中喃喃不清道:"救……救我……救救我……"

台下围观的人,大气都不敢喘一下。

他们听过很多关于列席者的传闻,有人认为,列席者的能耐都被刻意

—— 375

夸大了，供上神坛是为了更好地操控底下的人，因为没有几个人，是真正见过列席者的战斗力的。今天他们见到了，而且可能仅仅是窥见了一小部分，就已经让他们从骨子里感到了寒冷。

方道，作为一个在众多列席者里地位最低的人，所展现出来的实力，可怖至极！

方道落回擂台上，他款步走向自己落在地上的黑色高筒帽，弯身捡了起来，轻掸上面的灰尘，重新戴回了自己的脑袋上。然后，他转身走向沈悟非，毫无顾忌地停在了一众机械蜘蛛中间，居高临下地盯着地上的沈悟非，面上却没有胜利的得意，反而显得严肃而凝重。

沈悟非抖了半天，缓缓抬起头来，害怕地看着方道。

方道眯起眼睛，不耐烦道："还要继续装下去吗？想死是吗，嗯？"

"不要……"沈悟非的精神防线几乎被击溃了，"救我……救救我……"

方道手指轻弹，沈悟非就像被人当胸捶了一拳，随着爆炸声响，身体再次飞了出去。

沈悟非的肩膀被炸穿了一个洞，鲜血喷涌而出，他歪斜在地上，眼泪流了满面。

方道的精神也处于高度紧张之中，他失去耐性地吼道："别再装了！我会把你一块一块地炸碎！"

"我看不下去了。"乔惊霆闭了闭眼睛，再次睁开，双目如炬，坚毅而无畏，"动手吧，生死有命。"

邹一刀"嗖"的一声祭出双手袖剑，沉声道："动手。"

白迩踏前一步，身体瞬间隐没在了空气中。

乔瑞都低声道："你们疯了是不是,现在动手我们就全军覆没了！"NPC他们尚且能对付，但加上尖峰这十几号人，他们不可能脱身。

没有人理会他，舒艾抹掉眼泪，坚定地说："动手。"

方道举起手，修长的手指微曲，再次弹指，爆炸声残酷地响起，比刚才的还要剧烈。沈悟非缩成一团，等待剧痛的降临，可那爆炸却撞在一层

Part 6　　　　　　　　　　　　　　　　　　　　　　决斗

防护罩上,声过无痕。

"谁?!"方遒厉声道。

方遒身后传来一阵娇笑声。

台下一片静寂,无数张脸都做惊呆状。

方遒转过身,看到了一张倾国倾城的绝色姿容,把这个充满血腥的夜都衬得妖娆万分。

兰蔓。

方遒额上冒出了细汗,他寒声道:"兰蔓,你什么意思?"

"不要打了嘛。"兰蔓娇声道,"方先生可不可以给我一个面子,放过这个人?"

方遒眯起眼睛:"你以为自己的面子值几个钱?兰蔓,我知道很多男人都吃你这一套,但是对我不管用,省省吧。"

兰蔓妩媚地绾了绾头发:"我求你也不管用吗?"

"你到底想怎么样?!"方遒又急又怒,"你想破坏决斗吗?"

台下的 NPC 蠢蠢欲动。

兰蔓扫视四周,最后目光落到了沈悟非身上,她轻叹了一口气,看向方遒,勾唇一笑,柔声道:"是的。"

方遒瞪起眼睛:"你既然找死,别怪我不怜香惜玉!"

他魔术杖一指,兰蔓微微一笑,眼神冰冷。紧接着,在她周身泛起一连串剧烈的爆炸,那不断闪烁的冲击波一时迷惑了所有人的眼睛。

爆炸过后,一切归于平静,兰蔓依旧站在原来的位置,体态婀娜、风情万种,连头发丝儿都没有被吹动。

方遒冷笑一声:"这结界倒是结实,不知道能不能帮你挡一辈子。"

兰蔓笑道:"你可以试试。"

NPC 全都往擂台上冲,他们可不管面对的是不是列席者,谁破坏城规,他们就要拿下谁。

突然,那一群群的 NPC 像是瞎了一样,开始在擂台周围打转,个个

—— 377

儿左顾右盼，表情迷茫又惊慌，仿佛根本看不见近在咫尺的擂台，最后，集体往擂台的反方向跑去。

乔惊霆一眼看到了兰蔓手下的三胞胎少女，这几个小丫头片子的能耐，他们最清楚不过。

现场也只有惊雷几人知道其中的猫腻，其他人比那些NPC还茫然，纷纷互相询问发生了什么，却没人能给他们答案。

方遒脸色有些难看："兰蔓，你这是公然与尖峰为敌吗？"

"不敢不敢。"兰蔓抬起一只细软的胳膊，掌心泛起绿芒，隔空修复着沈悟非身上的伤，"我只是很喜欢这个男孩儿，不舍得他死。方先生，你尊为列席者，何必跟一个如此弱小的蛊师过不去呢？传出去岂不是一个大笑话。"

"我要做什么，轮不到你来管。"方遒恶狠狠地说，"你要阻止我们的决斗，就是跟尖峰为敌！"

"我跟你换好不好？"兰蔓眨了眨眼睛，"拿一枚顶级符石，换他的命。"

方遒嘲弄一笑："我方遒缺什么吗？"

兰蔓舔了舔嘴唇，娇媚一笑："你缺我吗？"

方遒脸上一红，随即恼羞成怒："兰蔓，你真不知羞耻，也好，敢跟尖峰作对的人，我今天一并清理了！"

台下，何凯文和白妄带领的尖峰一众人，在跟惊雷和蔓夫人的人对峙，远处的生命树下，不断地传送来更多尖峰和蔓夫人的人，分别佩戴着用银冰装置幻化成的尖峰图腾和淑女侧影图腾。围观的玩家纷纷自觉后退，给这场一触即发的大战腾出战场。

乔惊霆在沟通网内道："兰蔓居然真来救我们了？"

几人都不太敢相信，他们分别向兰蔓、赵墨浓和韩少金求救，其实他们觉得这三个人都不会来，但若猜测谁最有可能来，那无疑是韩少金。毕竟以韩老和乔瑞都的关系，不会真的眼看着他死而无动于衷吧。

然而来的却是最谨小慎微的兰蔓。

此时他们心中真的分外感动，对兰蔓的印象也大为改观，无论过去如何，至少兰蔓真的表现出了合作的诚意，为了救他们，甚至不惜与尖峰公然为敌。

舒艾在沟通网内喊道："悟非，悟非，你现在怎么样？你的意识恢复了吗？"

沈悟非始终没有说话。

方道抬起魔术杖，直指兰蔓的心口："兰蔓，让开。"

兰蔓岿然不动："方先生，你到底为什么对这个人这么执着？你看看他，他有什么值得你大动干戈的？"

"与你无关，让、开！"方道的声音伴着冰碴子，"这是最后的警告。"

兰蔓抿唇微笑："你大哥知道你干的这些蠢事吗？"

方道双目圆瞪，无数冲击波在兰蔓和沈悟非周身响起，脚下的木桩都被炸得木屑飞溅。

兰蔓始终支撑着坚实的防护结界，竟生生阻挡了所有的攻击。

方道大吼一声，他已然被惹毛了，他扔下魔术杖，展开双臂。

兰蔓眼中闪过一丝紧张，她内里绝不若面上那般轻松，她的防护始终是有极限的，当然，方道的冲击波也一样，究竟谁能坚持得更久一点，仍未可知。

突然，一个尖峰的人跳上了擂台，颤巍巍地、小心翼翼地说："方先生，大哥……他让您回去。"

方道的身体顿了顿，他扭过头，满脸阴翳："你说什么？"

"大……大哥……让您……回……回箕水豹。"那人怕得浑身发抖，方道性情火暴，动辄拿人撒气，这时候他无疑是在堵枪口。

方道怒吼一声，一道冲击波砸向脚下的擂台，将那木桩炸出了一个一米多深的大坑！

方道暴发式的怒火让整个昴日鸡都为之安静，没人敢在这个时候吭上一声，唯恐成为他的出气筒。

—— 379

兰蔓安静地站在一旁，看上去极为乖顺，甚至低着头不看方道，自然也接触不到方道投递过来的要吃人的目光。

方道这次确实颜面尽失。本来第一次在斗木獬铩羽而归，就已经让他和尖峰丢了大人，这一次他设局引敌入瓮，带着人来围剿，频放豪言，甚至提出要跟一个能力地位远不及他的人决斗，这样大的阵仗，却还是一无所获，不禁让人怀疑他脑子进了水，沦为笑柄简直是毋庸置疑的。

只不过当着他的面，没人敢笑罢了。

方道走到沈悟非面前，蹲下身，一把揪起了他的头发，强迫他布满血污的脸冲着自己。

沈悟非的身体周围覆盖着一层薄薄的蓝色防护结界，兰蔓始终盯着方道，唯恐他突然发难。

方道恶狠狠地瞪着沈悟非，低声说道："早晚有一天，我会把你一片一片地撕碎，让你亲眼看着自己的身体散落得到处都是，求生不得，求死不能！"

沈悟非的身体说不清是抽搐还是颤抖，总之，狠狠地震了一下，然后他抬起沉重的眼皮，吃力地看着方道，嘴唇嚅动着。

方道皱了皱眉，微微低下头，想听清他说了什么。

兰蔓也好奇地想凑近，但又怕再次激怒方道，只好立在原地，降低自己的存在感。

沈悟非又重复了一遍，这一回，方道脸色骤变，他反手掐住了沈悟非的脖子。

乔惊霆和邹一刀都跳上了擂台，手持武器，随时准备抢人。

幸而，方道的手也在发抖，他死死盯着沈悟非，似乎忘了自己的真正目的，只是那么盯着这个半死不活的人。

台上台下，处处是揪心的人，都在安静等待方道的下一步举动。

最后，方道松开了手，将沈悟非扔回了地上，掏出一个旅行卷轴，瞬间传送走了。

他一走,他的手下也尴尬不已,纷纷撤退,何凯文满脸不甘,看着乔瑞都的眼神是恨不得扑上去咬两口。

唯有白妄,面色从头到尾平静冷冰,他深深看了白迩一眼,转身离开。

"白妄。"白迩用血红的眼睛瞪着那背影,"我一定会杀了你。"

白妄慢腾腾地扭过了头,恶魔的唇角漾着冰冷的浅笑:"你——太弱了。"说完,他的身体消失了。

白迩死死握着拳头,眼中充满了沉痛和不甘。

擂台上,两人冲到沈悟非面前,将他扶了起来,乔惊霆拨开他被血粘在脸上的长发,看着那惨白的脸,心里难受不已。他天生同情弱者,习惯把自己放在保护者的位置上,看到同伴受伤,比起自己受伤更让他愤怒,那种愤怒一半针对施加者,另一半针对自己的无能。

他生平最痛恨的,就是没有能力保护自己想要保护的人时,那份无力和绝望。

"他没事了。"兰蔓道,"大的伤我都修复了,那些皮肉伤就留给你们自己的国仕吧。"

邹一刀站起身,诚恳地说:"蔓夫人,谢谢您。"

乔惊霆也道:"谢谢,这份恩情我们记下了。"

兰蔓无奈苦笑:"如果我有更多选择,我也不想这样公开得罪方道,那个男人是个沉不住气的疯子。"

"你为什么会来?"邹一刀问道。

这个问题大家都很不解,兰蔓的态度一直是很明显的明哲保身,在所有大公会里最是低调,她怎么会突然转变态度?

兰蔓环视四周:"跟我去井木犴吧,我们找个能说话的地方。"他们还在所有人目光的中心。

乔惊霆想了想:"可不可以让我们自己回去消化一晚上?明天天亮了我们就过去。"

兰蔓点点头:"也好,你们确实需要休息一下,但你们不怕方道再杀回来吗？"

邹一刀笑了笑："在我们自己的地盘，没什么可怕的。"

为了应对随时可能出现的敌人，斗木獬天上地下、城里城外，已经被沈悟非利用闲暇时间布满了陷阱，可以说整个斗木獬就是一座火药库，方道要真敢来，他们也不怵，再不济还能马上躲进海妖王号，怎么样都不会比在这里落入陷阱那般被动。

兰蔓带着她的人走了，惊雷众人也不敢多留，马上回了城。

一回到家，乔惊霆就一把揪起白迩的领子，拳头直砸向了他的脸。

白迩眸中闪过一丝讶异，优越的神经反射能力让他本能地要闪躲，但下一刻又被他的主观意识强压了下来，他硬生生受了那一拳，被轰倒在地。

舒艾欲言又止，神情复杂地看着白迩。

乔瑞都轻哼一声，看着白迩的眼神非常冷漠。

邹一刀慢悠悠地点了根烟，也没说话。

白迩大字形躺在地上，清透的眼睛一眨不眨地看着乔惊霆，声音有些嘶哑："霆哥，对不起。"

这大概是白迩第一次示弱。

乔惊霆抬起来的脚，顿时有些踢不下去了，他骂道："你还知道'对不起'？你当时答应了我什么，你答应我不会单独行动！"

白迩抬起胳膊，挡住了眼睛，轻轻抿住了唇："不要再管我了，我不想拖累你们。"

"放你的屁。"邹一刀帮乔惊霆补了一脚，他常年习惯穿军靴，鞋头铸铁，这一脚着实没客气，踢得白迩闷哼了一声。

"好了好了，悟非还受伤呢，你们别增加我的工作量了。"舒艾把白迩从地上扶了起来，轻叹道，"白迩，你真的太不懂事了。"

白迩垂着眼帘，没有说话。

乔惊霆怒吼道："你就是个自私任性不知天高地厚的大傻X！"

邹一刀点点头:"你看,最不知天高地厚的你的霆哥都说你不知天高地厚了,你是真的不知天高地厚。"

乔惊霆朝邹一刀竖了个中指,继续冲着白迩骂道:"你是不是永远都不会懂,我们是一个团队?我们要同生共死,同生共死你懂吗?!"

白迩低着头,喃喃道:"……不太懂,我以前,都是一个人行动。"他习惯了负责自己的生死,与他人无忧,白幽冥是不允许有牵挂的,他说白妄不像个白幽冥,其实他更不像了。

可是,可是他当了那么多年的白幽冥,现在,他才觉得自己在当人。

乔惊霆咬了咬牙:"但现在不是了,你是活在现在,还是活在过去?"

白迩沉默着。

"你活在现在!"乔惊霆狠狠拍了一下他的脑袋,"白迩,这话我以前跟你说过,现在我再重复一次。如果你有难,我们拼死也要救,同样地,我们有难,你拼死也要来,这就是兄弟。如果你不想看着我们死,你就别再干这种蠢事,否则我们死了,就都赖你头上!"

乔瑞都微眯起眼睛,定定地看着乔惊霆的侧脸,眼神纷乱而复杂。

兄弟……呵呵,兄弟。

白迩跟被抽了魂儿一样,又沉默了片刻,才慢慢抬起头,直视着乔惊霆的眼睛:"霆哥,我以后,绝对不会再这样冒险了。"

在场众人都愣了愣,没想到白迩会突然这么乖顺,仿佛经此一役,他性情都有所改变,大概人真的要经历重创,才能成长,尤其对于一个刚满十八岁的、少逢敌手的孩子来说。

乔惊霆一时不知道该怎么接话,支吾道:"你……你上次答应得也挺快的。"

白迩坚定地说:"这次是真的。"

"我要怎么相信你?"乔惊霆满脸怀疑。

邹一刀一拍脑门儿:"你俩这对话娘不娘?是不是要掏个心挖个肺表一下忠心才行?"

"那我该说什么?"乔惊霆很想像个成熟的兄长一样，对白迩晓之以理，动之以情，可他根本不会，他真正有血缘的那个浑蛋弟弟就在自己面前，两人出生入死这么多次，仍然跟有仇一样，可见其实他并不会处理这类的感情。他没把白迩打残废，也是看在白迩现在是半残的面子上。

白迩道："我要杀掉白妄。"他的眼睛一眨不眨地看着乔惊霆，"杀死他，是我作为白幽冥的最后一个任务，我对这任务的准备，还差得远了，他……比我强很多，所以我不会再轻易去送死，我要变强！"

乔惊霆望着白迩坚毅无畏的目光，重重拍了拍他的肩膀："说得好，霆哥这回相信你，你要变强，我们也都要变强，为了不必再被人踩在脚下。"

沈悟非轻咳一声，好像才缓过劲儿来。

众人忙围了上去，舒艾用热毛巾擦拭着他脸上的血，他下意识地闪躲。

舒艾柔声道："悟非，没事了，你现在很安全，我们都在。"

沈悟非睁开眼睛，无力地巡视了四周，然后眼圈一红，明显还有些挥之不去的惊恐。

舒艾搂住了他，轻抚着他的背："没事了，你现在没事了，相信我。"

沈悟非颤声道："他……他不肯出来。"

沈悟非醒过来的第一句话，把众人都说愣了。

他? 他是谁?

乔瑞都不愧是聪明人，立刻追问道："你说的是你的第二人格吗?"

乔惊霆惊讶道："你的意思是，你的第二人格不肯出来?"

沈悟非似乎对于这件事的惊慌超过了差点儿被方道炸碎的恐惧："他……他以前会出来的，每次……每次我有危险的时候，可这次我召唤他，他却不出来……"

舒艾按住他的肩膀："悟非，你冷静一点，你一慌张就会影响你的判断，你冷静下来，深呼吸。"

沈悟非用力换了几大口气，似乎真的冷静了一些，才咬着嘴唇说："他是不是抛弃我了?"

"抛弃你？什么意思？"

沈悟非拧着眉毛："以前我有危险的时候，他一定会出现，他从小就在我……意识里，在我害怕的时候、想要逃避的时候，就会把身体交给他，等我再醒过来，就什么都过去了。"

"原来双重人格这么方便？"邹一刀调笑道，"听你说的我都想来几个了，一个负责赚钱，一个负责打架，我呢，就负责吃喝玩乐，美死了。"

舒艾斜了他一眼，呵斥道："这时候还开玩笑。"

邹一刀讪笑两声。

乔瑞都站起来，坐到了沈悟非对面，盯着他的眼睛说："你是什么时候发现自己有双重人格的？"

"我不记得了，很小的时候吧……"沈悟非苦笑道，"我小时候很孤僻，因为智商太高了，跟同龄人没法交流，总是一个人捣鼓机械，所以在学校总被欺负，逐渐地，他就出现了，帮我解决所有的麻烦。"

"我刚见你时的样子啊……"邹一刀嗤笑道，"确实，我都想欺负你。"

沈悟非垂着头："我不知道他是什么样子的，只能从别人嘴里听说一些，他是一个……非常危险的人格，我对他完全不了解，可他却好像很了解我。以前我深为苦恼，但进入这个游戏之后我接受了，起码他能保护我。可是，最近他越来越少出现了，尤其是在我碰到危险的时候，有好几次，我都感觉自己会没命，可他都没有出现，哪怕我在召唤他。轮回镇那次，我们被收割者偷袭那次，还有这次……我不知道他怎么了。"

"你从来没想过治疗吗？"

沈悟非点点头，用胳膊抱住了膝盖，眼中闪现恐惧："当然有，最严重的一次，他把我同学从四楼推下去，那个人瘫痪了……我休学了，我父母带我去看最好的心理医生，治疗的时候，他差点儿用鞋带把心理医生勒死。"

邹一刀咂舌："这么生猛。"他看着沈悟非偏瘦的身形，怎么都无法相信这个软弱得像绵羊的人，身体里藏着一头猛兽。

—— 385

乔惊霆是唯一见过沈悟非第二人格的人，虽然只有短短几分钟，他倒是一点都不意外，那个人格简直是个变态，明明是同样的脸、同样的身材，但是那疯狂扭曲的神态，跟眼前的完全不似一个人。

乔瑞都追问道："然后你就没再治疗？"

沈悟非缩了缩肩膀："我被关在医院，关了半年吧，治疗没什么效果，我却感觉自己真的要疯了。我父母很有钱，他们把我弄了出去，我被关在自己家，我研究自己的情况，看了很多书，尝试催眠自己，尝试对话……什么都试过了，没有用。"

舒艾问道："悟非，你进来游戏，跟他有关吗？"

沈悟非用力咬住了嘴唇，僵了几秒钟，才点了点头："当我……发现他想伤害我父母的时候，我受不了了，我……我自杀了。"

众人均是一惊，他们怎么都没想到，沈悟非进入游戏是因为自杀！像他这么怕死的人，怎么会有勇气自杀？

沈悟非的身体又开始颤抖，回忆起不堪的往事显然让他陷入了巨大的痛苦和恐惧。

舒艾轻抚他的后背，如水的双眸里满是同情。

沈悟非深吸一口气："总之，我是进入游戏之后，才和他和平共处的，我以为我一辈子都不可能摆脱他，但他现在就好像消失了一样，我反而觉得，自己失去了最大的盾牌。"

"所以他最后一次出现，是几个月前跟方道的一战？"乔瑞都疑惑道，"那这个第二人格，到底有多厉害？能够击退方道，方道这次找你决斗，显然也是为了逼出'他'来，为什么？"

"方道性情暴躁，睚眦必报，他肯定想报仇。"沈悟非沉声道，"至于'他'的能力，我比任何人都想知道。"

乔惊霆摸了摸下巴，思索道："我觉得，会不会是因为你现在身心都变强了，又有了我们，所以你的第二人格才不出现的？"

沈悟非怔了怔："……也许吧，他觉得，我不再需要他的保护了吗？"

"有道理。"乔瑞都点了点头,"他之所以存在,原本就是为了保护你,现在你自己已经有自保能力,也有同伴共进退,他存在的理由就消失了。"

沈悟非深深蹙起眉,神情颇为复杂。他二十几年来日夜希望摆脱的恶魔,却在他真的需要的时候消失了?这种感觉,难以形容。

"消失了……"邹一刀"啧"了一声,"也不知道是好事儿还是坏事儿,那个第二人格真的挺牛X的,关键时刻能当个炸弹扔出去呢。"

"当然是好事儿。"乔惊霆笃定地说,"不管他有多厉害,这枚炸弹伤人也可能伤己,他消失了更好,悟非就可以一直保持稳定的、真正的自我,这样不是更让人放心吗?"他们一直担心沈悟非在关键时刻被第二人格侵占身体,给予他们什么毁灭性的打击,最坚实的堡垒,往往是从内部崩坏的。

邹一刀耸耸肩:"我就这么一说,我也没指望他能帮我们什么,如果他真的消失了,我们以后就不用提防你突然变脸了,怪累的。"

"我也不确定,但是他这么多次都不出现,可能是真的消失了吧。"沈悟非叹道,"以前别说这样的危险了,有人骂我几句都可能把他惹出来。"

"他对你倒是真的好。"舒艾感慨了一句。

乔惊霆怕沈悟非难受,忙道:"没什么好不好的,他只是在保护自己的身体罢了。"

舒艾也自觉失言,不好意思地扭过了脸去。

沈悟非目光呆滞地看着地板,半天都没有说话。

"你今天受惊了。"邹一刀拍了拍沈悟非的脑袋,"要不要去休息一下?"

沈悟非摇了摇头,尽管神情疲倦而恍惚,但还是勉强直起了腰:"天快亮了,我们是不是得去找兰蔓?"

"对,她让我们去井木犴。"乔惊霆道,"老实说,我到现在都不敢相信是她救了我们,我觉得最不可能出现的就是她。"

"大家都没想到。"邹一刀嗤笑一声,"更让我没想到的是,她的能力比我想得强多了,你们都看到了吧?方道炸了她半天,愣是一点事儿都没有,那样密集的攻击,你们觉得自己能扛多久?"

几人纷纷摇头,那样轮番炸下来,如果躲不掉,必死无疑。

"那样的防御力,配合她手下的女将们,完全有可能战胜方道。"

"不过,她是防御强,攻击始终要靠别人,弱点也是很明显的。"

舒艾颇为羡慕地说:"不知道需要多少积分、装备和符石,才能养成那样的防护结界。"

"兰蔓毫无疑问是游戏里最强的国仕,你现在没必要跟她比。"乔惊霆笑道,"早晚有一天,你会不需要羡慕她。"

舒艾莞尔一笑:"我也会变强的,跟你们一起。"

沈悟非有些凝重地说:"我很在意,兰蔓此举是出于什么目的。她绝对是无利不起早,冒着跟尖峰公然作对的这么大的风险来救我们,一定是有更大的利益在驱使她这么做。"

"对,不可能是因为我们结了盟,她就善心大发,那就不是兰蔓了。"邹一刀抽了口烟,"为什么呢?究竟是什么原因,让她敢得罪尖峰?"

"也许是我们想得太复杂,忘了考虑形势。"乔瑞都分析道,"尖峰吸纳了禅者之心的部分力量,此长彼消,尖峰的实力在游戏中已经称王,还会有更多玩家慕名加入尖峰,这个时候如果其他公会不站出来,任凭它继续壮大,这游戏还怎么往下玩儿?"

"有道理,我甚至觉得,假面在这种情况下也会改变主意。"邹一刀道,"假面一直想针对蔓夫人,但是现在尖峰突然扩张了这么多,贝觉明和赵墨浓,不可能再坐得住凳子了。"

"尖峰现在树大招风,倒是真有可能促成几大公会联合讨伐的盛况。"沈悟非沉思道,"我感觉柴火垛已经越码越高,大家都在等待一点火星。"

乔瑞都眯起眼睛:"你不会是想说,他们想让我们做这个火星?"

沈悟非握紧了拳头:"从目前的各种情况来分析,局势有八成的可能在朝这个方向发展。前面是片雷区,大公会和大人物们各有顾忌,谁也不愿意去踩第一脚,可我们已经在雷区中间了,可以理所应当地点爆它,这就是……目前来说,我们对他们的价值。"

"越说越觉得是这么回事儿。"乔惊霆对兰蔓的那些感激顿时又被压下去不少,"我们这到底是什么命啊,不是被人当球追就是被人当枪使。"

"你该感到庆幸。"乔瑞都冷笑一声,"像这种寥寥几人还一身债的小公会,有利用价值,就等于有活着的价值。"

乔惊霆冷哼一声,却没有反驳,他知道乔瑞都说得没有错,他们该庆幸自己还有利用价值,不然今天谁会来救他们?他们现在会埋在哪一堆黄土里?不,如果都死光了,根本没人给他们收尸。

沈悟非道:"等天亮了,见了兰蔓再说吧,也许情况跟我们想得有出入,但我希望我猜的是对的。因为,尖峰现在确实是大家的头号敌人,能够联合起大公会消灭尖峰,正是我们最开始的目的。"

"没错,兜了一大圈,如果最终还是能按照我们期望的剧本走,管他刀山火海我们都要走下去。"乔惊霆目光坚毅,犀利如鹰隼豺狼。

"对了,"舒艾想起了什么,"那个韩开予……"

邹一刀骂了句脏话:"这小子,论逃跑的功夫,他可以称霸整个游戏了。"

沈悟非苦笑道:"不知道经过这次,他还会不会跟我们合作了,我们的符石还没打到呢。"

乔惊霆粗声粗气地说:"他不来,我们就去把他绑来,反正我们债多不压身,多得罪一个人有什么分别。"

邹一刀一竖大拇指:"会长大人说得很有道理。"

"去你大爷的。"

他们休息了几个小时,天亮后,吃喝了一肚子——那吃法就跟这是最后一顿一样,最后,酒足饭饱,出发去并木斜找兰蔓。

自从他们频频搞出大新闻,知名度跟绑了窜天猴一样往上升,但凡走到有人的地方,都免不了被围观,长期下来,竟然也习惯了。

而且,比起被一群老爷们儿不怀好意地注视,被姑娘们注视显然舒心多了,每一次来井木犴,都比任何一个地方让他们舒心。

邹一刀跟明星出街似的,不停地撩拨井木犴的女玩家,整个人春风得意的样子,最后被乔惊霆拖走了。

他们和兰蔓见面的地方,还是前一次的会议室,但让他们意外的是,这次会议室里只有兰蔓一个人,不但没有宋栀和三胞胎,甚至连长期寸步不离的御前护卫林锦都不在。

兰蔓看上去不太精神,却也别有几分慵懒的风情,她淡淡说道:"请坐。"

乔瑞都含笑道:"蔓夫人昨晚休息得不好吗?"

兰蔓笑了笑:"是啊,一晚上辗转反侧,根本睡不着。"

"是……害怕吗?"

"是。"兰蔓苦笑一声,用纤纤素手托住了下巴,眉眼微垂,显得非常柔弱,"我第一次跟列席者正面交锋,我已经很久没有参与战斗了,何况是列席者,我装作很淡定的样子,是要给'蔓夫人'撑起面子,其实我当时害怕极了。"她轻咬着下唇,"方遒让我害怕,尖峰让我害怕。"

"他们确实很可怕。"乔瑞都柔声道,"让您涉险,我们也非常不忍心,但我们非常感谢您。"

兰蔓摆摆手:"我们既然是盟友,我又怎么能看着你们身陷囹圄而不顾呢?"

邹一刀也道:"蔓夫人真的够意思了,这份恩情我们都感念着。"

兰蔓依旧笑得颇为苦涩:"而且,现在已是非常时期,我们更需要彼此,如果你们也出事了,我真的不知道游戏中,蔓夫人还能有什么盟友。"

"现在确实是非常时期,尖峰扩张得太厉害了,这段时间,他们零零整整地,至少新吸纳了两百多人吧?"

兰蔓点点头:"而且还是经过筛选的,职业、等级和个人能力都筛选,所以吸纳的都是较为有实力或者潜力的玩家。"她的目光扫过众人,"你们呀,也是惹祸精,在你们来之前,游戏中三大公会一直互相制约,局势非常稳定,是你们把整个局势都给改变了。"

乔惊霆叹了口气，没有平日的嚣张不怕死，反而无奈而又诚实地说了一句："我们也不是故意的。"

兰蔓幽幽道："事到如今，也不知道这样是好是坏，但有些事情是注定好的，局势不可能永远稳固，时候到了，它就一定要变，我们太渺小了，只能顺势而为。"

"不仅要顺势而为，还要顺势而上才行。"乔瑞都勾唇一笑，"尖峰已经占了太多优势，不能再让他们占了先机。"

兰蔓眸中精光一闪，佯装道："什么意思？"

"我想蔓夫人心里也清楚明白，不，不仅是你，赵墨浓、韩老，甚至是 King，心里应该都明白。"沈悟非一字一句清晰道，"不能再任凭尖峰扩张下去了。"

兰蔓放在桌子上的手，轻轻握成了拳，她轻声道："尖峰现在势不可当，有谁能阻拦它呢？"

"蔓夫人又装糊涂了。"邹一刀笑道，"我们以前提醒过你，唯有联合几大公会，才能干掉尖峰，只是你那时候不敢，既不敢想，也不敢动，现在就算你还是不敢想、不敢动，但是尖峰的刀快要横到你脖子上了，你也不得不想、不动，不是吗？"

兰蔓闭上了眼睛，半晌，说道："你们知道，我为什么单独见你们吗？"

"不知道，难道身边有奸细？"

"不，女人比男人忠诚多了。"兰蔓睁开那对勾魂摄魄的美眸，"但是，也比男人胆小多了。她们看上去很厉害，技能被养得很高，一身好装备，可是，她们其实从来没有真正打过仗。她们杀怪，偶尔也杀人，但大多是有所需，或受到挑衅，真正和人的战争，她们没经历过。女人是非常容易沉溺于安逸的生活，而变得软弱的，她们都不是天生的战士，进入游戏前，都是普普通通的女孩子，她们想要的是安全和安乐，我不忍心告诉她们，我们要打仗，我怕吓到她们。"

舒艾抬起头，深深地望着兰蔓："蔓夫人，也许是您太小瞧她们了。"

兰蔓愣了愣，表情有些茫然："是吗？"

舒艾毅然道："安全和安乐都是要靠自己去守护的，不然就只能任人宰割，这个道理蔓夫人懂，她们也一定懂。"

兰蔓垂首，长长吁出一口气："我想要维持现状，不仅仅是为了自己，也是为了她们……"

"可是现状已经维持不住了。"

"是啊。"兰蔓喃喃道，"是啊。"

几人对视一眼，心中都感慨万分，昨晚分析得不错，兰蔓心里其实已经做了决定，只是害怕罢了，她的恐惧也许并不单单是来自尖峰，更来自随着局势的洪流向前漂泊却不知几时能上岸的绝望。

兰蔓又叹了一口气，挺直了腰身，眼眸一抬，拂去了那丝软弱和犹豫，恢复了游戏第一女王的气场："赵墨浓主动来找我了。"

沈悟非马上道："什么时候？"

"你们给我发求救的私聊之后，我想，你们也给他发了吧？"

"他找你做什么？让你救我们？"

"他说，假面和惊雷都已公开与尖峰对立，他要看我的态度。"

邹一刀做出了然的表情："所以你给全游戏看了你的态度。"

兰蔓摊了摊手。

"蔓夫人，您做事的方式，真叫人佩服。"

邹一刀说这话没有丝毫讽刺，而是真心的。能在这么短的时间内看清楚自己的处境和想明白之后的打算，然后杀伐果决、当机立断采取行动，这样的手腕和魄力，有几个人能比得过？

兰蔓微微一笑："身不由己。"

"这个赵墨浓。"乔惊霆冷笑两声，"脑子转得更快啊。"

最初拒绝跟他们联合抗击尖峰，说要先灭掉蔓夫人的就是赵墨浓，现在看到尖峰突然起势，立刻掉转矛头。果然没有永恒的敌人，只有永恒的利益。

乔瑞都道:"这样更好,共同的利益是比什么都坚固的基石。"

"他应该很快就会去找你们,但他不方便来井木犴,所以大概会去斗木獬吧。"兰蔓说道,"我今天叫你们来,其实是想听听你们有什么想法,毕竟,一开始胆大妄为地说要灭掉尖峰的,可是你们。"

几人都把目光投向沈悟非,老实说,他们讨论的计划只到联合大公会那里。

沈悟非道:"我觉得这个我们应该共同商议,每个人都有自己的立场和顾忌,我们的战略,未必能说服你们,但是我们可以提供一个很好的'借口'。"

"什么'借口'?"

"开战的借口,我们总需要一个理由,或者说一个契机,才显得顺理成章吧。"

"你说。"兰蔓扫视几人。

"前几天我们在狂石怪那里刷符石,碰到了收割者。"沈悟非一摆手,他们头顶上出现了三维影像,是几个人的资料,包括白妄、费朗等,正是那天差点儿要了他们命的收割者。

"这两个人是尖峰的?"兰蔓惊讶道。

"对,白妄和这个叫刘欣欣的蛊师,都是尖峰的人。"沈悟非撤回投影,"收割者在游戏中是公认的'民间非法',受到所有公会和自由人的抵制,这两个人身为尖峰会员,却同时是收割者,我们可以以此为理由通缉他们。"

"在赏金之城房日兔公开悬赏,然后逼迫尖峰交人。"乔惊霆朝白迩眨了眨眼睛,他们可以顺便"公报私仇",趁机拿下白妄。

白迩也回给乔惊霆一个坚定的眼神。

"这个方法可行,收割者的民愤一直很大,尖峰这样的大公会内部有隐藏的收割者,就必须在所有玩家面前做出表率,要么交人,要么我们去拿人。但是交出这两个玩家又跟尖峰对公会成员保护的规矩相冲突,这里有文章可做。"兰蔓皱了皱眉,"可是,你们有证据吗?"

—— 393

"物证人证齐全。"沈悟非笑了笑,"我的无人机和机械蜘蛛身上都有影像记录。"

"足够了,人证就不用了,你们的话怎么能算人证。"

"不,不是我们,一个韩开予,如果这个公信力不够的话,还有一个是……天崇。"

兰蔓一惊:"什么,天崇?"

沈悟非把那天发生的事简述了一番:"如果不是天崇帮我们赶走了他们,现在我们至少一半人没机会坐在这里。"

兰蔓深深蹙起眉,神情满是不敢置信:"怎么会,天崇怎么会去多管闲事呢?我见过 King 几次,天崇甚至从不正眼看我,好像世间除了 King,其他人都是空气一般。"

"也许他是刚巧路过,伸张正义?"乔惊霆耸耸肩,"我们也不知道他为什么要帮我们,而且也不敢去找他。"

"不要去找他,King 不喜欢别人打扰。"兰蔓道,"你们有物证就够了,还有,这件事不要告诉别人,尤其是赵墨浓,那个人心思太多,不知道又会想到哪里去。"

"我们明白。"

"你们在井木犴也不宜久留,江城和方遒,大概也能感觉到我们想干什么,此时正是最危险的时候,你们这段时间一定要小心。"

"危险啊,我们都习惯了。"乔惊霆满不在乎地耸耸肩。

沈悟非道:"等我们见过赵墨浓,了解他的想法后,我们三方需要坐在一起商讨接下来的计划。"

兰蔓点点头。

"在此之前,我们还是要得到狂战士符石。"

兰蔓笑了笑:"放心,韩开予会去找你们的。"

"你确定?"邹一刀挑眉道,"他现在应该恨不能离我们越远越好吧。"

兰蔓笃定地说:"他会去的。"

"有蔓夫人这句话我们就放心了。"

"我还有一个问题。"兰蔓的目光落到了沈悟非身上,她道,"为什么?"

尽管是没头没脑的一句话,沈悟非也明白了她的意思,他为难地说:"蔓夫人,这一点,我真的不能告诉你。"

"是我救了你,我们也已经结盟,这样你都不能告诉我,方遒找你决斗的原因?"

沈悟非沉默了一下:"我曾经在斗木獬赶走了方遒,他想要报复。"

兰蔓眯起眼睛:"你真的觉得会有人相信,你能赶走方遒?他一直喊着让你不要装了,你在装什么?还有,最后,你在他耳边说了什么,让他反应那么大?"

众人一惊,还有这一出?当时擂台上下一片混乱,他们都没有注意到。

沈悟非垂下眼帘:"我当时神志不清,已经不记得了。"

兰蔓明显有些不悦,还待说什么,邹一刀插口道:"蔓夫人,他有些难言之隐,确实不便透露,但是我们可以保证,这不会影响我们的联盟。"

兰蔓犹豫了一下:"好吧,我希望你们隐瞒的事情,真的不会影响我们的计划。"

几人表面上点头,其实心里几乎都没什么底,包括沈悟非自己。

诚如兰蔓所说,韩开予还真的回来了,而且对自己的临阵脱逃丝毫不以为然,一见面就调侃道:"说真的,你们应该是我在游戏里见过的命最硬的一伙人了,你们真的幸运值很低吗?我怎么觉得比我都高啊。"

"我们要是幸运值高,就不会混得这么倒霉了。"乔惊霆白了他一眼,"你能回来我们深表欣慰。"他顿了顿,"也很意外。"

"哈哈,我会回来,我也很意外。"韩开予眼中闪过一丝狡黠,"不过……算了,反正我回来了。你们雇我是为了打符石,不是打尖峰,别矫情了,也别浪费时间,现在就去吧,我也想把这个活儿赶紧干完,跟你们在一起,太折寿了。"

乔瑞都站起身，打了个响指："不错，痛快，我也建议我们别浪费时间，我们的时间已经非常有限了，现在就去吧。"

沈悟非叹道："本来我想去海妖王号躲两天的，但是想了想，众帝之台应该比海妖王号安全，至少尖峰不敢在 King 的地盘上撒野。"

"对，任何一个列席者不打招呼踏入别的列席者长期活动的地方，都是一种挑衅。"

"好吧，我们走吧。"乔惊霆痞笑道，"然后等赵墨浓来找我们。"

他们平静地刷了两天怪，赵墨浓果然找上了门儿来，韩开予很自觉地回避了。

赵墨浓很有派头地往沙发上一坐，似笑非笑地看着他们："你们可真是打不死的小强啊。"

"前两天刚有人说过差不多意思的话。"乔惊霆歪了歪嘴角，"我们就当是夸奖了。"

"确实是夸奖，换作别人，不知道死了多少回了，你们居然还全都活着。"

乔惊霆一摊手："命硬，老天爷不收，没办法。"

赵墨浓整了整大衣外套："别贫了，我知道你们现在天天都枕在刀尖儿上，应该连觉都睡不好吧。"

赵墨浓一语戳穿他们故作泰然背后的焦虑，他们倒也不避讳，乔瑞都反唇相讥道："赵大当家不也一样吗？"

赵墨浓斜眼看着他："假面的大当家是贝觉明，你说话可要谨慎一些。"

"哦。"乔瑞都做出恍然大悟的样子，"对呀，贝觉明长期神隐，我们老觉得假面的老大是你呢。"

赵墨浓冷笑两声："我们会长没有神隐，只是在临渊之国强化自己，同时为公会成员获取更多福利，再说，现在也没什么值得他出面的。"

"是吗？现在没什么值得他出面的吗？"邹一刀眯起眼睛，"如果尖峰把招兵买马的牌子举到假面家门口,他也不会出面吗?"

赵墨浓低笑两声:"不会有那一天的。"

沈悟非点点头:"嗯,你今天来,不就是为了没有那一天吗?"

赵墨浓微微偏着头,上下打量了沈悟非一番:"我接到情报,说方遒一直喊着让你以'真面目'见他,那是什么意思?莫非……你隐藏了什么特别厉害的蛊?"

沈悟非笑着摇摇头:"我没有什么厉害的蛊,你觉得凭我们的实力,能得到什么蛊?要说游戏里的顶级蛊,应该在你身上吧。"

"那方遒是什么意思?"

"这个不方便告知。"沈悟非在赵墨浓还要开口追问之前,加重语气道,"蔓夫人也问过我们,我们也同样回绝了,请赵先生放心,这件事不会影响我们的合作。"

赵墨浓审视了沈悟非几秒钟,才道:"好吧。"他又转问道:"你最厉害的蛊是什么?"

沈悟非被问了个措手不及:"呃……我有两只翼龙,但如果撇开飞行能力,我的机械蜘蛛更强一些。"

"嗯,对,你的那些机械玩意儿,确实蛮厉害的。"

"你呢?"乔惊霆朝赵墨浓抬了抬下巴,"问了别人,你也该透露一下吧?你最厉害的蛊是什么?"

赵墨浓耸耸肩:"这可是我的撒手锏,我怎么可能随随便便告诉你们呢?"

"你……"

赵墨浓狡黠一笑:"你只要知道,它能把你们所有人吞进肚子里就行了。"

"好,希望到时候它也能把江城或者方遒吞进肚子里。"

"嗯,我们也该说说正事儿了。"赵墨浓道,"兰蔓把你们遭遇收割者的事跟我说了,你们想利用他们将尖峰一军,这个办法不错。尖峰为了这两个人，一定会左右为难。不交人，影响尖峰的公信度，抵制收割者是当初所有大公会一起牵头定下的规矩；交人，违反尖峰自己的公会条例。"

"那他们会怎么做？"

"通常这种时候的解决办法就是擂台决斗。"赵墨浓看了白迩一眼，"但是尖峰新吸纳的那个白妄非常厉害，这个人可以反将你们。"

这几天白迩几乎没怎么说过话，比以往还要沉默数倍，闻言，他抬起头看了赵墨浓一眼，眼神又深又沉。

赵墨浓似笑非笑地看着白迩："你不服气也没办法，你们这几个人，谁有自信一定能赢他呢？"

几人在心里掂量了一下，白妄速度快、能隐形、会功夫，而且这几样全在白迩之上，还有一直没有展露的未知的异种能力，作为一个刚进入游戏几个月的新人，他的战斗力着实惊人，他们都没有百分百的把握赢那个男人。

舒艾道："所以决斗这条路行不通，那还有别的办法吗？"

"也未必行不通，不是还有一个女蛊师吗？"赵墨浓跷着二郎腿，手指轻轻摩挲着膝盖。

"他们要决斗，也不会让这个蛊师上啊。"

"不，可以让她上。"沈悟非道，"只要我们不指认白妄就行了，本来白妄一直处于隐形状态，视频里根本就没有他。"

邹一刀一击掌："没错啊，可是就算决斗了，杀了她，之后呢？"

"不能杀了她，要让她赢。"

赵墨浓语出惊人，几人都很费解地看着他："为什么？"

"你们没注意到，这个蛊师是 10 级的吗？"

沈悟非皱起眉："你想让她成为列席者？"这话虽是疑问，语气却非常肯定。

乔瑞都忍不住笑了："你这一手可够歹毒的，不愧是假面的……二当家。"

赵墨浓含笑道："过奖了。"

"说下去。"乔惊霆冷冷说道。他跟在场的人一样,基本猜到了赵墨浓的想法,还有那想法背后的深意,这个人真够毒的,而且走一步看五步,心思太可怕了。

"你们通缉刘欣欣之后,有两个可能。第一,尖峰按照游戏中解决大部分纠纷的不成文的规矩,把她交出来跟你们其中一个人决斗,生死自负、恩怨两清;第二,不交人。这两种情况都有可能。"

"第一种情况怎么说,第二种情况又怎么说?"邹一刀皱眉看着他,"你想让她成为列席者,惊雷只有我是 10 级的,你觉得我会去送死?"

"放心吧,没让你去。"赵墨浓露出神秘的笑容,"若是第二种情况就简单了,我们有理由公开联合起来讨伐刘欣欣,也就是尖峰,而且可以吸纳更多敌视尖峰的人,甚至名正言顺地要求韩少金出人,当初几大公会有过一起抵制收割者的约定,韩少金不参与公会斗争,但是他参与游戏秩序的维护。"

乔瑞都点头道:"没错,韩老向来低调,但是也好面子、重信用,如果你以讨伐收割者为名要求他帮忙,他一定得帮。"

舒艾思索道:"可这么一来,尖峰就不可能包庇刘欣欣,尖峰现在本来就树大招风,为了这个人再惹众怒,损失太大了。"

"对,所以尖峰多半会把刘欣欣交出来,那么就是第一种情况。"赵墨浓继续道,"第一种情况,也有两种可能。一个是她赢,一个是她输。"

乔惊霆盯着赵墨浓:"我比较想知道,你打算找谁来跟她决斗。"他倒要看看,赵墨浓敢不敢说找他们中的任何一个,要他们赢可以,故意牺牲让刘欣欣晋升?根本不可能。

"这个人我来找,用不着你们操心。"赵墨浓安抚地摆了摆手,"我会制造出一个 10 级的玩家,让他被刘欣欣杀死。"

"你……怎么做到?"沈悟非不解道,"谁会想要去送死?"

赵墨浓低着头,把玩着自己的手指,唇角带着一抹浅笑:"你真的想知道?可我不太想告诉你啊。"

—— 399

沈悟非张了张嘴，犹豫了一下，又道："算了吧。"他知道赵墨浓还在介怀自己不肯说出他双重人格的事，所以故意报复一下。

赵墨浓抬起头："我继续说吧，如果这个人真的按照我的剧本输给了刘欣欣，刘欣欣成为列席Jack，你们猜局势会变得多么有趣？"

"尖峰将有三个列席者。"

"没错，三个列席者。"赵墨浓颇为得意地说，"上次的聚会，King要求，不，应该说，逼迫我们给他一个Queen，原本尖峰的计划是逼我的老大成为Queen，可一旦他们自己就有三个Jack，这个时候，在King的压力下，他们有什么理由不从中产生一个Queen呢？"

乔瑞都拍了拍手，称赞道："够狠。"

"那如果刘欣欣输了呢？"

"其实刘欣欣输掉的可能性也不小，一个是我控制的人出了问题，求生意志过盛，杀了刘欣欣；一个是刘欣欣知道自己成为Jack之后的命运，江城和方道当然也知道，她干脆就死在擂台上。"赵墨浓顿了顿，"如果她死了，就是我控制的人成为Jack……"

"那假面就有两个Jack了。"

"不，当然不是。跟刘欣欣决斗的，必须是你们的人，冤有头债有主，这个人要加入你们的公会，所以就是惊雷有了一个Jack。"

乔惊霆一只手重重地拍了下扶手，眉毛都挑了起来："你想干什么？我怎么感觉你不怀好意呢？"

沈悟非抬手制止乔惊霆，他始终看着赵墨浓："如果惊雷有了一个Jack，会怎么样？"

"让这个Jack公开约战江城或者方道。"赵墨浓笑着露出一口森白的牙齿，"无论是为了面子，还是迫于King的压力，他们都无法拒绝。"

众人心中微颤，都被赵墨浓的腹黑毒辣震撼到了，这等于给尖峰挖了一个大坑啊。不管这个剧本怎么演，最后都是逼迫尖峰出现一个Queen，不仅能解除假面和蔓夫人之间最大的矛盾，也能保全贝觉明的安全，更是让尖峰陷入 King 的威吓之下，到时候 King 也不会对尖峰的壮大坐视不管的，这一环扣一环，把尖峰的敌对方扩张到了最大化！

这一手真是了得。

"尖峰有一招可以化解。"沈悟非泼了一桶冷水。

赵墨浓看向他。

沈悟非道："在刘欣欣上擂台之前就杀了她。"

赵墨浓点点头："对，如果这样的话，我们的计划就落空了，所以必须保证刘欣欣能够活着上擂台。"

"这怎么保证，人就在他们手里。"

"我们需要一个立场公正、在游戏中富有权威，且和尖峰不存在对立关系的人，在通缉令一发出的同时，就直接去尖峰要人。"

几人对视一眼，这个人，毫无疑问只有一个人选——禅者之心会长韩少金。

乔瑞都勾唇笑了笑："我可以去试试，但是我不能保证韩老会答应。"

赵墨浓轻叹一口气："这是最重要的一环，可是这一环却是最不确定，韩老很有可能会拒绝。"

"先试试看吧。"沈悟非冲乔瑞都道，"明天你就回禅者之心，想办法说服韩老。"

乔瑞都点点头。

沈悟非又转向赵墨浓："说说你找的那个人吧，你有把握控制他？"

"只有七成把握。"

"七成？你最好还是告诉我们，你打算找谁，打算怎么控制，有什么风险，这个人既然要加入惊雷，肯定要待在我们身边，把一个 10 级的不可控因素放在身边，我们必须小心防范。"

"放心吧，他对你们构不成威胁。"赵墨浓笑了笑，"我告诉你们好了。我有一个会员，正好处于判罚期，在新手村呢，我会让他给我带一个精神力最弱的新人出来，然后我会找一些玩家来给他杀，让他快速升到 10 级，但是不加精神力。他有选择，他可以选择以最痛苦的方式受尽折磨之后死在新手村，或者，过一段安逸舒爽、有美酒有美人的好日子，再干脆利落地死在擂台上。最后，为了防止他在擂台上不小心真的赢了，我来控制他。"

邹一刀疑惑道："你怎么跟你在新手村的会员沟通？判罚期是不能沟通的，我们也回不去新手村。还有，你说你'控制他'，什么意思？"

"联络判罚期玩家是有办法的，就是笨了点。"赵墨浓解释道，"新手村跟其他城市在一片大陆上，只是非常偏远，虽然我们不能传送回去，但是可以跑回去，当然，我说的是用交通工具开回去。至于控制他，就是字面意义上的控制，跟我控制我的蛊一样，用精神力控制他。"

沈悟非倒抽了一口气："你已经……可以控制活人了？"

"当对方精神力很弱，或者出于某种原因精神力非常衰弱的时候，我可以控制……一会儿。"

"一会儿是指多久？"沈悟非追问道。

赵墨浓挑眉道："我怎么可能告诉你？"

沈悟非一时语塞，看着赵墨浓的眼神非常复杂，有羡慕，也有忌讳。

能够操控活物是蛊师的超高境界，而能够操控活着的人……难以想象赵墨浓的精神力已经强大到什么程度了，也许在座之人在某一瞬间被他控制了却不自知，一想到这个，就叫人不寒而栗。

蛊师长期以来都给人一种不够强大的印象。当然，比国仕好很多，但是蛊师跟国仕一样，需要大量的积分去养，所以本身选这个职业的人就少，而蛊师的战斗力主要依赖蛊的强弱，一旦脱离了蛊，蛊师本身还需要人保护。且目前的五个列席者里，King是超体，Queen是国仕，江城是异种，贝觉明和方道都是神执，没有一个是蛊师，这也使得蛊师数量又少、地位又低，常常让人忽略。

然而，蛊师一旦强大到赵墨浓这个地步，他的威胁根本不低于列席者。

几人对赵墨浓都多了几分警觉，邹一刀问道："这个计划你跟兰蔓沟通了吗？"

"兰蔓是聪明人，她会同意的。"赵墨浓看了乔瑞都一眼，"等乔公子见过韩老之后，无论结果如何，都要通知我和兰蔓。"

"当然。"

赵墨浓走后，他们着实感慨了一番赵墨浓的"智勇双全"，以这个人的头脑和能力，就算没有贝觉明，他一个人也能撑起一个大公会，长期神隐的贝觉明，反倒显得像个镇宅佛像了。

他们刷了一夜的怪，白天，乔瑞都回了禅者之心，他对说动韩老也没几分信心，所以在等待的时间里，大家都非常忐忑。

下午，太阳最浓烈的时候，乔瑞都回来了，大家一看他脸色，就料到结果了。

"韩老拒绝了。"邹一刀抽了口烟，淡淡说道。

乔瑞都点了点头："很坚决地拒绝了。他说他直接去尖峰要人是挑衅行为，如果尖峰不交人再来找他。"

"哎，其实也能猜到会是这样的结果。"沈悟非不免失望，但也没有停止思考，"我们得想一个别的办法让刘欣欣能顺利走上昴日鸡的擂台。"

"其实，还有个人选啊。"乔惊霆跷着二郎腿，斜睨着沈悟非，唇角带一丝痞笑，天不怕地不怕的样子。

沈悟非一惊："你不会是想……"

"刘欣欣这个收割者出现在众帝之台，King本来就有监管责任，天崇还是目击者呢，而且他也符合这个'立场公正、在游戏中富有权威，且和尖峰不存在对立关系'的身份。"

舒艾瞪大眼睛："你想让King去尖峰要人？这也太大胆了吧。"

在旁边听了半天的韩开予，终于听明白他们在说什么了，顿时"喝"了一声，腾地从沙发上跳了起来，一脸丧气："你们又要干吗？算我求你们了，能老实点儿刷符石吗？"

邹一刀按着他的肩膀将他压回沙发上："放心，没你的事儿，你不用去。"

"大胆是大胆，但也合情合理吧？"乔惊霆一副跃跃欲试的表情，"我早就想看看 King 长什么样子了。"

屋内沉默了几秒。

乔瑞都道："有点危险，但确实是个好方法。"

沈悟非抖了抖："我觉得……太冒险了吧。兰蔓说了，King 不喜欢别人打扰，为这个事去找他，不只是打扰，简直是'骚扰'啊，万一他怒了，弄死我们怎么办？"

"根据我们长期以来得到的各种对 King 的侧面评价，他不是一个残暴易怒的人。而且，这件事本身他也受益，他最顾忌的敌人就是尖峰，借此机会削弱尖峰，是谁都希望看到的，尤其是他。他出马要人，就像惊霆说的那样，非常合情合理。"邹一刀狠狠抽了一口烟，笃定道，"我觉得值得一试。"

沈悟非苦笑道："我也知道除了韩老，他是最佳人选，我只是有点害怕。"

乔惊霆干脆利落地一伸手："害怕你别去，把录像给我，我自己去。"

"不行！"几人异口同声道。

乔惊霆一挑眉："怎么的……"

"就你这智商，事谈不成事小，把 King 也得罪了就麻烦了。"乔瑞都白了他一眼，"沈悟非必须跟着一起去。"

舒艾松了一口气："对，惊霆不能一个人去。"

乔惊霆撇了撇嘴，一脸不高兴。

沈悟非搓了搓脸，期期艾艾、不情不愿地说："是的，我必须去。"

"那就别废话了，走吧。"

"你性子别这么急，这件事我们得先和赵墨浓、兰蔓商量一下。就算他们都同意了，也得等到太阳落山，我们去众帝之台刷怪，大家一起去，但只有我和惊霆去见他，万一真有什么事，你们……记得进来救我们。"沈悟非越说声音越小。

韩开予瘫在沙发靠背上,一只手捂住了眼睛,哀叹道:"自从认识了你们,我就对自己的幸运值产生了巨大的怀疑。"

"往好处想,说不定认识我们也是你幸运的一部分呢。"乔惊霆嬉笑道,"不走到最后,又怎么能知道谁能笑到最后。"

韩开予长叹了一口气,眼神复杂地盯着天花板,半天没说话。

舒艾将他们的计划分别私聊给了兰蔓和赵墨浓,不到半分钟,兰蔓就对乔惊霆和沈悟非发出了沟通网的邀请,两人同意加入后,发现赵墨浓也在里面。这种远程建立沟通网的能力,也是舒艾现在不具备的。

兰蔓的语气有些急促:"你们真的想去请 King 出山?你们胆子真是太大了。"

赵墨浓笑道:"我倒觉得这个办法很好,比韩少金主动还奏效十倍,保证江城和方道不敢要花招,也不敢敷衍。"

"万一 King 不同意呢,或者,万一触怒了他呢?"

沈悟非反问道:"你跟 King 接触最多,你觉得他脾性如何?"

兰蔓沉默了几秒:"他是一个沉得住气的人。"

沈悟非道:"根据我们对他有限的了解,他不像是一个会因为合理的请求而动怒的人,刘欣欣是在他的地盘上进行收割行为的,他的小鬼亲眼证实,现在我们作为受害者,请求他发挥自己的监管责任,为我们主持公道,一点不过分吧?"

兰蔓道:"嗯……有道理。"

"不过分,合情合理,我觉得 King 没有理由拒绝,尤其当对方是尖峰的时候。"赵墨浓冷笑两声,"眼看着尖峰的实力水涨船高,找个信 King 就坐得住凳子。"

兰蔓轻叹一声:"那你们就去试试吧,我提醒你们几点注意事项。"

"您说。"

"第一,千万不要对天崇有任何不敬,无论是眼神还是言语,他是跟 King 最亲近的人,King 很在乎他。"

"好的。"

"第二，除了你们的诉求，其他一概不要提，也不要试图打听什么、索取什么。"

"明白。"

"第三，King性情冷冰，说话简洁点，别啰唆，别煽情，别试图耍心机，有一说一就行。"

"知道。"

"你们这群人，总是出乎所有人的意料。"赵墨浓低笑两声，"等你们的好消息，或者至少活着回来。"

他们都以为韩开予肯定会躲得远远儿的，没想到他居然跟着一起去了。

乔惊霆斜睨着他："你不怕危险啊，竟然敢跟来？"

韩开予抻着脖子看着King住的那栋房子，眼里是毫不掩饰的好奇："不行我就跑呗，我还是挺想看看你们这帮人到底能作死到什么程度。"

"不错，你这种看热闹不嫌事儿大的精神，越来越有惊雷的风格了。"邹一刀拍了拍他的肩膀，"加入惊雷，跟我学做菜吧。"

韩开予推开他："跟你学吃屎啊，赶紧滚。"

"你若真学我就教。"

"你若真教我就学。"

乔瑞都叹了口气，对乔惊霆说："你有一种特别的感染力，你知道吗？"

乔惊霆瞪着他："闭嘴，一听就没好话。"

"你能把周围人都拉低到你的智商水平。"乔瑞都说着，就往旁边挪了几步，远离了乔惊霆，轻声嘟囔道，"哪里像他。"

乔惊霆狠狠比了个中指。他猜乔瑞都口中的"他"，指的是他们那个共同的生父吧。

沈悟非紧张地深吸了一口气，再缓缓呼出，然后道："我准备好了，走吧。"

"万一他们不在家呢？"舒艾道，"他们倒是在城里。"

"敲门看看呗，不在就晚点来。"

"不在的话我就白酝酿情绪了。"沈悟非握着拳头，声音又开始发颤，"那可是 King 啊。"

乔惊霆勾住他的脖子，把他拖着往前走，顺便摆了摆手："等我们的好消息。"

乔惊霆大摇大摆地把沈悟非拖到了众帝之台唯一的那栋房子前，他找了半天没看到门铃，干脆用拳头敲了几下门。

沈悟非压低声音道："你轻点！"

"很轻了。"

过了一会儿，大门从里面打开了。

沈悟非顿时挺直了身板，身体不自觉地往后倾，就好像里面要扑出来什么洪水猛兽，就连乔惊霆也有些紧张。

打开的门扉里探出来一张四方端正的男人的脸，40 岁上下，戴着眼镜，穿着黑西装，头发梳得整整齐齐。

乔惊霆还以为这就是 King，但又隐约记得 King 是个年轻人，他往那人头顶一看，原来是个 NPC，显然是 King 从平台里买来的 NPC 管家，名字就叫刘管家。

刘管家客气地说："两位有何贵干？"

"你好。我们找汤先生。"沈悟非说话都不敢大声。

两人约定好了，进来之后，沈悟非负责说话，乔惊霆能不说话就不说话。

"找汤先生何事呢？"

"我们在众帝之台刷怪，碰到了收割者，有录像为证，希望汤先生为我们主持公道。"

刘管家点头道："你们稍等。"

刘管家消失之后，乔惊霆庆幸道："看来人在，没白跑一趟。"

沈悟非苦笑一声，也不知道该不该高兴，一想到他要面对当下的深渊游戏第一人，他就打怵。

过了一会儿，刘管家又打开了门，做出邀请的姿势："两位请进。"

两人对视一眼，一前一后进了屋。

刘管家突然拦住了他们。

两人的神情立刻紧张起来。

"请换拖鞋。"刘管家指了指玄关处的鞋架。

"……"

这是一座三层的别墅，外墙主冷系的青灰色，估摸着有四五百平方米，不算很大，摆在一片荒芜的沙漠中间，和那棵枯败的、灰突突的生命树遥遥相望，彼此衬托着对方的无边孤独。但别墅内部却比外面看上去舒服很多，色调偏暖，装潢以原木为主，经过一道门，就像穿过了一个外冷内热的小世界。

"请。"刘管家领着他们往楼上走去。

三人来到书房，一个男人正跷着二郎腿，背对着他们坐在椅子里，男人对面则是与他们有过几面之缘的那个漂亮又冰冷得像个人偶的少年——天崇，两人之间摆着一盘国际象棋。

天崇抬头看了他们一眼，眼神无波无澜，非常淡漠。

沈悟非紧张地攥着手："汤先生，您好。"

背对着他们的男人抬手指了指对面的沙发，低声道："坐吧。"

两人走过去，坐下了，这才看清那人的长相。

那是个 30 岁上下的年轻男子，长了一张白皙冷峻的俊脸，穿着质地考究的深色居家服，交叠着一双长腿，眼睛正盯着棋盘。

此人正是游戏内的最强王者——King 汤靖川。

沈悟非的呼吸变得越发短促，乔惊霆按了按他的膝盖，饶有兴致地看着汤靖川和天崇下棋。

天崇抱着膝盖，黑溜溜的大眼睛在汤靖川和棋盘之间来回转悠，等着对方走下一步。

汤靖川思索了良久，两指抵住他的"象"。

"您走那个的话……"沈悟非一出声就后悔了，但见汤靖川已经顿住了，他只能硬着头皮小声说，"四步之内就会输。"

汤靖川微偏过头，犀利的目光扫过两人，他眼神冰冷得毫无人气，仿佛世间万物都不能进入他眼底。

沈悟非挺直了后背，暗骂自己有病，为什么越紧张话就越多？

汤靖川收回了手，对天崇说："他们就是你上次说的那伙人？"

天崇点点头。

汤靖川终于侧过身，面冲着他们："你们找我有什么事？"

沈悟非用力吞咽了一下："汤先生，我们在众帝之台刷符石的时候，碰到了收割者，天崇……看来已经跟您说了，多亏他及时相救，我们才能活下来，我们拍下了所有收割者，希望您能为我们主持公道。"他一口气说完，尾音都开始发颤。

汤靖川冷冷道："我没抓到现行，既然你们都拍下来了，游戏里的规矩就是公开决斗，你们要我主持什么公道？"

"有一个是尖峰的人，我们怕尖峰包庇，不肯交人。"

汤靖川眼神一暗，挑了挑眉："尖峰的人？"

"对，而且是 10 级的蛊师，肯定是格外受重视的。"沈悟非一挥手，放出录影，指着画面里的女蛊师道，"就是她，刘欣欣。"

汤靖川没有看录像，而是深深地看着沈悟非："那你们希望，我怎么'主持公道'呢？"

沈悟非咬了咬嘴唇："我们恳请您……去尖峰要人，让她跟我们公开决斗。"

汤靖川眯起了眼睛，面色明显有一丝不悦。

天崇抱紧了膝盖，他依旧光着脚，那双脚柔嫩得像婴儿，恐怕从来没有走过路，他仔细打量着沈悟非，眼神充满了探究。

沈悟非怕得牙齿都直打战，不敢看 King 的眼睛。

乔惊霆看了沈悟非一眼，开口道："汤先生，我们是在你……您的地盘上被收割的，请您清理在众帝之台撒野的收割者，为我们报仇，是合规的吧？"

汤靖川用手指轻轻把一枚"兵"往前推了一步："你们的目的，不会只是简单地想要报仇吧？"

天崇又低头看起棋局。

沈悟非鼓起勇气道："没错，我们的目的一直指向的都是江城和方道，按照我们的计划走下去，他俩之间，必有一个成为Queen！"

汤靖川沉默了几秒钟，开口道："我听说过你们。"

两人对视一眼，等着后话。

"我很好奇，你们究竟想干什么呢？"

这问题没头没脑，颇难回答，两人都有些迟疑。

"你们所做的和你们的野心，已经远超过你们的能力，这很不正常。"汤靖川斜睨着他们，"你们就像一把刀，却被搬上了枪炮的战场。"

此言一出，两人均是愣住了。汤靖川的这句话真是一刀见血，一下子指出了他们的窘境。他们一直都被各种不得已的理由，推上不该他们出现的地方，卡在不该他们承重的位置。明明只是一把刀，却勉强去迎击枪炮，经受着各方势力的挤压，夹缝中求生存，回首过往，竟然难以说清，他们究竟是怎么走到今天这一步的。

这冥冥之中，似乎真的有什么力量在一点点引领着这一切，让他们走得又急又险，也许，那就是命运的力量吧。

乔惊霆苦笑一声："我们……身不由己吧。"

沈悟非沉默了，他微抿着唇，目光非常深沉，脑子里繁杂成了一团。

天崇把他的"车"直接捅到了汤靖川的地界，隐有大军压阵之势。

汤靖川的目光又回到了棋盘上。

屋内陷入一片沉默。

也不知道过了多久，汤靖川道："你觉得我该走哪一枚？"

沈悟非没说话，还在发愣，乔惊霆推了他一下，他才一个激灵回过了神来："问……问我吗？"

汤靖川用食指一下一下地点着自己的"王"棋，它已经陷入了包围。

沈悟非咽了咽口水，看了一会儿棋盘，小心翼翼地道："汤先生，这局您输定了。"

天崇抬眼看向沈悟非，不知是不是错觉，沈悟非觉得天崇的眼中闪过一丝笑意，让他半天没回过神来。

汤靖川靠回了椅背里，深邃的双眸直直地望着天崇："你以前是故意输给我的吗？"

天崇点点头。

汤靖川冰封般的面容上显出一丝笑意，他站起身，走到天崇身边，弯腰把孩子抱了起来，头也不回地走向书房的门口。

天崇搂着汤靖川的脖子，下巴抵在他的肩膀上，眼睛直勾勾地盯着沈悟非和乔惊霆。

两人也跟着站起身，望着 King 的背影，欲言又止。

汤靖川的声音幽幽传来："后天正午十二点，我去箕水豹要人。"

那天刷怪的时候，沈悟非显得心事重重，差点儿被狂石怪一拳砸成肉泥。

邹一刀把他拎到一边："你想什么呢？见了一回 King 吓到现在都回不了神儿啊，他不是答应了吗？"

"我不是……哎呀，我脑子里事情很多。"沈悟非抓了抓头发，"不好意思，我不会再分心了。"

"刚才差点儿被砸扁的是你，跟你自己'不好意思'吧。"邹一刀推了他一把，"赶紧回回神儿。"

韩开予一脚踹开一只狂石怪的胳膊，高声道："他居然真的答应了，算你们牛 X 啊，艺高人胆大啊。"

—— 411

"那是,我们都想好了……"乔惊霆一锏狠劈而下,把狂石怪的半边肩头都砸碎了,"要是不成,就派你去色诱他,让我们看看你的性激素是不是真像你自己吹得那么天下无敌。"

"呸,你得付我多少佣金,我才会去色诱男的。"

乔瑞都大笑道:"别说得自己多么有节操,你上次都想色诱狂石怪了。"

"幸亏你们争气,不用我牺牲色相,不然让你们赔个倾家荡产!"

从最开始的狼狈逃窜,到之后的伤敌一千、自损八百,再到现在的游刃有余,他们终于彻底啃下了这些最"硬"的骨头,虽然还是没能在规定时间内杀死过狂化之后的狂石怪,但是以他们现在刷怪的效率,即便不去杀爆掉落概率的狂化狂石怪,这速度也不慢了。

他们刷狂石怪的刚好一个月,根据韩开予的经验,狂战士符石最迟两个月也会掉落,快的话可能半个月内就能打到,胜利在望,直教人热血沸腾。

而且,得到了 King 的应允,也让他们分外振奋,一切都在按照计划进行,只是每个人心中,都埋藏着难以形容的巨大不安,因为这计划步步伴随着对他们的致命威胁,他们也不知道,这样铤而走险,究竟还能走多久。

当然,他们都有一个共同的想法,那就是,宁可殒于远方,也不死在原地。

正午之前,邹一刀来到赏金之城房日兔,将包括刘欣欣在内的六名收割者的名字,挂上了悬赏榜,并把他们收割时的录像放了上去——当然,是剪辑过的,剪掉了韩开予展露的能力和天祟出现的片段。

对其他五人的赏金都不算高,但刘欣欣的赏金是一枚由兰蔓提供的变色龙符石,算是中上等级的悬赏了。

尖峰出了一个收割者,而且是跑到众帝之台收割,这个消息立刻传遍了整个深渊游戏。

正午时分,在江城和方逍还没反应过劲儿来,正商量如何处置刘欣欣时,汤靖川带着天崇亲自登门,要求尖峰交出在众帝之台收割的刘欣欣,杀了两人一个措手不及。

差不多同一时间,赵墨浓带着他挑选的人来了。

那是个身材瘦小的男子,叫罗广成,面颊凹陷而眼睛特别大,显得整个人有一种令人不舒服的机灵劲儿,就这个身板儿,确实像是在游戏里活不过一个小时的。

他跟在赵墨浓身边,特别小心翼翼,脸上毫无神采,显然是知道自己活不了多久了。

赵墨浓指了指他:"让他加入你们公会吧。"

乔惊霆看了罗广成一眼,心里对他有两分同情,但也稍纵即逝,整个游戏的规则都建立在丛林法则之上,是现实世界的血腥加强版,且放之全宇宙皆准,弱者,注定要被压榨。

乔惊霆对罗广成发起了加入公会的邀请,罗广成匆匆看了他一眼,就低下头去,确认加入了公会。

这是他们公会的第六个成员,但是,估计很快就又会变回五个了。

乔惊霆掏出一根烟,凑到了罗广成唇边。

罗广成愣了一下,张开了嘴:"……谢谢。"

乔惊霆给他点上了,然后拍了拍他的肩膀,没说什么。

沈悟非把赵墨浓拉到一边,悄声道:"你试过控制这个人了吗?能行吗?"

赵墨浓道:"放心吧,就算我控制不了他,他也没有能力杀掉刘欣欣。"

沈悟非点了点头,心里还是没什么底。

赵墨浓反问道:"你觉得他们两个,哪个成为列席者更好?"

沈悟非犹豫了一下:"各有利弊,但若是罗广成成为列席者,会更好控制一些。"

"所以你还担心什么,无论他俩谁赢,暂时都是我们想要的局面。"赵墨浓看着沈悟非,目光深沉,"除非,你有别的想法。"

沈悟非摇摇头："我没有什么别的想法，但是……"他顿了顿，鼓足勇气低声道，"你的每一步，我都看在眼里，如果你有任何对惊雷不利的举动，我一定会知道。"

赵墨浓哈哈笑了起来："多亏惊雷有你这么一个聪明的，不然这几个愣头青，早不知道死了多少回了。"

"喂，我们听到了。"乔惊霆白了赵墨浓一眼。

这时，邹一刀的声音在沟通网内响起："King已经去尖峰要人了，惊霆，你和悟非来房日兔，其他人留守。"

"好。"

赵墨浓从他们的表情看出了端倪："怎么样，已经去要人了？"

"对，我们现在就去房日兔。"

"那我就先回去了，人留在你们这儿，有什么消息第一时间通知我和兰蔓。"

"明白。"

乔惊霆给乔瑞都和白迩使了个眼色，示意他们看好了罗广成，然后和沈悟非离开了斗木獬。

乔惊霆是第一次来房日兔，这里气候宜人，长居的玩家不少，多以自由人和赏金猎人为主，但房日兔对他可不陌生，刚出新手村的时候，他和白迩的悬赏单就在这里挂了很久。

想起当年被迫躲进狩猎模式的窘境，都还历历在目，时至今日，他们大摇大摆走进房日兔，面对一整个城的赏金猎人，也丝毫不打怵。

房日兔的玩家们对着两人议论纷纷，他们习以为常，在赏金榜下找到了邹一刀。

乔惊霆抬头看了一眼赏金榜，上面罗列着目前被通缉或悬赏的人和物品，人分一栏，物品在另一栏，一律按照赏金价值排序，价值最高的前三名固定不动，其他的滚动播放，刘欣欣的赏金价值——一枚变色龙符石——

是目前最高的。

就在这短短半小时内,剧情高潮迭起。先是刘欣欣身为尖峰会员却去做收割者,而收割的对象还刚好是惊雷,现在被惊雷拿着录像证据公开通缉,然后情报贩子传来最新消息,就在几分钟前,King 亲自去尖峰主城箕水豹拿刘欣欣,现在惊雷的会长也出现在了房日兔,让众玩家隐隐有一种要看大戏的预感。

乔惊霆嗤笑一声:"这个东西设计得太有游戏感了。"应该说这个世界里的所有东西都设计得非常有游戏感。

"因为我们本来就在游戏里。"邹一刀心不在焉地抽着烟,有些担忧道,"King 能把人带来吗?"

"如果他都不能把刘欣欣活着带出尖峰,那别人更不可能了,耐心等等吧。"沈悟非的神色也有些紧张。

"等等。"乔惊霆忽然想起了什么,"King 也没说要把人带哪儿去吧?"

"呃……应该来房日兔交给我们吧?"邹一刀抬头看了看赏金榜,"现在整个游戏都知道是我们要人。"

"不一定,交给我们也有失公允,毕竟我们要和她决斗。"沈悟非拍了拍乔惊霆的肩膀,"你能想到这个,说明智力没白加。"

"滚。"乔惊霆打开他的手,"那我们还来这里干什么?"

"不确定 King 会把人带到哪儿,所以我们先在这儿等一等。"沈悟非道,"因为我们在这里挂赏金,把人带到这儿比较合理,不会突出我们和 King 的关系。不过,King 有七八成的可能会把人带走,先自己看着,以显示他是在维护众帝之台的秩序。"

邹一刀点点头:"他带走是最好的,这样可以避免尖峰反应过幼儿来,派人暗杀刘欣欣。"

在等待的期间,乔惊霆想起这段时间发生的事和见过的人,游戏里的大人物,除了江城和贝觉明,他们是全都接触过了,走得越深,陷得也越深,再联系上那天汤靖川说过的话,他总有种被命运肆意摆布的无力感。

而这条路,他甚至还没走完一半,也不知道后面还有多少刀山火海在等着。

"惊霆,惊霆!"邹一刀推了乔惊霆一下。

乔惊霆回过神来:"怎么了?"

"发什么愣呢,消息传来了,King把刘欣欣带回众帝之台了。"

"啊,果然。"乔惊霆莫名地松了口气,"也好,他有通知处置办法吗?"

"有,他在昴日鸡定下了三日之后,刘欣欣和我们的决斗。"沈悟非道,"时间也很合适,只希望这三天不要出什么岔子。"

"那咱们回去吧。"乔惊霆看了一眼赏金榜,"其他人怎么办?"

"其他人不重要,如果有人抓到了,我们付赏金就行了,不过这个赏金不算高,大概也没多少人有兴趣。"邹一刀叼着烟,咧嘴一笑,"不过,等有时间了,我们去把这些人抓过来,一个一个宰了。"

King把刘欣欣带回众帝之台,并为惊雷定下决斗之约的消息,把整件事的热度推上了一个前所未有的高峰。鉴于惊雷和尖峰刚有一场震惊整个游戏的、虎头蛇尾的决斗,这一次的决斗肯定会非常精彩,它的精彩不在于决斗者本身,因为谁都知道刘欣欣不可能打得过惊雷派出来的人,玩家们在意的,是这场决斗背后的暗流汹涌。

刘欣欣去收割惊雷,是不是受江城和方遒的指使?惊雷悬赏刘欣欣,是报复、挑衅还是有更深的用意?King亲自出马去尖峰拿刘欣欣,不可能只是简单地为了维护秩序吧?在方遒刀下抢人的兰蔓,又在其中扮演什么角色?

这一串的问题,背后隐约是时局的大网在其中拉扯,各大公会势力的角逐和等级的分配,才是这一出戏的根本,很多人都察觉到这些,但却无法料到剧本究竟会怎么演,所以三天之后的决斗,必定万人空巷。

他们回到斗木獬,见罗广成老实地坐在沙发里抽烟,可能从他们离开到现在就没挪过地方。

白迩抬了抬眼,在沟通网内道:"他很老实。"

"嗯,不错,但还是得二十四小时看着,这样我们怎么去刷符石?"

"我可以把他用酸浆圈起来。"乔瑞都道,"放在我们看得见的地方,不怕他跑了。"

"可以。"邹一刀看了沈悟非一眼,"要不你试试能不能控制他?"

沈悟非连连摆手:"我精神力没有强到那个程度。"

"你的积分大部分都花在了建造机械上。"舒艾有些担忧,"这样好吗?"

"其实也没什么好不好的,我和所有蛊师的目的都是一样的,就是拥有更强的蛊,只不过大部分蛊师选择买或者去打强大的蛊,而我选择自己造,机械蛊的最大优点就是需要的精神力少,我把加精神力的积分用在了造蛊上,最后的结果其实跟大部分蛊师差不多。"

"但是你始终和顶级蛊师是有差距的。"乔瑞都不客气地说,"我一直觉得,最强大的蛊师已经不在控蛊了,或者说不是只控自己的蛊,而是还可以控别人的蛊,控不是蛊的活物,进而控人,现在赵墨浓就在往这个境界上走,如果你碰上赵墨浓这样精神力比你强大的蛊师,他有可能把你的蛊夺走。"

"夺蛊?"几人有些惊诧。

原本最应该慌张的沈悟非却表现得很平静:"身为蛊师,这一点我很清楚,但是夺蛊的难度太大了,比如赵墨浓要夺我的蛊,他得先控我的人,再控我的蛊,即便是他,我也不认为他可以办到。不过,我也确实得把积分多花一些在强化自己身上了。"

乔惊霆笑道:"对呀,强化自身绝对不能荒废,放心吧,积分不够,有我们呢。"

"养肥了好下酒。"邹一刀哈哈大笑起来。

罗广成吐了一口烟圈,悄悄看了几人一眼,眸中闪过一丝怨毒。

眨眼间，就到了决斗的那天。

昴日鸡是一座天天有热闹看的城市，因为游戏中有两个维度的规则：一个是游戏本身制定的，所有人都要严格遵守，否则就要付出惨痛代价的规则，比如不能杀死等级比自己低的玩家；还有一个，就是几大公会联合制定的不成文的规则，比如每个公会都必须保证合法入城的玩家在自己城市内的安全，比如互相敌视的公会和玩家禁止在除昴日鸡以外的三个自由集市内PK，比如禁止在其他玩家跟怪战斗的时候杀人越货——也就是收割，当玩家的行为破坏了这些不成文的规则，或者纯粹因为各种各样的原因想打架时，都可以选择在昴日鸡邀战，游戏中每天都上演着无数的纠纷，因此决斗也层出不穷。

但这几个月，引人注目的重要决斗明显变多了起来，而且几乎都跟惊雷这个仅有五个人的小公会有关系。这一次的决斗，更是让游戏中玩家的目光再次聚焦到了他们身上。

这场决斗，King不仅到场，而且亲自押解了决斗者之一，King都来了，其他列席者自然也全部到位，唯独韩老没有来。

几人都非常好奇贝觉明和江城长什么样子，但他们依旧坐在悬浮看台的最里面，让人窥不见他们的真面目。

"玩儿什么神秘？"乔惊霆"呸"了一声。

他们也买了一个最佳观赏位的悬浮看台。

"人家总要摆摆架子嘛。"邹一刀伸了个懒腰，心情颇好，比起看到自己的兄弟在擂台上拼命，在下边围观别人殊死搏斗，他一点压力都没有，全当来看热闹了。

其他人显然也是这么想的，毕竟不管这场决斗谁输谁赢，都在按照他们的计划走，反正，只要他们自己人暂时安全就行了。

决斗快要开始，刘欣欣被赶上了擂台。这个女人长了一副颇不好惹的精明模样，必定是实力胆量都不缺，才敢去干收割这个行当，大概是以前从未留过活口，所以胆子越来越大，跑到临渊之国去收割，结果终于栽了大跟头。她显然也料到了自己的命运，所以状态非常萎靡，头发有些蓬乱，眼圈里布满了血丝。

当然，没有任何人同情她。收割者凶残下作，又因为神出鬼没，时机掌握得好，基本上一出手就是全灭，向来被人恨得咬牙切齿。

刘欣欣木然地站在擂台上，环视四周，等待着自己的审判。

这时，方道从悬浮看台里轻咳了一下，声波的力量让他声音远播，响彻整个城市，擂台四周逐渐安静下来。

方道平静地说道："刘欣欣作为尖峰成员，违反规则，非法进行收割行为，尖峰身为游戏内的公会表率之一，决不包庇，允许刘欣欣与惊雷公会成员进行公开决斗，生死自负，恩怨两清。"

方道说完，用寒冰般的目光扫过惊雷众人，那眼神像是要吃人。

他话音落下，汤靖川的声音不疾不徐地响起，声音煞是清冷好听："刘欣欣在众帝之台收割，我负有监管和惩戒责任，我为这场刘欣欣与惊雷公会成员的决斗做公证，生死自负，恩怨两清。"

昴日鸡的NPC朗声道："请惊雷公会派自己的会员上台。"

罗广成抬起了头来，他个子矮小，被几个人高马大的男人围在中间，仿佛暗无天日，他的身体开始微微颤抖，眼中流露出恐惧和慌张。

赵墨浓和贝觉明的悬浮看台就在惊雷旁边，而且离擂台也非常近，是为了近距离地控制罗广成。

乔瑞都低头看了罗广成一眼，推了他一把："去吧。"

罗广成往前走了一步，又走了一步，最后走到了悬浮看台的边缘，下边，就是擂台。

方酒的声音突然响起："等等，这个人是谁？"

乔惊霆朗声道："是我们的会员啊。"

"瞎扯！你们之前没有这个人。"

邹一刀嗤笑一声："我们吸纳什么人，还要你来审核？那尖峰吸纳那么多人，是不是也该给我们递个花名册啊？"

—— 419

"你们……"方道一眼看到了罗广成的等级，他顿时明白了为什么惊雷只通缉刘欣欣而放过白妄，"你们根本不怀好意！"

乔惊霆冷笑一声："我们是来杀人的，确实不怀好意，没有哪条规矩规定我们要派出谁来决斗，要怪，就怪你们的会员去做收割者吧。"

罗广成这个陌生人的出现，引起了极大的骚乱，因为这个人也是个10级玩家，那就意味着，这场决斗会产生一个列席者！

整个昴日鸡都炸锅了，几乎所有人都认定了一个事实，那就是惊雷这个公会永远出人意表，永远不会让他们失望。他们为这场决斗的真正用意猜测了三天，设下无数赌局，在揭示真相的这一刻，简直叫人热血沸腾。

方道显然要气疯了，起身就要冲出去，一道沉稳磁性的男声在他背后响起："方道。"

方道扭过头，咬牙切齿的样子。

"坐下吧，决斗快开始了。"那声音的语调无波无澜，甚至有几分儒雅，这声音的主人，无疑就是传说中唯一能跟汤靖川抗衡的列席者，游戏第一大公会尖峰的老大——江城。

方道深吸了一口气，坐了回去。

邹一刀低声催促罗广成："兄弟，去吧，我们会找个山清水秀的地方让你安息的。"

罗广成的背影直抖，他的肩膀僵硬着，脚又往前挪了一小步。

乔瑞都有些失去耐性了，刚想出声，突然，罗广成扭过了脸来，目光疯狂而凶恶。

众人大惊！

罗广成嘴里，竟然含着一枚微缩炸弹！

这几天，这个老实沉默的小个子男人表现出来的顺从和认命，彻底放松了他们的警惕，没想到他会在临上擂台时突然发难！

"罗广成，你想干什么？！"邹一刀厉声喝道。

罗广成咧嘴一笑，眼神血红血红的："凭什么让我去死？一起死吧！"

Part 6 决斗

他说着,猛地反扑进了悬浮看台。

那悬浮看台大约有一个房间大小,空间有限,无处可躲。这变故太过突然,众人一时都不知道该怎么办,白迩一闪身冲向罗广成,想卸掉他的下颚,可是冲到近前的时候,发现根本来不及了,只得改为一脚将罗广成踹了出去,自己则反身扑倒在地。

舒艾瞬间撑起防护结界,挡住了大半个悬浮看台。

罗广成的身体飞出悬浮看台,微缩炸弹在半空中爆炸,轰的一声,他的脑袋就像个西瓜一样从中间爆裂开来,接着腰部以上尽数被炸了个粉碎,天上顿时下起了脑浆、骨肉和鲜血,很难想象,仅仅是一个人,就会有这么多的"组织",那场面蔚为壮观。

惊雷众人脸都绿了。

他们被最不起眼的人摆了一道?!不,莫非是赵墨浓……

只不过,眼下不是追究责任的时候,因为他们陷入了一个非常难堪的境地。

昴日鸡沉默了片刻,然后就炸开了锅,临要上擂台决斗的人,突然自杀?这玩儿的又是哪一出?!

乔惊霆黑着脸,咬牙道:"这个浑蛋……会不会是赵墨浓搞的鬼?"

"稍后再说,现在……这场戏怎么收场?"乔瑞都皱眉看着下面群情鼎沸的观众。

他们第一次体会到什么叫作"当众下不来台",不知道方道当时被兰蔓半路抢人、又被江城召回的时候,是不是也是这种感觉。

方道含杂着笑意的声音响起:"真是精彩啊,你们这是从哪儿吸纳来的人,宁愿自杀也不想给你们卖命?"

擂台下议论声一片,甚至有人叫喊着要求重新下注。

乔惊霆握紧了拳头,总觉得这事儿是赵墨浓在背后搞鬼,他隐隐有种不祥的预感。

沈悟非沉声道:"决斗还是得继续,其他的事,回去从长计议吧。"

—— 421

几人面面相觑，现在必须得有一个人下去和刘欣欣决斗，可是，不到万不得已，谁也不想杀女人，更何况是在众目睽睽之下。

白迹道："我去。"他毫不犹豫地往外走去。

"等等。"汤靖川的声音幽幽响起。

他一开口，整个城市再次安静下来。

沈悟非脸色顿时变得苍白，他一把抓住了邹一刀的胳膊，眼睛发直，他心里已经有了猜测。

邹一刀低头看了看沈悟非那因为用力过猛而泛白的指关节，他皱起眉，面部肌肉僵硬，显然也预感到了什么。

汤靖川平静地说："不要给我一场无聊的决斗。"他的声音不怒自威。

台上台下，鸦雀无声，甚至没有人敢大声喘一下气。

乔瑞都扭过头，看着邹一刀。

乔惊霆顿时明白了过来，他瞠目欲裂，厉声道："不行！"

乔瑞都在沟通网内道："在众帝之台，你们是不是答应了King，要给他一个Queen？"

乔惊霆和沈悟非对视一眼，眼中盛满了惊慌。

没错，当初他们说过，只要按照他们的计划走，江城和方道必有一个成为Queen，可如今他们的计划就在流产边缘，但King却是因为这一句承诺而亲自去尖峰要人的，现在罗广成死了，要如约产生一个列席Jack，唯有……唯有邹一刀上。

原本是给尖峰挖的坑，最后却把自己埋了半截。

乔惊霆愤怒到想杀人，他哑声道："刀哥不能去，他是King又怎么样，总不能逼迫谁去决斗。"

邹一刀慢腾腾地点了根烟，然后洒脱一笑："我去。"

"刀哥……"

"傻小子。"邹一刀推了推乔惊霆的脑袋，"我不去，这出戏咱们就收不了场了。"

舒艾晃了晃沈悟非，急道："悟非，你有办法的吧？快想想啊，刀哥如果成为 Jack……"

在这个节骨眼儿上谁成为列席者，无疑是找死啊！

沈悟非抿着唇，最后摇了摇头，颤声道："如果我们对 King 失信，后果不堪设想。"

乔惊霆狠狠咒骂了一句，恨不能把罗广成拖过来鞭尸。

邹一刀咧嘴笑道："没啥，我杀了一个列席者，还他们一个列席者，其实很公平。"

乔惊霆捏住邹一刀的肩膀，盯着他的眼睛，正色道："刀哥，你只管赢，其他的不用考虑，有我们。"

邹一刀也反手拍了拍他的肩，嬉笑道："放心吧，老子早就想过一把列席者的瘾了，该有多少漂亮妹妹为我倾倒啊。"

乔惊霆勉强一笑，眼神却是藏不住的黯然："去吧。"

邹一刀扭过头，毫不犹豫地跳下了悬浮看台，落在了擂台之上。

全场哗然。

邹一刀傲然俯仰天上地下，哈哈大笑道："这场擂台战我来打，保证不无聊。"

台下响起了一片的吆喝声。这出大戏高潮迭起，昴日鸡已经被围得水泄不通。

乔瑞都面无表情地看着擂台："我们多半是被赵墨浓摆了一道。"

白迩冷冷说道："他这么做有什么好处？"

"罗广成跟我们不是一条心，终归是不好控制的，赵墨浓又不可能天天跟在旁边控制他，但如果列席者是我们的人，就没有这样的顾虑了。"沈悟非的眼神极其复杂，"可是，这么一来，贝觉明的处境依旧很微妙，赵墨浓这么做，确实很出乎我的意料。"

舒艾道："也许，真的不是赵墨浓干的，而是那个罗广成心怀怨恨，不想让我们得逞。"

"不是没有这个可能,只能等决斗结束之后,和赵墨浓当面对质了。"沈悟非摇摇头,"但是,想来他也不会承认就是了。"

擂台之上,两个决斗者之间的气氛已经一触即发。

邹一刀看着刘欣欣,摇了摇头:"虽然你做的事儿很不地道,但看在你是女人的分儿上,我会给你个痛快。"

刘欣欣低吼了一声:"去死吧!"从她背后瞬间蹿出了二十几只美洲狮,张牙舞爪地朝着邹一刀冲去。

邹一刀双臂一甩,袖剑出鞘,足尖点地,翻身跃起,一箭劈开了一只美洲狮的颅骨,他无所畏惧地冲入了狮群,大开杀戒。

又有十几只金雕被刘欣欣从仓库里释放了出来,从天上俯冲而下,直追邹一刀。邹一刀的身体瞬间异种化,在为首金雕的利喙就要触到他的脑袋时,他的脑袋一下子缩进了龟壳里,他翻身就地一滚,砍断了好几只狮子的腿,然后将四肢也缩进龟壳内,驱动龟壳在地上高速旋转,一举将狮群冲撞开来,硬生生把包围圈打开了一个豁口。

身在包围圈外的刘欣欣快步往后退去,她的蛊奋勇地挡在她身前保护着她。

邹一刀的身体从龟壳里舒展开来,踩着一只美洲狮的头,直冲向刘欣欣。

金雕群一拥而上,邹一刀举起机械臂,对准群雕一通疯狂的扫射,一时间,羽毛炸得漫天飞舞,天上地下尽是狼藉一片。

邹一刀的袖剑银光闪闪,快得宛若翻涌的浪花,一只只高大威猛的美洲狮倒在他脚下,他越来越逼近刘欣欣。

这确实是一场没太大悬念的战斗,作为曾经杀死一个列席 Jack 的异种战士,邹一刀的名字早就伴随着惊雷响彻整个游戏,也一直被外界认为是惊雷的最强人物,但众人也没有想到,同样是 10 级玩家,刘欣欣在邹一刀面前,会显得如此无力。

当邹一刀最终越过重重包围,出现在刘欣欣面前的时候,所有人都屏住了呼吸,眼看着那细长锋利的袖剑,干脆利落地割断了刘欣欣的咽喉,血柱喷涌而出。

刘欣欣瞪大了眼睛,直挺挺地倒在了地上,至死不能瞑目。

邹一刀抬手抹去脸上喷溅的血迹,突然,他的手顿了一下,因为他看到了他晋升为 Jack 的系统提示,他露出一个苦笑,心中涌现难言的苍凉。他杀了一个列席者,自己成为列席者,充满了宿命论的味道,颇有意思。

NPC 跳上擂台,高声宣布:"此次决斗生死自负,恩怨两清,获胜者是惊雷公会的邹一刀,他也成为游戏中第四个列席 Jack!"

对比围观玩家的激动,惊雷众人始终脸色铁青,没有一丝同伴获胜的喜悦。

决斗结束后,围观的人还久久不肯散去,有的在结算赌资,有的在激动地议论,还有的在等还有没有后续发展。

邹一刀叼着烟跳下了擂台,玩家们纷纷给他让出了一条路,那一双双眼睛里含杂着好奇、疑虑、同情、畏惧等各种各样的情绪,大部分人都对"列席者"这三个字有着本能的敬畏,仅仅只是升了一级,其他什么都没变,可所有人看邹一刀的眼神都变了,就好像眼看着一头猛兽从睡梦中醒了过来。

乔惊霆等人也离开了悬浮看台,下来迎接邹一刀。

邹一刀走到近前,乔惊霆用力抱了他一下,并重重捶了两下他的后背。

邹一刀笑道:"哥哥我帅不帅?"

"帅炸天!"乔惊霆也笑了,但很快地,他的笑容就僵在了脸上,他看到了方道跳下了悬浮看台,朝他们走来。

乔惊霆的眼神瞬间降下了寒霜,他挺直了腰,他们已经"输"了人了,不能再输阵。

方道走到几人面前,一扫前些日的灰头土脸,眉眼间洋溢着得逞的笑:"不知道你们还记不记得,今天是什么日子。"

"什么日子?"乔惊霆挑衅地朝方道抬了抬下巴。

乔瑞都心里骂了一句"废物",上前一步,朝方道调笑道:"你生理期?"

方道眉毛怒跳了一下,阴笑道:"今天是我们的一个月之约,没想到你们真的还了我们一个Jack，真听话啊乖儿子。"

乔惊霆忍着汹涌的怒火："放屁……"

"方道。"乔瑞都慢条斯理地说道，"玩儿深渊游戏的人这么多，大概没有哪个人会像你这样，自始至终都知道自己是别人晋级的垫脚石吧。"

方道眯起了眼睛："谁又没有做别人垫脚石的准备呢？你以为自己又能活多久？"

"我有这个准备，但一时半会儿还轮不到我，可你竟然还笑得出来？"乔瑞都勾唇一笑，"当出现四个Jack的时候，就意味着第二个Queen要出世了，究竟被牺牲掉的那个是谁，还不好说吧。"

方道寒声道："毫无疑问，当然是最弱的那一个。"

"你错了，被牺牲掉的，一定是最该死的那一个。"乔瑞都深深地盯进了方道的瞳眸深处，"刀哥也许是最弱的，但他一定不是最该死的。"

方道眼底闪过一道精光，他戴着白手套的手，悄悄在裤兜里握成了拳。

撇开别的不说，乔惊霆还是非常佩服乔瑞都这张一针见血、专戳痛处的毒嘴，只要他想，真的能用唇舌把人打得七零八落，每每回想起来还会在半夜气得睡不着觉。像方道这种只会吹胡子瞪眼撂狠话的，根本不是乔瑞都的对手，这点他最清楚不过，毕竟他领教了十多年。

方道果然气得胸口用力起伏了两下，他恶狠狠地说："他该不该死，由让他死的人决定。"

乔瑞都摊了摊手，似笑非笑的模样非常恼人。

方道拂袖而去。

平时也爱怼上两句的邹一刀，这次却格外沉默，大约还没从自己已经成了列席者这个重磅消息里回过神来，他用力抽着烟，不知道在想什么。

"我们先回斗木獬吧。"沈悟非低声道，"在这里待着也是被人当猴子看。"

"走吧。"

几人回到家，围坐一团，半天都没人说话。

今天发生的事跌宕起伏、如梦似幻,让人不禁怀疑起了真实性,一时,也不知道该说些什么。

恰巧赵墨浓的到来,打破了这死一般的沉默。

邹一刀一把揪住赵墨浓的衣领,直接将人顶到了墙上,咬牙切齿道:"是你干的吧?啊?!"

赵墨浓面不改色地看着邹一刀:"你先放开。"

乔惊霆怒道:"我们就不该相信你,你这个虚伪阴险的王八蛋。"

赵墨浓跟邹一刀互瞪着,他加重了语气:"放开。"

邹一刀恶狠狠地剜了他一眼,松开了手。

赵墨浓整了整自己的衣领,平静地说:"这件事不是我做的,但是我有责任。"

"滚!"

赵墨浓深吸一口气,脸色也很难看:"罗广成从新手村到擂台,除了最后一刻,一直都非常老实,你们也放松了警惕,我也放松了警惕。他很可能偷偷加了精神力,但是我不得而知,等我发现他有异样的时候,他求死的意志力非常坚定,我已经控制不住他了。"

赵墨浓一口气说完,口气里充满了挫败,看着不像作伪,但是在场的人也没有人会相信这个城府颇深的男人,无论如何,就像他自己说的,他有责任。

"今天这个局面,你要负主要责任。"沈悟非愤愤地瞪着他,"是你策划了这个局,是你自信满满地把罗广成塞到我们身边,是你让我们别无选择,被迫让刀哥晋级!"

赵墨浓用修长的手指梳理了一下额前的碎发,沉声道:"没错。"

乔惊霆高声道:"那你以死谢罪好不好啊?"

赵墨浓没理他:"不过,邹一刀成为列席者,也不完全是坏事。"他抬头看着众人,"事情已经这样了,你们怪我也没用,不如想想以后的路怎么走。"

赵墨浓那副"反正你们不能杀了我"的模样真是恨得人牙痒痒。

"你说说怎么走?"邹一刀用力把烟头按进了烟灰缸里,"本来应该由尖峰贡献一个Queen,现在到底谁该去死呢?"

"当然还是尖峰,我们现在是盟友,这点你不用担心。"赵墨浓知道邹一刀在害怕什么,首当其冲的当然是贝觉明。

"你以为我们还会相信你的话?"乔惊霆冷笑一声,"罗广成这件事,你是有心也好,无意也罢,你就是办、砸、了,你这样只会帮倒忙的盟友,我们要来做什么?谁知道你会不会在关键的时候反咬我们一口?"

"只要我们还有尖峰这个共同的敌人,你们都可以相信我,至少假面现在没有理由害你们。"赵墨浓双手插兜,斜靠在窗前,看着外面飞扬的大雪,"其实,作为一个敢跟尖峰公开叫板的公会,你们有一个列席者,对士气、对地位都有着重大意义,这样一旦尖峰的脚步稍有不稳,就会有很多持观望态度的人,倒戈向我们。"他扭头看着众人,目光深沉,"跟尖峰的对决,必定是一场大战,战士的质量和数量,都不能少了。"

"傻子都知道我这个列席者,就是余海那个等级的炮灰。"邹一刀冷笑道,"持观望态度的人,想看的是我最终会死在谁手里。"

"邹一刀,你和列席者之间的差距,也许没有你想得那么大。"赵墨浓顿了顿,以平和的口气放出了一颗雷,"如果你愿意成为Queen,我可以帮你。"

几人一惊,邹一刀眯起眼睛:"什么意思?"

赵墨浓正色道:"现在在这个节骨眼儿上,谁都不愿意成为Queen,而你又是最可能被牺牲的那一个,如果你注定要跟另外一个Jack有一场死战,那活下来不好吗?"

"你希望我成为Queen。"邹一刀缓缓说道,"你觉得我应该挑战方道,那兰蔓怎么办?"

"兰蔓现在肯定也很慌张。"赵墨浓笑笑,"但你还有空管她吗?"

乔瑞都开口道:"赵墨浓,你少玩儿这套,想凭着三言两语就离间惊雷和蔓夫人,就冲罗广成这件事,你在我们这里已经没有多少信用了,如果你真的希望这个结盟能继续下去，就拿出点诚意来。"

赵墨浓点点头："这个道理我懂。"他突然摊开掌心，掌心里赫然躺着一枚符石。

众人定睛一看，狂战士符石！

赵墨浓微微一笑，甩手把石头抛给了邹一刀，邹一刀接住那颗石头，感觉掌心都在发烫。

他们昼夜颠倒、辛辛苦苦打了一个月还没打到的顶级符石，就这么轻易得到了？

"这个是你们现在最想要的吧，就当作罗广成这件事的补偿吧，有了这枚符石，你和其他 Jack 之间的差距能缩小不少。"

邹一刀紧攥着符石，上下打量着赵墨浓："你又在谋划什么？"

赵墨浓哈哈大笑道："符石又不咬人，就算我真的在谋划什么，你难道不想吃了它吗？"

沉默片刻的沈悟非开口道："赵墨浓，我知道罗广成的事，你是故意的。"

赵墨浓刚要开口辩解，沈悟非抬起手制止了他："你不用解释，不管怎么样，刀哥已经成了列席者，这个无法改变，而你也达到了你的目的，不管你的目的是什么——是我能猜到的那一层，还是我猜不到的更深的一层。眼下这个局势，假面和惊雷是注定要暂时绑在一起了，我们现在不说别的了，只有一个要求，假面的资源，要给我们用。"

赵墨浓竖起了大拇指："这才是聪明人。"

"符石我们收下了，假面旗下的城市和怪点，都要让我们自由进出并且有优先权。"

"没问题。"

"你还要答应我们，现在不要打蔓夫人的注意。"

赵墨浓嗤笑一声："你们，不会也中了美人计了吧？"

乔惊霆白了他一眼："别瞎扯，兰蔓也是我们重要的盟友，想要抗击尖峰，光我们两个公会怎么够？"

赵墨浓耸耸肩："放心吧，我现在当然不会动她，可是早晚有一天，你们要面对蔓夫人。"

乔瑞都冷笑："真有那一天，说不定我们都成仇人了，还是着眼当下吧。"

赵墨浓哈哈大笑道："说真的，我有点喜欢你们。"

惊雷众人看着他的眼神，多少带了些凶狠，他们心里很清楚，将来他们跟这个男人，必有一战。

赵墨浓走后，邹一刀看着掌心里的符石发呆。

乔惊霆搓了搓头发："早知道有人白送，我们还折腾这一个月干什么，这一个月是人过的吗？"

打狂石怪的这一个月，真是他们度过的最艰难、最辛苦、最疲倦的一个月，不仅仅是因为狂石怪真的太难打，更因为一次次抱着希望之后的失望。失望的次数多了，真的会让人怀疑他们所做的一切的价值，这种生理和心理上的双重折磨，让他们这一个月过得苦闷极了。

"我们这一个月也不算浪费，现在只要再坚持半个月，最多一个月，就能打到另一枚狂战士。"沈悟非搓了搓手，"正好我们需要的也不止一枚，你和刀哥都需要啊。"

"是啊，这样我们一下子就能得到两枚狂战士了。"邹一刀终于露出了一个真正的笑容。

乔惊霆想想也有道理，但还是愤愤道："赵墨浓这个狐狸精，啊不，老狐狸，出手这么大方，肯定有阴谋。"

"以后不管这个人想让我们干什么，我们都要给自己留三分余地。"沈悟非甩了甩脑袋，颇为懊悔地说，"我竟然没能看穿他的诡计，真是……"

"这个怪不着你，这一招确实太损了。"乔瑞都蹙着眉，"但是我还是理解不了赵墨浓的做法，如果真的能够按照计划，让刘欣欣，或者哪怕是罗广成成为列席者，局势都会对我们、对假面有利很多，我想不通赵墨浓这么做的原因。"

"正是因为这一点,我才没有猜到他的阴谋,因为他看起来没有动机。"沈悟非抱住了脑袋,"所以现在我才更担心,赵墨浓这么做,背后到底还有什么更深的用意。"

"没错,这才是最让人害怕的。"舒艾喃喃道,"而且刀哥现在成了列席者,很多事怕是骑虎难下了。"

"既然猜不透,就别勉强自己了。"邹一刀拍了拍沈悟非的脑袋,"凡事乐观一点,反正都这样了,就大步往前走呗。"邹一刀抛了抛那符石,嘿嘿一笑,"总算是有件好事儿了。"

乔惊霆也笑道:"对,刀哥,吃了吧。"

邹一刀斜了乔惊霆一眼,突然把符石扔给了乔惊霆:"给你吃吧。"

乔惊霆扔了回来:"你现在更需要,跟我客气什么。"

"那你跟我客气什么?"邹一刀又扔了回来,"我现在已经吃了一枚顶级符石了,狂战士,我也不差这十天半个月,吃了吧,加快一下咱们刷狂石怪的速度,咱们争取早点把第二枚打到手。"

白迩附和道:"霆哥,吃了它吧。"

其他人也纷纷冲乔惊霆点了点头。

乔惊霆也是干脆的人,他笑了笑:"好吧,穷酸了这么久,总算能体会一把人民币玩家的痛快了。"

邹一刀起哄道:"兄弟,干了这枚狂战士!"

乔惊霆痞痞一笑,拿起符石,吃了进去。

画着神秘符号的灰黑色符石消失在了乔惊霆的身体里,他很快就看到了来自系统的提示,他使用了狂战士符石,体能在原基础之上增加了20%,速度和恢复力也各有5%的提升,最关键的是,在以后的强化过程中,他的体能始终比没有吃过狂战士符石的人多20%的增长速度——这才是狂战士符石的最高意义!

乔惊霆感到身体里涌入一股庞大的力量,瞬间贯通了四肢百骸,让他的每一个细胞都散发出旺盛的活力,这样强烈而真实的身体变化,他只在洗神髓的时候体会过，他兴奋得全身都在颤抖，这就是顶级符石，一举将他的体能提升到了一个非常可怕的高度！

众人观察着他的面部表情，虽然他们看不到乔惊霆身体的变化，但已经被他感染了那亢奋和喜悦的情绪。

舒艾开心地拍了拍手："惊霆，恭喜你！"

白迩也难得露出了笑容："霆哥，感觉怎么样？"

"贼好，哈哈哈哈哈——"乔惊霆晃了晃胳膊，"感觉体力从来没这么充沛过，我现在绝对能一锏敲碎狂石怪的脑袋！"

"很好，咱们今晚就去试试。"

"你不想休息一下吗？"沈悟非小心翼翼地问邹一刀，现在情绪最低落的就是他了吧。

邹一刀咧嘴一笑："哪儿有时间休息，老子现在可是列席者了，得赶紧缩小我和其他列席者之间的差距。"

乔惊霆正色道："对，得抓紧打到第二枚狂战士，刀哥有两枚顶级符石，至少有跟方遒一搏的实力了吧。"

"别这么乐观。"乔瑞都双臂环胸，靠在一旁的墙上，凉凉说道，"那几个成名已久的列席者，已经被花不完的积分养到快要触到天花板了，全身上下都是顶级符石和顶级装备，仓库里还有一堆顶级道具。哪怕是方遒，我们六个一起上也未必能杀掉他，至少他要跑，我们肯定逮不住。"

邹一刀耸耸肩："你对列席者倒是了解。"

"韩老和杨泰林，都是列席者的实力，我怎么会不了解？"

沈悟非突然想到了什么："对了，说起他们两个，这段时间禅者之心真的跟睡着了似的，什么都不参与。禅者之心以前也低调，但现在也低调过了头吧，被尖峰挖走了一百来号人，都不吭一声。"

乔瑞都脸色有些阴沉："何凯文带走的一批，再加上因为局势的变动，有些玩家觉得禅者之心不再安全，也去另谋出路，总之，禅者之心这次确实元气大伤，肯定需要些时间养一养。"

"不知道杨泰林有没有后悔让你来帮我们杀余海。"邹一刀看了乔瑞都一眼,"你自己呢?你后悔吗?"

乔瑞都勾唇笑了笑:"剜掉腐肉虽然痛彻心扉,但负重前行就不能走得长远,杨泰林是不会后悔的,这就是他要的结果。至于我,我从来不为自己做过的事后悔,后悔本身就毫无意义。"

"你就不担心韩老被杨泰林取代吗?"

"韩老心里什么都明白。"乔瑞都露出自信的笑容,"禅者之心不会这样一蹶不振的。"

沈悟非深深看了乔瑞都一眼,没再问下去,转而道:"舒艾,把韩开予叫回来,晚上同样的时间去刷狂石怪。"

"好。"

沈悟非看了看天色:"趁现在还有时间,我们去拜访一下兰蔓吧……不,还是请她来斗木獬吧。"

兰蔓是带着林锦和宋栀一起来的,她看到邹一刀的时候,微微怔了怔,然后款款坐在了沙发上,她表情严肃,没了往日的娇媚风情,浑身散发着冰冷的气场。这也许才是兰蔓的真面目——当她面对对自己有威胁的人的时候。

邹一刀安抚道:"蔓夫人不用紧张,成为列席者也不是我的本意,我是不会被他们利用的。"

兰蔓淡淡一笑:"没有人愿意被人利用,还不都是身不由己。"

"你说得对,但身不由己也要抗争,你是这样,我是这样,大家不都是这样吗?"邹一刀摊开手,"你大可不必现在就防备我,我是最没有可能成为 Queen 的那一个。"

兰蔓叹了口气,轻轻揉了揉眉心:"我大概是太紧张了吧,本来死了一个余海,现在又……唉,我们都被赵墨浓摆了一道。"提起赵墨浓,她眼中闪过一丝狠厉。

"虽然看起来确实像是赵墨浓干的,但我始终想不通他的动机。"沈悟非深为苦恼地皱起了眉。

兰蔓想了想:"也是,惊雷出了一个列席者,而不是尖峰,这对假面有什么好处……"

"赵墨浓给了我们一枚狂战士符石,是我们现在最需要的东西。"邹一刀道,"如果赵墨浓的目标是我,他大可不必这么干。我想,至少现阶段,我们对付尖峰的心是一致的。"

兰蔓冷笑一声:"等对付完尖峰,假面的目标可能就是我们了。"

"那也是很久之后的事了。"乔瑞都似笑非笑着说,"我觉得眼下,还是应该按照我们的原计划走,集火尖峰。刀哥成为列席者,并没能削弱尖峰的实力,除非蔓夫人现在有更好的计划。"

兰蔓沉默了片刻,摇了摇头。

"赵墨浓已经答应我们,假面旗下的所有城市和怪点对我们开放,也会给我们提供资源,让我们尽快地强化自己,不管怎么样,这些都是我们现在需要的。"邹一刀冷笑道,"就算以后要跟赵墨浓翻脸,我们也要养足了实力才行。"

兰蔓抬起头,目光一一扫过众人,她沉声道:"King过不了多久,就会要求你们产生一个Queen,无论我们要对尖峰做什么,都得赶在那之前。"

"我们明白,这件事,需要我们三方一起坐下来谈。"沈悟非道,"时间就由蔓夫人来定吧,地点,还是斗木獬,这里最不惹眼。"

兰蔓笑了笑:"你错了,斗木獬的知名度,已经直逼大公会城市,不过这里禁止外人进入,确实是个谈话的好地方。"

乔惊霆嘿嘿两声:"原来我们已经这么出名了。"

舒艾斜了他一眼:"这有什么好得意的,也不想想我们是怎么出名的。"

乔惊霆讪讪一笑。

再次来到众帝之台,众人看着整个城市唯一的那栋房子,想着里面住着的人，心情都很复杂。

虽然最后是 King 逼着邹一刀去和刘欣欣决斗的，但冤有头债有主，这事儿怪不到 King 的头上……主要是他们也不敢怪。

韩开予重重叹了口气："我进入游戏这么久，就没碰到过这么精彩的赌局，你们也算一群神人了。"

"原来你当时在啊，还以为你早跑了呢。"乔惊霆讽刺道。

"这种事儿能少了我吗，我当时和兰蔓坐在一起。"韩开予眼神古怪地看了邹一刀一眼，"成为列席者什么感觉？"

"感觉就是……多抽烟、多喝酒、多看看漂亮姑娘。"邹一刀扬了扬下巴，"指不定哪天就没了呢。"

韩开予哈哈大笑起来。

乔惊霆已经迫不及待地想试试自己的能耐，一看到狂石怪就想冲上去。沈悟非把他拉到一边，让其他人先杀着。

乔惊霆见他是有话要说，便问道："怎么了？"

"我觉得乔瑞都隐瞒了我们什么。"沈悟非低声道，"关于禅者之心，关于韩老和杨泰林，余海的事，可能没我们想得那么简单。"

"你为什么突然想到这个了？"乔惊霆下意识地就想去看乔瑞都。

沈悟非马上道："别看他！乔瑞都太聪明了，你在他面前千万别表现出什么来。"

"哦。"乔惊霆僵硬地把刚转过去的胯骨又转了回来，"你接着说。"

"这段时间我们忙着打符石，忙着防备尖峰，忙着跟假面和蔓夫人周旋，一时就忽略了禅者之心。就像我说的，禅者之心这段时间太低调了，今天我问起这件事的时候，我从乔瑞都的表情里看不出一点担忧。禅者之心遭到重创，他还算是始作俑者，按理说他不该这么淡然。"

"你是不了解乔瑞都这个人。"乔惊霆撇撇嘴，"他这人向来没心没肺，养不熟的白眼儿狼，哪怕禅者之心就地解散了，只要不影响他的利益，他眼睛都不会眨一下。现在他处于被放逐的状态，禅者之心是强盛是衰弱，都跟他没关系,他当然淡然了。"

"是吗……"沈悟非皱了皱眉,"不排除你说的这种可能,但是我觉得杨泰林大费周折地把余海和余海的势力从禅者之心赶走,绝对不是为了让禅者之心这样衰弱下去,他一定在计划着什么。而乔瑞都对禅者之心的了解比我们深入得多,那毕竟是他背靠的大树,从他始终跟我们保持一定距离就可以看出来,他最终还是会回禅者之心。"

乔惊霆抓了抓头发:"我有点被你绕蒙了,你到底想说什么?"

"我想说,杨泰林将乔瑞都利用殆尽后一脚踹开,让他从第一大公会的红人沦落到跟着我们组团赚积分,可他却始终对禅者之心有归属感,你不觉得以乔瑞都的聪明和自私,这是互相矛盾吗?"

乔惊霆恍然大悟:"对啊,如果杨泰林取得了禅者之心的话语权,按理说他就根本不会回去了,毕竟余海死了,他就是杨泰林最大的敌人,可是他隔三岔五会回禅者之心,而且从来没有打算脱离禅者之心。"

"没错。"沈悟非悄声道,"事有蹊跷,不知道跟杨泰林有关,还是跟韩老有关,总之,你平时要多盯着乔瑞都,也要多防备他。"

乔惊霆垂下眼帘,目光深沉了几分,他点点头:"我明白。"

"喂,你们磨蹭什么呢,赶紧来帮忙!"韩开予大吼道。

"来了!"乔惊霆提锏冲进了战斗的中心。

一下子提升了20%的体能,爆发出来的实力着实惊人。乔惊霆整个身体素质都有了质的飞跃,诚如他所说,在抓住了最佳时机后,有如神助,一锏就砸碎了狂石怪的脑袋,在这之前他甚至打不断狂石怪的脖子!

乔惊霆看着那僵直着倒下的狂石怪,大笑出声。

邹一刀也跟着起哄:"我天,行啊!我觉得咱们可以挑战一下狂化的狂石怪了。"

"可以。"乔惊霆得意地高声道,"这次绝对能在指定时间内杀掉它们。"

韩开予有些不敢置信地看着乔惊霆:"你怎么回事儿,怎么突然变得这么厉害?"

他们都没告诉韩开予,赵墨浓给了他们一块狂战士符石,也嘱咐兰蔓不要告诉他,就怕他甩手走人。

乔惊霆吸了吸鼻子:"我把这段时间打怪赚的积分都加上了。"

韩开予眯起眼睛:"我好像告诉过你,人在撒谎的时候,激素水平会有变化吧?尤其是你这种不擅长撒谎的,我不用感测激素都能看出来。"

乔惊霆有些尴尬:"留点面子行吗兄弟?"

"你都有脸撒谎,就别怪被人拆台。"韩开予白了他一眼,"不愿意说就算了,反正你变强了是好事儿,这样我们可以早点打到符石了。"

韩开予说完,就冲向了另一只狂石怪,但众人都感觉到了他的不快。

因为乔惊霆的关系,那天他们的刷怪效率果然有所提高,而且,第一次在十分钟之内杀死了超级狂石怪,掉了一件非常好的装备,当然,被韩开予拿走了。

休息的时候,舒艾兴奋得脸蛋红扑扑的:"太好了,这样以后都可以杀爆掉落概率大的怪了,我有预感,我们很快就能打到符石了。"

"算算时间也差不多了,听说用时最长的团队用了三个多月。"邹一刀道,"上次我们碰到的那队,也打了两个星期了,不知道他们什么时候能打到。"

有一个小公会也来刷狂战士符石,在跟他们撞了一次时间后,很默契地把时间调整到了他们休息的白天,他们都还记得那个小公会看到他们时那惊恐又戒备的眼神,太让人受用了。

"而且经过这次的悬赏,收割者估计会销声匿迹一段时间。"乔惊霆哂笑道,"至少不敢再到我们面前撒野了,所以我们可以放心地刷怪。"

"别人也许不敢,但白妄未必。"白迩平静地说道。

"白妄再厉害,也不敢一个人来的。"乔惊霆揉了揉白迩的脑袋,"等打到这枚狂战士,我们就去刷风暴之主吧。"

白迩眼前一亮:"真的吗?"

沈悟非含笑道:"会长说了算。"

"真的。"乔惊霆笑道,"有了风暴之主,你和白妄之间的速度差距就不会这么大了。"

其实在外人看来,白迩和白妄之间的速度差距已经很小了——基本上都看不清他们的动作,但对于这两个白幽冥来说,哪怕是一秒的差距,也能决定生死成败。

"对,先打风暴之主,把攻击力武装起来,再打大天使之手,加强后勤和防御。"邹一刀打了个响指,"咱们惊雷虽然是个小公会,但绝对是游戏里最牛X的公会之一。"

韩开予乐了:"从某些角度来说,你说得没错。"

"哦,哪些角度?"

"能惹事儿,不怕死,生命力顽强。"韩开予挑了挑眉,"我真的是在夸你们。"

"听着怎么没什么好话。"邹一刀笑道,"哎,之后还跟我们去吗?可以给你提一点佣金。"

韩开予斩钉截铁地说:"不,谁差你那点佣金。"

乔惊霆耸耸肩:"无所谓。"

韩开予反而好奇起来:"这回你们怎么不死缠烂打了?"

"什么死缠烂打,说得好像我们在追你似的。"

"我宁愿你们追我,起码不要命。"韩开予翻了个白眼儿,"所以到底是为什么?你们找到别的高幸运的人组队了?"

沈悟非轻咳一声:"我们打算跟赵墨浓借个人,他答应会向我们倾斜资源。"

韩开予长长地"哦"了一声,眼神沉了几分:"经过擂台一战,你们还能相信赵墨浓,心真是够大的。"

"谈不上相不相信,只是暂时有共同利益,所以合作罢了。"

韩开予冷冷一笑,低声道:"你们早晚会被假面吞噬得连骨头都不剩的。"

几人都没把他的话放在心上,因为他们很清楚,如果真的有那一天,

Part 6　　　　　　　　　　　　　　　　　　决斗

那也是尖峰先下的嘴。

休息完后，他们又投入到了仿佛无休止的战斗中去，而且个个儿神勇，就像身后有猛兽在追赶，一刻也不敢慢下脚步。

自从乔惊霆吃了狂战士符石后，他们接连征服了狂石怪的两种狂化状态，享受到了物品掉落概率增加的快感，虽然捡到的东西都被韩开予拿走了，但至少提升效率后所享受到的积分的增加是实实在在的。

这一个多月下来，每个人也都积攒了不少积分，虽然日均积分的进账远比不上刷狩猎副本，但是总数已经超过了，因为这是他们离开新手村以来，相对最"平稳"的一段时光，以前隔三岔五就得躲进狩猎模式躲避追杀，从来没能在正常模式下待上一个多月全神贯注刷怪的，这跟他们自身实力的暴涨有关，也跟他们与假面、蔓夫人的结盟有关，现在即便尖峰对他们恨得牙痒痒，也不敢贸然行动了。

终于，在他们进入众帝之台打狂石怪的第四十七天，在一个狂石王的身上，掉落了他们梦寐以求的狂战士符石。

当系统提示掉落了狂战士符石的时候，所有人第一时间都没反应过来。因为狂石王每次都会掉点儿东西，大部分都很鸡肋，再说都是韩开予去捡，几次下来几个人都不怎么看了，所以最先发现的也是韩开予，他突然号叫了一声，把众人吓得一激灵。

"怎么了？！"乔惊霆惊讶道。

"你们眼睛长哪儿去了，看啊！"韩开予指着地上那块不起眼的小石头，它淹没在狂石王身上掉了一地的碎石块里，不仔细看很有可能错过，但只要将目光移动到它身上，它的物品名称立刻出现在了正上空。

"狂战士符石！"邹一刀率先大吼了一声，冲过去就捡了起来。

几人怔愣过后，情绪瞬间沸腾了，激动得又笑又跳，差点儿哭出来。虽然是同样渴求了很久的东西，但赵墨浓轻而易举地送给他们时，他们没有体会到这种溢于言表的巨大的喜悦——因为得到的太轻易了，可是这一

—— 439

枚不一样，是他们花费了四十七个日日夜夜，饱经摧残、千辛万苦，甚至差点儿死在收割者手里，经历过无数次的希望与失望的心情起落，才终于靠自己的力量获得的，自然珍惜、宝贝得不得了！

"总算打到了，总算打到了！"乔惊霆兴奋得原地翻了两个跟头，一举跳上狂石怪的尸体，展臂大吼了两嗓子。

其他人也高兴得不得了，这意味着他们暂时不用再回到这里了，这个危险的地方直到现在依旧让他们时时处于心弦紧绷的警备状态，实在太累了，每次回到家，他们都会深深松上一口气，庆贺自己又一次从众帝之台活着回来了。

这四十七天的艰辛和对他们身心的锤炼，让他们终生难忘。

韩开予更是高兴，他抹了一把脸，差点儿喜极而泣："谢天谢地啊，我终于能摆脱你们这帮人了。"

乔惊霆哈哈大笑道："你会想我们的，你不是喜欢玩儿吗，放眼整个游戏，跟谁在一起能比跟我们在一起更好玩儿？"

韩开予皮笑肉不笑地说："跟你们在一起是挺好玩儿的，但是要命啊，我还是更惜命的。"

"放心吧，我们会遵守承诺的，以后不会再骚扰你。"乔惊霆抱着韩开予的肩膀，心情愉悦极了，"不过，咱们毕竟出生入死过，不管你是出于什么目的，我们都感谢你，有句话我放在这儿了，今后你需要我们帮忙，我们义不容辞。"

韩开予眼睛亮了亮，随即笑道："别管你说得是真是假，这话我还是喜欢听的。"

"是真的。"乔惊霆咧嘴一笑。

邹一刀把石头收进仓库，大笑道："走，咱们赶紧离开这个晦气的地方，回斗木獬喝酒去，必须好好庆祝庆祝！"

"对对对，回去喝酒。"

几人一起用旅行卷轴回到了众帝之台的生命树前，正打算凯旋回归斗

Part 6　　　　　　　　　　　　　　　　　　　　　决斗

木獬,那个在 King 的家里有过一面之缘的 NPC 刘管家叫住了他们。

几人面面相觑,都有些紧张。

刘管家说 King 邀请乔惊霆和沈悟非一叙。

他们更紧张了,但也只能硬着头皮进了屋——并且主动换了鞋。

还是原来的房间,甚至还是原来的布局——汤靖川和天崇分坐沙发两头,中间摆着正在进行的棋局。

这一次,他们倒不如上次那般拘谨了,想到邹一刀的时候,乔惊霆心里还有几分埋怨,不客气地说:"汤先生对擂台赛的结果还满意吗?"

汤靖川眼睛还在盯着棋局,但他点了点头:"还算满意。"

"这样的决斗就不无聊了是吗?"乔惊霆的拳头紧了又松,心里憋着一股气。

沈悟非拼命拽他袖子,怕他们今天出不去这个门。

汤靖川的唇角微微上翘:"决斗本身很无聊,结果不无聊。"

乔惊霆冷哼一声:"也是,反正你想要的就是这样的局面。"

汤靖川没有说话,他托着下巴,对着棋局做思索状,良久,他才扭过头,看着沈悟非:"你过来。"

沈悟非一个激灵,下意识地看了乔惊霆一眼,乔惊霆回了一个让他安心的眼神,他才慢腾腾地挪了过去。

汤靖川朝着棋盘扬了扬下巴:"你觉得,我这局要怎么走?"

沈悟非低头看了一眼局势,汤靖川的白子明显处于劣势,兵被厮杀掉了一半,车也少了一个,天崇的黑子的车和马已经带着一个兵压进汤靖川的地界,三步之内必将军。

天崇抬头看着沈悟非,眼睛乌溜溜的,充满了灵性,若是光看眼睛,很难想象这是一个既不说话、也不走路的如此闭塞的孩子。

沈悟非思考了一下,道:"汤先生,你现在的局势非常不利,但也还是有扭转的可能。"

"说。"

—— 441

"我说了他就可以破解了,要不我悄悄告诉你?"

"直说。"

沈悟非轻咳一声道:"三步之内黑子要将军,你就是死局,所以这时候你要牺牲掉你的象或者马,使得黑子延缓一步,然后,你的车要下来,进行王车长易位,才能躲开这次的将军。但你这么做之后,后这颗棋就会暴露在黑子的威胁之下,必死无疑。"

"没有了后,我自保都难,要怎么反攻?"

"用车、马、兵保一个兵顶到对方底线,升兵为后,以你现在的局势,我只能保你走到这一步,之后如果想赢,取决于天崇会不会失误,他不失误,你还是输。"

汤靖川点了点头:"有趣啊,那你觉得我该用哪颗棋当诱饵?象还是马,我又该保哪一个兵走到对方的底线,让它变成后呢?"

沈悟非微微眯了眯眼睛:"象和马在这个局势下的作用相差不大,你觉得哪个更好控制,就留下哪个,至于你剩下的四个兵……"他弯下腰,指了指最边缘、占据最不起眼位置的那一枚,"这个。"

"为什么是它?它是离黑子底线最远的。"

"虽然它离得最远,但它前路清明,而且一步未走,一下子可以走两格,有可能后发先至。"

汤靖川沉默片刻,微微一笑,看向天崇:"你会失误吗?"

天崇眨了眨大眼睛,摇了摇头。

汤靖川缓缓道:"也就是说,我的王棋必死。"

沈悟非小心翼翼道:"是人都会失误,结局还未定呢。"

天崇再次摇了摇头,好像不太服气。

"指望别人的失误来赢,心里已经输了。"汤靖川将后背靠进了沙发里,明显已经放弃了这一局。

沈悟非轻声道:"汤先生叫我们来,不会只是观棋吧?有什么指示吗?"

"身在局外才叫'观',谁也不是观棋者。"

"没错,我们都是当局者。"沈悟非深吸一口气,"汤先生希望我们怎么走?"

"我希望你们怎么走,你们就会按我说的走吗?"汤靖川面无表情道,"我叫你们来,确实有话要说。"

"您请说。"

汤靖川指了指天崇:"这个孩子,当我离开游戏的那一天,我要确保他跟我一起走,不然我不会拖延到现在,如果你们帮我达成这件事,在最后的时刻,我会帮你们扫清所有障碍,让你们距离 Ace 也只剩一步之遥。"

两人一惊,互看了一眼,都被 King 的平地掷雷震撼到了,一时都不知该如何反应。

汤靖川却表现得很平静:"愿意为我做事的人有很多,但能让我觉得可靠的太少,你们很特别。"

乔惊霆皱了皱眉头:"你说的'我们',是指惊雷所有人吗?"

"那个工程量就太大了,我只能确保你们两个。"

沈悟非沉声道:"您的意思是,在最后让我们两个成为 King?"

乔惊霆心头一紧,各种疑惑和思虑轰的一下子涌了上来,他着实受到了冲击,但不管他有没有能力在短时间内思考清楚这件事,他本能地就抗拒了。

汤靖川没有说话,显然默认了。

在沈悟非开口之前,乔惊霆已经抢过话头:"你指的最后时刻,就是我的同伴生死不明、等级不明,而我们两个成为 King,为离开游戏的唯一机会再来一场生死厮杀?你觉得我们会同意?"

汤靖川不疾不徐地说:"身居高位,才有选择,总会比你们现在好吧。"

沈悟非深吸了一口气:"汤先生,我无法预估为了达成你的目的,我们要牺牲多少,而最后换来的,是不是我们想要的,所以,我们现在没办法答应你。"

汤靖川点了点头:"我也料到你们现在不会答应,来日方长。"

—— 443

沈悟非握紧了拳头,眼中染上一丝恐惧。

乔惊霆拉上沈悟非:"汤先生,我们告辞了。"

汤靖川摆了摆手,目光落在了天崇身上,向来冰冷的眼神,也有了一丝柔和。

两人迫不及待地离开了汤靖川的家,大门关上的那一刻,他们才感觉呼吸到了一口真正的氧气,整个人都活了几分。

舒艾担忧道:"聊什么了,脸色这么难看?"

沈悟非咬了咬牙:"King 马上就要行动了。"

"什么?什么行动?"

"还不确定,但……很快了。"

得到第二枚狂战士符石的喜悦,顿时被冲散了不少,因为他们已经能预见在不远的前方,等待着的将是一场汹涌残酷的暴风雨。

【深渊游戏】

加载中

……

♠
♥
♣
♦

Game
Loading
……

图书在版编目（CIP）数据

深渊游戏．Ⅲ，轮回镇 / 水千丞著． -- 北京 ：中国友谊出版公司，2021.8（2022.7重印）
ISBN 978-7-5057-5266-5

Ⅰ．①深… Ⅱ．①水… Ⅲ．①长篇小说－中国－当代 Ⅳ．① I247.5

中国版本图书馆 CIP 数据核字（2021）第 140102 号

书名	深渊游戏．Ⅲ，轮回镇
作者	水千丞
出版	中国友谊出版公司
发行	中国友谊出版公司
经销	新华书店
印刷	河北鹏润印刷有限公司
规格	880×1230 毫米 32 开
	14 印张 370 千字
版次	2021 年 9 月第 1 版
印次	2022 年 7 月第 4 次印刷
书号	ISBN 978-7-5057-5266-5
定价	56.00 元
地址	北京市朝阳区西坝河南里 17 号楼
邮编	100028
电话	（010）64678009

如发现图书质量问题，可联系调换。质量投诉电话：010-82069336